KB177700

DONGSUH MYSTERY BOOKS 33

THE MOUSETRAP

쥐덫

애거서 크리스티/황종호 옮김

동서문화사

옮긴이 황종호 (黃鍾灝)

서울대 영문과 졸업. 서울대 대학원에서 영문학을 전공. 서울대·성균관대 교수. 대림대학장 역임. 한국미스터리클럽부회장, 추리동인지 〈미스터리〉 편집위원. 옮긴책 P.D. 제임스 《검은 탑》 포터 《도버4/절단》 엘린 《특별요리》 등이 있고 추리평론을 많이 썼다.

DONGSUH MYSTERY BOOKS 33

쥐덫

애거서 크리스티 지음/황종호 옮김
1판 1쇄 발행/1977년 12월 1일
2판 1쇄 발행/2003년 1월 1일
2판 3쇄 발행/2014년 9월 1일
발행인 고정일/발행처 동서문화사
창업 1956. 12. 12. 등록 16-3799
서울 강남구 도산대로 163(신사동)
☎ 546-0331~6 (FAX) 545-0331
www.dongsuhbook.com

*

편찬·필름·제작 일체 「동판」 자본으로 이루어짐에 따라
출판권 소유권자 「동판」에서 제조출판판매 세무일체를 전담합니다.
사업자등록번호 211-90-02201
ISBN 978-89-497-0114-1 04840
ISBN 978-89-497-0081-6 (세트)

쥐덫

차례

등장인물

자일즈 데이비스   몬크스웰 장(莊)의 주인

몰리   데이비스의 아내

메트카프 소령
크리스토퍼 렌   } 몬크스웰 장의 하숙인들
보일 부인

트로터   형사부장

호그벤   총경

미스 마플   센트 메리 미드 마을에 사는 노처녀. 마을에서 일어나는 사건을 푸는 탐정

에르큘 포아로   벨기에 경찰 출신의 사립 탐정

해리 퀸   연애 탐정

Three Blind Mice
쥐덫
세 마리의 눈먼 쥐

매우 쌀쌀해졌다. 어두운 하늘에 눈이 올 듯한 구름이 무겁게 드리워져 있었다. 검은 외투에 머플러로 얼굴을 감싸고 모자를 깊숙이 눌러쓴 사나이가 카르바 거리를 걸어가고 있었다. 74번지까지 오자 층계를 올라가 초인종에 손가락을 댔다. 벨 소리는 지하실에서 요란스럽게 울렸다. 부엌에서 빨래를 하느라고 한창 바쁜 케이시 부인이 내뱉듯이 말했다.

"정말 성가시게 울리는군. 도무지 숨돌릴 틈도 없잖아."

헉헉 숨소리를 내며 괴로운 듯 계단을 올라가 문을 열었다. 한 사나이가 눈구름이 드리워진 하늘을 배경으로 문밖에 그림자처럼 서 있었다. 그는 낮은 목소리로 물었다.

"라이언 부인의 방은?"

"3층이에요." 케이시 부인은 이렇게 대답하고 "올라오세요. 그 사람은 당신이 온다는 것을 알고 있나요?" 하고 물었다. 사나이는 말없이 고개를 저었다.

"그래도 괜찮으니 올라오세요. 노크하면 될 테니까요."

그녀가 보고 있는 앞에서 사나이는 깔개가 다 무지러진 층계를 올라갔다. 나중에 케이시 부인이 진술한 바에 의하면, 그의 모습에 이상한 느낌이 있었다는 것이었다. 그러나 그때의 그녀는 '아, 이 사람은 심한 감기가 들어서 목소리가 달라졌구나' 하고 생각했을 뿐이었다. 사실 그렇게 생각해도 조금도 무리가 없는 그런 추위였다. 사나이는 층계 모퉁이를 돌아가자, 나직하게 휘파람을 불기 시작했다. '세 마리의 눈먼 쥐'의 멜로디였다.

몰리 데이비스는 큰길까지 나와 문에 새로 단 간판을 올려다보았다.

'하숙, 몬크스웰 장'

그리고 몰리는 만족스러운 듯이 고개를 끄덕였다. "마치 전문가가 만든 것 같군." 전문가의 손으로 이루어졌다고 해도 조금도 이상하지 않았다. 하숙이라는 글씨가 조금 오른쪽으로 비뚤어지고 몬크스웰 장이라는 글씨의 끝부분의 간격이 너무 달라붙은 듯한 결점은 있지만 전체적으로 보아 자일즈는 일을 훌륭하게 해주었다. 정말이지 그는 재주가 있다. 무엇을 시키든지 생각보다 훌륭하게 해내는 일이 많이 있어서, 그럴 때마다 그녀는 남편을 다시 보곤 했다. 본디 자신에 대한 일은 말하려고 하지 않는 성격이므로 재능을 발견하기까지는 그녀로서도 상당한 시간이 걸렸다. '해군 출신의 남자'와 '재주 있는 남자'가 우리 영국에서는 동의어로 쓰이는데 과연 그렇구나, 하는 생각이 들었다.

그 자일즈가 이번의 새로운 일에 그의 온 능력을 쏟아 줄 것이다. 하숙집 경영은, 그녀도 자일즈도 모두 서툴렀다. 그러나 한편 또 즐거운 일이 아닐 수 없다. 게다가 그것은 그들 부부의 주택 문제를 해결해 주기도 하는 것이다.

그것은 몰리의 아이디어였다. 캐서린 아주머니가 세상을 떠나고 몬크스웰 장이 유산으로 남게 된 것을 변호사가 보낸 편지로 알게 되자, 이 젊은 부부는 당연한 일로써 그 집을 팔려고 생각했다. 자일즈가 물었다. "어떻게 생긴 집이오?" 몰리가 대답했다. "조금씩조금씩 증축을 하는 바람에 터무니없이 커진 옛날 집이에요, 방마다 빅토리아 왕조 시대의 구식 가구가 답답하게 잔뜩 들어차 있어요, 정원만큼은 아주 훌륭하지만 그것도 전쟁이 일어난 뒤로는 지금까지 풀이 더부룩하게 우거진 상태예요, 늙은 정원사가 한 사람 있을 뿐이니까요."

그래서 두 사람은 집을 팔기로 결정했다. 가구는 아주 조금만 남겼다. 자그마한 집이나 아파트가 생기면 그 가구로 꾸미자고 의논이 된 것이다.

그러나 곧 성가신 문제가 두 가지 생겼다. 하나는 가장 중요한 것으로, 작은 집이나 아파트가 뜻대로 나타나지 않는 일과 또 하나는 가구 종류가 모두 너무 크다는 것이었다.

"괜찮아요," 몰리는 말했다. "그것은 그대로 다 팔아 버리기로 해요, 문제없이 팔릴 거예요."

변호사도 또 시절이 시절이니만큼 어떤 건물이든 살 사람이 나설 것이라고 장담했다.

"우선 틀림없이," 변호사는 말했다. "호텔이나 하숙집을 해볼 사람이 사겠다고 나타날 겁니다. 그때는 가구째 팔아 버리는 거지요, 다행히도 그 집은 꽤 손질이 잘 되어 있어요, 돌아가신 미스 에몰리가 전쟁이 일어나기 조금 전에 대대적인 수리를 해 놓았기 때문입니다. 그래서 완전히 근대식으로 꾸며졌어요, 네, 정말 살기 좋은 집입니다."

몰리가 그 아이디어를 생각해 낸 것은 변호사의 이 말을 들었을 때였다.

"자일즈," 그녀는 말했다. "이왕이면 우리가 하숙집을 해보면 어떨까요?"

처음에 남편은 웃어댔지만 몰리는 열심히 주장했다.

"처음에는 많은 하숙인을 두지 않으면 되잖아요? 그 집에서 하면 경영은 하기 쉬울 거에요. 어느 침실에나 찬물과 더운물이 나오고, 중앙 난방 장치며 가스 조리대며 갖추어질 것은 다 갖추어져 있거든요. 닭과 오리를 길러 알을 얻을 수도 있고, 야채류도 마당을 이용하면……"

"그런 일을 다 누가 하지? 요즘은 일하는 사람을 구하기가 얼마나 힘이 드는데."

"물론 그 일은 우리가 직접 해야지요. 어디서 살든지 그 정도의 일은 해야 돼요. 같이 사는 사람이 좀 늘어날 뿐, 큰 차이는 없을 거에요. 시작만 하면 드나들며 일을 거들어 줄 여자를 하나쯤 구하지 못하겠어요? 이를테면 하숙인을 다섯 사람 둔다고 하고, 한 사람이 1주일에 7기니만 낸다면……"

몰리는 즐거운 계획의 꿈을 좇아 열심히 계산을 하더니 "그리고 자일즈" 하고 말을 맺었다. "이제 집을 가질 수 있는 거예요, 우리의 집을. 이 기회를 놓치면 자리잡고 살 수 있는 집을 마련하기까지 또 백 년이 걸릴 거에요."

그 말에는 자일즈도 같은 의견이었다. 결혼을 서두른 탓도 있어 부부가 함께 지내는 시간이 거의 없었다. 지금의 그들로서는 적당한 집을 정해 자리잡는 일이 무엇보다도 절실한 희망이었다.

그러한 사정이라, 큰 모험이라고는 생각했지만 하숙업을 하기로 한 것이다. 지방 신문과 타임스 지에 광고를 내자 얼마 지나지 않아서 응모 편지가 쏟아져 들어왔다. 그리하여 오늘 첫 하숙인이 올 예정이었다.

자일즈는 아침 일찍 차를 몰고 나갔다. 그 군(郡)의, 그들이 사는 마을과 반대쪽에 있는 거리에서 군대가 매각한 철망을 경매한다는 말을 들었기 때문이었다. 그 뒤로 몰리는 마을까지 걸어가 마지막 쇼핑을 하기로 마음먹었다.

다만 한 가지 순조롭지 못한 것은 날씨였다. 이틀 전부터 심한 추위가 계속되고 있었는데 마침 그 날이 되자 눈이 내리기 시작했다. 몰리가 마을에서 돌아올 무렵에는 방수(防水) 외투를 입은 그녀의 어깨와 밝은 빛깔의 굽실거리는 머리 위로 소담한 눈송이가 떨어졌다. 일기 예보는 아주 비관적이어서 그 날 밤은 큰 눈이 올 우려가 있다고 경고하고 있었다.

그녀가 무엇보다도 걱정한 것은 수도관이 얼어붙는 일이었다. 하숙을 시작하자마자 고장이 생긴다면 한심한 일이다. 시계를 보니, 차를 마실 시간은 벌써 지난 지 오래였다. 자일즈는 이미 돌아와서 그녀가 어디를 갔을까, 하고 신경을 쓰고 있을지도 모른다.

"잊어버리고 못 산 물건이 있어서 마을까지 내려갔다 왔어요."라고 그녀는 말할 작정이었다. 그러면 남편은 아마 웃으면서 이렇게 말할 것이다. "또 통조림이로군."

그들 부부 사이에서는 언제나 통조림이 우스운 이야깃거리가 되었다. 떨어지는 일이 없도록 둘이서 서로 마음을 써서, 만일의 경우를 생각하여 마련해 둔 통조림 종류가 찬장 안에 가득 차 있었다.

몰리는 하늘을 올려다보며 눈살을 찌푸렸다. 그 만일의 경우가 머지않아 찾아올 것처럼 생각되었기 때문이다. 집에는 아무도 없었다. 자일즈는 돌아오지 않았다. 몰리는 먼저 부엌으로 들어갔다. 곧 2층으로 올라가 새로 꾸민 객실을 들여다보며 돌아다녔다.

보일 부인에겐 마호가니로 만든 가구와 네 기둥이 있는 침대가 놓여진 남쪽 방을 주고, 메트카프 소령에게는 떡갈나무로 만든 가구가 갖추어진 푸른 방, 그리고 렌 씨에게는 들창문이 있는 동쪽 방을 주기로 결정했다. 어느 방을 보나 몰리는 만족할 수 있었다. 캐서린 아주머니가 린네르 종류를 많이 비축해 두었으므로 상당히 도움이 되었다. 몰리는 침대 위의 이불을 반듯하게 매만져 놓고 다시 아래층으로 내려갔다. 이미 해가 지기 시작했다. 집 안이 갑자기 소용해져 텅 빈 듯한 느낌을 주었다. 이곳은 마을에서도 2마일이나 떨어져 있는 쓸쓸한 외딴집이었다. 몰리의 말을 빌리면 인간 세계에서 2마일 떨어진 셈이 된다.

전에도 그녀는 혼자 있는 일이 여러 차례 있었지만, 지금처럼 혼자 있는 것이 의식된 일은 없다.

바람이 일어 눈이 유리창에 몰아쳐 사그락거리며 어수선한 소리를 내고 있었다. 자일즈는 돌아올 수 있을까? 눈이 많이 쌓여 차가 못 다니게 되는 것은 아닐까? 그녀 혼자서 여러 날을 살게 된다면 어떻게 할까?

그녀는 부엌을 둘러보았다. 크고 기분 좋은 부엌——여기에 어울리는 것은 몸집이 크고 사람 좋아 보이는 수석 요리사이다.

테이블의 주인자리에 앉아 턱을 율동적으로 움직이며 롤케이크를 먹고 홍차를 마신다. 물론 한쪽 자리에는 키가 큰 심부름꾼을 앉히고, 반대쪽에는 볼이 발그레하고 오동통한 하녀를 앉힌다. 맨 끝자리를 차지하는 것은 허드렛일을 하는 하녀로 겁을 먹은 듯한 눈초리로 선배들을 흘끔흘끔 훔쳐보고 있다. 그러나 현실은 그녀, 몰리 데이비스 혼자서 몸에 익지 않은 역할을 하고 있는 것이다. 그렇게 생각하는 순간, 그녀 자신이 실제로 있지 않은 것 같은 느낌이, 그리고 자일즈 또한 현실의 인간이 아니라는 느낌이 들었다. 그녀는 다만 무대에서 춤을 추고 있는 데 지나지 않는다, 서투른 역할을 하며.

유리창 밖에 사람 그림자가 보였으므로, 그녀는 가슴이 철렁 내려앉았다. 누군가가 눈길을 걸어 다가오고 있다. 옆문이 덜컹거린다. 잠시 뒤에 그 문이 열리고, 그곳에 보지도 못하던 남자가 서서 눈을 털며 들어오지 않는가……

그러나 환상은 곧 사라졌다.

"어머, 자일즈!" 그녀는 소리쳤다. "이젠 됐어요, 돌아와 주셔서!"

"여보, 몰리! 굉장한 추위야! 얼어죽는 줄 알았어."

그는 발을 탁탁 구르며 손을 호호 불었다.

몰리는 무의식적으로 자일즈가 늘 하는 버릇으로 떡갈나무 장 위에 아무렇게나 벗어 던진 외투를 집어들었다. 외투를 옷걸이에 걸고 주머니 속에 쑤셔 넣은 머플러며, 신문지며, 실꾸러미, 그 날 아침에 배달된 우편물 등을 꺼내어 들고 부엌으로 가더니 식기장 위에 놓았다. 그리고 가스대에 주전자를 올려놓으며 "철망은 사셨어요?" 하고 물었다. "꽤 시간이 걸렸군요."

"그것은 이 집에 어울리는 물건이 아니었어. 사도 쓸모가 없겠어. 그래서 다른 매각물자들을 봤는데, 살 만한 게 하나도 없더군. 그래, 당신은 지금까지 무얼 하고 있었소? 아직 아무도 안 온 것 같은데."

"보일 부인은 내일 온대요."

"그러나 메트카프 소령과 렌 씨는 오늘 올 예정 아냐?"

"메트카프 소령도 엽서를 보내왔어요, 내일 온다고요."

"그러면 오늘밤의 식사는 우리와 렌 씨뿐인가. 어떤 사람인 것 같소? 내 생각으로는 퇴직한 관리 같은데."

"그렇지 않아요, 제 생각에는 예술가 같아요."

"그렇다면 하숙비는 주일마다 선금을 받아 두는 게 좋겠군."

"자일즈, 천만의 말씀이에요. 모두들 짐이 있잖아요. 지급이 늦으면 짐을 잡으면 돼요."

"그 짐이 신문지에 싼 돌멩이였던 일도 있어. 웃을 일이 아니야, 몰리. 이 장사를 시작하면 앞으로 무슨 골치 아픈 문제가 생길지 예측할 수 없는 거야. 될 수 있으면 우리가 경험 없는 사람이라는 것을 눈치채지 못하게 해야 할 텐데."

"보일 부인은 눈치챌 거에요. 그 여자는 그런 사람이에요."

"그걸 어떻게 알지? 만나 본 일도 없는데."

몰리는 얼굴을 돌렸다. 그리고 테이블 위에 신문지를 펴놓더니 그 위에서 치즈를 깎기 시작했다.

"그건 뭘 할 거요?"

남편이 묻자 몰리는 설명을 했다.

"웰시 래빗을 만들 거에요. 빵에 으깬 감자, 거기다 치즈를 조금 녹여서 끼었으면 그 요리가 되는 거에요."

마음이 좋은 남편은 말했다.

"요리사로서의 당신 실력은 문제없겠지?"

"글쎄요, 어떨지. 하지만 전 요리를 한 가지씩 밖에 못해요. 한꺼번에 몇 가지 요리를 만들려면 상당한 연습을 해야 할 거에요. 그래서 아침 식사가 가장 걱정이에요."

"왜?"

"왜라니요. 달걀에 베이컨, 뜨거운 밀크에 커피와 토스트——이런 것을 한꺼번에 만들게 되면 밀크는 끓어서 넘고 토스트는 타고 베이컨은 쪼글쪼글해지며 달걀은 너무 굳어져 버릴 것 아니겠어요. 이만한 일을 실수 없이 해내려면 불에 덴 고양이처럼 이리 뛰고 저리 뛰고 해야 할 거에요."

"내일 아침에는 살짝 일어나서 불에 덴 고양이의 요리 솜씨를 구경

할까."

"어머나, 주전자물이 끓는군요. 차를 타 가지고 서재로 가서 라디오를 들을까요. 뉴스 시간이 다 되었을 거에요."

"앞으로는 우리 둘 다 하루의 대부분을 부엌에서 지내게 될 것 같군. 라디오는 여기 놓아두기로 합시다."

"그게 좋겠군요. 아주 훌륭한 부엌이 될 거에요. 전 이 부엌이 마음에 들어요. 이 집에서 가장 멋진 곳은 여기라고 생각해요. 식기장도 좋고, 접시 종류도 좋아요. 그리고 무엇보다도 이 큰 조리용 화덕의 화려한 느낌이 좋아요. 여기다 요리를 하게 되면 한바탕 법석을 떨어야 할 거에요."

"정말이야. 이것을 쓰게 되면 1년 치의 배급 연료가 하루 사이에 다 없어질 거야."

"그렇겠지요. 옛날에는 왜 이렇게 큰 화덕을 썼을까요? 설로인 스테이크, 머튼의 등심고기, 여러 파운드의 설탕을 넣어 집에서 만든 딸기잼을 큰 구리 항아리에 담아놓고——빅토리아 왕조란 참으로 살기 좋은 시대였나 보지요. 2층의 가구들을 보아도 알 수 있어요. 묵직한 느낌이 드는 튼튼한 것뿐이에요. 장식이 너무 많아서 좀 보기 흉한 점은 있지만 무엇이든지 다 멋있어요! 옷을 얼마든지 여유 있게 넣을 수 있고, 어느 서랍이나 다 여닫기가 편하며——생각나세요? 요전까지 빌려서 살았던 아파트 말예요. 근대적이고 스마트하지만 가구는 다 붙박이로 만들었고 서랍마다 마음대로 열리는 게 없었잖아요. 문은 밀어야 닫히면서도 제대로 닫힌 적이 없고, 그 중에는 닫히기만 하면 다시는 열리지 않는 것도 있었지요."

"하긴 가구며 문짝 같은 것들이 나빴어. 잘 열리지 않을 때마다 당신은 시무룩하곤 했었지."

"이제 그만 해 둬요. 저쪽에 가서 라디오 뉴스를 들어요."

주요한 뉴스는 우울한 날씨 예보와 암초에 부딪친 외교 절충, 국회에서의 활발한 토론, 패딩턴의 카르바 거리에서 일어난 살인 사건 등 대강 이런 것이었다.

　몰리는 스위치를 끄며 말했다.

　"우울한 이야기뿐이군요. 그 다음은 들으나마나 연료를 절약해 달라는 호소가 시작될 거에요. 정부는 어떻게 생각하고 있는지 모르겠어요. 우리들 보고 가만히 앉아서 얼어죽으라는 것 같군요. 겨울에 하숙을 시작하다니 잘못 생각한 것인지도 모르겠어요. 봄이 될 때까지 기다릴 걸 그랬나봐요."

　그리고 그녀는 말투를 바꾸어 "살해된 여자는 어떤 사람일까요?" 하고 말했다.

　"라이언 부인 말이오?"

　"그런 이름이었어요? 누가 무슨 까닭으로 죽였을까요?"

　"마루 밑에 한밑천 감춰 두었는지도 모르지."

　"지금 들은 뉴스로 보면 경찰이 그 근처에 모습을 나타냈던 남자를 급히 만나고 싶어하는 모양이에요. 그건 그 남자가 범인이라는 뜻인가요?"

　"그런 셈이지. 표현을 좀 부드럽게 했을 뿐이야."

　그때 요란스럽게 벨이 울려서 두 사람은 깜짝 놀랐다.

　"현관이야." 자일즈가 이렇게 말하더니 "살인귀의 등장인가?" 하고 익살맞은 말투로 덧붙여 말했다.

　"그럴지도 모르지요. 연극에서라면. 자, 어서 서둘러 주세요. 틀림없이 렌 씨일 거에요. 이제 저와 당신 중 누구의 예상이 들어맞을지 알 수 있을 거에요. 렌 씨가 어떤 사람인가 하는 것 말예요."

　눈이 섞인 바람이 렌과 함께 뛰어들었다. 그러나 몰리는 서재문 앞에 서 있었으므로 온통 흰색으로 변한 바깥 세계를 배경으로 하여 새로 들어온 사람의 실루엣이 떠오른 것을 보았을 뿐이다.

몰리는 생각했다. 남자란 문명의 제복을 몸에 걸치면 어찌 이렇게도 모두 비슷하게 보일까? 검은 외투에 회색빛 모자, 머플러를 목에 감은 그 모습. 자일즈는 서둘러 현관문을 닫아 바람을 막았다. 렌 씨는 머플러를 풀고 슈트케이스를 내려놓은 다음 모자를 내던졌다. 그런 일을 한꺼번에 해치우는 것 같았다. 그리고 입을 놀리는 일까지도 동시에 했다. 화가 난 듯한 새된 목소리를 지닌 사람이다. 홀의 불빛으로 보니 밝은 갈색머리에 파르스름하고 안정성이 없는 눈을 가진 젊은이였다.

"이거 지독하군, 정말 지독해. 영국의 겨울 중에서도 최악의 날이겠지요. 디킨스의 옛날로 되돌아간 것 같군요. 스크루지며 꼬마 팀 같은 자들이 있던 시대로 말예요. 이 바람 앞에 맞서려면 상당한 힘이 필요할 겁니다. 그렇게 생각지 않으십니까? 웨일스에서 들판을 가로질러 왔는데, 악전고투의 연속이었어요. 아, 당신이 데이비스 부인이시군요. 이렇게 만나 뵙게 되어 반갑습니다."

그는 뼈대가 굵은 손으로 재빨리 몰리의 손을 잡고 말했다.

"저의 상상은 아주 빗나갔습니다. 인도 주재 장관의 미망인 같은 사람을 생각하고 왔었지요. 근엄하고 아주 사모님인 체하는——그래요. 바나라시(인도 북부의 도시)에 있는 권력자의 부인, 요컨대 빅토리아 왕조 시대의 전형으로서 엄숙한, 다만 엄숙해 보일 뿐인 부인이 나타나 납으로 세공한 꽃이라든가 극락조 같은 것을 자랑하는. 아니, 정말은 그러리라고 각오하고 왔습니다. 그러나 저는 자신이 있었습니다. 이런 집에도 간단히 익숙해질 수 있다고요. 솔직히 말해서 더 옛 세계를 상상하고 있었지요. 바나라시의 병영 나팔소리가 들려 오지 않을 뿐 아주 케케묵은 저녁 같은 집을 말입니다. 그런데 댁은 정말 훌륭합니다. 이곳에 감돌고 있는 것이 진짜 빅토리아 왕조의 품위입니다. 아름다운 식기장을 가지고 계시겠지요? 마호가니로 만든, 과일조각을 하여 플럼(서양 오얏)처럼 가짓빛을 띤 식기장을……. ”

“네, 그거라면……” 몰리는 상대방의 재치 있는 말솜씨에 정신이 빠져 “갖추어 놓았어요” 하고 말했다.

“역시 그렇군요! 곧 봐야 되겠습니다. 저 방에 있나요? ”

그 민첩함은 상대방이 당황할 정도였다. 느닷없이 식당문의 손잡이를 돌리고 전등 스위치를 켰다. 몰리는 그 뒤를 따라 갔으나 남편 자일즈의 불쾌한 옆얼굴이 왼쪽으로 보이고 있었다.

렌 청년은 뼈와 가죽뿐인 기다란 손가락으로 초대형 식기장의 화려한 조각을 쓰다듬으며 조그맣게 탄성을 질렀다. 그리고 여주인에게 비난의 눈초리를 보내며 말했다.

“식당 테이블로 대형 마호가니 제를 쓰시지 않은 것은 무슨 까닭이지요? 소형 테이블을 몇 개 늘어놓고 쓰시는 것 같은데. ”

이 말에 몰리가 “그러는 편이 여러분의 마음에 드실 것 같아서요” 하고 대답했다.

“분명히 부인 말씀이 맞습니다. 저도 좀 일시적인 감정에 지나치게 움직였어요, 물론 그런 테이블을 둘러싸고 앉으려면 거기에 어울리는 가족이라야 합니다. 턱수염을 기르고 엄격해 보이는 표정의 근엄한 아버지, 많은 아이를 낳아 바싹 여윈 어머니, 열 한 명의 아이들, 엄격한 가정교사, 게다가 '가난한 해리엇'이라 불리우고 있는 사나이──이 가난한 친척은 잡일을 시키고는 있지만, 만족할 만한 집을 마련해 준 일로 아주 고마워하고 있습니다. 난로를 보십시오, 안에서 타고 있는 불꽃을 생각해 보세요, 굴뚝으로 타올라 가 해리엇의 등에 밝게 빛나고 있습니다. ”

자일즈가 말을 걸었다.

"슈트케이스를 2층으로 가지고 가려고 하는데, 동쪽 방이었지?"

"그래요." 몰리가 대답했다.

자일즈가 2층으로 올라가자 렌 청년은 가벼운 발걸음으로 홀로 나왔다.

"저의 방에는 장미꽃 무늬의 사라사 커튼이 있는 네 기둥의 침대가 있겠지요?" 하고 물었으나 자일즈는 계단에서 "그런 것은 없소" 하고 말하고는 모퉁이를 돌아 모습을 감춰버렸다.

"주인께서는 저를 좋아하시지 않는 것 같군요." 렌이 말했다. "어디에 근무하셨지요? 해군이었나요?"

"네, 그래요."

"그럴 줄 알았어요. 해군에 계셨던 분은 육군이나 공군에 있던 사람만큼 너그럽지 못해요. 결혼하신 지 얼마나 되십니까? 주인을 사랑하고 계신 줄은 압니다만."

"당신도 2층에 올라가 방을 보시면 어때요?"

"아, 기분 나쁘십니까? 그러나 정말 저는 알고 싶었어요. 아실 것 같은데요. 상대방이 누구건 그 속마음을 알게 된다는 것은 흥미 있는 일이라는 것을. 그러므로 어떤 분이든, 무슨 일을 했었느냐 하는 것보다 어떻게 느끼고 무엇을 생각하고 있느냐가 저의 주된 관심거리입니다."

"저……." 몰리는 목소리를 가다듬어 말했다. "당신은 렌 씨지요?"

청년은 지껄이던 말을 멈추고 두 손으로 머리카락을 잡아당겼다.

"아차, 큰 실수로군. 저라는 자는 맨 먼저 해야 할 말을 맨 먼저 하지 않는 경향이 있어요. 네, 저는 분명히 크리스토퍼 렌입니다. 아니, 웃지 마세요. 이것은 진짜 이름입니다. 저의 부모님은 두 분다 로맨틱한 분들이라 저를 건축가로 키우는 것이 희망이었습니다.

그래서 생각난 멋진 아이디어가 크리스토퍼라는 이름을 붙이는 일이었습니다. 성은 우리 집 본디의 것입니다만(크리스토퍼 렌은 런던의 성(聖) 파울 성당 및 그밖에 많은 이름난 건축을 남긴 건축가. 1632~1723)."

"그래, 당신은 건축가가 되셨습니까?"

몰리는 웃음을 참지 못하며 그렇게 물었다.

"되었지요." 렌은 신이 나서 대답했다. "적어도 한 발만 더 내디디면 건축가라는 말을 들을 수 있는 곳까지 와 있는 셈입니다. 자격에 좀 부족한 점이 있기야 합니다만. 그러나 희망하는 목표, 훌륭한 실례(實例)가 그곳에 있으니 기운이 안 날 수가 없지요. 이름이 핸디캡이 되는 것은 피할 수 없지만, 위대한 크리스토퍼 렌까지는 못된다 해도 저는 저 나름대로 크리스 렌 프레하브 주택 같은 것으로 이름을 날려 볼 겁니다."

자일즈가 2층에서 내려왔으므로 몰리는 말했다.

"방을 보여 드리겠어요, 렌 씨."

그녀도 또 몇 분 뒤에 내려왔으므로 자일즈가 말했다.

"그 사람, 떡갈나무 가구가 마음에 드는 것 같소?"

"네 기둥이 있는 침대를 어찌나 원하는지 장미실로 바꿨어요."

자일즈는 못마땅한 얼굴로 뭐라고 투덜거리고 있었는데, 마지막 말은 아무리 젊다 해도 너무 버릇이 없다고 하는 것 같았다.

"당신도 생각해 보세요." 몰리는 엄격한 태도를 보였다. "이것은 손님을 불러들여 우리 자신이 즐기는 파티와는 달라요. 장사라는 것을 잊어버리지 마세요. 저 크리스토퍼 렌 씨가 마음에 들거나 말거나……."

"못마땅해." 자일즈가 소리치듯 말했다.

"그건 장사와는 아무 관계도 없는 일이에요. 그 사람은 일주일에 7

기니씩 지불해 주는 거에요. 그것뿐이에요."

"지불만 해준다면야."

"금액은 허락해 줬어요. 편지를 받았다고요."

"당신은 그의 슈트케이스를 장미실로 옮겼군?"

"아니오. 그 사람이 날랐어요. 뻔한 일 아니에요?"

"꽤 친절하군. 하지만 당신이 나를 수 없을 정도로 무거운 것 같지는 않던데. 속에 든 것은 틀림없이 신문지에 싼 돌멩이일 거야. 나는 너무 가볍기에 속이 비지 않았나 하는 생각을 했을 정도였어."

"쉬, 내려오고 있어요."

몰리는 이렇게 말하고, 내려온 크리스토퍼 렌을 서재로 안내했다. 이곳에는 큰 의자도 있고, 난로에는 장작불이 활활 타오르고 있었다. 호화롭다고 칭찬해 주리라고 생각한 것이다. 식사는 30분 안에 준비하겠다고 말하고 상대방의 질문에 대답하여 지금 현재 다른 손님은 없다고 설명했다. 그러자 크리스토퍼는 "그렇다면 부인과 함께 부엌에 들어가 거들어 드려도 상관없겠군요" 하고 말했다. "뭣하면 제가 오믈렛쯤은 만들어 드릴 수 있어요" 하고 애교가 넘치는 모습으로 말을 하기도 했다.

그 뒤의 움직임은 모두 부엌에서 이루어졌고 크리스토퍼는 접시 씻는 일까지 도와주었다.

몰리는 생각하고 있었다. 하숙을 처음 시작하는 날치고는 어딘가 정상적이 아닌 점이 있다. 자일즈가 못마땅한 얼굴을 한 것도 까닭은 거기에 있는 것이다. 그러나 문제없다. 그날 밤 몰리는 잠이 들면서 내일이 되어 다른 하숙인들이 도착하면 분위기가 완전히 달라질 것이라고 생각했다.

날이 새자 어두운 하늘에서 눈이 내리고 있었다. 자일즈까지 심각한 표정을 짓고 있었으므로 몰리는 마음이 아주 우울했다. 이런 날씨에는 모든 일이 하기 힘들다는 것을 각오해야만 한다.

보일 부인이 바퀴에 체인을 감은 택시로 도착했는데 그 운전사는 이렇게 눈이 오다가는 차도 달릴 수 없을 것이라고 불만조로 말하더니 "해가 질 무렵에는 상당히 쌓일 겁니다" 하고 자신있게 덧붙였다.

보일 부인이 왔는데도 이 집에 감도는 침울함이 줄어들지는 않았다. 그녀는 몸집이 크고 아주 위엄 있게 생긴 부인으로, 쩌렁쩌렁한 목소리로 떠들어댔으며 태도가 몹시 거만해 보였다. 타고난 남자 같은 성격이 오랜 동안 종군(從軍)한 경험으로 한층 더 연마되어 있었던 것이다.

"이번에 처음으로 시작하는 거군요. 그런 줄 알았으면 이런 데까지 찾아오지 않는 건데," 부인은 말했다. "난 또 설비가 잘 되어 과학적으로 경영되고 있는 하숙인 줄만 알았지요."

"만족스럽지 못하다면 억지로 머물지 않으셔도 됩니다, 보일 부인." 자일즈가 말했다.

"그렇지요. 나도 머물고 싶은 생각은 없어요."

"그렇다면 보일 부인," 자일즈는 계속해서 말했다. "전화를 걸어 택시를 불러드리지요. 아직까지는 길이 막힌 상태는 아니니까. 예상에 어긋나는 점이 있으시다면 다른 곳으로 옮기는 편이 좋으리라고 생각합니다." 그렇게 말한 다음에 자일즈는 덧붙여 말했다.

"신청자는 얼마든지 있으므로 부인 대신 들어올 사람은 간단히 결정될 겁니다. 사실 말이지, 앞으로는 방 값을 올려 받아 신청자의 정리를 해야겠다고 생각할 정도니까요."

보일 부인은 날카로운 눈길을 그에게로 던지며 말했다.

"난 여기가 어떤 곳인지 시험해 보기도 전에 나갈 생각은 없어요. 아, 데이비스 부인, 큰 목욕 수건을 빌려 줄 수 있겠지요? 되도록 큰 게 좋아요. 나는 주머니용 손수건으로 몸을 닦는 데는 익숙치 않아서요."

자일즈는 방으로 들어가는 보일 부인을 바라보더니 몰리를 보고 히죽 웃어 보였다.

"여보! 당신 정말 멋있었어요." 몰리가 말했다. "용감했어요. 그 여자를 다루는 당신 모습이."

"저렇게 콧대가 센 여자일수록 강하게 나가면 어이가 없을 정도로 쑥 들어가게 마련이야."

"하지만 여보, 전 걱정이 돼요. 저 여자, 렌 씨와 잘 지낼 수 있을까요?"

"잘 어울릴 수는 없겠지." 자일즈는 대답했다.

그리고 실제로 그날 오후가 되자 보일 부인이 몰리에게 말을 꺼냈다.

"아주 색다른 젊은이군요." 그 목소리에는 분명히 불쾌한 감정이 나타나 있었다.

북극 탐험대 같은 모습을 한 빵장수가 빵을 가지고 와서, 이틀에 한 번씩 왔으나 다음 배달 날짜에는 기다리지 말아 달라고 말했다.

"가는 곳마다 통행금지라서요." 그가 말했다. "식량은 충분히 사 놓으셨겠지요?"

"네, 사 놓았어요." 몰리는 대답했다. "통조림도 많아요. 그런데 밀가루를 좀 더 준비해 놓을 걸 그랬나봐요."

그녀는 막연히 아일랜드 인이 만드는 소다 빵이라는 이름의 식품을 생각하고 있었다. 그거라면 최악의 사태가 왔을 때 몰리도 만들 수 있을지 모른다.

빵장수가 신문도 가져다 주었으므로 그녀는 곧 홀의 테이블 위에 펴놓고 보았다. 외교 문제는 중요성이 희박해지고 밀어닥치는 나쁜 날씨와 라이언 부인 살해사건 기사가 제1면을 차지하고 있었다.

　그녀가 살해된 부인의 흐릿한 사진을 들여다보고 있는데, 등뒤에서 크리스토퍼 렌의 목소리가 들려왔다.

　"인색한 느낌이 드는 살인입니다, 부인. 그렇게 생각하지 않습니까? 초라한 여자가 초라한 거리에서 살해되었다는 것뿐이지요. 그 뒤에 그럴 듯한 이야기가 숨어 있다고는 생각되지 않습니다."

　"그런 것은 떠들어 댈 만한 게 못돼요." 보일 부인이 콧김 세게 말했다. "그 여자는 당연한 보복을 받은 게 틀림없어요."

　"아하!" 렌은 그래도 성의를 보여 그녀 쪽으로 돌아서며 말했다. "그러니까 당신은 그것을 성적(性的)인 범죄라고 생각하시나요?"

　"나는 뭐, 그런 것을 말하는 건 아니에요."

　"그 여자는 교살된 겁니다." 그는 길고도 흰 손을 내밀며 말했다. "저는 생각해보곤 합니다. 사람 하나를 교살시키면 어떤 기분이 들까 하고요."

　"어머나, 렌 씨!"

　크리스토퍼는 그녀에게 다가가 목소리를 낮추었다.

　"보일 부인, 생각해 본 일이 있으십니까? 교살당할 때 어떤 기분이 들까 하는 것을."

　보일 부인은 거듭 "어머나, 렌 씨!" 하고 소리쳤다. 아까보다도 더 화내고 있었다.

　몰리는 서둘러 큰 소리로 신문 기사를 읽기 시작했다.

　"경찰이 현재 열심히 수사를 하고 있는 자는 검은 외투를 입고 밝은 빛깔의 혼부르그 모자를 썼으며, 중키에 울 머플러를 두르고……."

　크리스토퍼는 옆에서 "그렇다면 사방에 흔히 있는 남자가 아닌가요?" 하고 웃었다.

"그래요." 몰리도 말했다. "흔히 있지요."

파민터 경감은 경시청의 자기 방에서 형사부장 케인에게 말했다.

"이 두 막노동꾼들을 만나 봐야겠군."

"데리고 오겠습니다."

"그래, 어떤 사람들인가?"

"하급 노무자들인데, 상당히 반응이 느립니다. 하지만 그만큼 믿을 만 하다고 봅니다."

"알았어." 파민터 경감은 고개를 끄덕였다.

이윽고 나들이옷으로 갈아입고 온 듯한 두 사나이가 겁을 먹은 태도로 방에 들어왔다. 파민터는 재빠르게 훑어보았다. 그는 이런 사람들을 마음놓게 하는 데에는 아주 능숙하다.

"아, 당신들이 라이언 부인 살해 사건 해결에 도움이 될 만한 정보를 가지고 있다고요? 그거 참 다행입니다. 잘 와 주셨소. 자, 거기 편히 앉으시오. 담배라도?"

그는 두 사람이 담배에 불을 붙이는 동안 아무 말도 하지 않고 기다리고 있었다.

"바깥 날씨는 굉장한가 보지요?"

"네, 그렇습니다."

"그럼, 이야기를 들어 볼까요."

두 사나이는 서로 얼굴을 마주보았다. 이야기를 꺼낼 자신이 없는지 둘 다 머뭇거리고 있다가 "조, 자네가 이야기 해" 하고 두 사람 중 몸집이 큰 쪽이 말하자 조가 이야기를 꺼내기 시작했다.

"그러니까, 그게 이렇습니다. 우리는 성냥이 떨어져서……."

"어디서 말이오?"

"저먼 거리였어요. 우린 그곳 한길에서 일을 하고 있었습니다. 그러니까 가스관 공사였지요."

파민터 경감은 고개를 끄덕였다. 정확한 시간과 장소에 대해서는 나중에 묻기로 하자. 저먼 거리는 사건이 일어난 카르바 거리에서 가까운 곳이었다.

"당신네들은 성냥을 다 써 버렸다, 이 말이지요?"

그는 상대방을 격려하듯 되뇌었다.

"그렇습니다. 제가 가지고 있던 성냥갑은 텅 비고 빌의 라이터도 잘 켜지지 않았어요. 그래서 저는 지나가던 남자에게 말을 걸었습니다. '아저씨, 성냥 좀 빌려 주시겠어요?' 하고 말예요. 그런데 그때는 별로 이상하다는 생각을 하지 않았어요. 그래요, 그때는 그 사람이 그냥 지나갔을 뿐이었으니까요, 다른 통행인처럼. 제가 우연히 그 사람에게 말을 걸었을 뿐이지요."

다시 한 번 파민터는 고개를 끄덕였다.

"그랬더니 그 사람이 성냥을 빌려 주더군요. 네, 아무 말도 않고요. 그래서 빌이 '굉장히 추워지는군요' 하고 말하니까 그 말에 대답을 하더군요. 작은 목소리로 '아, 그렇군요'라고요. '흐음, 이 사람 감기가 들었구나' 하고 저는 생각했습니다. 왜냐고요? 그 사람은 얼굴도 보이지 않을 정도로 옷을 잔뜩 입었으니까요. '죄송합니다, 아저씨.' 제가 그렇게 말하고 성냥을 돌려주었더니 그 사람은 말도 없이 걷기 시작했습니다. 아주 서둘러서요. 너무 서두르는 바람에 뭔가 떨구었는데도 모르고 그냥 가지 뭡니까. 그래서 저는 허둥지둥 불렀으나, 그때는 이미 부르는 소리가 들리지 않을 정도로 멀리 간 뒤였어요. 떨어뜨린 물건 말입니까? 작은 수첩이었습니다. 아마 주머니에서 성냥을 꺼낼 때 딸려 나왔을 거에요. '여보세요, 아저씨.' 저는 마구 불렀습니다. '뭐가 떨어졌어요'라고요. 그러나 들리지 않았던 모양이에요. 그 사람은 부지런히 길모퉁이를 돌아 사라져 버렸습니다. 그랬었지, 빌?"

"그랬어." 빌도 고개를 끄덕이며 말했다. "꼭 토끼처럼 빨랐어."

"헬로 로드 쪽으로 꼬부라져 갔는데, 그렇게 빨리 가니 쫓아갈 수 있을 것 같지도 않았고, 우리도 시간을 꽤 보낸 뒤라──뭐, 기껏해야 작은 수첩인걸요. 지갑 같은 거라면 또 몰라도──그다지 중요한 물건 같지도 않기에 쫓아가는 일을 단념했어요. '이상한 사람이군.' 저는 이렇게 말했습니다. '모자는 눈이 있는 데까지 눌러쓰고 위에서 아래까지 단추를 채우고──마치 영화에 나오는 악한 같잖아.' 저는 빌에게 이렇게 말했어요. 안 그래, 빌?"

"분명히 그렇게 말했지." 빌은 또 고개를 끄덕였다.

"제가 그런 말을 한 것을 지금 생각해 보면 이상한 일이지요. 그때는 아무 생각도 없었으니까요. 아마 집으로 빨리 가려고 서두르고 있는 줄만 알았어요. 추위가 굉장했으니까요."

"굉장히 추웠지." 빌도 말했다.

"그래서 저는 빌에게 말했습니다. '이 작은 수첩에 뭐가 씌어 있는지 우리 보세. 중요한 것인지 아닌지 알 수 있을 거야.' 그렇게 말하고 열어 봤지요. '뭐, 이래? 주소가 두 개 씌어 있을 뿐이잖아.' 저는 빌에게 말했습니다. 카르바 거리 74번지, 그리고 뭐라고 하는 집이었습니다."

"부잣집이었지." 빌은 불쾌한 듯이 코를 킁킁거렸다.

조는 그제야 마음이 놓이는지 재미있게 이야기를 계속했다.

"'카르바 거리 74번지라고 써있군.' 저는 빌에게 말했습니다. '여기라면 저 모퉁이를 돌아가면 바로야. 일이 끝나면 갖다 줘야겠어.' ──그렇게 말하고 계속 들여다보니 페이지 위에 무엇이 씌어 있더군요. '이건 뭐야.' 빌에게 말하니까 빌이 수첩을 받아들고 소리를 내어 읽었습니다. '뭐라고?〈세 마리의 눈먼 쥐〉──이상하군, 이건.' 빌이 그렇게 말하는 바로 그 때 네, 바로 그 때였어요, 여자의 비명 소리가 들린 것은. '사람 살려!' 하고 외치는 소리가 가까이에서 들려 왔습니다!"

조는 생각하는 듯 입을 다물었다가 "굉장히 큰 소리였어요" 하고 말을 계속했다. "저는 빌에게 말했습니다. '빨리 가 봐.' 곧 빌이 갔다오더니 이렇게 말했어요. '구경꾼이며 순경들 할 것 없이 잔뜩 모여서 법석이야. 여자의 목을 잘라 죽였다던가, 죄어 죽였다던가, 뭐 그랬다나봐. 하숙집 여주인이 발견해서 순경을 부른 모양이야.' 그래서 제가 '장소가 어딘데?' 하고 물으니까, '카르바 거리야' 하고 말했습니다. '몇 번지인데?' 하고 다시 한번 물으니 그것은 알 수 없다고 말하더군요."

빌은 헛기침을 하고 무슨 실수라도 한 사람처럼 다리를 바르르 떨었다.

"그래서 제가 말했어요. '우리 빨리 가보세. 확인해 보는 게 좋을 것 같아.' 그래서 장소가 74번지라는 것을 알게 되자 우리는 얘기를 시작했습니다. '틀림없이 수첩에 적혀 있던 번지와는 관계없는 일이겠지.' 빌은 그렇게 말했으나 저는 '아냐, 있을지도 몰라' 하고 말했습니다. 이렇게 서로 이야기를 주고받다가 경찰에 그 시간에 그 집에서 나간 남자를 찾고 있다는 말을 들었으므로 여기까지 찾아와 그 사건을 다루고 계신 나리를 만나 뵐 생각을 한 겁니다. 우리들이 주제넘은 짓을 했다고 생각하신다면 곤란한 일입니다만."

"잘 나와 주었소." 파민터 경감은 칭찬하듯이 말했다. "그 수첩은 가지고 왔겠지요? 아, 고맙소. 그런데……."

그 뒤 그의 질문은 직업적인 것이 되었다. 장소와 시간과 날짜 등을 모두 확인한 다음 수첩을 떨어뜨리고 간 남자의 인상을 물었다. 그리하여 신경이 날카로워진 하숙집 여주인에게서 들은 남자의 풍채를 다시 확인할 수 있었다. 눈이 있는 데까지 모자를 깊숙이 눌러쓰고 외투 단추를 턱이 있는 곳까지 끼었으며, 머플러로 얼굴의 아랫부분 반을 싼데다 손에는 장갑을 끼고 속삭이는 듯한 작은 목소리로 말을 했다고 한다. 두 노무자가 돌아가자 그는 책상 위에 펼쳐진 채 놓여 있는 수첩을 들여다보고 있었다. 결국 그것은 담당과로 넘겨져서 지문이며 그 밖의 증거가 될 만한 것이 남아 있지 않은가 조사하게 될 것이다. 그러나 지금은 두 군데의 번지와 그 페이지 위에 작게 씌어 있는 글씨가 경감의 주의를 끌고 있었다.

케인 형사부장이 들어왔으므로 경감은 그쪽으로 얼굴을 돌리고 말했다.

"케인, 이리 오게. 이것을 보게나."

케인은 그 등뒤에 서서 수첩에 씌어진 글씨를 읽더니 나직한 소리로 말했다.

"〈세 마리의 눈먼 쥐〉라고요? 뭡니까, 이건?"

파민터는 서랍을 열고 공책장을 찢어 낸 종이 쪽지를 꺼내어 책상 위 수첩 옆에 나란히 놓았다. 그것은 살해된 여자의 시체에 조심스럽게 핀으로 꽂혀 있었던 것이다.

거기에는 '이것이 한 마리째'라고 씌어 있었다. 그리고 그 밑에 아이들이 그린 것 같은 세 마리의 쥐 그림과 악보 한 소절이 적혀 있었다.

케인은 그 곡을 조용히 휘파람으로 불어보았다. '세 마리의 눈먼 쥐. 달리는 것을 보아요……'

"그거야, 그것이 범인의 테마 멜로디일세."

"미치광이 같은 이야기입니다."

"그렇지." 파민터는 이맛살을 찌푸리며 말했다. "여자의 신원은 알아 냈나?"

"네, 여기 지문 담당 부서에서 온 보고서가 있습니다. 자기는 라이언 부인이라고 했지만 정말은 몰린 그레그로서, 두 달 전에 형기를 마치고 호로웨이 교도소에서 나왔습니다."

파민터는 신중한 어조로 말했다.

"이 여자는 몰린 라이언이라는 이름으로 카르바 거리 74번지에 살았지. 가끔 술을 많이 마셨고, 한 번인가 두 번 남자를 데리고 들어온 것을 들켰어. 누구를 두려워하거나 무슨 일에 겁을 먹는 그런 눈치는 전혀 없었으며 이 여자 자신이 위험을 느끼고 있었다고 볼 만한 이유도 없어. 찾아온 남자는 벨을 누르고 여자가 있는 방을 물었네. 여주인의 말을 듣고 3층으로 올라갔는데 하숙집 주인은 남자의 인상을 확실히 말하지 못해. 그저 말할 수 있는 것은 보통 몸집에 보통 키, 감기가 들었는지 목소리가 가라앉았더라는 점뿐이야. 주인은 곧 지하실로 내려갔으므로 수상쩍은 소리는 전혀 못 들었다고 하는군. 남자가 나가는 소리도 안 들렸다는 거야. 10분쯤 지난 뒤에 차를 가지고 갔다가 그제야 여자가 살해된 것을 발견한 거지. 이것은 즉흥적으로 죽인 사건은 아닐세, 케인. 미리 면밀하게 계획을 세운 거야."

여기서 일단 말을 끊더니 갑자기 말을 다시 계속했다.

"영국 안에 몬크스웰 장이라고 불리우는 집이 몇 채나 있을까?"

"한 채밖에 없을지도 모릅니다."

"그렇다면 다행이지만…… 어쨌든 곧 조사에 착수해 주게. 한시가 아쉬우니까."

케인 형사부장은 눈을 크게 뜨고 수첩에 써넣은 두 개의 기록을 노려보았다. 카르바 거리 74번지. 몬크스웰 장.

"그러니까 경감님은……." 그는 말했다.

파민터는 곧 대답했다.

"그렇지. 자네는 그렇게 생각하지 않나?"

"분명히 있을 수 있는 일입니다. 몬크스웰 장——아니, 잠깐만——이 이름은 분명히 어디서 본 기억이 있습니다. 그것도 아주 최근에."

"어디서?"

"그것을 생각해 내려고 하는 겁니다. 잠깐만——아, 신문입니다. 그것도 타임스의 마지막 페이지 그겁니다. 호텔과 하숙의 광고란, 잠깐만 기다려 보십시오. 지난 신문을 보고 오겠습니다. 십자 말풀이를 하다가 눈에 띄었으니까요."

그는 서둘러 방을 나가더니 의기양양한 얼굴로 돌아왔다.

"있었어요, 이겁니다."

경감은 형사부장이 손가락으로 가리키는 곳을 보았다.

"버크셔 햄플든 몬크스웰 장이라……." 그는 전화기를 끌어당겼다. "버크셔 군 경찰을 불러주게."

메트카프 소령이 와 닿자 몬크스웰 장은 그제야 하숙집다운 궤도에 오르게 되었다. 소령은 보일 부인처럼 대인 관계가 나쁜 남자도 아니었고, 그렇다고 해서 크리스토퍼 렌처럼 여느 궤도를 벗어난 점도 없었다. 대부분의 근무 기간을 인도에서 보낸 퇴역 장교에게서 흔히 볼 수 있는 착실하기 그지없는 중년 남자였다. 방과 가구에도 크게 만족하는 것 같았다. 보일 부인과의 사이에 공통된 친구가 있었던 것은 아니지만 그녀 친구의 사촌이 인도의 부나에 있는 출장소에 파견되어 있어 그와 소령은 안면이 있다고 했다. 가지고 온 짐은 돼지 가죽 가방 두 개가 전부였다. 그 가방은 아주 묵직하여 자일즈의 의심을 충분히 가라앉힐 수가 있었다.

사실은 몰리와 자일즈가 하숙인들의 상태를 관찰할 만한 시간이 있었던 것은 아니다. 두 사람만의 힘으로 요리를 만들고 식탁을 차리고 나아가 접시를 씻는 일까지 빈틈없이 해치워야 했기 때문이다. 그래도 메트카프 소령이 커피를 칭찬해 주어, 자일즈와 몰리는 피곤한 몸으로 잠자리에 들었으나 자랑스러운 마음으로 잠들 수 있었다. 그런데 밤중 2시 무렵, 끈질기게 울리는 벨 소리에 잠자리에서 일어나게 되었다.

"쳇," 자일즈가 말했다. "현관 벨 소리군. 뭐야, 이 시간에."

"빨리요." 몰리가 재촉을 했다. "가 보고 오세요."

그렇게 말하는 그녀에게 못마땅한 눈초리를 던지며 자일즈는 가운을 걸치고 계단을 내려갔다. 방에 남아 있는 몰리의 귀에 빗장을 벗기는 소리와 바로 뒤이어 홀에서 나직이 이야기를 나누는 소리가 들려왔다. 마침내 그녀는 호기심에 침대에서 미끄러져 내려와 아래층의 상태를 살피러 계단이 있는 곳까지 갔다. 홀에서는 자일즈가 턱수염이 난 낯선 남자가 눈투성이가 된 외투를 벗는 것을 거들어 주고 있었다. 그 사이에도 주고받는 이야기가 간간이 그녀가 있는 곳까지 들려왔다.

"부르, 르, 르." 외국 사람인지 요란스럽게 소리를 내며 말했다.

"손가락이 얼어붙어 감각이 없습니다. 발도 그렇고요."

발을 구르는 소리가 들려왔다.

"이리로 들어오십시오." 자일즈는 서재문을 활짝 열고 말했다. "이 안은 따뜻합니다. 방을 준비하고 오겠으니 여기서 기다리고 계십시오."

"아이구, 이제 살았습니다." 그 사람은 공손하게 말했다.

몰리는 계단의 난간을 통해 살피듯이 아래층을 내려다보았다. 그는 중년을 넘어선 남자로, 작고 검은 턱수염을 기르고 메피스토펠레스와도 같은 눈썹을 지니고 있었다. 관자놀이 근처가 희끗희끗한데도 마치 젊은이처럼 기운찬 걸음걸이로 걸었다.

자일즈는 서재의 문을 닫고 층계를 뛰어올라왔다. 몰리는 웅크리고 있던 위치에서 일어나 "누구예요?" 하고 물었다.

자일즈는 싱글싱글 웃으며 "하숙집인 줄 알고 뛰어든 거요. 차가 눈구덩이에서 뒤집혔다는군. 차에서 빠져나오자 인가를 찾으려고 정신 없이 걸었던 모양이야. 어쨌든 밖에는 눈보라가 윙윙 소리치고 있으니까. 귀를 기울여보오. 들리지, 저것 보라구. 그런데 우리 집 간판이 눈에 띄었던 거지. 하느님께 기도를 드린 것이 통했다고 하는군."

"하지만 그 사람……괜찮을까요?"

"이렇게 눈보라가 치는 밤인데, 강도라 한들 일을 나갈 수 있겠어?"

"외국 사람인가 보지요?"

"응, 이름은 패러비티니라고 한대. 지갑을 보았는데 지폐가 잔뜩 들어있어 터질 것만 같더군. 어느 방에 들게 하면 좋을까?"

"녹색 방으로 해요. 거기는 청소도 했고 준비도 다 되어 있어요. 잠자리만 준비하면 되니까요."

"잠옷만은 빌려 줘야겠지. 짐은 다 차 안에 두고 왔다는군. 창문으로 겨우 기어나왔대."

몰리는 시트와 베갯잇과 수건 등을 가지러 갔다.

둘이서 서둘러 잠자리를 준비하면서 자일즈가 말했다.

"상당히 쌓였어. 아마 당분간은 갇혀 있게 될 거야. 완전히 연락이 끊어질지도 모르겠어. 어느 면으로 보면 좀 재미있기도 하지만……."

"나, 제대로 해낼 수 있을는지 모르겠어요." 몰리는 자신이 없는 듯이 말했다. "자일즈, 제가 소다 빵을 만들 수 있을 것 같아요?"

"문제없어, 만들 수 있어. 당신은 무엇이나 다 만들 수 있어."

그녀의 충실한 남편은 말했다.

"전 빵을 만들어 본 일이 한 번도 없어요. 빵만은 언제고 쉽게 얻을 수 있는 물건으로 알고 있었기 때문이지요. 새 것이건 오래된 것이건, 빵집에서 갖다주는 것이라고만 알고 있었어요. 하지만 눈에 갇히게 되면 빵집에서도 올 수 없을 것 아니에요?"

"푸줏간에서도 안 올 것이고, 우편 집배원도 안 오겠지. 신문은 물론 안 오고 게다가 전화도 통할 수 없을 거야."

"그렇게 되면 라디오에만 의지할 수밖에 없겠네요."

"상관없어. 전등만은 자가 발전 장치가 되어 있으니까."

"날이 새는 대로 발전기를 다시 한 번 확인해 주세요. 그리고 중앙난방 장치에 불이 꺼지지 않도록 하고요."

"하지만 다음에 올 코크스 짐은 곧 오지 않을 거야. 저장량이 얼마 안 남았어."

"걱정이군요, 자일즈. 큰일이에요. 여보, 당신 빨리 그 사람——패러……뭐라고 했죠, 방으로 데리고 오세요. 전 침대로 돌아가 있겠어요."

아침이 되자, 자일즈의 예감이 들어맞았다는 것이 확실해졌다. 눈은 5피트나 쌓여 바람이 문과 창문 쪽으로 밀어붙여 놓았다. 밖은 아직도 눈이 계속 내리고 있었다. 세계는 온통 흰빛으로 변하고 괴괴하며 그리고 어딘가에 기분 나쁜 그 무엇이 숨어 있는 것처럼 느껴졌다.

보일 부인이 아침 식탁 앞에 앉아 있었다. 식당에는 그녀 말고는 아무도 없었다. 바로 옆 테이블인 메트카프 소령의 자리는 이미 깨끗이 치워져 있었는데, 렌의 테이블에는 아직 아침에 먹은 접시가 그대로 놓여 있었다. 아마 한 사람은 일찍 일어나고 한 사람은 늦잠을 잤기 때문일 것이다. 보일 부인 자신은 아침을 먹기에 알맞은 시간을 오로지 9시로 정하고 있었다.

보일 부인은 오믈렛을 만족스럽게 먹고 나서 그 튼튼해 보이는 흰 이로 토스트를 먹고 있었다. 그러나 흡족하지 못한 기분이어서 마음을 가라앉힐 수가 없었다. 몬크스웰 장은 예상했던 것과 전혀 다르다. 그녀는 여기서 브리지를 즐길 수 있으리라고 생각했었다. 그녀의 사회적 지위와 연고 관계를 한물 간 올드미스들에게 인상 깊게 심어 주고, 전쟁 중에 중요한 비밀 임무를 띠고 있었던 일을 자랑할 작정이었다.

전쟁이 끝나자, 그녀는 무인도에 혼자 내버려진 거나 같은 상태였다. 그때까지 그녀는 늘 바빴고 능률이니 조직이니 하는 데 대해 열띠게 웅변을 하고 있었다. 너무도 활발하게 움직이고 지껄여대므로 그녀가 정말로 유능한 조직자인지 어떤지 확인할 여유조차도 사실 없었다. 전쟁 중의 활동은 그만큼 그녀의 성격에 알맞는 일이었다. 자기 마음대로 행동하고 부하에게는 위협을 주고 상사에겐 덤벼들곤 했지만, 그녀 자신도 일에 힘을 써서 임무만은 완전히 수행했다. 그녀가 눈살을 찌푸릴 때마다 여자 부하들은 쩔쩔매곤 했었다. 그런데 이제는 그처럼 흥분되고 생기에 찼던 생활은 끝났다. 그녀도 사생활로 돌아왔지만 전쟁 전의 모습은 사라졌다. 군에 징발되었던 그녀의 집은 돌아가기 전에 대대적인 수리를 하고 구조도 바꿔야만 했다. 게다가 하녀를 구하기가 어려웠으므로, 아무래도 그곳에서 살기는 힘들었다. 친구들도 거의 다 뿔뿔이 헤어져 있어 만날 수가 없었다. 분명 언젠가는 조용히 살 수 있는 장소가 나타나겠지만 지금으로서는 시기를 기다릴 도리밖에 없었다. 그리하여 그때까지 호텔이나 하숙집에서 살기로 하여, 그녀는 몬크스웰 장을 택한 것이다.

그녀는 비난하는 듯한 눈으로 주위를 둘러보았다.

이처럼 정직하지 못한 일은 용서할 수 없다고 그녀는 마음 속으로 생각했다. 왜 처음부터 새로 시작하는 곳이라고 말하지 않았는가.

그녀는 접시를 되도록 먼 곳으로 밀어붙였다. 아침 요리는 훌륭했으며, 서비스도 더할 나위 없다. 커피도 고급이었고, 집에서 만든 마멀레이드도 좋았지만, 그녀의 초조함은 기묘할 정도로 쌓여만 가는 것이었다. 불평을 말할 정당한 이유를 빼앗기고 있었기 때문일 것이다. 침구도 또한 수를 놓은 시트에 푹신한 베개여서 기분이 좋았다. 보일 부인은 여유 있는 느낌을 좋아하는 성질이었지만 아울러 또 흠잡는 일에도 취미를 가지고 있었다. 그리고 아마 두 가지 중에서는 후자에 대한 정열이 더 강렬했을 것이다.

보일 부인은 점잔을 빼며 일어섰다. 식당을 나가려다가 문 앞에서 빨간 머리의 색다른 젊은이를 만났다. 오늘 아침의 그는 화려한 녹색 체크 무늬 넥타이를 매고 있었다. 우울해 보이는 넥타이였다.

'비상식적이로군, 이 사람.' 보일 부인은 마음 속으로 말했다.

'얼마나 비상식적인가!'

그녀를 흘끔 쳐다보는 그의 엷은 빛깔의 눈도 마음에 들지 않았다. 사람을 우습게 보는 듯한 그 눈초리에, 무언가 사람의 마음을 뒤흔드는 이상한 것이 엿보였다.

'틀림없이 정신적인 광증(狂症)이 있는 모양이로군.' 보일 부인은 자신에게 말했다.

젊은이가 허풍스럽게 절을 했으므로 그녀도 가볍게 머리를 숙이고 곧 커다란 객실로 들어갔다. 이곳에는 앉기 편한 의자가 여러 개 있는데, 그 중에서도 장밋빛의 대형 의자가 특히 그녀의 마음에 들었다. 이것을 그녀의 전용으로 분명히 정해 놓아야겠다고 생각하고, 아무도 차지할 수 없도록 뜨개질거리를 그 위에 올려놓고 라디에이터 앞으로 다가가 손을 올려놓아 보았다. 그러리라고 생각은 했지만, 따뜻하기는 하나 뜨겁다고까지는 할 수 없었다. 보일 부인의 눈은 금방 전투적인 빛으로 번쩍였다. 이거라면 불평을 해도 될 것이다.

부인은 창 밖으로 눈길을 돌렸다. 굉장한 날씨였다. 정말 지독하군. 이런 곳에 오래 머물 수는 없다. 좀 더 많은 손님이 모여 즐거운 분위기를 이루지 않는다면.

눈이 지붕에서 미끄러져 떨어져 부드럽게 부서지는 소리를 냈다. 보일 부인은 펄쩍 뛰며 "정말 싫군" 하고 큰 소리를 질렀다. "이런 곳에 머물 수는 없어."

누군가 웃는 자가 있다. 조그맣게 들리긴 했으나, 꽤 높은 소리로 웃는 웃음 소리였다. 그녀는 날카롭게 돌아보았다. 렌 청년이 문 앞에 서서 그 기묘한 표정으로 그녀를 쳐다보고 있었다.

"그렇고말고요." 그는 말했다. "저도 당신이 머물 것이라고는 생각지 않습니다."

메트카프 소령은 자일즈를 도와 뒷문 앞의 눈을 치우고 있었다. 일을 잘해 주었으므로 자일즈는 몇 번이나 고맙다는 말을 했다.

"뭘요, 좋은 운동이 되지요." 메트카프 소령은 대답했다. "운동은 날마다 해야 합니다. 그것이 건강을 유지하는 가장 좋은 방법입니다."

소령은 무척 운동을 즐기고 있었다. 그것이 또 자일즈의 걱정거리였다. 틀림없이 아침 식사를 7시 반에 들게 해 달라고 요구해 올 것이다.

그 마음을 알아차리기라도 한 듯이 소령이 말을 꺼냈다.

"신세지는 김에 부인께 부탁하고 싶은 일이 있습니다. 아침 식사 시간은 빠를수록 좋겠어요, 그리고 갓 낳은 달걀을 곁들여 주신다면."

자일즈는 하숙을 경영하기 위해 7시 전에 잠자리에서 나와 있었다.

몰리와 함께 달걀을 삶고, 차를 끓이고, 방을 치우고, 준비를 했다. 모든 것이 새로운 경험이었다. 그러나 자일즈로서도 생각하지 않을 수 없었다. 처지를 바꾸어 자기가 손님이었다면 오늘 같은 아침엔 될 수 있으면 잠자리에서 뭉개고 있고 싶을 텐데.

그러나 소령은 일찍부터 일어나 아침을 먹고 넘치는 에너지의 배설구를 찾듯이 집 안을 놀아다니고 있는 것이다. '그렇다. 눈을 치우는 일이라면 얼마든지 있다. 하고 싶은 대로 하면 된다.' 자일즈는 마음속으로 그런 일까지 생각하고 있었다.

그는 곁눈으로 소령을 보았다. 쉽게 속을 알아보기 힘든 남자이다. 뜬세상의 바람을 맞을 대로 맞아 분명히 중년은 지난 것 같다. 눈언저리에 이상할 정도로 날카로운 것이 있어 무슨 일이거나 간단히 단념해 버릴 남자는 아니다. 그러한 그가 무엇 때문에 몬크스웰 장 같은 곳에 오게 되었을까? 아마 제대는 했으나 이렇다할 직업을 잡지 못했기 때문일 것이다.

패러비티니 씨는 늦게야 내려와 커피와 토스트를 한 조각 먹었다. 조심스러운 대륙풍의 아침 식사였다. 몰리가 그것을 가져오니 일부러 일어서서 과장된 몸짓으로 절을 했으므로 그녀는 잠깐 당황했다. 패러비티니 씨는 이렇게 말했다.

"처음 뵙겠습니다. 부인되시지요?"

몰리는 그저 대수롭지 않은 듯이 "네" 하고 대답했다. 이른 아침부터 공손한 인사를 할 기분이 들지 않았기 때문이다.

"곤란하군요." 식기류를 개수대에 쌓아 놓으며 그녀는 투덜거렸다.

"왜 여러분은 같은 시간에 식사를 해주시지 않지요? 정말 힘들어요."

그리고 그녀는 접시를 접시걸이에 세우고는 급히 2층으로 잠자리를 치우러 올라갔다. 오늘 아침만은 자일즈에게 도와 달랄 수 없다. 그는 그대로 보일러실과 닭장으로 가는 길의 눈을 다 치워놓아야 했기 때문이다.

몰리는 부지런히 서둘러 각 방의 침대를 치웠다. 시트를 반듯하게 펴놓기도 하고 잘 끌어올려 놓기도 하는 일인데, 정성껏 할 시간은 없었다.

욕실을 치우고 있노라니까 전화벨이 울렸다.

처음에는 일하는데 성가신 생각이 들어 벌컥 화가 났으나 다시 생각을 고쳐먹으니 오히려 어느 정도 마음이 놓였다. 이런 눈 속에서도 전화만은 통하고 있다는 것을 알았기 때문이다. 그래서 그녀는 부지런히 아래층으로 뛰어내려갔다.

약간 숨을 헐떡이며 서재로 뛰어들어 수화기를 들고 "여보세요?" 하고 말했다.

시골 사투리가 좀 섞여 있기는 하나 불쾌하게는 들리지 않는 기운찬 목소리로 "몬크스웰 장입니까?" 하고 물어왔다.

"네, 하숙집 몬크스웰 장입니다."

"데이비스 해군 중령을 불러주셨으면 하는데요."

"지금은 전화를 받으실 수가 없는데요." 몰리는 말했다. "하지만 저는 데이비스의 아내입니다. 어디신가요?"

"버크셔 경찰서의 호그벤 총경입니다."

몰리는 작은 목소리로 앗 하고 놀라 소리를 질렀다.

"네······그, 그래서요?"

"데이비스 부인, 중대한 용건이 생겨서 전화로는 말씀드릴 수가 없기 때문에 트로터 형사부장을 그곳으로 보냈습니다. 아마 머지않아 도착할 겁니다."

"하지만 이곳에는 오실 수가 없어요. 눈이 굉장히 내렸어요. 네,

완전히 눈에 파묻혀 버렸답니다. 길이 뚫려 있지 않아요."

상대방의 목소리는 조금도 자신감이 흔들리는 것 같지 않았다.

"트로터라면 틀림없이 갈 수 있을 겁니다. 그러니까 부인, 주인께 전해 주십시오. 트로터의 이야기를 주의해서 듣고 그의 지시를 충실히 따를 것, 아시겠지요?"

"하지만 호그벤 총경님, 무, 무슨 일이……."

그러나 찰칵하는 소리가 확실히 들렸다. 호그벤 총경이 필요한 말만하고 전화를 끊어버린 것이다. 몰리는 전화기를 한두 번 두드려 보다가 단념했다. 막 돌아서는데 문이 열렸다.

"어머나, 당신 그곳에 계셨어요?"

자일즈는 머리가 온통 눈투성이가 되었고 얼굴은 석탄가루로 더러워져 있었다. 땀까지 흘리고 있는 것 같았다.

"무슨 일이 있었소? 석탄 상자도 하나 가득히 채워 놓고, 장작도 날라다 놓았어. 이제 닭을 돌봐주고 보일러를 살펴보고 와야지. 그러면 되지? 아니, 무슨 일이 있었소, 몰리? 겁먹은 듯한 얼굴이니."

"자일즈, 경찰서에서 전화가 왔어요."

"경찰서에서?"

자일즈는 믿어지지 않는 모양이었다.

"네, 형사부장을 우리 집으로 보냈대요."

"아니, 뭣 때문에? 우리가 무엇을 했다는 거야?"

"모르겠어요. 아일랜드에서 산 2파운드의 버터 때문일까요?"

자일즈는 눈살을 찌푸리며 말했다.

"분명히 라디오의 수신 허가증을 받아 놓은 줄로 아는데."

"네, 책상 서랍 속에다 넣어 두었어요. 자일즈, 비드록네 할머니한테서 옷표를 다섯 장 받았어요. 헌 트위드 코트를 사려고요. 그것이 잘못 되었는지도 모르겠군요. 하지만 전 나쁜 일이라고는 생각지도 않았어요. 코트가 없는 걸요, 뭐. 옷표를 받은 것이 무슨 나쁜 일이겠어요. 여보, 당신 그밖에 뭔가 마음에 걸리는 일을 하신 적이 있어요?"

"요전 날 자칫하다가 차 사고를 낼 뻔했었어. 하지만 그건 그쪽이 나빴어. 틀림없어."

몰리는 울음 섞인 목소리로 말했다.

"우리 뭔가 잘못한 일이 있을 거예요."

"지금 우리가 무슨 일을 해봐야 반드시 법에 걸리고 말거야." 자일즈는 어두운 표정으로 말했다. "문제는 거기에 있어. 그러니까 누구나가 1년 내내 죄의식을 가지고 살게 되는 거야. 사실 이번에 개업한 데 대해 뭔가 문제가 있는 걸 거야. 이 장사를 시작한 이상 앞으로도 뜻하지 않은 장해가 여러 가지 닥치리라는 것을 각오해 둘 필요가 있어."

"조사를 받는 일은 술에 대한 일뿐인 줄 알았어요. 그러니까 우리 집에선 아무에게도 술을 내놓지 않을 작정이에요. 그 일만 아니면 우리가 무슨 경영 방침을 취한들 나쁠 것 없잖아요!"

"알고 있어. 당신 말이 옳지만, 지금도 말했듯이 요즘에는 무슨 일을 하든지 얼마쯤은 법률에 걸리게끔 되어 있는 거야."

"그렇긴 해요." 몰리는 한숨을 쉬었다.

"이런 때에 개업하는 게 아니었어요. 요 며칠 동안은 눈에 갇혀 있게 되고, 누구나 다 기분 나빠하는데다, 비상용으로 마련해 두었던 통조림도 바닥이 날 것이고……."

"기운을 내, 몰리." 자일즈가 말했다. "지금은 운이 나쁜 것 같아도 이제 머지않아 그 운이 활짝 필 날이 올 거야."

그는 방심 상태로 몰리의 이마에 키스하고 그녀의 몸을 놓더니 심각한 어조로 말했다. "여보, 몰리. 생각해 볼 것도 없이 이런 날 아침에 저 눈을 헤치고 형사가 찾아온다는 일은 예삿일이라고 볼 수가 없어." 하고 문 밖의 눈을 손으로 가리켜 보이며 덧붙였다. "상당히 중대한 용건일 거야."

두 사람이 서로 얼굴을 마주보고 있는데 문이 열리고 보일 부인이 들어왔다.

"아, 여기 계셨군요, 데이비스 씨." 보일 부인은 말했다. "중앙 난방 장치는 어떻게 된 거지요? 객실은 돌처럼 싸늘해요. 그 사실을 아시나요?"

"죄송합니다, 보일 부인. 실은 코크스가 떨어졌어요."

보일 부인은 가차없이 가로막으며 "나는 1주일에 7기니나 내고 있어요. 7기니예요. 그런데 설마 얼어죽게 할 줄은 생각지도 못했어요" 하고 말했다.

"곧 불을 세게 올리고 오겠습니다."

자일즈는 얼굴을 붉히고 간단히 대답했다.

그가 방에서 나가자 보일 부인은 몰리에게 말했다.

"기분 언짢게 생각지 않는다면 말하겠는데요, 부인은 상당히 색다른 남자를 두셨더군요. 그 젊은 남자 말이에요. 어때요? 그 태도, 넥타이의 그 무늬며, 머리는 한 번도 빗질을 한 것 같지 않더군요."

"그분은 나이가 어리긴 해도 아주 우수한 건축가예요."

"뭐라고요?"

"크리스토퍼 렌 씨는 건축가로서……."

"어머나, 부인." 보일 부인은 말했다. "크리스토퍼 렌 경이라면 내가 모를 것 같아요? 물론 그분은 건축가였어요. 성 파울 성당을 세웠으니까요. 당신네 젊은이들은 교육법이 제정되기 전에는 교육이라는 것이 없었다고 생각하는 모양이지요？”

“제 이야기는 이곳에 머물고 있는 렌 씨를 말하는 거예요. 그분의 이름도 크리스토퍼예요. 부모님이 건축가를 만들고 싶은 마음에서 그런 이름을 붙였대요. 그래서 그분은 건축가로서——아니, 조금만 있으면——건축가가 될 수 있는 위치에까지 와 있는 거예요.”

“흥！” 보일 부인은 코방귀를 뀌고 말했다. “믿을 수 없는 이야기군요. 내가 당신이라면 그 남자의 신원을 확인해 볼 거예요. 어느 정도의 일을 알고 있지요？”

“당신에 대해서 알고 있는 거나 같은 정도지요. 보일 부인 당신이나 그분이나 1주일에 7기니를 지불해 주신다는 일이지요. 제가 알아둘 일은 그것뿐이에요. 그것만이 저의 문제며, 손님이 우리가 희망하는 분인가, 아니면…….” 몰리는 보일 부인을 물끄러미 쳐다보았다. “아니면 희망하지 않는 분인가 그것은 아무래도 좋은 일로서…….”

보일 부인은 화가 나서 얼굴을 새빨갛게 붉혔다.

“당신은 아직 너무 젊고 경험도 없어요. 당신보다 경험이 있는 사람의 충고는 기꺼이 받아들이는 것이 현명한 일일 거예요. 게다가 그 이상한 외국인, 그 사람은 언제 왔지요？”

“어제 밤중이었어요.”

“어머나, 정말이오？ 꽤 이상하군요. 너무 이상해요.”

“밤중이라고 선량한 손님을 거절하면 법률을 위반하는 것이 돼요, 보일 부인.” 그리고 몰리는 부드럽게 덧붙였다. “당신네들은 아실 필요도 없는 일이지만.”

“내가 말할 수 있는 것은 저 패러비티니라는 사람——진짜 이름인지조차 의심스럽지만——저 남자는 내가 보기에…….”

“아, 부인, 정신을 차리는 것이 좋을 거예요. 악마의 이야기를 하면 바로 그 악마가…….”

보일 부인은 펄쩍 뛰었다. 진짜 악마가 말을 붙인 듯한 얼굴 표정을 짓고 있었다. 두 여자가 모르는 사이에 패러비티니 씨가 방으로 들어왔던 것이다. 그 초로의 얼굴에 악마 같은 웃음을 띠고서 손을 비비고 있었다.

"사람을 놀라게 하는군." 보일 부인이 말했다. "언제 들어왔는지 전혀 소리가 나지 않았어요."

패러비티니는 대답했다.

"발소리가 나지 않도록 들어왔으니까요. 내가 드나드는 소리는 대개 아무도 못 듣지요. 그 재미를 노리고 있는 겁니다. 때로는 뜻하지 않는 일에 대해 듣는 수가 있거든요. 그것도 또한 재미있는 일이니까요." 그리고 조용한 어조로 덧붙여 말했다. "그러나 나라는 사람은 한 번 들은 일은 절대로 잊지 않는 성격이랍니다."

보일 부인은 힘없는 목소리로 말했다.

"그래요…… 어머나, 뜨개질하던 것을 놓고 왔군요. 거실에 놓아 둔 채로 왔어요."

그녀는 부지런히 방을 나가 버렸다. 몰리는 어리둥절한 표정으로 패러비티니를 바라보고 있었다. 그는 3단뛰기를 하는 것 같은 발걸음으로 다가왔다.

"무슨 걱정거리라도 있는 것 같군요, 부인." 그렇게 말하며 그녀에게 피할 여유도 주지 않고 그녀의 손을 잡아 키스했다.

"무슨 일이 일어났습니까?"

몰리는 한 발자국 뒤로 물러났다. 패러비티니 씨에게 그다지 좋은 인상을 받지 않았기 때문이다. 그는 늙은 목양신(牧羊神)의 눈길을 떠올리게 하는 호색적인 눈길로 그녀를 쳐다보고 있었다.

"오늘 아침에는 모든 일이 제대로 되지 않는군요." 그녀는 일부러 밝게 대답했다. "그것도 눈 탓이에요."

"그럴 테지요." 패러비티니는 얼굴을 창문으로 돌리며 말했다.

"눈은 모든 일을 성가시게 만듭니다만, 그러나 잘 되게 하는 수도 있습니다."

"무슨 말씀을 하시는지 모르겠어요."

"거 참, 큰일이군요." 그는 생각해 가며 말을 이었다. "그러나 당신이 모르는 일은 많습니다. 한 가지 예를 들면, 하숙 경영에서도 모르시는 일이 굉장히 많으시더군요."

몰리는 울컥 화가 치미는 듯한 태도로 턱을 내밀고 "네, 우리는 아무것도 몰라요. 하지만 어떻게든지 잘 해볼 작정이에요" 하고 말했다.

"브라보, 브라보!"

"저어," 몰리는 목소리의 불안한 빛을 숨길 수가 없었다. "제가 한 요리를 어떻게 생각하세요?"

"아주 훌륭했습니다. 감탄했어요, 굉장한 솜씨입니다." 패러비티니는 말했다.

외국인은 참 허풍스럽다고 몰리는 생각했다.

아마 패러비티니는 그녀의 마음 속을 꿰뚫어본 모양이다. 그 태도가 분명히 바뀌었다. 침착하게 진지한 목소리로 말을 하기 시작했다.

"데이비스 부인, 나는 좀 당신네들에게 충고를 하려고 합니다. 당신도 그렇고, 당신 주인도 그렇고, 남을 너무 믿는 것 아닙니까. 댁에서 묵고 있는 손님들의 신원을 조사했습니까?"

"하숙집에서 그런 일까지 해야 하나요?" 몰리는 불안한 표정으로 말했다. "전 손님이란 그냥 오시기만 하면 되는 것으로 알고 있었는데요."

"같은 지붕 아래에서 사는 이상, 조금은 알아 둬야 한다고 봅니다." 몸을 내밀며 다짐하는 듯한 투로 그녀의 어깨를 두드리며 덧붙여 말했다. "이를테면 바로 나 같은 경우입니다. 한밤중에 나타나 차가 눈더미에 걸려 뒤집혔다고 했습니다만 그런 나에 대해 당신네들은 얼마나 아시지요? 아무것도 모르시지 않습니까? 마찬가지로 다른 이들에 대해서도 전혀 모르겠지요."

"보일 부인은……." 몰리는 말을 꺼내다가 그때 그녀가 뜨개질거리를 손에 들고 다시 들어왔으므로 입을 다물었다.

"객실은 너무 추워서요, 여기 있어야겠어요."

그리고 부인은 난로 옆으로 다가갔다. 패러비티니는 재빨리 부인 앞으로 나와 "자, 난로불을 헤쳐 드리지요" 하고 말했다.

어젯밤에도 본 일이지만 그의 몸움직임이 젊고 기운차 보이는데 몰리는 또 깜짝 놀랐다. 그가 조심스럽게 빛을 등지고 있는 것은 아까부터 알고 있던 일이었으나 지금 이렇게 무릎을 꿇고 난로불을 헤치고 있는 것을 보니 그 까닭을 알 수 있을 것만 같았다. 패러비티니 씨의 얼굴은 그다지 눈에 띄지는 않지만 분명히 화장을 하고 있었다.

그러고 보니 이 초로의 남자는 젊게 보이려고 애를 쓰고 있는 모양이다. 그러나 유감스럽게도 그것은 성공을 거두지는 못했다. 나이에 걸맞게 보인다기보다 오히려 더 늙어 보인다는 말이 옳을 것이다. 다만 젊음이 넘치는 걸음걸이만이 조화를 이루지 않았다. 그러나 그것 또한 용의주도하게 계산된 꾸밈일 것이다.

그때 마침 메트카프 소령이 활발하게 걸어 들어왔으므로 몰리는 사색의 세계에서 불쾌한 현실로 되돌아왔다.

"데이비스 부인, 아무래도 파이프가" 하고 나서 목소리를 낮추어 덧붙였다. "아래층 화장실 파이프가 얼어붙은 것 같습니다."

"어머나, 큰일났네요!" 몰리는 우는 소리를 했다. "정말 불길한 날이군요. 처음에는 경찰서에서, 그리고 또 파이프라니!"

패러비티니 씨가 큰 소리를 내며 부지깽이를 난로 속에 떨어뜨렸다. 보일 부인은 뜨개질하던 손을 멈췄다. 몰리는 메트카프 소령이 갑자기 몸이 굳어지며 이상한 표정을 얼굴에 띠는 것을 보고 의아하게 생각했다. 어떻게 판단해야 좋을지 모르는 표정이었다. 마치 모든 감정이 사라져 버리고 목각(木刻)의 얼굴만이 남아 있는 느낌이었다.

메트카프 소령은 재빨리 "경찰이라고 하셨지요?"라고 말했다.

얼어붙은 듯한 그의 자세 뒤에 격렬한 감정이 움직이고 있는 것을 볼 수 있었다. 불안인지도 모른다. 경계인지도 모른다. 아니면 흥분이든가──어쨌든 무엇인가 거기에 있는 것만은 의심할 여지가 없었다. 이 사람은 위험한 인물인지도 모른다고 그녀는 생각했다.

그는 또 지껄이기 시작했는데 이번에는 본디의 침착성을 되찾고 호기심만 보이고 있었다.

"경찰이 어떻게 했습니까."

"전화를 걸어왔어요." 몰리는 대답했다. "조금 전에 막 걸려왔답니다. 형사부장을 보냈다나 봐요." 그녀는 창문 쪽으로 눈을 보내며 "하지만 이 눈 속을 헤치고 올 수는 없을 것 같군요" 하고 마치 오지 않기를 바라는 것 같은 목소리로 말했다.

"무엇 때문에 형사 따위를 파견한 겁니까?"

그는 몰리에게로 한 발자국 다가왔는데, 그녀가 대답하기 전에 문이 열리며 자일즈가 들어왔다.

"이 코크스 좀 보구려. 반 이상이 돌멩이야." 그는 화를 내며 말한 다음 날카로운 목소리로 덧붙여 물었다. "무슨 일이 있었소?"

메트카프 소령이 그 쪽을 보며 말했다.

"경찰이 온답니다. 왜 그럴까요?"

"그 일이라면 걱정 안해도 됩니다." 자일즈는 말했다. "이 눈 속에 누가 올 수 있겠습니까? 5피트나 쌓여 있어요. 길이 모두 끊어진 상태라 오늘만은 아무도 올 수 없을 겁니다."

그 순간 창문을 세 번 힘차게 두드리는 소리가 들렸다.

그 소리가 모두를 깜짝 놀라게 했다. 1분인가 2분 동안은 소리가 난 장소를 아무도 알 수 없었다. 그것은 유령의 경고인 듯 기분 나쁜 소리였다. 그런 뒤, 몰리가 비명을 지르며 프랑스식 창문을 가리켰다. 남자가 한 사람 그곳에 서서 창문을 두드리고 있다. 이 눈 속을 헤치고 도착한 수수께끼는, 스키를 사용해서 왔다는 것을 알자 비로소 풀렸다.

큰 소리를 지르며 자일즈는 방을 가로질러 갔다. 창문고리를 절그럭거리며 가까스로 프랑스식 창문을 열자 곧 말했다.

"죄송합니다."

새로 도착한 남자는 밝은 목소리로 말했다. 얼굴은 검게 볕에 타 있었다.

"저는 트로터 형사부장입니다." 그는 스스로 자기 소개를 했다.

보일 부인은 뜨개질하던 손을 멈추고 불쾌한 얼굴로 남자를 보며 입을 열었다.

"형사부장이라니 이상하군요, 그만한 나이는 아닌 것 같은데."

그 남자는 분명히 너무 젊었다. 이 가혹한 비평에 모욕을 느꼈던지 말투에 성난 느낌이 나타나 있었다.

"전 겉보기처럼 그렇게 젊지 않습니다."

그리고 그는 그 자리에 있는 사람들을 죽 둘러보더니 그 중에서 자일즈를 잡고 말했다.

"당신이 데이비스 씨지요? 스키를 떼어야겠는데 어디로든 좀 넣어 주실 수 있겠습니까?"

"물론이지요, 저를 따라 오십시오."

두 사람이 홀로 나가고 문이 닫히자, 보일 부인이 신랄한 어조로 말했다.

"요즘은 경관에게 겨울 스포츠를 즐기게 하기 위해 세금을 내고 있는 것 같군요."

패러비티니가 몰리에게 다가와 이 사이로 새어나오는 듯한 목소리로 나직하고 재빠르게 말했다.

"데이비스 부인, 무엇 때문에 경찰을 부르셨지요?"

뚫어져라 쳐다보는 눈길에 적의가 엿보였으므로 몰리는 저도 모르게 뒤로 물러섰다. 그것은 새로운 면을 지닌 패러비티니였다. 한순간 그녀는 공포마저 느끼고 약하디 약한 목소리로 말했다.

"제가 부른 게 아니에요. 왜 부르겠어요."

그러고 있는데 크리스토퍼 렌이 흥분한 모습으로 들어왔다. 그는 나직하기는 하나 날카로운 목소리로 말했다.

"홀에 있는 남자는 누구입니까? 어디서 왔습니까? 눈투성이지만 아주 기운차 보이는 남자더군요."

보일 부인이 뜨개질하는 바늘 소리도 들리지 않을 정도의 큰 소리로 말했다.

"이상한 이야기지만, 그 사람은 경찰관이에요. 경관이 스키를 타고 왔어요!"

마침내 하층 계급의 아는 체하는 기색이 그녀의 태도에 나타났다.

메트카프 소령이 작은 목소리로 몰리에게 말했다.

"부인, 전화 좀 쓸 수 있을까요?"

"네, 쓰세요, 메트카프 소령."

그가 전화통이 있는 곳으로 다가가자 크리스토퍼 렌이 날카로운 목소리로 말했다.

"그 사람 아주 핸섬하더군요. 경찰에는 매력적인 사람이 많다는 것이 나의 지론입니다."

"여보세요."

메트카프 소령은 조급하게 수화기를 덜그럭거리고 있더니 몰리를 돌아다보며 말했다.

"데이비스 부인, 이 전화는 안되는군요. 통하지를 않습니다."

"지금까지 통했는데요. 저어……."

그 말은 끝까지 할 수가 없었다. 크리스토퍼 렌이 큰 소리로 웃었기 때문이다. 히스테릭한 웃음소리였다.

"이렇게 되면 우리는 완전히 문명사회에서 격리된 셈입니다. 완전히 차단된 거지요. 우스운 이야기지 뭡니까."

"웃을 일이 아니오." 메트카프 소령이 화가 난 것처럼 말했다.

"그래요." 보일 부인도 동조했다.

크리스토퍼는 여전히 소리내어 웃으며 "농담하는 것이 저의 버릇이라서요"라고 하더니 다시 "쉿"하며 손가락을 입술에 대고 말했다.

"탐정이 되돌아옵니다."

자일즈가 형사부장과 함께 들어왔다. 형사부장은 스키를 벗고 몸에 묻었던 눈을 털고 있었다. 손에는 큰 노트와 연필을 들고 있었다. 이제부터 천천히 조사를 해보려는 태도였다.

"몰리," 자일즈가 말했다. "트로터 형사부장님이 우리들에게 하실 말씀이 있다는군."

몰리는 두 사람을 따라 방에서 나갔다.

"서재로 갑시다." 자일즈가 말했다.

이름은 어마어마했지만 그곳은 홀 뒤쪽에 있는 작은 방이었다. 트로터 형사부장이 맨 나중에 들어와 살짝 문을 닫았다.

"저희들이 무슨 나쁜 짓을 했나요, 형사부장님?"

몰리는 슬픈 목소리로 물었다.

"무슨 일을 했다고요?" 트로터 형사부장은 그녀를 쳐다보았다.

얼굴에 미소가 번지고 있었다. "걱정하실 일이 아닙니다, 부인. 그렇게 오해를 하셨다면 사과하겠습니다. 그런 게 아니에요, 부인. 전혀 다른 문제입니다. 오히려 두 분께서는 경찰의 보호를 받을 생각을 하셔야 될 것입니다."

그의 말을 도무지 이해할 수 없어 부부는 되묻듯이 상대방을 쳐다보았다.

트로터 형사부장은 웅변조로 말했다.

"실은 그 사건에 관계된 일입니다. 그 라이언 부인——몰린 라이언 말입니다. 이틀 전에 런던에서 살해되었지요. 이 사건에 대해서는 신문을 보셨으리라고 생각됩니다만."

"네." 몰리는 대답했다.

"가장 먼저 여쭤보고 싶은 건 두 분께서 그 부인과 아는 사이인가 하는 점입니다."

자일즈가 "들어보지도 못한 사람입니다"라고 말하자 몰리도 작은 소리로 같은 대답을 했다.

"그럴 줄 알았습니다. 그러나 라이언이란 살해된 여자의 본디 이름이 아닙니다. 그 여자에게는 전과가 있어서 지문이 경찰에 기록되어 있습니다. 그러므로 그 신원을 쉽게 조사할 수 있었습니다. 진짜 이름은 글레그——몰린 글레그입니다. 죽은 남편은 존 글레그라고 하며, 여기서 그다지 멀지 않은 롱릿지 농장에서 살던 농부였습니다. 롱릿지 농장 사건도 들으셨겠지요?"

방 안이 조용해졌다. 그 정적을 깨는 단 하나의 소리는 이따금 지붕에서 미끄러져 떨어지는 눈이 땅에서 부드럽게 부서지는 소리였다. 그것은 비밀을 띤 불길한 느낌마저 주는 소리였다.

트로터는 말을 이었다.

"1940년에 3명의 전쟁 고아가 롱릿지 농장의 글레그 부부가 있는 곳에 배정되었습니다. 그 중의 한 아이가 범죄라고 불러도 될 만한 냉혹한 학대로 죽게 되어 그 무렵 이 사건은 사회적인 큰 충격을 불러일으켰었지요. 글레그 부부는 금고형의 선고를 받았는데 남편은 교도소로 호송되는 도중 도망을 치려고 했습니다. 차를 훔쳐 가지고 달아났으나 경찰차의 추격을 벗어나려고 충돌사고를 일으켜 그 자리에서 숨졌지요. 그리고 부인은 형기를 마치고 두 달 전에 석방되었던 것입니다."

"그래서 이번에는 그 여자가 살해된 거로군요." 자일즈가 말했다. "그래, 범인은 누구라고 생각하십니까?"

그러나 트로터 형사부장은 서두르는 기색이 없었다.

"물론 두 분께서도 그 사건을 기억하고 계시겠지요?"

자일즈는 고개를 내저으며 말했다.

"1940년이라면 저는 지중해에서 해군 소위 후보생으로 근무하고 있었습니다."

그러자 트로터는 몰리 쪽으로 눈길을 옮겼다.

"저도 기억이 나요. 분명히 들은 것 같아요." 하더니 조금 숨이 막히는 듯이 "그런데 형사부장님은 어째서 우리를 찾아오셨습니까? 무엇인가 이 집과 관계가 있다는 말씀인가요?" 하고 말했다.

"데이비스 부인, 두 분께 위험이 있는 문제입니다."

자일즈가 믿을 수 없다는 듯이 말했다.

"위험이 있다고요?"

"그렇습니다. 범죄현장 가까이에서 수첩이 발견되었습니다. 그 속에 주소가 적혀 있었는데, 하나는 카르바 거리 74번지."

몰리가 끼어들어 말했다.

"거기서 살해되었군요?"

"그렇습니다, 데이비스 부인. 또 하나의 주소는 몬크스웰 장."

"뭐라고요?" 몰리의 목소리에는 설마 그럴 리가, 하는 울림이 깃들어 있었다. "그런 터무니없는 일이!"

"그렇습니다. 그래서 호그벤 총경님은 당신들과, 이 집과 롱릿지 농장 사건과의 사이에 무슨 관계가 있는지 꼭 조사해 볼 필요가 있다고 생각한 것입니다."

"아무 관계도 없습니다. 절대로 관계가 없습니다." 자일즈가 말했다. "어떤 우연에 지나지 않습니다."

트로터 형사부장은 조용히 말했다.

"호그벤 총경님은 그것을 우연이라고 생각하고 계시지 않습니다. 될 수 있으면 총경님 자신이 직접 오시고 싶어했지만, 보시다시피 눈이 이렇게 왔으므로——다행히도 저는 스키를 탈줄 알아 대신 파견된 것이지요. 이 집에 있는 모든 사람에 대해 상세히 조사를 하여 전화로 보고하기로 되어 있습니다. 그리고 그것이 이 집의 안전을 위해서도 좋은 일이므로, 빈틈없는 방법을 취하라는 분부를 받고 온 겁니다."

자일즈가 날카롭게 말했다.

"이 집의 안전이라고요? 놀랍습니다. 이 집에서 살인 사건이 일어난다는 말입니까?"

트로터는 변명이라도 하듯이 말했다.

"부인을 놀라게 하는 것은 우리 본의가 아닙니다만, 사실상 호그벤 총경님은 그것을 두려워하고 계시는 겁니다."

"그러나 무슨 까닭으로……."

자일즈의 말은 뒤가 이어지지 않았지만 트로터는 가로막듯이 하며 말했다.

"그 까닭을 알아내는 것이 저의 사명입니다."

"마치 모든 것이 돌아버린 것만 같군요."

"그렇습니다. 그러나 돌아버린 것 같으니까 위험하기도 한 겁니다."

몰리가 말했다.

"형사부장님, 아직도 우리에게 말씀하시지 않은 것이 있는 게 아니세요?"

"있습니다. 수첩의 그 페이지 윗단에 '세 마리의 눈먼 쥐'라고 씌어 있었습니다. 그리고 살해된 여자의 시체에 종이쪽지가 핀으로 꽂혀 있었는데, 거기에는 '이것이 한 마리째'라고 씌어 있었습니다. 그리고 또 세 마리의 쥐 그림과 악보의 1절도 적혀 있었지요. 악보의 멜로디는 동요인 '세 마리의 눈먼 쥐' 바로 그것입니다."

몰리가 조그맣게 노래를 불렀다.

　세 마리의 눈먼 쥐
　달리는 것을 보아요.
　모두 나란히
　농부를 뒤쫓고 있네!
　여자는

그녀는 잠자코 있었다.

"무서워요. 끔찍해요. 아이는 셋이었나요?"

"그렇습니다, 데이비스 부인. 15살 소년과 11살 소녀, 그리고 죽은 12살의 남자아이."

"살아남은 아이들은 어떻게 되었지요?"

"소녀는 분명히 어딘가 남의 집으로 보내졌습니다. 그곳이 어딘지, 지금으로서는 확인되고 있지 않습니다. 소년은 현재 23살이 되었을 텐데, 그도 행방을 모릅니다. 소문으로는, 이 아이는 좀 이상하다더군요. 18살 때 육군에 들어갔다가 도망쳤는데, 그 뒤로는 모습을 감춘 채 행방을 모른답니다. 군의 정신과 의사는 그가 정상이 아니라는 것을 확인했습니다."

자일즈가 물었다.

"형사부장님의 생각으로는 그 사람이 라이언 부인을 죽였다고 보는 겁니까? 그가 살인광이거나 또는 알 수 없는 까닭으로 이 집에 나타날 우려가 있다는 말씀이신가요?"

"경찰의 의견은 댁에 계신 누군가와 롱릿지 농장 사건 사이에 관계가 있을 것이라고 보고 있습니다. 그것이 어떤 관계인지 알기만 하면, 손을 쓸 방법이 있을 것입니다. 지금 당신은 그 사건에는 관계가 없다고 하셨지요? 부인도 같은 말을 할 수 있습니까, 데이비스 부인?"

"네……그럼요, 무, 물론……물론이에요."

"그밖에, 현재 이 집에 머물고 있는 사람들에 대해 이야기해 주실 수 있겠습니까?"

두 사람은 그에게 숙박자의 이름을 말해주었다. 보일 부인, 메트카프 소령, 크리스토퍼 렌, 패러비티니. 형사부장은 그것을 수첩을 받아썼다.

"고용인은요?"

"고용인은 없어요." 몰리가 말했다. "그리고 보니 생각이 나는군요, 저, 감자를 불 위에 올려놓아야 하는데……."

몰리는 서재에서 나갔다.

트로터는 자일즈 쪽으로 돌아앉으며 말했다.

"이들 숙박자에 대해 어느 정도의 일을 알고 계십니까?"

"저는……저희들 부부는," 자일즈는 한 번 말을 끊더니 곧 조용한 어조로 말을 계속했다. "사실상 아무것도 모릅니다. 보일 부인은 본

마스 호텔에서 편지로 신청해 왔습니다. 메트카프 소령은 레밍튼에서 왔고요. 렌 군은 사우드 켄징턴의 하숙집에서 왔지요. 그리고 패러비티니 씨는 난데없이 나타났습니다. 푸른 하늘에서 쏟아져 내려오듯이 아니, 이렇게 눈이 오니까 흰 하늘이라고 할까요. 차가 요 가까이의 눈구덩이에서 뒤집혔답니다. 그러나 누구나 다 신분증명서며 배급 수첩이며, 그밖에 신원을 밝힐 만한 것을 가지고 있으리라고 생각합니다."

"그것은 물론 제가 조사하겠습니다."

자일즈는 말했다.

"한편으로는 날씨가 이런 것이 다행이라는 생각도 드는군요. 살인범도 날씨가 이런 데야 올 수 있겠습니까."

"아니, 그는 아마 찾아올 필요가 없는지도 모릅니다."

"그게 무슨 말이지요?"

트로터 형사부장은 한순간 머뭇거리더니 입을 열었다.

"생각해 보실 필요가 있습니다. 그는 이미 여기에 와 있는지도 모릅니다."

자일즈는 그를 쳐다보며 말했다.

"글레그 부인이 살해된 것은 이틀 전의 일입니다. 이곳 손님은 모두 그 뒤에 왔지요."

"옳지, 그러나 모두 그 사건이 있기 전에 예약을 했습니다. 며칠 전에 말입니다. 패러비티니를 빼고는."

트로터 형사부장은 한숨을 쉬었다. 목소리에는 피로의 빛이 있었다.

"이것은 미리 계획된 범죄들입니다."

"범죄들이라고요? 범죄는 한 번 밖에 일어나지 않습니다. 또 한 번 일어난다고 어떻게 확신을 가질 수 있습니까?"

"일이 일어날지도 모른다는 거지요. 그것을 막으려는 것이 우리가 바라는 일입니다. 그러나 그도 또한 무슨 강구책을 쓰겠지요."

"그렇다면……부장님의 생각이 옳다면." 자일즈는 흥분해서 말했다. "그 나이의 사람이라면 그것은 크리스토퍼 렌입니다!"

트로터 형사부장은 부엌에 있는 몰리에게로 갔다.

"데이비스 부인, 저와 함께 서재까지 가실 수 있을까요? 모든 사람에게 대강 말을 해두고 싶습니다. 주인께서 친절하게도 그 준비를 갖추어 놓으셨으니까요."

"좋아요, 하지만 이 감자 요리를 마칠 때까지 기다려 주실 수 없을까요? 전 가끔 생각한답니다. 이런 것을 월터 롤레 경이 발견해내지 않았더라면 좋았을 걸 하고요."

트로터 형사부장은 못마땅했지만, 그래도 입 밖에 내어 말하지는 않았다. 몰리는 변명이라도 하듯이 말했다.

"전 그 이야기를 믿을 수가 없어요. 안 그렇겠어요? 너무나 현실과 동떨어져서……."

"현실과 동떨어진 이야기가 아닙니다. 부인, 분명히 사실입니다."

몰리는 호기심을 보이며 물었다.

"그래, 범인의 인상착의는 알고 계신가요?"

"중키에 깡마른 사람입니다. 검은 외투에 밝은 색 모자를 쓰고, 낮은 목소리로 말을 한다더군요. 얼굴은 머플러로 가려서 모릅니다만──즉 다시 말해서 어떤 인물에나 들어맞는 모습이라고 할 수 있지요." 잠시 말을 멈췄다가 다시 덧붙였다. "댁의 홀에도 검은 외투에 밝은 색 모자가 세 벌이나 걸려 있더군요."

"저희 집에 온 손님 중에는 런던에서 오신 분은 없어요."

"확실합니까, 데이비스 부인?"

형사부장은 재빠른 동작으로 칸막이 장 쪽으로 다가가 신문을 집어

들었다.

"2월 19일자 이브닝 스탠더드군요. 이틀 전의 것입니다. 누가 이것을 가지고 왔습니까?"

"참으로 이상하군요." 몰리는 눈을 크게 떴다. 무엇이 기억을 되찾아 준 모양이다. "그 신문, 어디서 나왔을까요?"

"사람이란 외모만으로 판단해서는 안됩니다, 데이비스 부인. 이 집에 머무르게 한 사람들에 대해 부인은 사실상 아무것도 모릅니다. 부인 그리고 주인께서도. 하숙집을 경영하시는 일은 이번이 처음이십니까?"

"네, 그래요."

몰리는 순순히 머리를 끄덕였다. 그리고 새삼스럽게 경험이 없고 미숙하며 어리석은 자신을 뼈저리게 느꼈다.

"결혼을 하신 지도 그다지 오래되지 않았지요?"

"꼭 1년 되었어요." 그녀는 얼굴을 붉혔다. "그것이 다 갑작스러운 일이라……"

트로터 형사부장은 고개를 끄덕이며 말했다.

"한눈에 좋아졌다는 말인가요?"

몰리는 이 사람을 무시할 수는 없다는 생각이 들었다.

"네." 그녀는 이렇게 말하고 나서 갑자기 모든 것을 털어놓고 싶은 심정이 되었다. "알게 된 지 꼭 1주일만에 결혼해 버렸답니다."

그녀의 마음은 애정이 불타오르던 14일 동안의 추억으로 되돌아갔다. 거기에는 아무런 불안도 없고, 서로 상대방에 대해서는 잘 알고 있었다. 의심에 괴로워하고 신경을 못 견디게 구는 세계에서 두 사람은 각기 상대방과의 사이에 기적을 발견했던 것이다. 그녀의 입술에 미소가 번졌다.

제 정신으로 돌아와 보니, 트로터 형사부장이 부드러운 눈으로 바라보고 있었다.

"주인께서는 이 고장 출신이 아니지요?"

"네." 몰리는 막연하게 대답했다. "링컨셔 출신이에요."

그녀는 그의 소년 시절 일이라든가 자란 환경에 대해서는 그다지 상세히 알지 못했다. 그의 부모는 세상을 떠났고, 그는 소년 시절의 이야기가 나오면 으레 피하려고 했다. 아마도 불행한 소년 시절을 보낸 것 같았다.

"이런 말을 해도 괜찮다면 말씀해드리겠습니다만, 이런 일을 시작하기에는 두 분이 다 아직 너무 젊은 것 같군요." 트로터 형사부장이 말했다.

"글쎄, 어떨까요. 저는 지금 22살이에요."

그러자 문이 열리며 자일즈가 들어왔으므로 그녀는 입을 다물었다.

"준비가 다 되었습니다. 그 사람들한테는 일단 대충 이야기해 두었습니다. 주제넘은 짓이 안되기를 빌겠습니다."

"그래서 시간이 걸렸군요." 트로터가 말했다. "자, 부인도 준비가 다 되었습니까?"

트로터 형사부장이 서재로 들어가자 네 사람의 목소리가 한꺼번에 지껄여 댔다.

그 중에서도 가장 높고 날카로운 것은 크리스토퍼 렌의 목소리로, 이런 스릴이 있는 이야기를 들으면 오늘밤은 한 잠도 못 잘 것 같다면서, 부탁이니 꼭 그 피비린내나는 이야기를 자세히 들려달라고 했다.

보일 부인은 콘트라베이스 반주를 하는 듯한 목소리로 지껄였다.

"이런 바보스러운 이야기가 어디 있어요. 무능한 것도 분수가 있지. 살인범이 몇 사람이나 굴레벗은 말처럼 돌아다니고 있는데, 경찰이 속수무책이라니!"

패러비티니는 손짓 발짓을 하며 신이 나서 떠들어댔다. 처음에는 입으로만 떠들어대더니 그것이 모조리 보일 부인의 콘트라베이스로 방해가 되자 몸짓으로 대신하게 된 모양이다. 가끔 그 사이사이에 메트카프 소령이 짤막하게 큰 소리를 질렀다. 그 또한 사실을 듣고 싶어하는 것이었다.

트로터는 조금 기다렸다가 위압적으로 손을 들었다. 그 동작에 좀 놀란 듯 이야기 소리가 멎었다.

"여러분." 그는 말했다. "내가 이곳을 찾아온 까닭에 대해서는 데이비스 씨로부터 대강 이야기를 들었을 줄 압니다. 즉 나는 한 가지 알고 싶은 일이 있어서——그렇습니다. 꼭 한 가지입니다. 그리고 그것을 되도록 빨리 알아야만 합니다. 그것은 여러분 중에 롱릿지 농장 사건과 관계 있는 분이 있으리라는 겁니다. 그 사람은 스스로 나와 줬으면 좋겠습니다."

순간 모두는 침묵했다. 네 사람의 무표정한 얼굴이 트로터 형사부장을 쳐다보고 있었다. 몇 분 전까지만 해도 흥분과 분노와 히스테리와 질문 등으로 소용돌이치듯 와글대던 감정이, 스펀지로 석판 위의 석필 자국을 닦아낸 듯이 깨끗하게 없어져버린 것이다.

트로터 형사부장이 다시 입을 열어 이번에는 긴박한 어조로 말했다.

"제가 하는 말을 이해해 주시기 바랍니다. 여러분 가운데 한 사람에게 위험이 닥쳐오고 있습니다. 그것은 생사에 관한 위험입니다. 그렇게 믿어도 될만한 까닭이 있습니다. 그래서 꼭 그것을 알아야 합니다. 여러분 중 롱릿지 농장 사건에 관계가 있는 분은 누구입니까?"

그러나 누구 하나 입을 여는 이도 없고 몸을 움직이는 이도 없다.

마침내 트로터의 목소리에 일종의 노기가 떠올랐다.

"그럼, 이렇게 하겠습니다. 한 사람씩 질문을 하기로 하지요. 맨 먼저 패러비티니 씨."

흐릿한 웃음이 패러비티니의 얼굴을 스쳤다. 그는 외국인이 항의할 때 하는 몸짓으로 두 팔을 쫙 벌리며 말했다.

"경감님, 저는 이 고장과는 아무 관계도 없는 사람입니다. 아무것도 몰라요. 몇 년 전에 일어난 이 고장의 사건 같은 것을 알고 있을 리가 없잖습니까."

트로터는 잠깐 동안의 시간도 헛되이 보내지 않았다.

"그 다음 보일 부인?"

"나도 알 수 없어요, 아니 그 뜻을 모르겠어요. 이렇게 불길한 사건에 내가 관계를 가지다니, 생각조차 할 수 없는 일이 아니고 뭐겠어요."

"렌 씨는?"

크리스토퍼 씨는 날카로운 목소리로 말했다.

"사건이 일어났을 때는 아주 어린아이였습니다. 물론 기억도 없어요."

"메트카프 소령님은?"

"그 사건은 신문에서 읽었지만, 저는 그 즈음 에든버러에서 군무에 종사하고 있었습니다." 소령은 간결하게 대답했다.

"여러분, 답변은 그것뿐입니까? 그밖에 물어볼 말은 없습니까?"

그러자 또 침묵이 이어졌다. 트로터는 화가 난 듯이 한숨을 쉬었다.

"여러분 중에서 죽는 사람이 나온다 하더라도 그 책임은 여러분에게 있다는 것을 알아야 합니다."

그는 말을 마치더니 홱 돌아서서 방을 나갔다.

"놀랐는걸." 크리스토퍼가 말했다. "마치 멜로드라마 같군!" 그리고 덧붙여서 "하지만 굉장히 핸섬한데요, 그 사람. 나는 오래 전부터 경찰들에게 감탄을 하고 있어요. 시원시원하고 활기 있고. 이 사건도 스릴 만점이에요. '세 마리의 눈먼 쥐'라, 멜로디가 어떻더라?"

그가 휘파람을 불기 시작했으므로 몰리는 저도 모르게 큰 소리로 외쳤다.

"하지 말아요!"

그는 그녀의 둘레를 돌며, 웃음소리를 냈다.

"그러나 부인, 이것은 나의 테마 멜로디에요. 이래봬도 나는 아직 살인자 취급을 받은 일은 없기 때문에 아주 흥분해 버렸어요."

보일 부인이 옆에서 말했다.

"그야말로 멜로드라마 같은 잠꼬대군요. 그런 걸 어떻게 믿어요."

크리스토퍼의 밝은 눈에 장난기 어린 빛이 넘치고 있었다.

"그런 말을 해도 괜찮습니까, 보일 부인?" 그는 목소리를 더 낮추어 덧붙였다. "나는 당장에 당신 뒤로 몰래 돌아가 두 손으로 목을 쥘 겁니다."

몰리가 뒷걸음질을 쳤다.

자일즈가 화를 내며 말했다.

"렌 씨, 집사람에게 겁주지 마시오. 쓸데없는 농담은 삼가구려."

메트카프 소령도 함께 "농담을 할 때가 아니오" 하고 타일렀다.

"안됩니까? 이거 원, 농담이 아니었던가요?" 크리스토퍼는 말했다. "의심할 것도 없이 농담이지요. 미친 사람의 장난이에요. 그러니까 그런 기분 나쁜 양상을 띠고 있지요."

그는 주위를 돌아보고 또 큰 소리로 웃으며 "자, 여러분, 자신의 얼굴을 한 번 보십시오"라고 말하고는 부지런히 방을 나가버렸다.

보일 부인이 가장 먼저 제정신으로 돌아왔다.

"참, 무례한 남자로군. 노이로제인지도 모르겠어. 저런 사람이 '양심적인 참전 거부자'가 되는 거지."

메트카프 소령이 설명했다.

"본인의 말로는, 공습 때 생매장이 되어 구출될 때까지 48시간이나 그대로 묻혀 있었다더군요. 그리고 보면 그 태도를 대개 설명할 수 있겠지요."

보일 부인은 가시 돋친 어조로 말했다.

"누구나 다 자기 신경이 이상해지면 여러 가지로 그 원인을 꾸며대는 법이지요. 나를 보세요. 전쟁 경험은 아무에게도 뒤지지 않을 정도지만 신경은 건전하답니다."

그러자 메트카프 소령이 말했다.

"아마도 그 확고한 당신의 신경이 말을 했겠지요, 보일 부인."

"그게 무슨 뜻이지요?"

메트카프 소령은 조용히 말을 이었다.

"당신은 분명히 1940년에 이 지방에서 숙사 할당 장교(宿舍割當將校) 노릇을 했었지요?"

그리고 몰리 쪽으로 눈을 돌리자 그녀도 고개를 크게 끄덕였다.

"그렇지요? 안 그런가요?"

보일 부인의 얼굴에 화가 치밀어 올랐다.

"그것이 어떻다는 거에요?"

메트카프 소령은 무게 있는 어조로 말했다.

"세 명의 어린이를 롱릿지 농장으로 보낸 것은 부인의 책임이었습니다."

"이것 보세요, 메트카프 소령. 그 뒤에 일어난 일까지 내가 책임을 져야 할 까닭은 없어요. 그 농장 사람들은 아주 느낌이 좋았고, 아이를 바라고 있는 것 같았어요. 그렇게 본 것이 뭐 잘못이라고 내

가 책망을 들어야 하나요? 내게 책임을 지라니, 그런 무리한 일이
…….” 그녀의 목소리는 쉰 듯한 소리로 사라졌다.

자일즈가 날카롭게 말했다.

“그렇다면 왜 그것을 트로터 형사부장에게 말하지 않았습니까?”

“경찰이 관계할 일이 아니에요.” 보일 부인은 잘라 말했다. “내 일
은 내가 알아서 할 거에요.”

메트카프 소령은 더욱 조용하게 “조심하는 게 좋을 겁니다”라고
말하고는 방에서 나가버렸다.

“분명히 당신은 숙사 할당 장교였지요? 난 알고 있어요.” 몰리가
작은 목소리로 말했다.

“몰리, 당신도 알고 있었소?”

자일즈는 놀라며 그녀를 쳐다보았다.

“당신은 공유지에 커다란 집을 가지고 있었지요?”

“징발당했어요.” 보일 부인은 대답했다. “그리고 철저하게 망가뜨
려졌지요. 아주 엉망이 되었단 말이에요. 정말 너무한 일이었어요.”

그러자 패러비티니가 조심스럽게 웃어댔다. 머리를 뒤로 젖히고 계
속 웃고 있더니 “아, 실례를 용서하십시오” 하고 웃음을 억누르며 말
했다. “그러나 참으로 재미있는 장면을 보여 주셨습니다. 정말 재미
있었어요. 정말 이렇게 재미있는 일은 없었어요.”

그 순간 트로터 형사부장이 들어왔다. 그는 패러비티니에게로 비난
하는 듯한 시선을 던지며 “재미있다는 말을 들으니” 하고 엄격한 어
조로 말했다. “나도 안심이 됩니다.”

“아, 경감님, 죄송합니다. 사과드리지요. 모처럼 열심히 경고해 주
신 것을 깨 버리는 결과가 되었으니 말입니다.”

트로터 형사부장은 어깨를 움츠려 보이며 말했다.

“나로선 사태를 확실히 하기 위해 온 힘을 다 기울였습니다. 그리

고 말해 둡니다만, 나는 경감이 아니라 형사부장에 지나지 않습니다. 아, 데이비스 부인, 전화를 좀 썼으면 좋겠는데요."

"정말 뭐라고 사과 말씀을 드려야 할지 모르겠습니다." 패러비티니는 이렇게 말한 다음 다시 덧붙여 말했다. "이곳에선 슬슬 물러나야 하겠군요."

그러나 그는 슬슬 물러나기는커녕 이미 몰리를 한 번 놀라게 했던 그 젊음과 기운에 찬 발걸음으로 당당하게 나가버렸다.

"참, 별난 사람이로군."

자일즈가 이렇게 말하자 트로터가 대답했다.

"범죄자 타입입니다. 저런 사람을 믿어서는 안됩니다."

"그럼," 몰리가 말했다. "저 사람이 범인이라는 건가요? 그렇게 보기엔 나이가 너무 많군요. 아니면 진짜 나이는 그렇게 많지 않은 것일까요? 저 사람은 화장을 하고 있어요. 굉장히 진하게 말이에요. 그러고 보니 걸음걸이는 젊고——일부러 늙어 보이게 꾸미고 있는지도 모르겠군요. 트로터 씨, 어떻게 생각……."

트로터 형사부장은 그녀의 말을 엄격하게 가로막으며 말했다.

"데이비스 부인, 뜻 없는 추측을 해보았자 아무런 도움도 안됩니다. 그럼, 이 결과를 호그벤 총경님에게 보고해야겠습니다."

그는 전화통 앞으로 다가갔다.

"전화가 안돼요." 몰리가 말했다. "통하지를 않아요."

"네?" 트로터는 돌아다보았다. 그 놀라는 모습이 너무도 심했으므로 모두들 깜짝 놀랐다.

"전화가 불통이라고요? 언제부터입니까?"

"부장님이 오시기 조금 전에 메트카프 소령이 걸려고 했는데……."

"그러나 그전에는 통했을 텐데요. 호그벤 총경님이 거신 전화를 받지 않았습니까?"

"네, 아마 열 시쯤이었을 거에요. 눈 때문에 전화선이 끊어진 모양이에요."

그러자 트로터의 얼굴은 심각한 표정을 띤 채 "일부러 끊을 수도 있지요" 하고 말했다.

몰리는 눈을 크게 뜨고 그를 바라보았다.

"그렇게 생각하세요?"

"확인해 볼 필요가 있습니다."

그는 서둘러 방을 나갔다. 자일즈가 망설이고 있더니 그 뒤를 따라 나갔다.

몰리가 큰 소리로 외쳤다.

"어머나, 큰일났네! 점심시간이 다 되었어. 곧 준비하지 않으면 아무것도 못 먹게 되겠군."

그녀가 방에서 뛰어나간 뒤에 보일 부인이 중얼거렸다.

"저렇게 젊은 나이로 무엇을 하겠나! 정말 잘 못 왔어. 그리고도 7기니를 내야한다면, 너무 하군."

트로터 형사부장은 허리를 구부리고 전화선을 더듬으며 자일즈에게 물었다.

"증설 전화는 있습니까?"

"네, 저희들 침실로 끌어다 놓았습니다. 2층에 있는데, 보고 올까요?"

"부탁합니다."

트로터는 창문을 열고 몸을 내민 다음 창문턱에 쌓인 눈을 털었다. 자일즈는 부지런히 2층으로 올라갔다.

패러비티니는 넓은 객실을 차지하고 있었다. 그랜드 피아노 앞으로 걸어가 뚜껑을 열더니 손가락 하나로 살그머니 피아노를 치기 시작했다.

　세 마리의 눈먼 쥐
　달리는 것을 보아요

　크리스토퍼 렌은 침실에 있었다. 기운차게 휘파람을 불며 돌아다니고 있더니 갑자기 휘파람 소리가 이상해지며 멎었다. 그리고는 침대 끝에 걸터앉아 얼굴을 두 손으로 감싸고 울기 시작했다. 그리고 어린 아이처럼 중얼거렸다.
　"더 이상 계속해서는 안돼."
　그러는가 싶더니 곧 기분을 바꾸어, 자리에서 일어나 어깨를 펴고 말했다.
　"아니, 계속해야해. 끝까지 하는 거야."
　자일즈는 그들 부부의 방에서 전화통 옆에 서 있었다. 벽 밑 부분에 몰리의 장갑이 하나 떨어져 있었다. 몸을 구부려 장갑을 집어드니 그 속에서 핑크빛 버스표가 나왔다. 자일즈는 그 버스표가 너풀너풀 바닥으로 떨어지는 것을 내려다보고 있었다. 갑자기 얼굴빛이 바뀌었다. 그리고 마치 사람이 달라진 것처럼 비틀비틀 걷기 시작했다. 꿈이라도 꾸고 있는 것처럼 발걸음이 느렸다. 그는 문을 열고 복도로 목을 내밀어 계단 위쪽을 살펴보았다.
　몰리는 감자 껍질을 다 벗겨 냄비 속에 넣어 불 위에 올려놓았다. 오븐을 흘끔 쳐다보니 모든 것이 예정대로 순조롭게 되어가고 있었다.
　부엌 테이블 위에는 이틀 전의 이브닝 스탠더드 지가 놓여 있었다. 그녀는 그것을 보고 얼굴을 찡그렸다. 생각해 내게만 된다면…….

갑자기 그녀는 두 손을 눈에다 대었다.

"안돼! 아니, 안돼!"

그녀는 천천히 손을 떼었다. 그리고 부엌을 처음 보는 장소이기라도 한 것처럼 둘러보았다. 따뜻하고 충분히 널찍한 자리를 차지한 음식 냄새가 솔솔 풍기고 있는 부엌을.

"아냐, 그렇지 않아." 그녀는 낮은 소리로 다시 한 번 되뇌었다.

그리고 몽유병자 같은 발걸음으로 홀로 통하는 문 쪽으로 걸어갔다. 그 문을 여니 집 안은 아무 소리도 없이 괴괴하였다. 다만 누군가가 불고 있는 휘파람 소리만 빼고 나면.

그 멜로디는…….

몰리는 몸을 부르르 떨며 되돌아섰다. 1분인가 2분 동안 낯익은 부엌을 다시 한 번 둘러보고 기다렸다. 그렇다, 모든 것이 순조롭게 진행되고 있다. 그녀는 또 문 쪽으로 향했다.

메트카프 소령이 소리도 없이 뒷계단으로 내려왔다. 홀에서 잠깐 동안 상태를 살핀 뒤 계단 밑에 있는 큰 칸막이 장문을 열고 들여다보았다. 집 안은 조용했고 근처에 사람이라고는 아무도 없었다. 지금 같으면 무슨 일이든 해치울 수 있다.

보일 부인은 서재에서 무언가 초조해 하며 라디오의 다이얼을 돌렸다.

흘러나오는 프로는 강연이 한창 진행 중인데, 동요의 기원과 그 의의에 대해 말하고 있었다. 이것은 그녀로서는 가장 듣기 싫은 이야기였다. 더욱 초조해 하며 다이얼을 돌리다 보니, 자못 학자다운 강연자의 목소리가 이런 이야기를 하고 있었다.

"공포의 심리를 완전히 이해할 필요가 있습니다. 가령 혼자서 방 안에 있다고 합시다. 등뒤에 있는 문이 살그머니 열리고……."

문이 열렸다. 보일 부인은 깜짝 놀라 홱 뒤돌아보았다.

"아, 당신이었군요!" 그녀는 안도의 숨을 쉬며 말했다. "요즘의 라디오는 하찮은 프로만 있어. 들을 만한 프로를 보내는 일이 한 번도 없다니까!"

"안 들으면 되지 않습니까, 보일 부인."

보일 부인은 코를 킁킁대며 말했다.

"하지만 달리 할 일도 없고——살인이 일어날지도 모르는 집에 갇혀서——물론 멜로드라마 같은 그 이야기를 믿는 건 아니지만."

"믿지 않습니까, 보일 부인?"

"어머나! 무, 무슨 짓을 당신……."

레인코트의 벨트가 그녀의 목에 감겼다. 너무 재빠른 행위였으므로 그녀는 그 뜻을 알 수가 없었다. 라디오 소리가 높아졌다. 공포 심리학에 관한 강연자는 그 학식이 풍부한 내용을 방 안 가득히 소리쳐, 보일 부인의 죽음에 따르는 잡음을 삼켜버렸다.

그러나 죽음에 엉키는 소리는 큰 것이었다. 범인은 그 점에 관해서는 숙련자였다.

모두들 부엌에 모여 있었다. 가스대 위에서는 감자가 유쾌한 소리를 내고 있다. 오븐이 풍기는 스테이크 냄새와 키드니 파이 냄새가 점점 강해졌다.

네 명의 남자는 몸을 부르르 떨며 얼굴을 마주 보았다. 다섯 사람째는 몰리였고, 그녀 역시 새파래진 얼굴로 떨고 있었다. 여섯 사람째의 형사부장이 강제로 그녀의 입에 위스키 잔을 갖다대자 그녀는 그것을 빨아들였다.

트로터 형사부장은 분노로 굳어진 얼굴로 모인 사람들을 둘러보고 있었다. 몰리가 공포에 못 이겨 악을 쓰고 그와 다른 사람들이 서재로 달려간 지 꼭 5분이 지났다.

형사가 입을 열었다.

"데이비스 부인, 부인이 이곳에 들어온 것은 그 여자가 막 죽었을 때였지요? 그리고 홀을 건너올 때는 아무도 없었고, 아무 소리도 나지 않았다는 것도 확실합니까?"

"휘파람 소리가 들렸어요." 몰리는 가느다란 소리로 말했다. "아니에요, 그것은 조금 전의 일이었어요. 그리고 확실히는 말할 수 없지만 문이 닫힌 것 같기도 해요. 어딘가에서 살그머니 마침, 마침 서재로 들어올 때."

"어느 문입니까?"

"모르겠어요."

"생각해 보십시오, 데이비스 부인 생각해 보세요. 2층이었나, 아래층이었나 오른쪽? 아니면 왼쪽?"

"몰라요, 정말!" 몰리는 소리를 질렀다. "들었는지, 못 들었는지, 그것조차도 확실치가 않아요!"

화가 난 자일즈가 말했다.

"집사람을 못살게 굴지 마시오. 정신도 못 차리는 걸 모르십니까?"

"이것은 살인 사건의 수사입니다, 데이비스 씨. 아니, 실례했습니다. 데이비스 중령이지요?"

"저는 군대의 호칭을 쓰지는 않습니다."

"그랬었지요." 트로터는 노리던 미묘한 목적을 달성한 듯이 잠시 말을 끊고 있다가 다시 이었다. "지금도 말했듯이 나는 살인 사건을 수사하고 있는 겁니다. 이 같은 사태가 발생할 때까지 아무도 내 말을 심각하게 들어주지 않았습니다. 보일 부인도 역시 그랬었지요. 그 여자는 나의 조사에 협력해 주지 않았습니다. 여러분도 모두가 내 앞에서는 입을 다물고 있습니다. 그 결과 보일 부인은 살해됐습니다.

이 진상을 밝히지 않으면, 아시겠어요? 빨리 그 진상을 밝히지 않는 한 다음 살인이 일어날 가능성이 또 있는 것입니다."

"다음이라고요? 무슨 어리석은 소리요. 어째서 그렇습니까?"

"그것은," 트로터 형사부장은 엄숙한 어조로 말했다. "눈먼 쥐는 세 마리 있었습니다."

자일즈는 믿을 수 없다는 듯이 말했다.

"한 마리가 한 사람을 죽인다는 뜻입니까? 그렇다면 거기에 무슨 관련성이 있어야겠군요. 이 사건과 또 하나의 관련성이."

"있을 수 있을 겁니다."

"그러나 그 살인이 왜 이 집에서 일어납니까?"

"저 수첩입니다. 거기에는 두 군데의 주소가 씌어 있었습니다. 카르바 거리 74번지에는 희생자가 될 수 있는 이가 한 사람 있었는데, 그녀는 이미 살해되었습니다. 한편 이 몬크스웰 장에는 더 큰 분야가 남아 있다고 할 수 있습니다."

"어리석은 이야기입니다, 트로터 씨. 아무리 우연이라 해도 롱릿지 농장 사건에 관계있는 사람이 둘씩이나 이 집에 있다니."

"어떤 상황 아래에서는 반드시 우연이라고만 할 수 없을 것입니다. 데이비스 씨, 그 점을 생각해야 합니다."

그리고 그는 다른 사람 쪽으로 눈길을 돌리며 말했다.

"나는 이미 보일 부인이 살해되었을 때 여러분이 어디에 있었는지 그 설명을 요구했습니다. 그것을 지금부터 점검하겠습니다. 렌 씨, 당신은 데이비스 부인의 비명을 당신 방에서 들었습니까?"

"그렇습니다, 부장님."

"데이비스 씨, 당신은 2층에 계셨다고 했지요? 2층 침실에서 전화선을 조사하고 있었다고 그랬지요?"

"그렇습니다." 자일즈는 대답했다.

"패러비티니 씨는 객실에서 피아노를 치고 있었지요. 그러나 그 피아노 소리를 들은 사람은 아무도 없습니다."

"아주 낮은 소리로 치고 있었기 때문이지요. 손가락 하나로 말입니다."

"무슨 곡이었나요?"

"〈세 마리의 눈먼 쥐〉입니다, 부장님." 그는 미소를 지으며 말했다. "렌 씨가 2층에서 휘파람으로 불고 있었던 것과 같은 곡이지요. 그 멜로디는 누구의 머리에나 박혀 있는 겁니다."

"무서운 멜로디⋯⋯." 몰리가 말했다.

"전화선의 조사는 끝났습니까?" 메트카프 소령이 물었다. "역시 일부러 끊은 흔적이 있던가요?"

"그렇습니다, 메트카프 소령. 식당 창문 밖에서 일부분이 끊겨 있었습니다. 마침 끊어진 부분을 발견했을 때 데이비스 부인의 비명 소리가 들려왔습니다."

"그러나 정신나간 이야기로군. 그렇게 해서 속일 수 있다고 생각하는 걸까요?"

크리스토퍼가 날카로운 소리로 말하자 형사부장은 그의 얼굴을 물끄러미 쳐다보았다.

"아마 두려움 같은 것을 느끼지 않는 모양이지요. 어쩌면 우리보다는 훨씬 머리가 좋다는 자신감을 가지고 있는지도 모릅니다. 어쨌든 살인자는 그렇게 생각하기 쉽습니다. 그러므로 우리가 하는 훈련 중에는 심리학이 과정의 일부로 되어 있습니다. 이를테면 정신 분열증의 정신상태 같은 것은 아주 흥미 있는 것이지요."

자일즈가 말참견을 했다.

"쓸데없는 이야기를 하고 있을 때가 아닌 것 같은데요."

"그렇소, 데이비스 씨. 현재 우리의 관심을 끌고 있는 것은 두 가지 이야기뿐입니다. 하나는 ‘살인’, 또 하나는 ‘위험’입니다. 우리 문제는 이 두 가지로 좁혀집니다. 그런데 메트카프 소령님, 당신의 행동을 분명히 해주십시오. 지하실에 있었다고 하셨는데, 무슨 일로 거기 가셨던가요?”

“그냥 보고 돌아다닌 겁니다.” 소령은 설명했다. “맨 먼저 계단 밑에 있는 큰 칸막이 장을 들여다보다가 옆에 문이 있는 것을 알았습니다. 그 문을 여니까 계단으로 통하고 있었어요. 그래서 내려가 봤는데, 아주 훌륭한 광이더군요.”

“유적 탐구를 하고 있는 게 아닙니다, 메트카프 소령. 살인 사건의 수사를 하고 있는 겁니다. 아, 데이비스 부인, 나의 움직임에 귀를 기울여 주세요. 부엌문은 열어놓은 채로 두겠습니다.”

그가 나가고 나서 어딘가에서 문이 살그머니 닫히는 소리가 들렸다.

“이 소리입니까, 부인이 들었다는 소리는?” 그는 다시 돌아와서 물었다.

“전……네, 그렇게 들렸어요.”

“그것은 층계 밑에 있는 칸막이 장 문소리였어요. 그러고 보니 범인은 보일 부인을 죽인 뒤 홀로 나왔으나 부엌에서 부인이 나오는 소리를 듣고 칸막이 장으로 도망쳐 문을 닫았다고도 볼 수 있습니다.”

“그렇다면 장 안쪽에 지문이 묻어 있을 거에요.” 크리스토퍼가 소리쳤다.

“내 것이 이미 묻어 있을 겁니다.” 메트카프 소령이 말했다.

“그런 셈이지요.” 트로터 형사부장은 고개를 끄덕이며 “그러나 거기에 대해서는 이미 설명을 들었습니다.” 조용히 덧붙였다.

“그런데 부장님.” 자일즈가 말을 꺼냈다. “부장님이 이 사건의 수사를 맡고 있는 것은 아닙니다만, 한편 이 집은 저의 집인 이상 저로서도 이 집에 머물고 있는 사람들에 대해 어느 정도의 책임을 느끼지 않을 수 없습니다. 그래서 말씀드리는 건데, 앞으로의 사건을 방지하기 위해 일단 조치를 강구해주실 수 없겠습니까?"

"그러니까 어떻게 하라는 겁니까, 데이비스 씨?"

"솔직히 말해서 가장 의심스럽다고 생각되는 사람을 가두란 말입니다."

그리고 그는 크리스토퍼 렌을 쳐다보았다.

크리스토퍼 렌은 앞으로 뛰어나와 큰소리로 외쳤다. 날카롭게 신경질적으로 울리는 목소리였다.

"그건 그렇지 않아요! 당치도 않은 오해입니다! 당신네들은 나에게 반감을 가지고 있어요. 나는 누구에게나 호감을 사지 못하는 사람이지만, 당신네들은 좀 지나친 것 같군요. 살인범이라니 너무하잖아요. 혐의를 씌우는 것도 이만저만한 일이라야지. 이건 박해요!"

"진정해요." 메트카프 소령이 타일렀다.

"걱정 말아요, 크리스." 몰리가 앞으로 나와 그의 팔에 손을 얹으며 "당신에게 반감을 갖고 있는 사람은 없어요" 하고 말한 다음 트로터 형사부장을 향해서 그런 일은 없도록 해달라고 부탁하자 트로터 형사부장도 "죄없는 사람에게 혐의를 씌우는 일은 하지 않습니다"라고 말했다.

"체포하지 않는다고 말씀해주세요."

"나는 아무도 체포하지 않습니다. 체포를 하려면 증거가 필요합니다. 지금 상태로는 증거를 잡지 못했습니다."

그러나 자일즈는 악을 쓰듯이 말했다.

"당신 머리가 어떻게 됐군, 몰리. 또 부장님도 그렇군요, 범인의 풍채와 같은 자는 한 사람 밖에 없잖습니까. 그리고……."

몰리가 말참견을 했다.

"잠깐, 자일즈, 잠깐만요, 조용히 계세요." 그리고 트로터를 향해 "형사부장님, 잠깐 할 말이 있는데요, 한 1, 2분 동안만 시간을 내주실 수 있겠어요? 다른 분은 자리를 좀 비켜주십사 하고요." 하고 말했다.

"나는 남겠어. 여기서 꼼짝도 않을 테야."

자일즈가 이렇게 말했지만 몰리는 고개를 저었다.

"안돼요, 자일즈, 당신도 자리를 비켜주세요, 부탁이에요."

자일즈의 얼굴이 갑자기 어두워졌다.

"무슨 소리야, 몰리. 나는 그 뜻을 알 수 없군."

그러나 결국 그도 다른 사람들과 함께 방에서 나갔다. 문이 큰 소리를 내며 닫히자 트로터가 물었다.

"데이비스 부인, 무슨 이야기입니까?"

"트로터 씨, 아까 부장님이 롱릿지 농장 이야기를 하셨을 때 이 문제와 관계되는 것은 가장 큰 소년이었던 남자라고 생각하셨던 것 같은데, 그것은 확실히 알고서 하신 말씀은 아니겠지요?"

"맞습니다. 데이비스 부인, 그러나 그 점이 가장 가능성 있다는 것은 분명한 일입니다. 정신병적인 경향, 군대로부터의 탈주, 정신과 의사의 보고 등이 있으므로……."

"네, 그것은 압니다. 그 모든 것이 크리스토퍼를 가리키고 있는 것처럼 느껴지는 것도 확실하지만 저는 그렇게 생각되지 않아요. 그 밖에도 여러 가지 가능성이 있을 거에요. 세 아이들에게는 친척도 없었을까요? 이를테면 부모라든가 말이에요."

"있었습니다. 어머니는 그 즈음 이미 세상을 떠났지만 아버지는 해

외에서 군무에 종사하고 있었습니다. "

"그 아버지는 어떨까요 ? 지금 어디에 있습니까 ? "

"우리는 그 정보를 못 잡았어요. 작년에 제대한 사실은 알고 있지만. "

"아들에게 정신병적인 경향이 있었다면 아버지도 같다고 볼 수 있겠지요 ? "

"분명히 그렇습니다. "

"그렇다면 범인은 중년 남자이거나 아니면 더 나이 많은 노인인지도 몰라요. 저 메트카프 소령, 제가 경찰서에서 전화가 걸려 왔더라는 이야기를 하니까 몹시 동요하는 눈치였어요. 틀림없어요. "

트로터 형사부장은 조용히 말했다.

"데이비스 부인, 지금이니까 말합니다만 나는 이 수사를 시작했을 때부터 모든 가능성을 고려했었습니다. 짐이라는 소년 외에 그의 아버지, 그리고 누이동생에 대해서도 생각하지 않은 것은 아닙니다. 나는 한 가지도 빼놓지 않았다고 마음 속으로 어느 정도의 확신을 가지고 있습니다만 현재로 보아 아직 확인할 만한 곳까지는 가 있지 않습니다. 실제로도 그렇고, 인물도 그렇고, 올바른 모습을 파악하기란 상상 외로 어려운 일입니다. 특히 요즘 같은 시대에선 그것을 각오해야 합니다. 우리 경찰관들의 눈에 띄는 일을 듣게 된다면 너무도 기가 막혀 놀라실 겁니다. 결혼에 얽힌 문제가 특히 그렇다고 할 수 있는 것 같아요. 너무 경솔해요. 전쟁 결혼이라는 것이 그 대표적인 것이지요. 배후관계를 완전히 무시하고 있습니다. 가족, 친척, 그런 사람들을 만나 보는 것도 아니고 서로가 상대방의 말을 그냥 믿을 뿐이지요. 남자가 전투기의 비행사였다느니, 육군 소령이었다느니 하면 여자들은 무조건 믿어 버리는 거죠. 때로는 1년인가 2년 지나고 보면 그 남자가 도망 중인 은행원으로 처자가 있는 사람이라는 것을 알게 된다거나, 군대에서 도망쳐 나온 탈주병이라는 사실에 놀란다거나 하는 상태니까요."

그는 잠시 입을 다물었다가 다시 말을 이었다. "그야 나도 부인의 생각은 알고 있습니다. 데이비스 부인, 다만 한 마디만 해 둡니다만, 그 범인은 살인을 즐기고 있습니다. 나는 그렇다는 확신을 가지고 있습니다."

그는 문 쪽으로 향했다.

몰리는 버티고 선 채 움직이지 않았다. 볼에는 핏기가 빨갛게 솟아오르고 있었다. 몇 분 동안 그 자리에 얼어붙은 듯 서 있다가 천천히 난로 옆으로 다가가 무릎을 꿇고 오븐의 문을 열었다. 식욕을 돋구는 냄새가 풍기고 있었다. 그제야 그녀의 마음도 가벼워졌다. 그 냄새가 갑자기 일상생활의 그립고 낮익은 세계로 되돌아오게 해준 것이다. 요리 만들기, 청소, 그 밖의 집안일 등의 평범하고 산문적인 생활.

먼 옛날부터 여자들은 남자를 위해 요리를 만들어 왔다. 거기에서는 위험한 세계, 광기 어린 세계는 멀어져 간다. 여자들은 부엌에 있는 한 안전하다. 영원히 안전하다. 부엌문이 열렸다. 돌아다보니 크리스토퍼 렌이 들어오고 있었다. 조금 숨을 헐떡거리고 있었다.

"큰일났어요." 그는 말했다. "형사의 스키를 훔쳐간 녀석이 있어요!"

"부장님의 스키를 말이지요? 왜 그런 짓을 했을까요?"

"나는 상상도 할 수 없는 일이에요. 그 형사가 그대로 얌전히 돌아가 주면 가장 기뻐할 것은 살인자라고 생각하는데요. 도저히 이치에 맞지 않는 이야기에요."

"그 스키는 자일즈가 계단 밑에 있는 칸막이 장에다 넣어두었을 텐데요."

"그것이 그곳에 없어요, 상당히 머리를 쓴 방법이에요" 하고 명랑하게 웃었다. "형사부장의 분노는 굉장히 무서워요, 그저 아무나 잡고 물고늘어지는 거에요, 제일 먼저 물린 것이 가엾은 메트카프 소령. 그 아저씨는 보일 부인이 살해되기 직전에 칸막이 장 속을 들여다보았기 때문에 당한 셈이지요, 스키가 있었는지 없었는지 알 수 없다고 버티고 있습니다만, 트로터 역시 몰랐을 리가 없다고 마구 우겨대는 거에요, 그러나……" 목소리를 낮추며 몸을 앞을 내밀었다. "이젠 트로터도 풀이 죽은 것 같아요."

"우리 모두가 풀이 죽었잖아요."

"저는 다릅니다. 자극이 있고, 비현실적인 점에 몹시 흥미를 느끼고 있답니다."

그러나 몰리는 날카롭게 말했다.

"그 사람을 발견한 것이 당신이라면 그런 말은 할 수 없을 거에요, 그 사람이란 보일 부인을 말하는 거에요, 나는 지금도 그 얼굴을 잊을 수가 없어요, 검붉게 부풀어올라."

"잘 알아요, 내가 바보 같은 짓을 했습니다. 잘못했어요. 내 생각이 모자랐어요."

몰리의 목에서 흐느껴 우는 소리가 흘러 나왔다.

"지금까지는 모든 일이 제대로 잘 되고 있는 줄 알았는데, 부엌에서 요리만 하고 있으면," 그녀의 말은 혼란을 일으켜 걷잡을 수 없었다. "그랬더니 그것이 갑자기——다 뒤로 돌아가——악몽 같은 일만……"

머리를 숙이고 울어대는 그녀를 바라보는 크리스토퍼 렌의 얼굴에는 기묘한 표정이 떠올라 있었다.

"알았어요, 알았어." 하고 발을 옮기며 "아무래도 나는 물러나는 게 좋을 것 같군. 실컷 우세요" 하고 말했다.

그의 손이 문의 손잡이에 닿자 몰리가 소리쳤다.

"가지 마세요!"

그는 돌아다보고 살피듯이 그녀를 보고 있더니 천천히 되돌아오며 말했다.

"그것은 진정으로 하는 말입니까?"

"진정이라니요?"

"진심으로 그랬느냐고 묻는 겁니다. 나보고 가지 말라고 한 소리가 ……."

"그래요, 저 혼자서 있고 싶지 않아요. 혼자 있으면 무서워요."

크리스토퍼는 테이블 옆에 앉았다. 몰리는 오븐 앞에 몸을 굽히고 파이를 윗단으로 옮긴 다음 문을 닫았다. 그리고 나서 그가 있는 곳으로 다가가자 크리스토퍼가 침착한 목소리로 말했다.

"그러나 흥미 있는 일입니다."

"무엇이요?"

"나와 함께 있는 것이 무섭지 않다는 것 말예요. 부인은 무섭게 느끼지 않습니까?"

그녀는 고개를 저었다.

"네, 무섭지 않아요."

"왜 무서워하지 않나요, 몰리?"

"모르겠어요…… 하지만 무섭지 않아요."

"그러나 나는 범인의 인상에 일치하는 단 한 사람의 남자입니다. 스케줄대로 한 유일한 살인자인데요."

"아니에요." 몰리는 말했다. "여기에는, 다른 가능성도 있어요. 아까 제가 그 일로 트로터 씨와 이야기를 했었어요."

"그는 부인과 같은 의견이었나요?"

"반대는 하지 않더군요."

어떤 말이 거듭 그녀의 머릿속에서 울리고 있었다. 그 중에서도 마지막 말——"부인의 생각은 알고 있습니다, 데이비스 부인" 하는 말인데, 과연 그 사람은 알고 있는 것일까? 정말 알고 있는 것일까? 그리고 또 범인은 살인을 즐기고 있다고 했는데, 정말일까?

그녀는 크리스토퍼에게 말했다.

"이 사건을 즐기고 있다니, 그건 믿을 수 없어요. 당신이 뭐라고 하시든."

"그럼요, 즐기고 있다니, 당치도 않은 소리지요." 크리스토퍼는 눈을 크게 뜨고 덧붙였다. "이상한 말을 하시는군요."

"내가 한 말이 아니에요. 트로터 씨가 한 말이에요. 난 그 사람이 싫어요! 그 사람은 당신에게 그런 말을 하고——네, 사실도 아닌 이야기를——그런 이야기는 있을 수 없어요."

그녀는 손으로 얼굴을 가렸다. 크리스토퍼는 부드럽게 그 손을 떼어내며 "몰리" 하고 불렀다. "이게 어떻게 된 일이지요?"

그가 그녀를 키친 테이블 옆에 있는 의자로 데리고 가자 그녀는 얌전히 앉았다. 그녀의 태도에도 신경질적인 점이라든지 어린애 같은 점은 다 사라져 버렸다.

"어떻게 된 겁니까, 몰리?" 그는 말했다.

몰리는 한동안 살펴보는 듯한 눈길로 그를 쳐다보고 있었다. 그리고 아무 관계도 없는 질문을 해 왔다.

"크리스토퍼, 우리가 알게 된 지 얼마나 되었죠? 이틀인가요?"

"그렇습니다. 그 짧은 기간에 우리는 서로 이해해 왔다고 볼 수 있겠지요?"

"그래요. 이상한 일이로군요."

"글쎄요, 뭐라고 하면 좋을까. 우리 두 사람은 서로 동정하고 있어요. 아마 그럴 거에요. 우리 모두 같은 괴로움을 맛보고 있기 때문이 아닐까요?"

그것은 질문이 아니었다. 그의 의견이었다. 몰리는 고개를 끄덕이고 조용히 이야기하기 시작했는데, 그것도 질문이라기보다 그녀의 생각을 말하고 있는 것이었다.

"당신 이름은 크리스토퍼 렌이 아니지요?"

"네."

"왜, 그런…….."

"그런 이름을 골랐느냐 하는 거죠? 유쾌한 생각인 것 같았기 때문이지요. 학교에서는 모두들 크리스토퍼 로빈이라고 불렀어요. 로빈(울새), 렌(굴뚝새)——연상작용이라는 거죠."

"진짜 이름은?"

크리스토퍼는 조용히 말했다.

"거기까지 알 필요는 없다고 생각합니다. 부인하고는 관계없는 일이에요. 나는 건축가가 아닙니다. 사실은 군대에서 도망쳐 나왔지요."

한순간 몰리의 눈에 경계하는 빛이 떠올랐다.

크리스토퍼는 그것을 보고 "정말입니다" 하고 말했다. "꼭 이 사건의 살인자와 같아요. 요컨대 나는 모든 점에서 범인의 조건에 일치하는 오직 한 사람입니다."

"바보 같은 말은 안 하는 게 좋아요. 난 당신이 범인이라고는 믿지 않아요. 그 다음 이야기를 해주세요. 당신 이야기를 듣고 싶어요. 왜 도망쳐 나왔나요. 신경을 써가면서?"

"전쟁이 무서워서 그랬느냐고 묻고 계신가요? 그렇다면 잘못 보았어요. 이상한 이야기지만 나는 조금도 두려워하지 않았어요. 사람들이 무서워하는 것 이상으로는 무서워하지 않았다는 뜻이지만요. 나는 포화 밑에 서서 냉정하다는 평판을 들었을 정도였지요. 단 그것은 전혀 다른 이유에서입니다. 어머니 일이지요, 어머니 때문입니다."

"어머니라고요?"

"네, 어머니가 돌아가셨습니다. 공습으로요, 산 채로 묻혔어요, 파내었을 때는 죽어 있었지요, 그 말을 들었을 때 나는 몹시 흥분했어요, 분명히 머리가 좀 이상해졌지요, 그 일이 나 자신에게 일어난 것처럼 느껴졌답니다. 빨리 집으로 돌아가 나를 파내지 않으면 안 된다고, 잘 설명할 수가 없군요, 머리가 뒤죽박죽되어 버렸어요."

그는 두 손으로 머리를 떠받들고 낮은 목소리로 계속했다.

"나는 오랫동안 어머니를 찾아 헤매 돌아다녔어요, 아니, 나 자신을 찾아서지요, 어느 쪽인지 알 수 없었어요, 그리고 제 정신을 차리고 보니 군대로 돌아가기가 무서워졌어요, 보고를 해야하는데 설명할 도리가 없다는 것을 알고 있었기 때문입니다. 그 이후로 나는 그림자의 존재가 되고 만 것입니다."

그는 그녀를 쳐다보았다. 그 젊은 얼굴이 절망 때문에 공허하게 변해 있었다.

"그렇게 생각하지 않는 것이 좋을 거에요," 몰리는 부드럽게 말했다. "다시 한번 새 출발할 수 있잖아요?"

"그렇게 할 수 있을까요?"

"물론 할 수 있지요, 아직 젊은걸요."

"그러나 보시다시피 내 인생은 끝나버렸어요."

"그럴 리가 있어요?" 몰리는 계속해서 말했다. "인생이 끝났다니, 당신이 스스로 그렇게 생각하고 있을 뿐이에요, 누구나 적어도 일생에 한 번쯤은 그런 생각을 할 때가 있는 법이에요, 이젠 끝장이다, 더 이상 어쩔 수 없다고 말예요."

"몰리, 부인도 그런 생각을 가질 때가 있군요? 그러니까 그렇게 확실히 말할 수 있겠지요?"

"그래요."

"부인의 경우는 어떤 일로 그렇습니까?"

"나도 여러 사람에게 일어난 일과 같아요. 난 전투기를 타던 항공병과 약혼을 했어요. 그런데 그가 죽어버려서……."

"그것만이 아니겠지요?"

"그러고 보면 더 어렸을 때, 심한 충격을 받은 일이 있어요. 상당히 잔인한 취급을 받은 일이 있었어요. 덕분에 인생은 언제나 무서운 것이라고 생각하게 되었지요. 재크가 죽자, 그 생각이 확인된 셈이에요. 인생이란 잔혹하고 늘 슬픈 생각을 하는 것인지도 모른다는 나의 신념이……."

"그랬었군요. 그런데," 크리스토퍼는 그녀를 물끄러미 쳐다보며 말했다. "자일즈가 등장했다, 이 말씀이군요?"

"네." 그녀의 입가에 미소가 떠올랐다. 수줍어하는 듯한 미소가. "자일즈를 만난 일로 해서 나의 인생이 무사하고 행복한 것처럼 생각되었어요. 자일즈!"

다시 그녀의 입가에서 미소가 사라져 버렸다. 갑자기 얼굴이 굳어지고 추위에 떠는 것처럼 부르르 떨었다.

"왜 그러십니까, 몰리? 무엇이 무서운가요? 떨고 계시는군요."

그녀는 고개를 끄덕였다.

"그리고 그것은 자일즈와 관계있는 일인가요? 그의 말이나 행동이……."

"자일즈가 아니에요. 그 무서운 남자의 일이에요."

"무서운 남자라고?" 크리스토퍼는 놀라며 말했다. "패러비티니입니까?"

"아니오, 트로터 형사부장이에요."

"트로터 형사부장?"

"여러 가지로 은근히 둘러서 말해요. 네, 자일즈에 대해서 말예요. 그래서 나의 마음에 무서운 생각을 심어주려고 해요. 내가 모르는 무서운 사실이 있다고 했어요. 난 그런 사람이 싫어요. 딱 질색이에요."

크리스토퍼는 흠칫 놀란 듯이 눈썹이 곤두섰다.

"자일즈? 아, 자일즈라고요! 그러고 보면 그와 나는 그다지 나이 차이가 없군요. 그는 나보다 훨씬 나이가 많은 줄 알았는데……사실은 그 정도는 아닌지도 몰라. 그래요, 자일즈도 역시 범인의 인상에 들어맞아요. 그러나 몰리, 그것도 결국은 넌센스입니다. 그 여자가 런던에서 살해되던 날, 자일즈는 부인과 함께 이 집에 있었으니까요."

몰리는 대답하지 않았다.

크리스토퍼는 그녀를 날카롭게 바라보며 물었다.

"여기 있지 않았던가요?"

몰리가 숨이 찬 듯 헐떡이며 지껄이기 시작했다. 튀어나온 말은 걷잡을 수 없는 것이었다.

"그이는 하루 종일 외출해 있었어요. 차를 타고 나갔었지요. 여기에서 반대쪽에 있는 거리에서 철망의 매각이 있다고요. 그는 그렇게 말했어요. 나도 그런 줄만 알고 있었는데……그것이……그것이……."

"그것이 어떻게 되었습니까?"

몰리는 살짝 손을 내밀어 키친 테이블 위에 펴 놓은 이브닝 스탠더드 지의 날짜를 손가락으로 짚어 내려갔다.

크리스토퍼는 그것을 보고 말했다.

"이틀 전의 런던 판이로군요."

"자일즈가 돌아왔을 때 주머니에 이것이 들어 있었어요. 그이……
그이는 런던에 갔던 게 틀림없어요."

크리스토퍼는 눈을 크게 떴다. 눈을 휘둥그렇게 뜬 채 신문을 보고
몰리를 보았다. 그리고 입술을 내밀고 휘파람을 불기 시작하더니 곧
그만두었다. 그 곡을 휘파람으로 불 경우는 아닌 것이다.

조심스럽게 말을 골라 그녀의 눈을 피하며 그는 말했다.

"부인은 사실상 자일즈에 대해 어느 정도까지 알고 있습니까?"

"그만 해 둬요!" 몰리는 소리를 질렀다. "그런 말 하지 말아요!
그 보기 싫은 트로터도 같은 말을 했어요. 여자들 중에는 결혼한 상
대의 일을 전혀 모르는 사람도 있다, 특히 전쟁 중에는. 여자들은 남
자가 말하는 신상 이야기를 그대로 믿어 버릴 뿐이라는 거에요!"

"분명히 그것은 사실이라고 생각합니다."

"렌 씨마저 그런 말을 하면 싫어요! 나는 더 이상 참을 수가 없어
요. 이런 사건을 만나 녹초가 될걸요. 아무리 밑도 끝도 없는 이야
기라도 믿어 버리게 돼요. 그러나 그런 말은 틀림없이 거짓말일 거
에요! 난……."

그녀는 입을 다물었다. 부엌문이 열린 것이다.

자일즈가 들어왔다. 그 얼굴은 기분 나쁘게 일그러져 있었다.

"방해가 되었나?"

크리스토퍼는 테이블에서 천천히 일어나서 "나는 지금 요리 강습
을 받고 있던 중입니다" 하고 말했다.

"그러나 렌 씨, 현재의 상황에서 둘만이 얼굴을 맞대고 있는 것은
그다지 감탄할 만한 일이 아닌데요. 부엌에 들어오지 마시오, 알겠
소?"

"그러나 이것은 분명히……."

"내 아내와 가까이 하지 말란 말이오. 다음 희생자로 삼고 싶지는 않으니까요."

"저도 그 일에 대해 신경을 쓰고 있습니다."

그 말에 깊은 뜻이 포함되어 있다하더라도 자일즈가 눈치를 못 챈 것은 사실인 듯 그는 다만 얼굴에 더 한층 벽돌 빛 같은 시뻘건 빛을 더했을 뿐이었다.

"그런 걱정은 내가 할 거요. 자기 집사람의 안전을 위한 일이잖소, 남의 도움은 받지 않을 거요. 냉큼 나가주시오."

몰리가 분명한 목소리로 말했다.

"부탁이에요. 저쪽으로 가세요, 크리스토퍼. 정말이에요."

크리스토퍼는 천천히 문 쪽으로 향했다.

"멀리는 가지 않습니다."

몰리에게 한 이 말은 뚜렷한 뜻을 포함하고 있었다.

"나갈 생각이 없소?"

크리스토퍼는 장난을 치듯 킬킬 웃으며 "네, 네, 사령관 나리" 하고 말했다.

그의 뒤에서 문이 닫히자 자일즈는 몰리 쪽으로 돌아서며 말했다.

"몰리, 당신은 왜 그렇게도 신경이 무디지. 위험한 살인광하고 둘이서 이런 곳에 들어와 앉아 있다니!"

"저 사람은……," 범인이 아니라는 말을 하려다 그 말을 슬쩍 돌려 "위험할 것은 없어요. 저도 제 몸에 대해서는 조심을 하고 있어요. 자신을 지킬 줄은 알아요" 하고 말했다.

자일즈는 불쾌한 듯이 웃음소리를 내었다.

"보일 부인도 그 일은 할 수 있었을걸."

"어머나, 자일즈, 그만 해 둬요."

"잘못했어. 그러나 나는 속이 뒤틀리고 있어. 뭐야, 그 젊은 놈은! 그런 녀석의 어디가 좋다는 건지 나는 짐작도 할 수 없군."

"그 사람이 가엾어요."

"살인광을 동정하다니, 그게 무슨 까닭이지?"

몰리는 그를 노려보듯 쳐다보았다.

"살인광도 전 동정할 수 있어요."

"지금 크리스토퍼라고 불렀지. 언제부터 세례명으로 부르는 사이가 되었지?"

"자일즈, 이상한 말 하지 말아요. 요즘은 모두들 세례명으로 부르고 있어요. 당신도 아실 텐데요."

"만난 지 이틀 밖에 안되었는데도! 어쨌든 거기에는 무언가가 있어. 당신은 저 크리스토퍼 렌 씨를 전부터 알고 있었을 거야. 건축가니 뭐니 하고 적당히 둘러대며, 이 집에 오기 전부터 말이야. 그를 이 집에 오도록 당신이 권했지. 둘이서 의논을 하여."

몰리는 물끄러미 그를 바라보았다.

"자일즈, 정신이 이상해졌나요? 무슨 말씀을 하고 싶은 거에요?"

"내가 하고 싶은 말은 크리스토퍼 렌은 오래된 당신의 친구라는 것이야. 나에게는 알리고 싶지 않은 그런 친밀한 사이로 보인단 말이야."

"자일즈, 당신 돌았군요!"

"그가 이곳에 오기 전에는 만난 일이 없다고 우겨 댈 모양이지만 이렇게 외진 곳을 골라 머물게 되었다는 것부터가 따지고 보면 이상한 이야기야."

"그렇다면 메트카프 소령이나 저, 보일 부인 쪽은 더 이상하잖아요."

"나는 알 수 있어. 전에 어딘가에서 읽은 일이 있어. 미친 녀석은 여자에게 독특한 매력을 지니고 있다는 거야. 그것은 거짓말이 아니었어. 그래, 그 남자하고는 어떻게 해서 알게 되었지? 언제부터 그런 사이가 계속되어왔지?"

"당신이 하는 말은 정말 바보 같은 소리예요. 크리스토퍼 렌이라는 사람은 이 집에 오기 전에는 본 일도 없어요."

"당신은 이틀 전에 런던까지 가서 그와 짜고 왔지? 모르는 체하고 이리로 찾아오라고 말이야."

"제가 벌써 몇 주일 동안이나 런던에 가지 않았다는 것을 잘 알고 있으면서."

"뭣이? 간 일이 없다고? 그거 참, 재미있는 이야기로군." 그는 주머니 속에서 털가죽으로 테를 두른 장갑을 꺼내어 내밀었다. "이것은 그저께 당신이 끼고 있었던 장갑 한 짝이야. 내가 세일렘으로 철망을 사러 갔던 날에 말이야."

몰리는 남편을 물끄러미 쳐다보며 말했다.

"그렇군요. 당신이 세일렘으로 철망을 사러 갔던 날 일이군요. 그래요, 전 외출할 때 이 장갑을 끼고 갔어요."

"당신은 마을까지 갔었다고 했지. 그러나 마을까지만 간 것이라면 이것이 왜 장갑 속에 들었지?"

그는 다시 나무라듯 핑크빛 버스표를 내밀었다.

한순간 침묵이 흘렀다.

"당신은 런던에 갔어." 자일즈가 말했다.

"그래요." 몰리는 이렇게 말하고 턱을 들었다. "저는 런던에 갔었어요."

"크리스토퍼 렌을 만나러?"

"아니에요, 크리스토퍼 렌을 만나러 간 게 아니에요."

"그럼, 뭣하러 갔었지?"

"지금 말하고 싶지 않아요, 자일즈."

"그럴 듯한 이야기를 생각해 낼 때까지 시간을 벌겠다 이건가?"

"전 당신이 싫어진 것 같아요!"

"나는 당신을 싫어하고 있지 않아." 자일즈는 천천히 말했다. "그러나 싫어진다면, 하고 생각하고 있어, 지금은 다만 당신이라는 인간을 몰라. 당신에 대한 일은 아무것도 모르고 있다고 느끼고 있을 뿐이야."

"저도 같은 기분이에요. 당신은——당신은 전혀 모르는 사람——나에게 거짓말을 한 사람……."

"언제 당신한테 거짓말을 했지?"

몰리는 웃었다.

"철망을 사러 갔었다는 이야기를 제가 믿고 있다고 생각하세요? 당신도 그 날 런던에 갔어요."

"그쪽에서 나의 모습을 보았다고 하는 게로군. 그래서 나를 믿을 수 없어서……."

"당신을 믿어요? 전 앞으로는, 어떤 사람도 믿지 않기로 했어요."

패러비티니가 가볍게 헛기침을 했다.

둘이 다 부엌문이 살짝 열린 것을 모르고 있었다.

"아, 그래서야 쓰니까. 부부간에 옥신각신해서야." 그는 작은 목소리로 소곤소곤 말했다. "어쨌든 젊은 사람들의 결점은 양쪽이 다 너무 말을 지나치게 하는 겁니다. 마음에도 없는 말을 지껄인단 말이오. 애인끼리의 말다툼은 아무래도 그렇게 되게 마련이지요."

"애인끼리의 싸움이라고요?" 자일즈는 비웃듯이 말했다. "그거 참, 잘 됐군요."

"아니, 정말 그래요. 정말 그렇답니다." 패러비티니는 계속 말했다. "나는 당신들 기분을 잘 알 수 있어요. 나도 젊었을 때는 똑같은 짓을 했지요. 그러나 내가 여기 뛰어든 것은 저 형사부장이 모두들 객실로 모이라고 해서 알리러 온 겁니다. 그 사람에게 무슨 생각이 떠오른 모양이에요." 패러비티니는 소리내어 웃으며 덧붙여 말했다. "경찰이 단서를 잡고 있다는 것은 늘 듣는 말이지요. 그런데 무슨 생각이 떠올랐다니 그게 무엇일까요? 솔직히 말해서 의심스럽습니다. 트로터 형사부장은 분명히 열성적이고 노력가임에 틀림없지만, 머리는 좀 어떨까요! 나는 그다지 믿고 있지 않습니다."

"당신 가 보세요, 자일즈." 몰리는 말했다. "저는 먹을 것을 만들어야 해요. 내가 없어도 트로터 씨의 볼일은 볼 수 있을 테니까요."

"먹을 것이라면," 패러비티니는 껑충껑충 뛰는 발걸음으로 부엌을 가로질러 몰리 옆으로 다가갔다. "토스트에 치킨 레버를 곁들인 것을 먹어 본 일이 있습니까? 타조의 간을 두툼하게 발라서 겨자를 바른 얄팍한 베이컨을 얹어 놓은 겁니다."

"이런 때라 포아그라(타조의 간)를 구하기가 힘들어요. 그럼, 패러비티니 씨, 밖으로 나갑시다."

"나는 남아서 도와 드릴까요, 부인?"

그러나 자일즈가 말했다.

"아니오, 패러비티니 씨. 당신도 함께 객실로 나가 주셔야 합니다."

패러비티니 씨는 조용히 웃었다.

"부인, 주인께서는 부인 일을 걱정하고 계십니다. 잘 알 수 있어요. 당연한 일이지요. 부인을 나와 단둘이 있게 하는 것보다 더 위험한 일은 없다고 생각하는 거지요. 주인이 두려워하고 있는 것은 나의 잔학 취미이지, 불명예스러운 성벽 쪽은 아닐 겁니다. 그러니 순순히 분부에 따르기로 하지요."

그렇게 말하더니 우아하게 고개를 숙이고 손가락 끝에 키스를 해보였다.

몰리가 불쾌한 듯이 말했다.

"아, 패러비티니 씨, 전 아무것도……."

그러나 패러비티니는 고개를 내저으며 자일즈 쪽으로 돌아섰다.

"당신은 젊은데도 꽤 조심스러운 분이오. 위험한 일은 아예 범하려고 하지 않으니 말이오. 나도 당신네들이 살인광이 아니라는 증거를 대라고 해서도——아니, 저 형사부장님이 말했다 하더라도 어쩔 수가 없습니다. 불가능한 일이란 말입니다. 모든 것이 부정의 사실을 증명하는 일이고 보면, 그보다 더 어려운 일은 없으니까요."

그는 명랑하게 그 멜로디를 흥얼거렸다.

몰리는 마침내 뒤로 물러서며 소리쳤다.

"부탁이에요, 패러비티니 씨, 그 무서운 곡은 부르지 마세요."

"그렇지. 이것은 〈세 마리의 눈먼 쥐〉였죠! 골치 아프게도 이 멜로디가 머리에 박혀 버려서요. 그러나 생각해 보면 여기에는 기분 나쁜 말이 담겨 있어요. 아니 아니, 처음부터 끝까지 느낌이 좋지 않은 말의 연속이라고 할 수 있지요. 그러나 아이들이란 잔학한 일을 좋아하니까요. 물론 당신도 이미 알고 있으리라고 생각합니다. 그 잔학함이야말로 영국의 적이라고 할 수 있겠지요. 목가적이면서 잔혹한 영국의 전원이 바로 그렇지요. '식칼로 꼬리를 자른다'라는 데가 말입니다. 물론 아이들은 그것을 좋아하는 거지요. 아이들 일이라면 여러 가지 이야기가……."

"제발 그만 해 주세요." 몰리가 가는 목소리로 말했다. "당신이야말로 잔혹한 분인 것 같군요."

그리고 그 목소리를 신경질적으로 높이더니 덧붙여 말했다.

"큰 소리로 웃고 미소를 지으며, 쥐를 장난감처럼 놀리고 있는 고양이와 똑같군요. 놀림감으로 삼아서."

그런 다음 그녀는 소리내어 웃어댔다.

"마음을 가라앉혀, 몰리." 자일즈가 말했다. "저리로 갑시다. 모두 함께 객실로 가는 거요. 트로터가 기다리고 있을 거야. 요리 같은 건 생각할 필요 없어. 식사보다 살인이 더 중대해."

"그 점에 나는 동의할 수 없는데요." 패러비티니는 사뿐사뿐한 걸음걸이로 부부의 뒤를 쫓아가며 말했다. "사형되는 날 아침에는 잔뜩 먹으라는 말이 있으니까요."

홀에서 크리스토퍼 렌을 만났다. 자일즈가 눈을 흘기자 신경을 쓰는 듯 몰리를 흘끗 쳐다보았으나 그녀는 머리를 높이 들고 앞쪽을 향한 눈을 움직이려고도 하지 않았다. 모두들 객실문 앞까지 줄을 지어 가는 것처럼 줄줄이 걸어갔다. 패러비티니가 맨 뒤에 서서 사뿐거리는 걸음걸이로 걷고 있었다.

객실 안에는 트로터 형사부장과 메트카프 소령이 선 채로 기다리고 있었다. 소령은 어두운 표정을 짓고 있으나 트로터 형사부장은 얼굴에 핏기가 돌아 건강함을 보이고 있었다.

"여러분들 다 오셨군요." 모두 들어가자 그는 말했다. "모두 모여 주십사 한 것은 어떤 실험을 하고 싶어서입니다. 그러려면 여러분의 협력이 필요합니다."

"시간이 걸리나요?" 몰리가 물었다. "사실은 전 부엌에서 나올 수 없는 형편이거든요. 식사 준비를 해야 하니까요."

"그렇군요." 트로터는 대답했다. "잘 알고 있습니다, 데이비스 부인. 그러나 이렇게 말해도 상관없다면 말하겠는데요, 식사보다는 이쪽이 더욱 중요합니다! 이를테면 보일 부인입니다. 그분은 이미 식사를 필요로 하지 않으니까요."

메트카프 소령이 말참견을 했다.

"형사 나리, 이야기를 꺼내는 솜씨치고는 너무 재치가 없구려."

"아, 그렇게 말입니다, 메트카프 소령님. 요컨대 나는 여러분의 협력을 바라고 있는 겁니다."

"스키는 찾으셨습니까, 트로터 형사부장님?" 몰리가 물었다.

그는 얼굴을 붉혔다.

"그게 말입니다, 부인. 아직 찾지 못했습니다. 그러나 누가 가져갔는지, 무엇 때문에 그런 짓을 했는지, 저는 어느 정도 확실한 짐작을 하고 있습니다. 그러나 지금 단계로서는 더 이상 말씀드리지 않기로 하겠습니다."

"말하지 않는 게 좋습니다." 패러비티니가 말참견을 했다. "늘 생각하고 있는 일입니다만, 설명은 끝까지 덮어 둬야 합니다. 그래야 마지막 장이 흥분을 일으키게 되니까요."

"그러나 이것은 게임이 아닙니다."

"아니, 그렇지 않다고요? 당신은 잘못 생각하고 계시군요. 나는 이것을 게임으로 보고 있는데요. 어떤 인물에게는 말입니다."

"'범인은 살인을 즐기고 있다'." 몰리는 살그머니 그 말을 중얼거렸다.

모두들 놀라 그녀를 쳐다보았다. 그녀는 얼굴을 붉혔다.

"전 다만 트로터 형사부장님이 하신 말을 그대로 되뇌었을 뿐이에요."

트로터 형사부장은 기뻐하는 기색도 없이 입을 열었다.

"패러비티니 씨, 좋으실 대로 생각하십시오. 마지막 1장이 그리 중요합니까? 추리소설 같은 이야기를 하시는데, 이것은 엄연히 현실적인 사건입니다. 현실적으로 일어나고 있는 범죄입니다."

"그렇지만." 크리스토퍼 렌은 목덜미에 슬며시 손을 갖다대며 말했다. "나에게만은 일어나지 말았으면 좋겠는데……"

"입 다물어요."

메트카프 소령이 타일렀다. "쓸데없는 말을 할 때가 아니잖소. 지금 형사부장님이 우리가 취해야 할 행동을 설명하고 있소."

트로터 형사부장은 헛기침을 하고 나서 말하기 시작했다. 그 목소리는 관리인다운 것으로 바뀌어갔다.

"아까 나는 여러분의 진술을 받았습니다. 그리고 그것은 보일 부인이 살해된 시간에서의 여러분의 알리바이였습니다. 렌 씨와 데이비스 씨는 저마다 자기 침실에 있었고, 데이비스 부인은 부엌, 그리고 메트카프 소령은 지하실에 계셨으며, 패러비티니 씨는 이 방에."

거기서 일단 말을 끊은 뒤 다시 계속했다. "그것이 여러분들이 진술한 알리바이입니다. 그러나 이 진술의 진위를 확인할 방법은 없습니다. 사실인지도 모르지만, 그렇지 않다고도 생각할 수 있습니다. 확실히 말한다면 그 중 네 개는 진실이지만 하나만은 거짓이 포함되어 있습니다. 어떤 것이 그 거짓말일까요?"

그는 얼굴을 하나하나 훑어보았지만 입을 여는 이는 아무도 없었다.

"여러분 중에서 네 사람은 진실을 말했지만, 한 사람만은 거짓말을 했습니다. 그래서 나는 허위 진술을 한 자를 찾아내기 위한 계획을 세웠습니다. 그리고 내가 허위 진술을 한 자를 알게 되면 살인자가 누구인지도 알게 됩니다."

자일즈가 날카롭게 말했다.

"반드시 그렇다고 만은 할 수 없어요. 다른 이유가 있어서 거짓말을 했는지도 모릅니다."

"그러나 그것은 이해가 안 갑니다, 데이비스 씨."

"그래, 어떤 방법을 생각해 냈습니까? 당신은 지금 우리의 진술을 확인할 방법이 없다고 했지 않습니까?"

"분명히 없다고 했습니다. 그러나 여러분에게 그것과 똑같은 행동을 다시 한 번 되풀이해 주십사 하는 겁니다."

"아, 그것이로군요?" 메트카프 소령이 업신여기는 듯이 말했다. "범죄의 재구성이라는 것이지요, 외국식의 아이디어요."

"범죄의 재구성이 아닙니다, 메트카프 소령. 일단 알리바이가 있다고 보이는 사람들의 행동을 재구성하는 거지요."

"그렇게 하여 거기서 무엇을 알려는 겁니까?"

"그것까지는 지금 말할 수 없습니다."

몰리가 물었다.

"똑같이 연기를 해보라는 말씀이지요?"

"말하자면 그런 뜻입니다, 데이비스 부인."

침묵이 흘렀다. 어느 정도 침착성을 잃은 침묵이었다.

함정이다! 몰리는 생각했다. 이건 함정이야. 그러나 나로선 알 수 없는 일이로군. 무엇 때문에……

제삼자가 그 광경을 보았다면 죄 있는 사람 한 명과 네 명의 결백한 인물이 아니라 다섯 명의 범인이 그곳에 모여 있다고 생각할 것이리라. 언뜻 보기에 아무 두려워할 까닭이 없는 행동을 요구하며 확신이 있는 듯이 미소짓고 있는 젊은이에게 다섯 사람이 다 슬며시 시선을 보내며 떳떳치 못한 태도를 보이고 있는 것이다.

크리스토퍼 렌이 쉰 목소리로 침묵을 깼다.

"나로서는 도무지 이해할 수 없어요, 전과 똑같은 행동을 되풀이한들 무엇을 발견할 수 있다는 겁니까? 넌센스로 밖에 볼 수 없군요."

"그럴까요, 렌 씨?"

자일즈가 침착한 어조로 말했다.

"좋습니다. 당신 말대로 해보겠습니다, 형사부장님. 우리는 협력해 드리겠소. 모두들 아까 한 그대로 행동을 되풀이하면 되는 거지요?"

"같은 행동을 똑같이 해주시면 됩니다."

그 말에 시원치는 않으나 애매한 수긍의 기미가 보였으므로 메트카프 소령이 갑자기 얼굴을 들었다. 트로터 형사부장이 말을 계속했다.

"패러비티니 씨는 진술한 대로 피아노 앞에 앉아서 그 곡을 쳐주십시오. 아셨지요? 진술한 대로 해주십시오."

"좋습니다, 형사부장님."

패러비티니는 경중경중 뛰는 듯한 걸음걸이로 방을 가로질러서 그랜드 피아노 앞으로 갔다.

"드디어 지금부터 피아노의 거장이 살인을 위한 테마 멜로디를 연주하겠습니다."

이렇게 진지한 듯이 말을 하고는 히죽 웃더니 손가락 하나를 아주 기교적으로 움직여 '세 마리의 눈먼 쥐'의 멜로디를 치기 시작했다.

'그는 즐기고 있다.' 몰리는 생각했다. '그는 즐기고 있다.'

큰 방 안에 조용한 선율이 낮게 울려 기분 나쁜 분위기가 흘렀다.

"수고했습니다, 패러비티니 씨." 트로터 형사부장이 말했다. "아까도 그것과 똑같은 곡을 치셨지요?"

"그렇습니다, 부장님. 나는 이 곡을 세 번 되풀이했습니다."

트로터 형사부장은 몰리를 돌아다보고 물었다.

"데이비스 부인, 부인도 피아노를 치실 줄 압니까?"

"네, 압니다, 트로터 씨."

"그럼, 패러비티니 씨가 한 것과 똑같은 방법으로 쳐 주시겠습니까?"

몰리는 좀 성가신 듯한 표정을 지었으나 천천히 피아노 앞으로 다가갔다. 패러비티니는 피아노 앞을 떠나며 날카로운 목소리로 항의를 했다.

"여보세요, 부장님. 분명히 당신은 이렇게 말했지요. 저마다 전번과 같은 역할을 되풀이하라고요. 이 피아노 앞에 앉아 있던 것은 분명히 나였을 텐데요."

"전번과 똑같은 행동이 되풀이되고 있습니다. 그러나 그것이 반드시 동일 인물에 의해 이루어진다고는 할 수 없습니다."

"나로서는, 나로서는 이 목적을 알 수 없군요."

자일즈가 이렇게 말하자 트로터가 설명했다.

"데이비스 씨, 그 목적은 첫 진술의 진위를 확인하는 데 있고 이것이 그 수단입니다. 그 중 한 가지 진술이라고 해도 좋겠지요. 그럼 부탁하겠습니다만, 여러분은 각기 내가 지시하는 위치에 있어 주십시오. 데이비스 부인은 이방 피아노 앞에 있어 주시고 렌 씨는 부엌으로 가 주세요. 데이비스 부인의 요리를 하고 있어야 합니다. 패러비티니 씨는 렌 씨의 침실로 가 주시고요. 그리고 당신은 음악 재질을 살려 렌 씨 때와 마찬가지로 '세 마리의 눈먼 쥐'를 휘파람으로 불어 주십시오. 다음은 메트카프 소령님인데, 소령님은 데이비스 부인의 침실에서 전화기를 조사해 주십시오. 그리고 끝으로 데이비스 씨, 당신은 홀의 칸막이 장을 들여다보고 거기에서 지하실로 내려가 있어 주십시오."

잠깐 동안 침묵이 흘렀다. 그런 뒤 네 남자는 천천히 문 쪽으로 향했다. 트로터는 그 뒤를 따라가며 돌아다보고 말했다.

"데이비스 부인, 50까지 세어 주십시오. 그리고 치기 시작하세요."

그는 다른 사람들을 따라 방에서 나갔다. 문이 닫히기 전에 패러비티니의 날카로운 목소리가 몰리의 귀에 들려 왔다.

"경찰관이란 사람이 그처럼 실내 놀이를 좋아하는 줄은 몰랐군."

"48, 49, 50."

시키는 대로 숫자를 세고 몰리는 피아노를 치기 시작했다. 다시 그 부드럽고 잔인한 멜로디의 울림이 큰 넓은 방에 서서히 퍼져 갔다.

세 마리의 눈먼 쥐
달리는 것을 보아요……

몰리의 가슴의 고동이 차츰 빨라졌다. 패러비티니도 말했지만, 분명히 그것은 이상할 정도로 기분 나쁘고 잔혹한 멜로디였다. 아이들에게서 흔히 볼 수 있는 다른 사람의 불행에 대한 무관심——그것을 어른 세계에서 보게 된 것이니 소름이 끼치는 것도 당연한 노릇이다.

조그맣게 위층에서 같은 멜로디가 들려 오고 있었다. 그곳 침실에서 패러비티니 씨가 크리스토퍼 렌의 역할을 하고 있는 것이다.

갑자기 옆 서재에서 라디오가 울리기 시작했다. 트로터 형사부장이 스위치를 넣은 모양이다. 그러고 보니 보일 부인의 역할을 트로터 자신이 하고 있는 것이다.

그러나 어째서일까? 그 목적이 어디에 있는 것일까? 함정은 어디에 있는가? 다만 함정이 있다는 것만은 그녀가 확신하는 바였다.

차가운 바람이 목덜미를 스쳐 갔으므로 재빨리 뒤를 돌아다보았다. 한번 문이 열렸던 것만은 확실했다. 누군가가 들어온 것이다. 아니, 방 안에는 아무도 없다. 그러나 그녀는 갑자기 공포에 싸였다. 누군가 들어온다면? 문을 열고 패러비티니가 경중경중 뛰는 모습으로 피아노 옆으로 다가와 그 긴 손가락으로 뒤틀며 "부인, 당신 자신의 장송 행진곡을 치고 계시군요, 축복할 일입니다" 넌센스야. 쓸데없는 생각은 그만두자. 첫째로, 저 사람의 휘파람 소리가 머리 위에서 들리고 있잖아. 저 사람이 이 피아노 소리를 듣고 있듯이.

그 생각이 떠오른 순간, 그녀는 저도 모르게 피아노에서 손가락을 떼었다. 패러비티니가 피아노를 치는 것을 아무도 못 본 것이다. 그 것이 함정이었을까? 패러비티니가 피아노 같은 것은 전혀 치지 않았을 수도 있는 것이다. 그리고 또 그 사람은 이 객실에 있던 것이 아니라 서재에 있었는지도 모른다. 서재에서 보일 부인의 목을 조르고 있었다……

트로터가 그녀에게 피아노를 쳐달라고 말했을 때 그 사람은 싫어하는 얼굴을 지었다. 아주 싫어하는 얼굴을. 그 사람 자신이 쳤을 때는 되도록 음을 낮게 하려고 애를 썼다고 했다. 음이 낮았기 때문에 방 밖에 있는 사람에게는 들리지 않았다고 말하고 싶은 것이다. 만일 여기서 전에는 듣지 못했던 이의 귀에 이번의 소리가 들렸다면 그때는 트로터가 바라고 있던 것이 확인되는 것이다. 거짓말을 한 인물이!

객실의 문이 열렸다. 패러비티니가 들어오는 것이 아닌가, 하고 겁을 먹고 있던 몰리는 하마터면 비명을 지를 뻔했다. 그러나 거기에 서 있는 것은 트로터 형사부장이었으며, 그때 그녀는 그 멜로디를 세 번 되풀이치고 난 다음이었다.

"수고하셨습니다, 데이비스 부인."

그는 만족스러운 모습으로 자신에 차 있었다.

몰리는 건반에서 손을 떼고 "생각하신 대로 되셨나요?" 하고 말했다.

"네, 그렇습니다." 그 목소리는 기쁨에 들떠 있었다. "생각했던 대로 딱 들어맞았어요."

"뭐가요? 누구였나요?"

"모르겠습니까, 데이비스 부인? 이제 알 만한데요. 실례되는 이야기지만, 부인은 너무 무관심했어요. 세 번째의 희생자를 찾고 있는 나를 자유롭게 행동하게끔 놓아두었으니까요. 그리고 그 결과가 현재의 당신이오. 부인은 생사의 갈림길에 놓이게 되었습니다."

"제가요? 무슨 말인지 모르겠군요."

"나에게 솔직하지 않았던 것을 나무라고 있는 겁니다, 데이비스 부인. 부인은 나에게 털어놓지 않았어요. 보일 부인과 마찬가지로."

"아직 모르겠어요."

"아니오, 부인은 알고 있습니다. 내가 맨 먼저 롱릿지 농장 사건의 일을 이야기했을 때 부인은 그 모든 것을 알고 있었어요. 그렇습니다, 분명히 알고 있었어요. 보일 부인은 당황했지요. 보일 부인이 이 지방의 숙사 할당 장교였던 일을 뒷받침한 것은 부인이었습니다. 부인과 그 여자는 이 지방 출신이지요. 그래서 나는 '세 번째의 희생자는……' 하고 생각해 보았습니다. 그리고 그 자리에서 표를 부인에게 던졌지요. 부인은 롱릿지 사건에 대하여 직접 보고 들은 사실을 나타냈기 때문입니다. 우리 경찰관들은 그렇게 겉보기처럼 얼빠진 사람들은 아닙니다."

몰리는 낮은 목소리로 말했다.

"부장님은 모르셔요. 전 그 일을 잊어버리려고 했던 거에요."

"그것도 압니다." 그의 목소리는 좀 어조를 바꾸었다. "부인의 결혼 이전의 이름은 웨인라이트였지요?"

"네."

"그리고 부인의 진짜 나이는 부인이 말하고 있는 나이보다 얼마쯤 위고요. 그 사건이 일어난 1940년에 부인은 아베이베일 학교의 선생이었습니다."

"아니에요!"

"아니, 맞습니다. 부인은 그 학교의 선생이었어요, 데이비스 부인."

"아니에요, 그렇지 않아요."

"죽어 간 아이는 부인 앞으로 편지를 보내려고 애를 썼지요. 우표를 훔쳐서까지──그 편지는 도움을 바라고 있었어요──착한 선생의 도움을. 제자가 어째서 학교에 나오지 않을까, 그 까닭을 알아보는 것은 선생의 역할입니다. 그런데 부인은 그 일을 하지 않았습니다. 불쌍한 아이의 편지는 무시당했지요."

"그만!" 몰리의 얼굴이 새빨개졌다. "그것은 우리 언니에요, 당신의 이야기에 나오는 것은. 분명히 언니는 학교의 선생이었어요. 그러나 그 편지를 무시한 것은 아니에요. 언니는 그때 병이 들어 있었어요, 폐렴으로 누워 있었어요. 편지를 읽은 것은 그 아이가 죽은 뒤였어요. 언니는 그 충격으로 무서우리만큼 힘을 못 쓰게 되었어요. 네, 무서우리만큼요. 언니는 본디 아주 감수성이 강한 성질이었어요. 하지만 그것은 언니의 죄가 아니에요. 내가 그 사건을 생각만 해도 몸서리치게 된 것은 언니가 그처럼 마음 아파하는 것을 보았기 때문이에요. 그것은 나에게도 악몽과 같은 것이 되어버렸어요."

몰리는 두 손으로 눈을 눌렀다. 그 손을 내렸을 때 트로터는 그녀를 응시하고 있었다.

그는 조용히 말했다.

"그러면 그것은 부인의 언니였었군요. 좋습니다, 아무래도." 그는 갑자기 기묘한 웃음을 지어 보였다. "대단한 일은 아닙니다, 부인의 언니와 나의 동생…….."

그는 주머니에서 무언가를 꺼내었다. 그는 지금 조용한 미소를 얼굴에 띠고 있었다.

몰리는 그의 손에 있는 물건을 보고 눈을 크게 떴다.

"어머나, 경찰은 권총 같은 것을 가지고 다니지 않는 줄 알았어요."

"경찰은 가지고 다니지 않습니다." 그 젊은 남자는 말했다. 그리고 계속해서 덧붙였다. "그러나 데이비스 부인, 나는 경찰이 아닙니다. 나는 짐――조지의 형이오. 당신이 나를 경찰이라 생각하고 있는 것은 내가 마을의 공중전화에서 전화를 걸고 트로터 형사부장이 갈 거라고 했기 때문이오. 나는 이 집에 닿자마자 바깥 전화선을 끊어 놓았소. 그래야 당신네들이 경찰서에 조회할 수 없게 될 테니까요."

몰리는 눈을 크게 뜨고 그를 보았다. 지금 권총이 그녀를 노리고 있다.

"움직이지 말아요, 데이비스 부인. 소리를 지르면 방아쇠를 잡아당길 거요."

그는 아직도 미소를 띠고 있었다. 몰리는 그것을 보고 몸을 부르르 떨었다. 그것은 아이의 미소였다. 그리고 지껄이기 시작했다. 그 목소리도 어느 결에 아이의 것으로 바뀌어 있었다.

"그렇소." 그는 말했다. "나는 조지의 형이오. 조지는 롱릿지 농장에서 죽었소. 그 나쁜 여자가 우리를 그 농장으로 보내었소. 그리고 그곳 여자가 우리를 학대했고. 그러나 당신네들은 살려 주려고도 하지 않았소. 세 마리의 눈먼 쥐요. 나는 결심을 했소. 이 다음에 어른이 되면 반드시 그들을 죽일 것이라고. 심각하게 생각했소. 그 뒤로 줄곧 그 일만을 생각해 왔소." 거기서 그는 갑자기 얼굴을 찡그렸다. "군대에서도 나를 아주 못 살게 굴었소. 군의관 녀석이 나를 질문으로 무척이나 괴롭혔소. 그래서 나는 탈주를 해야 했단 말이오. 나의 소원이 그들 때문에 방해가 되어서는 안되었기 때문이오. 그러나 지금에 와서는 나도 어엿한 어른이 되었소. 어른이 되면 하고 싶은 일을 할 수 있는 법이오."

몰리는 마음을 고쳐먹었다. 이 남자와 계속 이야기를 할 것――그녀는 생각했다. '그의 마음을 다른 데로 쏠리게 해야 한다.'

"하지만 짐, 내 말 좀 들어 봐요. 이런 짓을 하면 무사히 도망칠 수 없어요."

그의 얼굴이 어두워졌다.

"누군지 스키를 감춘 자가 있소. 나는 찾아 낼 수가 없단 말이오." 그리고는 소리내어 웃으며 말했다. "그러나 걱정할 건 없을 것 같구려, 이것만 있으면. 이것은 당신 남편의 권총이오. 그 사람의 서랍에서 꺼내 두었지. 아마 누구나 다 당신을 쏜 것은 그 사람이라고 생각할 거요. 그거야 아무래도 좋아. 나는 이것을 즐기고 있으니까. 이사건 전체를 말이오. 이 변장이 재미있는 거요! 런던에서 죽은 그여자가 나를 보았을 때의 그 얼굴! 그리고 또 오늘 아침의 그 바보 같은 여자!"

그는 혼자서 끄덕이고 있었다.

분명히 기분 나쁜 효과를 내는 휘파람 소리가 들려 왔다. 누군가가 '세 마리의 눈먼 쥐'의 멜로디를 불고 있다.

트로터는 깜짝 놀랐다. 권총이 흔들렸다. 그리고 소리를 질렀다.

"엎드려요, 데이비스 부인!"

몰리가 바닥에 엎드리는 순간 문 옆 소파 뒤에서 메트카프 소령이 몸을 날려 트로터에게 덤벼들었다. 권총이 발사되었다. 그리고 그 총 알은 죽은 미스 에몰리가 소중히 여기던 평범한 유화에 박혔다.

그 뒤는 아주 혼란을 이루었다. 자일즈가 뛰어들어오고, 크리스토 퍼와 패러비티니가 뒤따라 들어왔다.

메트카프 소령은 트로터를 꽉 붙든 채 간결한 말로 설명을 했다.

"부인이 피아노를 치고 있는 동안에 들어와 소파 뒤에 숨어 있었지요, 나는 처음부터 이 녀석에게 눈독을 들이고 있었습니다. 왜냐하면 그가 경찰관이 아니라는 것을 알고 있었기 때문입니다. 경찰은 나란 말입니다. 나는 터너 경감입니다. 메트카프 소령과 연락을 취하여 교대하기로 했던 거지요. 런던 경시청에서는 현장에 한 사람을 보내 두어야 한다고 생각했기 때문입니다. 이봐, 젊은이."

그는 지금은 온순해진 트로터에게 뜻밖에도 부드럽게 말을 붙였다.

"나를 따라와. 아무도 못살게 굴지는 않을 테니. 이젠 됐어. 우리에게 맡겨 두면 돼."

표정을 잃은 젊은이는 가엾은 아이의 목소리로 물었다.

"조지가 나에게 화를 내지 않을까요?"

메트카프는 대답했다.

"화를 낼 리가 있나. 조지는 화를 내지 않아."

나갈 때 경감은 자일즈의 귀에 대고 속삭였다.

"완전히 정신이 돌았어요, 가엾게도."

두 사람은 함께 나갔다. 패러비티니가 크리스토퍼 렌의 팔에 손을 얹으며 말했다.

"자, 당신도 나와 함께 나갑시다."

그러자 자일즈와 몰리 만이 남아 두 사람은 상대방의 얼굴을 바라보고 있었다. 그 다음 순간 부부는 꼭 끌어안았다.

"여보," 자일즈가 말했다. "당신 다친 데 없소?"

"네, 네. 정말 괜찮아요, 자일즈. 전 너무 무서워서 머리가 어떻게 되었어요. 범인은 당신이라고만 생각하고. 그런데 당신은 그 날 무엇 때문에 런던에 가셨지요?"

"내일이 우리들의 결혼 기념일이야. 그래서 당신에게 선물을 하고 싶었단 말이오. 당신에겐 알리지 않고."

"어머나, 신기해라! 저도 그랬어요. 당신에게 선물을 하려고 몰래 런던까지 갔던 거에요."

"나는 저 미치광이 때문에 머리가 이상해졌었어. 아마 미쳤던 모양이야. 용서해 주겠지?"

문이 열리고 양이 뛰는 듯한 모습으로 패러비티니가 들어왔다. 싱글성글 웃는 얼굴이 아주 밝아 보였다.

"이런, 화해 장면을 방해하여 죄송하게 됐군요. 훌륭한 장면이었는데. 그러나 유감스럽지만 나는 이만 작별 인사를 해야 하겠습니다. 경찰 지프차로 어떻게든 갈 수 있을 것 같아요. 그들을 설득하여 같이 타기로 했습니다."

그리고 그는 허리를 구부려 몰리의 귓가에 대고 아리송한 이야기를 속삭였다.

"나는 가까운 장래에 골치 아픈 생각을 몇 번 겪어야 하리라고 각오하고 있습니다. 그러나 어떻게든 해결해 나갈 자신을 가지고 있습니다. 만일 당신네들 앞으로 상자가 하나 전달되는 일이 있거든——속에는 거위가, 아니 칠면조입니다. 거기다 포아그라 통조림 몇 개와 햄, 또 있군요. 나일론 양말입니다. ——그런 것이 든 상자가 전달되어 오거든 이처럼 훌륭한 부인에게 드리는 조그만 선물이라고 생각해주십시오. 그리고 데이비스 씨, 내가 지불할 돈은 수표로 홀 테이블 위에 놓아두었습니다."

그는 몰리의 손에 키스를 하고는 다시 뛰는 듯한 발걸음으로 문 쪽으로 향했다.

"나일론 양말이라고요?" 몰리는 중얼거렸다. "그리고 포아그라? 패러비티니 씨는 누구일까? 산타클로스일까?"

"암시장 스타일의 산타클로스야." 자일즈도 말했다.

크리스토퍼 렌이 사양하는 듯한 얼굴을 디밀고 말했다.

"죄송합니다, 시끄럽게 굴어서. 그런데 저 지독한 냄새는——부엌에서 뭔가 타고 있군요. 제가 가서 봐도 된다면…….."

"어머나, 파이에요!"

이렇게 소리를 지르고 몰리는 방에서 뛰어나갔다.

Strange Jest
특별한 장난

"그리고, 이쪽이" 제인 헬리아가 소개를 했다. "미스 마플이에
요!" 배우이니만큼 그녀는 효과를 올리는 요령을 터득하고 있었다.
이것이 클라이맥스, 빛나는 피날레! 그 목소리와 말투에 외경과 자
신감이 담겨 있었다.

그러나 이 장면의 이상한 점은 그녀가 자랑스럽게 소개하는 친지라
는 사람이 품위 있게 앉아는 있지만 잔소리 많은 노처녀로밖에 보이
지 않는 일이었다. 젊은 남녀는 모처럼 제인의 호의로 가까이 대하기
는 했으나 이런 할머니를 믿어도 좋을까, 하고 실망의 빛을 나타내고
있었다. 이 젊은 두 사람은 호감이 가는 남녀였다. 여자는 카미언 스
트라우드, 날씬한 모습의 브루넷(살결이 거무스름하고 눈과 머리털
이 검거나 갈색인 여자)이고, 남자는 에드워드 로시터, 금발에 큰 몸
집의 쾌활한 젊은이였다.

카미언은 숨을 좀 헐떡이며 입을 열었다.

"어머나, 미스 마플! 이렇게 뵙게 되어 정말 반갑습니다."

그러나 그 눈에는 의심스러워하는 기색이 있었다. 추궁하는 듯한

눈길을 재빨리 제인 헬리아 쪽으로 보냈다.

"미스 마플에게 부탁하면 절대로 문제없어요." 카미언의 눈길에 답하여 제인은 말했다.

"모든 걸 맡기는 거에요. 그리고 나는 칭찬을 받아야겠어요. 약속한 대로 데려다 주었으니까요."

그리고 미스 마플 쪽을 보며 덧붙였다.

"이 사람들을 위해 해결해 주셨으면 해요. 당신이라면 별로 힘들지 않을 문제일 거에요."

미스 마플은 청자색의 눈동자를 조용히 로시터에게로 돌리며 물었다.

"먼저 이야기를 들어 보지요. 어떻게 된 일인가요?"

"우리는 제인의 친구에요." 카미언은 조금이라도 빨리 이야기하고 싶은 마음에 서둘렀다. "에드워드와 저에게 곤란한 일이 생겨 고민하고 있으니까, 제인이 말하더군요. 오늘밤의 파티에 참석해 좋은 분을 소개해 줄게, 그분이라면 지금까지도 여러 가지로 어려운 사건을 해결하셨으니까 물론 맡아주실 거야. 그럴 힘이 있으시니까."

말을 더듬거리고 있는 것을 보자 에드워드가 거들어 주었다.

"즉 제인이 미스 마플이야말로 탐정술에서는 최고의 권위자라고 일러 줬습니다."

노처녀는 눈을 번쩍였으나 그 칭찬하는 말은 사양하고 부정했다.

"아니, 천만의 말씀이에요! 나는 그렇게 위대한 사람이 아닙니다. 다만 나처럼 오랫동안 시골마을에 살고 있으면 인간의 성질을 알게 되는 법이지요. 어쨌든 당신네들의 이야기에 흥미가 솟구치는군요. 상세한 이야기를 들려주세요. 어떤 내용이지요?"

"고리타분한 이야기라고 웃으실지도 모릅니다만, 묻혀있는 보물 일인데요."

"어머나 ! 차츰 흥분이 되는데요 ! "

"그것이 보물섬 같은 이야기면 좋지만 공교롭게도 우리 것은 로맨틱한 색채가 없어요. 십자로 그려진 뼈다귀가 지도 위의 어느 지점을 가리키고 있다든가 '왼쪽으로 네 발자국 조금 서북쪽으로'라는 방향 표시가 있는 것도 아닙니다. 아주 산문적이라서——요컨대 어디를 파면 좋을까, 하는 문제입니다. "

"파 보기는 했나요 ? "

"2에이커는 파 보았다고 말씀드릴 수 있어요. 시장에 내다 팔 야채를 재배할 예정인 땅에서 어디에는 호박을 심고 어디에다가는 감자를 심고 하며 의논하던 참이었는데요……. " 카미언이 말참견을 했다. "상세한 사정을 이야기할까요 ? "

"물론, 그래 주시기를 부탁합니다. "

"그럼, 좀 더 마음이 차분히 가라앉을 장소가 있어야겠군요. 에드워드, 자리를 옮겨요. "

그녀가 먼저 일어나서 사람의 훈김과 담배연기가 자욱한 방을 빠져나가 3층의 작은 방을 향해 층계를 올라갔다.

모두 자리에 앉자 카미언이 곧 입을 열었다.

"그럼, 시작하겠어요 ! 이 이야기는 매쉬 백부님의 일로부터 시작됩니다. 이 분은 우리 두 사람의 백부님으로, 나이로 따지면 백부님이라기보다 대백부(大伯父)라는 편이 어울릴 노인이에요. 에드워드와 저에겐 오직 한 분뿐인 친척이기도 했으므로 우리를 아주 귀여워해 주셨어요. 그리고 언제나 '내가 죽으면 온 재산을 너희들에게 남겨주마'라고 말씀하시곤 했었지요. 그 백부님이 지난 3월에 돌아가셔서 유산을 에드워드와 제가 똑같이 나누어 상속하게 되었습니다. 이런 말을 하면 백부님이 돌아가시기를 기다리고 있었던 것처럼 들리겠지만, 그런 마음이 있던 것은 아니에요. 우리 두 사람은 다 백부님을 사랑하고 있었던 것을 단언할 수 있습니다. 백부님은 상당히 오랫동안 앓고 계셨습니다만……

그런데 백부님이 남기고 가신 재산이란 것이 어느 것을 보든지 아무런 가치가 없는 것들 뿐이었어요. 솔직히 말해서 이것은 우리 두 사람에게 굉장한 충격이었답니다. 안 그래요, 에드워드?"

상냥한 에드워드도 동의를 나타냈다.

"이해해 주시리라 믿습니다만, 우리는 백부님의 재산에 어느 정도 기대를 걸고 있었으니까요. 큰돈이 눈앞에 있다면 누구나 애써 일할 사람은 없을 겁니다. 저는 군대에 있었으므로 급료 말고는 이렇다 할 수입이 없었고, 카미언 역시 1페니도 가지고 있지 않은 상태였습니다. 그녀는 어느 레퍼터리 극장에서 무대 감독으로 일하고 있었으므로 일에는 흥미가 있었습니다만 돈이 생기는 일은 아니었지요. 이런 우리가 결혼할 날을 기다리며 경제적인 일을 조금도 생각지 않은 것은 언젠가는 유복한 생활을 할 수 있는 날이 찾아오리라는 희망이 있었기 때문입니다."

"그것이 결국 찾아오지 않고 끝나 버린 거에요!" 카미언이 소리쳤다. "뿐만 아니라 안스티즈——이것은 우리들 선조로부터 물려내려 온 땅으로서 에드워드도 저도 아주 사랑하고 있었는데——그 안스티즈마저도 내놓지 않고는 살 수 없게 되어 버렸어요. 나는 물론 에드워드도 참을 수 없는 일입니다만, 매쉬 백부님의 돈이 발견되지 않으니 팔지 않을 수 없는 거에요."

에드워드가 말참견을 하여 "카미언, 아직 이야기가 중요한 부분에 이르지 않았어" 하고 말했다.

"그렇지. 그럼, 앞으로는 에드워드가 말해요."

에드워드가 미스 마플 쪽으로 향했다.

"즉 이런 사정입니다. 매쉬 백부님은 연세가 들수록 점점 의심이 많아져서 끝내 아무도 믿지 않게 되어 버렸습니다."

"그것이 백부님의 현명한 점이었겠지요." 미스 마플이 대답했다. "사람이란 겉보기만으로는 믿을 수 없으니까요."

"그 말씀이 옳습니다. 매쉬 백부님은 생각하셨어요. 친구 중에는 은행에 돈을 맡겨 두었다가 무일푼이 된 사람도 있고, 악덕 변호사에게 속아 파산한 사람도 있습니다. 아니, 백부님 자신도 유령회사에 걸려 거액의 돈을 잃은 일이 있습니다. 그래서 백부님은 언제나 되풀이 말했습니다. '안전한 방법은 한 가지 밖에 없다. 온 재산을 금덩어리로 바꾸어 두는 일이다'라고요."

"그랬을 거에요." 미스 마플은 말했다. "차츰 사정을 알겠군요."

"물론 백부님의 친구분 가운데에는 그 의견에 반대하는 사람이 많았습니다. 그렇게 하면 큰돈을 공연히 사장시키는 것이 된다면서, 아무 이윤이 없지 않느냐고 지적했지만 백부님은 전혀 귀를 기울이는 것 같지 않았습니다. 금덩어리도 상당히 부피가 클 테니까 상자에 넣어 침대 밑에 숨기거나 뜰에 묻어야 한다고 끝까지 고집을 세우고 있었습니다."

카미언이 뒤를 이어 말했다.

"그런데 그토록 부자였던 백부님이 돌아가신 뒤 증권 같은 것도 전혀 남지 않은 것을 알자 우리는 역시 백부님은 계획대로 하셨구나, 하는 생각을 했어요."

에드워드가 다시 설명을 덧붙여 말했다.

"여러 곳에 문의를 하여 증권을 팔아 버린 일과, 은행 예금도 때때로 한꺼번에 많이 찾아갔다는 일 등을 확인했습니다. 그러나 그것을 어떻게 처리했는지는 누구에게 물어도 전혀 몰랐습니다. 그러나 백부님은 본디 그 자신의 신념을 지키고 살아왔으므로 금덩어리를 사들여 묻어놓았다고 보아도 될 것입니다."

"돌아가시기 전에 무슨 말씀은 없었나요? 기록한 것을 남겼다든 가?"

"그것이 이 문제에서 가장 이상한 점인데, 백부님은 그와 비슷한 것을 아무것도 남기지 않았습니다. 며칠 동안 의식 불명의 상태가 계속되다가 숨을 거두기 직전에 한때 정신이 돌아와 카미언을 불렀 습니다. 그리고 우리들의 얼굴을 보자 웃으며——쇠약해졌기 때문 에 힘이 없는 웃음이었지만——'귀여운 나의 비둘기들아, 앞으로 너희들은 안락하게 살아갈 수 있을 것이다'라고 말하고는 오른쪽 눈을 손으로 두드리며 윙크를 해 보였습니다. 그리고 …… 그 말이 끝나자 숨을 거두셨습니다. 가엾은 매쉬 백부님!"

"눈을 두드렸다고요?" 미스 마플은 생각에 잠겨 말했다.

에드워드는 열성어린 어조로 말했다.

"그것으로 알아차릴 만한 일이 있으십니까? 나는 곧 아르센 뤼빵 의 소설을 생각했습니다. 그 속의 한 인물은 유리 의안(義眼) 속에 뭐던가요, 귀중한 물건을 감춰 뒀었지요. 그러나 매쉬 백부님은 유 리 눈 같은 것은 끼지 않으셨습니다."

미스 마플은 고개를 내저었다.

"나는 아직 아무 생각도 떠오르지 않아요."

카미언은 실망한 듯한 표정으로 "제인의 이야기로는 당신이라면 사정을 듣기가 무섭게 곧 그 자리에서 어디를 파 보면 된다고 일러 주실 거라고 했는데요!" 하고 말했다.

미스 마플은 미소를 지었다.

"나는 마술사가 아닙니다. 백부님을 만나 본 것도 아니고 어떤 성 격의 사람인지도 모를 뿐 아니라 집이나 집터도 본 일이 없으므 로."

카미언이 가로막으며 "그것을 보신다면?" 하고 물었다.

"그때는 간단하다고 생각해요, 정말이지 ! "

마플이 말하자 카미언은 "어마, 간단하다고요 ! " 하고 소리쳤다. "그렇다면 꼭 안스티즈에 와 주셔야 하겠네요, 간단한 일인지 어떤지 보아주세요 ! "

그렇게 말하기는 했으나 초대하는 말을 상대방이 제대로 받아 주리라고 예기했던 것은 아니었다. 그러나 미스 마플은 마음이 내키는 듯이 "네, 네, 좋아요, 친절을 그대로 받아들여 찾아가 보기로 하지요, 전부터 나도 보물찾기를 한 번 해보았으면 하고 생각하던 참이거든요, 게다가……." 후기 빅토리아 왕조식의 미소로 밝게 웃었다.

"사랑하는 사람들을 위한 일이니까요, "

"이런 실정이에요 ! " 카미언은 연기를 하는 것 같은 과장된 몸짓을 하며 소리쳤다.

젊은 두 사람은 안스티즈 장(莊)의 대탐험 여행을 끝낸 지 얼마 안 되었다는 것을 한눈에 알아볼 수 있었다. 채마밭 곳곳에 구덩이를 판 자국이 남아 있다. 우거진 나무숲 속의 주요한 나무는 다 그 뿌리 밑을 파헤쳐서 전에는 푸르던 잔디도 구멍투성이가 되어 있었다. 다락방에 올라가서는 헌 트렁크며 옷장이며 상자 같은 것을 휘저어 놓았고, 지하실에 들어가서는 바닥에 깔린 돌을 강제로 들어내 놓았다. 건물의 첫수를 재고, 벽을 두드리는 일로 빈틈이 있는지 없는지를 확인하는 일도 끝나 있었다. 옛부터 전해 내려오는 가구도, 비밀 서랍이 있는 것이나 없는 것들도 미스 마플은 묻기도 전에 조사 상황을 파악할 수 있었다.

거실의 테이블 위에는 서류가 산더미처럼 쌓여 있었다. 그러므로 이것은 매쉬 스트라우드가 남긴 모든 문서이며, 청구서와 초대장과 사무상의 편지 등은 고스란히 남아 있었다. 카미언과 에드워드는 틈만 있으면 이 방에 들어와, 찾아내지 못한 것이 있는가, 하고 몇 번이고 되풀이 읽어보았을 것이다.

카미언은 기대에 가슴이 부풀어 물었다.

"짐작되는 일이 있으세요? 우리가 찾아내지 못한 것이 어디 또 남아 있나요?"

미스 마플은 고개를 저었다.

"조사는 완벽했다고 할 수 있겠군요. 그러나 솔직히 말한다면 너무 완벽하다고 할 수 있어요. 이것은 나의 입버릇이지만, 무엇을 하나 미리 계획을 세워 두는 것이 중요해요. 좋은 예를 말해보지요. 내 친구 중에 앨드리치 부인이라는 사람이 있어요. 그 집 하녀가 아주 부지런해서 리놀륨이 깔린 바닥을 반짝거리게 닦아 놓지요. 그것은 좋은 일이었지만, 너무 지나쳐서 욕실 바닥까지 같은 식으로 닦아 버린 거에요. 덕분에 그 날 밤이 큰일이었지요. 앨드리치 부인이 욕조에서 나와 코크 매트를 밟은 순간 그것이 쭉 미끄러져서 그만 벌렁 나가떨어졌던 거에요. 그래서 소중한 다리뼈까지 부러뜨렸지 뭐에요? 그보다 더 곤란했던 일은, 욕실문을 안에서 잠가 놓았기 때문에 정원사가 밖에서 사다리를 놓고 창문으로 들어가야만 하는 형편이었으니 가엾게도 그 소심한 앨드리치 부인이 얼마나 부끄러웠겠어요?"

에드워드는 초조하게 몸을 계속 움직이며 애타는 마음을 나타냈다. 미스 마플은 그 눈치를 알아차리고 말을 이었다.

"미안해요. 나 좀 봐, 이야기가 옆으로 샜군. 그러나 한 가지 생각은 새로운 다음 생각을 낳는 법이니까요. 그것이 때로는 아주 도움이 되는 때가 있답니다. 내가 말하고 싶었던 것은 우선 지혜를 동원하여 그럴 만한 장소를 생각해 보는 것이 선결 문제로……."

에드워드는 불쾌함을 노골적으로 나타냈다.

"그런 것은 당신에게 맡깁니다, 미스 마플. 나와 카미언의 두뇌는 현재 아주 텅 비었으니까요!"

"어머나, 그래요. 하지만 무리도 아닙니다. 이렇게 수고를 하면 누구나 다 녹초가 되지요. 그럼, 어디 한 번 죽 훑어볼까요." 테이블 위의 서류를 가리키며 말했다. "물론 가정의 비밀에 관한 일이라도 있다면 사양하겠지만……."

"그런 것은 없으니까 신경 쓰지 마십시오. 하지만 이 속에서 뜻이 있을 만한 것을 찾아낼 수는 없을 겁니다."

노처녀는 테이블 앞에 앉아 서류 다발을 조직적으로 조사하기 시작했다. 한 통 한 통 확인했는데, 그것은 자동적으로 분류되어 몇 개의 작은 산더미를 이루었다. 이 일이 끝나자 그녀는 의자에 앉은 채 몇 분 동안 눈길을 앞으로 던진 채 생각에 잠겨 있었다.

에드워드가 물었다.

"어떻습니까, 미스 마플?"

이번에도 심술궂은 어조가 저도 모르게 드러났다. 그 말에 미스 마플은 제정신으로 돌아왔다.

"실례했어요. 하지만 많은 참고가 되었어요."

"그래, 무슨 관련이 있는 서류라도 발견했습니까?"

"아니오, 그런 것은 한 통도 없었어요. 그러나 이것으로 매쉬 백부님의 성격을 대강 짐작할 수 있을 것 같아요. 상상했던 대로 우리 백부님 헨리와 똑같군요. 악의 없는 농담을 좋아하는 점이라든가, 독신으로 일생을 지낸 일이라든가, 왜 독신으로 지냈는지는 모르지만 젊었을 때 실연을 했거나 뭐 그런 것 때문이겠지요. 아주 꼼꼼한 반면 속박당하는 것이 딱 질색이었지요. 나이 먹은 독신자 중에는 그런 사람이 많은 법이에요."

미스 마플 뒤에서 카미언이 에드워드에게 눈짓을 하고 있었다. 이 사람은 나이 탓일까 아니면 멍청한 것일까, 라고 말하는 것이었다.

그러나 미스 마플은 기분이 좋아 그녀의 헨리 백부의 이야기를 계속했다.

"그분, 농담을 무척 좋아했지요. 하지만 세상에는 농담에 신경을 쓰는 사람이 상당히 많더군요. 그저 하찮은 장난의 말에도 곧 화를 내는 사람이 있단 말이에요. 게다가 우리 백부님도 의심이 많은 성격이었어요. 하인은 도둑질을 하는 법이라고 덮어놓고 단정 지었으니까요. 분명히 그런 사람들은 때로 나쁜 짓을 하기는 해요. 그렇다고 해서 늘 그런 것은 아닌데, 백부님은 그렇게만 여겼지요. 생각해 보면 불쌍한 사람이에요. 늘그막에는 음식에 독을 넣지 않나 하고, 정말 많은 걱정을 했어요. 그래서 삶은 달걀만을 잡수셨지요. 삶은 달걀은 속까지 만질 수 없으니까 안심이라는 거였어요. 밝고 명랑했던 헨리 백부님도 결국 노년엔 그렇게 되어 버려서——식사 뒤 커피를 굉장히 좋아했던 그 백부님이! 그분은 늘 이렇게 말하고 계셨어요. '이 커피는 아주 훌륭해, 아라비아 것이로군.' 그 뜻은 한 잔 더 마시고 싶다는 것이지요."

에드워드로서는 더 이상 '헨리 백부님'의 이야기를 듣고 있다가는 정신이 돌 것만 같았다. 그러나 미스 마플은 여전히 말을 계속했다.

"그 백부님이 젊은 사람들을 귀여워하면서도 툭하면 놀려 주며 기뻐하곤 하셨어요. 그것도 당신네들 백부님과 비슷해요. 과자 봉지를 보이고서는 일부러 아이들의 손이 닿지 않는 곳에 놓아두었으니 말이에요."

이제는 카미언도 조심성 같은 건 잊어버리고 입을 열었다.

"상당히 골치 아픈 사람이었던가 보군요."

"아니, 아니, 그렇진 않아요. 좀 색다른 노인일 뿐이었지요. 뭐, 특별히 아이들에게 심술궂게 굴었던 것은 아니에요. 바보든가 머리가 이상하다든가 한 사람은 아니에요. 다만 큰돈을 자기 손에서 떼어놓지 못했던 거지요. 금고를 마련해서 거기에 넣어 두면 절대로 안전하다고 오는 사람마다 잡고 떠들어대는 거였어요. 너무 떠들어 댔으므로 소문이 나서 마침내 어느 날 밤에 도둑이 들어왔어요. 무슨 약품을 써서 금고에 구멍을 뚫어……. "

"당연한 보답이지요."

"그런데 그렇지 않았어요. 금고 안은 텅 비어 있었어요. 알겠어요? 정말 감춰 놓은 곳은 다른 데였어요. 서재에 꽂아 놓은 몇 권의 설교서 뒤가 바로 감춰 놓은 곳이었어요. 백부님의 말로는 그런 종류의 책을 일부러 책장에서 빼어 보는 사람은 없다는 거였지요!"

에드워드는 기운이 나서 말했다.

"그래! 분명히 그렇게 말할 수 있어! 서재는 살펴보았었나?"

그러나 카미언은 고개를 내저었다.

"그만한 일을 알아차리지 못할 나라고 생각해요? 지난 주 화요일 당신이 포츠머스에 간 뒤 책을 모조리 꺼내어 보았어요. 털어 보아도 아무것도 나오지 않았어요."

에드워드는 한숨을 쉬었다. 그러고 자기가 먼저 일어서서 어떻게든지 이 쓸데없는 손님을 쫓아 보내려고 했다.

"친절하게도 먼 곳까지 와 주셔서 뭐라고 인사를 드려야 좋을지…… 헛걸음을 치게 한 것은 우리들의 잘못입니다. 그러나 차를 불러드리지요. 그러면 3시 반의 상행 열차를 잡을 수 있을 겁니다."

"하지만 아직 돈을 못 찾지 않았어요? 단념할 수는 없어요. 로시터 씨, '처음에 성공하지 못하면 몇 번이고 되풀이해야 된다'라는 말이 있으니까요."

"그럼, 당신은 아직 더 해볼 작정입니까?"

"엄밀히 말하면 아직 시작도 안했어요. 비튼 부인이 요리책 안에서 말했듯이 '맨 먼저 토끼를 잡을 것.' 그 책은 잘 썼어요. 값이 비싼 결점은 있지만…… 각 요리법이 대개 같은 글귀로 시작되었지요. '1퀴트의 크림과 계란 한 줄을 준비하시오'라는 게 그것이었어요. 저, 무슨 이야기를 했더라? 그래그래, 비튼 부인의 말을 했었지. 맨 처음에 토끼를 잡을 것. 우리의 경우, 그 토끼가 매쉬 백부님의 성격이며 이 사람의 성격으로 보면 어떠한 곳에 감출까를 생각해 보는 것이 첫 단계예요. 이것은 쉽게 결정될 거예요."

"쉽게요?" 카미언이 말했다.

"그래요. 그 점, 나는 확신을 가지고 있어요. 비밀 서랍, 그것이 나의 결론이에요."

에드워드는 쌀쌀하게 말했다.

"어떻게 그만한 금덩어리가 서랍 속에 들어갈 수 있겠어요?"

"백부님은 늘 그렇게 말씀하고 계셨는데……."

"헨리 백부님의 금고와 같겠지요. 떠들어댔다는 말을 듣고 나는 반대로 그것은 눈가리개 같은 것이리라고 생각했어요. 다이아몬드라면 어느 서랍에든지 들어가지요."

"비밀 서랍도 있기는 하지만, 모두 조사해 봤어요. 일부러 장 만드는 직인을 불러다 가구를 모조리 조사케 했어요."

"어머나, 그랬어요? 정말 큰일을 했군요. 나 같으면 백부님이 여느 때 늘 사용하시던 책상을 가장 먼저 조사해 봤을 텐데요. 저기 있는 저, 벽쪽으로 돌려 놓은 키 큰 책상 말이에요."

"저것 말이에요? 그럼, 살펴봐 주세요."

카미언이 그곳으로 다가가 덮여 있는 뚜껑을 벗겨 냈다. 속에는 분류함과 작은 서랍이 나란히 있었다. 카미언은 다시 한가운데에 있는 작은 문을 열고 왼쪽 서랍에 달려 있는 용수철을 만졌다. 그러자 한 복판의 우묵한 바닥이 소리를 내며 조금 앞으로 옮겨져 갔다. 그것을 카미언이 재빨리 빼어 내자 아래가 이중 바닥으로 되어 있었다. 그러나 그 속에는 아무것도 들어 있지 않았다.

"어쩌면 이렇게도 비슷할까?" 미스 마플은 소리를 질렀다. "헨리 백부님도 이와 똑같은 책상을 가지고 계셨었지요. 다만 그것은 호도나무 재목이고, 이것은 마호가니라는 차이는 있지만."

"어쨌든," 카미언이 말했다. "보시다시피 속은 비어 있어요."

"그것도 짐작하고 있었어요." 미스 마플은 대답했다. "당신네들이 부른 가구집 직인은 아직 젊은 사람이었지요? 아무것도 모르는 거에요. 최근의 비밀장은 아주 정성을 들여 만들었기 때문에 비밀 장소 안에 또 비밀장치가 되어 있어요."

미스 마플은 회색 머리털을 묶은 머리에서 머리핀을 하나 빼냈다. 그것을 똑바로 펴서 비밀장 옆쪽에 뚫려 있는, 벌레 먹은 구멍으로 보이는 작은 구멍 속으로 집어넣었다. 그리고 한동안 휘젓자 작은 서랍이 나타났다. 속에는 빛바랜 헌 편지 다발과 접은 종이쪽지가 들어 있었다. 에드워드와 카미언은 그것이 발견되자 좋아서 펄쩍 뛰었다. 에드워드가 떨리는 손 끝으로 종이쪽지를 펴 읽더니 금방 실망의 소리를 지르며 집어던졌다.

"요리법을 베낀 거야. 베이크트 햄의!"

카미언은 편지 종류를 묶은 리본을 풀고 있었는데, 한 통을 뽑아 훑어보더니 "러브레터가 있어요!" 하고 소리쳤다.

미스 마플은 빅토리아 왕조 시대 사람다운 기쁨을 나타내며 말했다.

"재미있는 것이 나왔군요! 이것으로 당신네들의 백부님이 독신으로 산 이유를 알 수 있지 않겠어요?"

카미언은 소리를 내어 읽기 시작했다.

사랑하는 매쉬님,

편지를 받은 뒤로 시간이 더디 가는 것 같아 못 견디겠어요. 많은 일에 열중하려고 애를 쓰기도 하고, 이렇게 많은 나라들을 보고 다닐 수 있는 행복을 자기 자신에게 타일러 보기도 합니다. 맨 처음 미국으로 건너갈 때는 이처럼 먼 섬까지 오게 되리라고는 꿈에도 생각지 못했어요.

카미언은 말을 끊고 "이건 어디서 온 편지일까? 어머나! 하와이에요!" 그렇게 소리치고 다시 읽기 시작했다.

이 섬에서는 아직도 토착민들이 문명의 빛으로부터 멀리 떨어진 곳에서 생활하고 있어요. 발가벗은 야만인 같은 모습으로, 그 대부분의 시간을 헤엄치기와 춤으로 보내며 레이라고 부르는 화환으로 몸을 꾸미고 살고 있답니다. 그레이 씨는 몇 사람의 토착민을 그리스도 교도로 개종시켰지만, 이 사명을 완성하는 건 아주 어려운 일이라는 것을 통감하셨다고 합니다. 최근에는 부인과 함께, 비관적인 의견을 갖게 되신 것 같아요. 그래서 저는 두 내외분을 격려하기 위해 작은 힘이나마 노력하고 있습니다만, 저는 저대로 가끔 침울한 기분에 빠져들곤 합니다. 당신이 편지로 변함없는 사랑을 맹세해 주실 때만 하늘 위로 오르는 기분이 들어요. 그와 함께 저도 또한 늘 변함이 없는 성실한 마음을 지니고 있을 것을 맹세합니다.

진심으로 당신을 사랑하는

베티 마틴

덧붙임──이 편지는 여느 때처럼 우리 두 사람의 친구 마틸다 그레이브스에게 보내는 편지에 동봉합니다. 하느님이 이 일을 용서해 주시기를.

에드워드는 휘파람을 불었다.
"여자가 보낸 편지로군요! 이것이 매쉬 백부님의 로맨스인가. 그러나 이 두 사람이 어째서 결혼을 하지 않았을까?"
카미언은 그밖의 편지도 훑어보며 대답했다.
"이분은 온 세계를 돌아다닌 모양이군. 이것은 모리셔스(인도양 마다가스카르 동쪽에 있는 섬 나라)에서 온 것이고…… 모두 먼 미개지에서 온 것뿐이에요. 아마 이 사람은 황열병(黃熱病)이나 뭐로 죽었을 거에요."
소리내어 웃는 소리가 들렸으므로 젊은 두 사람이 깜짝 놀라 미스 마플을 보니, 그녀는 혼자서 재미있어하고 있었다.
"과연," 웃으며 말했다.
"그랬었군요!"
노처녀는 베이크트 햄의 조리법을 읽고 있었는데, 무슨 일이냐는 듯한 두 사람의 눈길을 알아차리자 소리를 내어 읽기 시작했다.
"'베이크트 햄에 시금치를 곁들인 요리'——두툼한 베이컨 조각에 향미료를 넣고 흑설탕을 묻혀서 오븐의 뭉근한 불에 구워, 체에 거른 시금치를 곁들여 냅니다. 당신들은 이것을 어떻게 생각하나요?"
"생각만 해도 맛없는 요리 같군요."
에드워드가 그 자리에서 대답했다.
"그렇지도 않아요. 맛이 없기는커녕 뜻밖에도 맛이 있을지 몰라요. 그런데 내가 묻고 있는 건, 이것을 전체적으로 어떻게 생각하느냐는 말예요."
갑자기 에드워드의 얼굴에 광명이 비쳤다.

"앗! 그럼, 이것이 암호입니까? 비밀 통신 방법인가요?" 그는 그 종이쪽지를 집어들고 "카미언, 알았어, 나는 알았어! 틀림없이 그것일 거야. 그렇지 않다면, 비밀장소에 요리법을 적은 종이쪽지 같은 걸 넣어 둘 리 없어!"라고 말했다.

미스 마플도 고개를 끄덕이며 "맞아요, 아주 의미심장한." 하고 말했다.

카미언이 큰 소리로 말했다.

"아, 그렇군요! 불에 쬐면 나타나는 잉크를 썼군요! 불에 쬐어 봐요. 전기 난로에 스위치를 넣어요."

에드워드가 시키는 대로 해보았으나 글씨는 떠오르지 않는 것 같았다.

미스 마플은 헛기침을 했다.

"아무래도 당신들은 문제를 일부러 어렵게 만드는군요. 이 요리법을 쓴 종이는 말하자면 무엇인가를 가리켜 주는 표지이고 뜻이 있는 것은 편지 쪽이에요."

"편지?"

"특히 그 서명에."

그러나 에드워드는 나머지 설명도 듣지 않고 소리를 질렀다.

"카미언! 이걸 봐! 마플 씨가 말한 대로야. 봉투 쪽이 훨씬 오래된 거군. 편지는 나중에 쓴 게야."

"맞아요." 미스 마플도 말했다.

"편지는 일부러 오래 된 것처럼 보이게 했어요. 매쉬 백부님이 손수 썼을 거에요."

"그래요, 맞아요." 미스 마플은 되풀이 말했다.

"이것 전체가 속임수야. 여자한테서 온 러브레터가 아니야. 암호야."

"그것도 역시 당신들의 지나친 생각이에요, 거기까지 어렵게 생각할 것 없어요. 백부님은 더 단순한 분이며, 좀 장난을 쳐 보고 싶었을 뿐이에요."

그때 비로소 젊은 두 사람은 노처녀의 말에 심각한 주의를 하게 되었다.

"그렇게 말씀하시는 것은 무슨 뜻이지요?" 카미언이 물었다.

"당신들 자신이 지금 그 손에 돈을 쥐고 있는 거에요."

카이미언은 손을 내려다보았다.

"서명을 보아요, 그것이 모든 것을 설명하고 있는 거에요. 요리법은 그것을 주의시키고 있을 뿐이에요. 향미료니 흑설탕이니 하는 그런 것을 제외하면 무엇이 남을 것 같아요? 베이컨과 시금치지요! 알겠어요? 베이컨과 시금치예요! 그것이 이 나라의 말로 무슨 은어인지 알 거에요. 아마도 '넌센스!' 그렇지요? 거기서 백부님이 돌아가시기 바로 직전의 행동을 생각해 봐요. 눈을 두드렸다고 했지요? 그거예요! 그것이 이 문제의 열쇠란 말이에요!"

카미언은 말했다.

"우리의 머리가 돌았나, 아니면 당신이……"

"우리 영국인은 사실이 아닌 것을 나타내는 표현이 있어요. 당신들도 들었겠지만, 지금 사람들은 사용하지 않게 된 모양이지요? '나의 눈과 베티 마틴!'이라는 말, 이것도 또 넌센스라는 뜻을 나타내는 거에요."

에드워드는 앗! 하고 소리를 지르며 쥐고 있던 편지를 보았다.

"베티 마틴!"

"그래요, 로시터 씨. 당신도 말했듯이 여기 있는 편지는 모두 백부님 자신이 쓴 것뿐이에요. 그런 여자가 있는 게 아니에요. 옛날에도 있었던 게 아니지요. 이것을 쓰고 있었을 때의 백부님이 눈에 떠오르는군요. 소리내어 웃어가며 혼자서 좋아했을 백부님의 얼굴 표정이 말이에요. 당신이 말한 대로 봉투 쪽이 훨씬 낡았어요. 즉 그것은, 봉투는 이 편지의 것이 아니라는 말이지요. 소인(消印)을 보면 알 수 있잖아요? 봐요, 1851년이라고 되어 있지요."

잠시 말을 멈추었다가 미스 마플은 다시 힘을 주어 되풀이했다.

"1851년, 이것이 모든 것을 말하고 있는 거에요."

"나로선 알 수 없는데요."

"그럴 거에요. 나도 어린 조카 라이오넬이 없었다면 몰랐을 거에요. 그 나이 또래의 아이들에게는 우표광이 많아서 라이오넬도 우표에 대한 일이라면 모르는 게 없다고 해도 지나친 말이 아니지요. 그 아이가 어느 날 이런 말을 했어요. 신기한 우표로서 아주 비싼 것이 발견되어 경매에 붙여졌다는 이야기에요. 지금도 기억하고 있지만 1851년의 2센트짜리 파란 우표가 2만 5천 달러에 팔렸대요. 놀라운 이야기지요. 백부님은 업자에게서 사들여, 되도록 그것이 알려지지 않도록 조심했던 거에요. 꼭 탐정소설 같지요?"

에드워드는 신음 소리를 내며 주저앉아 두 손으로 얼굴을 가렸다.

"기분이 나빠요?" 카미언이 걱정스레 물었다.

"아무것도 아니야. 다만 생각만 해도 소름이 끼치는 거야. 미스 마플이 없었다면, 우리는 이 편지를 그대로 태워 버렸을 거야. 그것이 백부님에 대해 호의적이고 신사적인 행위라고 생각하며……."

"그렇지요." 미스 마플도 동의하며 말했다.

"그것이, 이런 나이 먹은 사람의 나쁜 점이지요. 장난만 재미있어하고 그 위험은 모르는 거에요. 우리 헨리 백부님에게도 같은 일이 있어요. 귀여워하던 조카에게 크리스마스 선물이라고 5파운드의 사례품을 보냈지요. 그것은 좋았지만 언제나의 장난기가 발동한 거지요. 크리스마스 카드 사이에 끼워 카드를 고무로 붙여 그 위에 이렇게 썼어요. '사랑하는 이의 행복을 빌며(유감스럽지만 올해는 이것밖에 없어요)'라고 말이에요.

선물을 받은 그 아이는, 기대했던 것이 어긋나 백부님의 인색함에 화를 내며 그대로 불 속에 넣어 버렸어요. 덕분에 백부님은 같은 선물을 두 번이나 보내야 했지요."

그러나 에드워드의 헨리 백부에 대한 감정은 전혀 다른 것으로 바뀌어 있었다.

"미스 마플." 그는 말했다. "샴페인을 가져오겠으니, 당신의 헨리 백부님 명복을 빌고 모두 함께 마시기로 합시다."

Tape-Measure Murder
줄자 살인 사건

미스 폴리트는 노커(현관문에 달린 문 두드리는 쇠)를 잡고 조용히 별장문을 두드렸다. 잠시 뒤에 왼쪽 팔에 안은 종이 꾸러미가 떨어지려고 하자 다시 끌어안으며 또 문을 두드렸다. 꾸러미 속에는 스펜로우 부인에게서 주문받은 녹색 겨울 드레스가 들어있는데, 오늘 가봉을 하려고 찾아온 것이다. 왼손 끝에 늘어뜨리고 있는 검은 비단 가방에 줄자, 핀, 쿠션, 큰 재봉가위 같은 물건이 들어 있었다.

미스 폴리트는 여위고, 키가 크며, 뾰족한 코에 두툼한 입술, 그리고 녹이 슨 듯한 빛깔의 성긴 머리를 한 여자이다. 노커를 쥔 손이 세 번째에는 머뭇거렸다. 길 쪽으로 눈을 돌리니 부지런히 다가오는 부인이 있다. 해트넬이라는 사람으로 나이는 55살이며, 볕에 탄 얼굴이 아주 명랑해 보이는 노처녀이다. 그녀가 굵직하고 탁한 목소리로 불렀다.

"안녕하세요, 미스 폴리트!"

재봉사도 "안녕하세요, 미스 해트넬" 하고 대꾸했다. 그녀의 목소리는 아주 가늘고 품위가 있다. 그것으로 미루어 보아도, 그녀가 그 인생의 출발시에 큰 집안의 가정부 노릇을 했다는 소문이 거짓말은 아닌 것 같았다.

"저어……" 그녀는 말을 이었다. "불러도 아무 대답이 없는데요, 스펜로우 부인은 외출중이신가요?"

"글쎄요? 그런 말은 못 들었는데요……."

"이상해요. 전 가봉을 하러 왔는데——새 드레스를 맞추셔서 오늘 오후에 가봉을 하기로 약속했거든요, 3시 반쯤이 좋겠다고 부인 쪽에서 말씀하셨어요."

미스 해트넬은 손목시계를 보고 말했다.

"3시 반이 조금 지났는데요."

"그래요, 세 번이나 노크를 했지만, 대답이 없어요. 스펜로우 부인이 약속을 잊어버리고 외출하신 게 아닌가, 하고 생각하던 중이에요. 하지만 그 부인이 약속을 잊어버린다는 건 생각할 수 없는 일이에요. 이 드레스를 모레 입었으면 좋겠다고 하셨거든요."

미스 해트넬도 문으로 들어와 래퍼남 장의 현관에 미스 폴리트와 함께 섰다.

"그렇잖으면 글래디스가 나올 텐데……" 하고 말을 꺼내더니 "그래, 그래, 오늘은 목요일이지. 글래디스의 외출 날이에요. 틀림없이 스펜로우 부인은 잠이 들었을 거에요. 당신의 문 두드리는 소리가 너무 작았던 거에요."

그녀 자신이 노커를 잡고 있는 힘을 다해 두드리고 판자를 손으로 두드리며 큰 소리로 불렀다.

"누구 없어요?"

아무 대답도 없었다.

미스 폴리트는 중얼거리듯이 말했다.

"역시 잊고 외출하신 모양이군요. 다시 오기로 하지요."

그녀는 오솔길을 지나 문 쪽으로 걷기 시작했다.

"그럴 리 없어요." 미스 해트넬은 강한 어조로 말했다. "외출하지 않았을 거에요. 외출했다면, 어디서 나하고 마주쳤을 거에요. 잠깐만 기다려요, 창문으로 들여다볼 테니. 살아 있는 사람은 없나."

이것은 틀림없이 장난삼아 일부러 대답을 하지 않는 것이라고 늘 하는 버릇으로 크게 웃으며 미스 해트넬은 부랴부랴 현관 옆에 있는 유리창에 눈을 대었다. 부랴부랴라고 한 것은, 현관을 들어선 곳에 있는 응접실은 쓰이지 않고 있는 거나 다름없으며, 여느 때 스펜로우 부부는 주로 안쪽에 있는 거실을 쓰고 있었기 때문이다.

그러나 부랴부랴 들여다보니, 미스 해트넬의 농담은 사실이 되었다. 살아 있는 사람은 없으며, 그 반대쪽인 유리 창문 안의 난로 앞 깔개 위에 스펜로우 부인이 쓰러져 있었다. 이미 숨이 끊어져서.

나중에 미스 해트넬은 그때의 일을 다음과 같이 말했다.

"나는 그래도 어떻게 마음을 가라앉힐 수가 있었지만, 미스 폴리트는 아주 정신을 못 차려 자기 자신마저 어떻게 해야 좋을지 모르는 형편이었어요. 그래서 난 말해 줬지요. '정신차려요. 우리까지 냉정을 잃으면 어떻게 해요? 당신은 여기서 지키고 있어요, 순경 포크를 불러올 테니.' 그렇게 말하자, 그 여자는 혼자서 남아 있기 싫다고 우는 소리를 했지만, 그럴 때가 아니잖아요. 그런 마음 약한 여자는 아주 꽉 눌러 줘야 해요. 허둥대며 떠들어댈 줄밖에 모르니까요. 그래서 내가 뛰어가려고 하는데, 마침 그때 집 모퉁이를 돌아드는 스펜로우 씨를 보았어요."

여기서 미스 해트넬은 뜻있게 말을 끊었다. 사람들은 숨을 죽이고 질문을 퍼부었다.

"그 사람의 모습은 어떠했나요?"

그래서 미스 해트넬은 천천히 말을 이었다.

"그 순간 나는 이상하다는 생각이 들었어요. 너무 침착했었으니 말이에요. 이야기를 들어도 예사롭지 뭐예요. 부인이 죽었다는 말을 듣고 놀라지 않는 남자가 있다면 누구나 이상하다고 생각지 않겠어요?"

그 말에는 누구나 모두 고개를 끄덕였다.

경찰도 역시 같은 견해로 스펜로우 씨의 무관심에 의혹을 가졌다. 잠시도 머뭇거리지 않고 부인의 죽음이 그의 재정에 미치는 영향을 조사하여, 다음과 같은 사실을 명백하게 밝혀냈다. 스펜로우 씨가 경영하고 있는 사업은 부인의 출자에 의한 것일 뿐만 아니라, 결혼 직후에 작성된 유언장에서 부인의 자산 전액은 남편 스펜로우에게 돌아가기로 되어 있었다. 그러한 사정이 판명되어 그에 대한 의혹은 점점 깊어졌을 뿐이었다.

얼굴은 부드러워 보이나, 입에는 가시가 돋쳤다는 평판이 있는 노처녀가 목사관 옆집에 살고 있다. 그녀가 바로 우리의 미스 마플인데, 살인 사건이 발견된 지 30분도 되기 전에 방문객이 찾아왔다. 찾아온 것은 순경 포크인데, 거드름을 피우는 태도로 수첩을 꺼내어들고는 물었다.

"저, 상관없으시다면 물어 볼 말이 있는데요."

미스 마플은 말했다.

"스펜로우 부인 살해 사건에 대한 일이죠?"

포크는 놀라며 말했다.

"그, 그것을 부인이 어떻게 아십니까?"

"생선이에요." 미스 마플은 대답했다.

이 간단한 대답으로 포크 순경은 완전히 이해가 되었다.

이 뉴스도, 그 수다쟁이 생선 장수인 총각 녀석이 저녁 반찬거리 생선과 함께 배달했을 것이다.

미스 마플은 침착한 얼굴로 말을 계속했다.

"객실 바닥에 쓰러져 있었다면서요. 가는 끈 같은 것으로 목이 죄어서. 그리고 그 물건은 가지고 갔는지, 남아 있지 않았고."

포크는 점점 불쾌해졌다.

"프레드란 놈, 아니 그런 말까지……."

미스 마플은 교묘하게 말을 다른 방향으로 돌리어 "당신 제복에 핀이 달려 있군요" 하고 말했다.

포크 순경은 허를 찔리어 대답했다.

"아, 이것은 저……세상에서 말하잖습니까. '핀을 보면 주워둬라. 그 날 하루 종일 운이 좋다' 라고, 바로 그겁니다."

"그것이 사실이 되면 좋겠네요. 그래, 나한테 할 말이란?"

포크 순경은 헛기침을 크게 하고 거드름을 피워 보인 다음 수첩을 들여다보며 물었다.

"피해자의 남편인 아서 스펜로우 씨의 진술에 의하면, 2시 30분쯤 미스 마플에게서 전화가 걸려와 의논하고 싶은 것이 있으니 상관없다면 만나러 와 주었으면 좋겠다고 말했다는데, 부인, 그게 사실입니까?"

"아니오." 미스 마플은 대답했다. "그런 말은 한 일이 없어요."

"그럼, 부인은 스펜로우 씨와 2시 30분에 전화로 통화한 일이 없습니까?"

"2시 반이고 언제고 오늘은 통화한 일이 없어요."

"으음!"

포크 순경은 그것으로 만족했는지 수염을 핥고 있다.

"스펜로우 씨는 그밖에 무슨 말을 했나요?"

"스펜로우 씨의 진술은 이렇습니다. 당신이 원하는 대로 이곳을 방문했다, 자택을 나온 것은 3시 10분이 좀 지나서이다, 그런데 댁에

와 보니 하녀가 미스 마플은 집에 없다고 말했다는 겁니다. ”

“그것은 사실이에요, 스펜로우 씨는 찾아왔지만 나는 공교롭게도 부인 협회의 모임에 참석하고 있었으므로 집에 없었어요. ”

“아! ” 포크 순경은 또 신음 소리를 내었다.

미스 마플도 긴장한 목소리로 말했다.

“그래 순경 나리, 혐의는 스펜로우 씨에게 걸려 있나요? ”

“지금은 누구라고 이름을 말할 수 있는 단계가 아닙니다만, 누군가 한바탕 연극을 꾸민 놈이 있는 것만은 확실합니다. ”

미스 마플은 상대방을 노려보았다.

“그 누군가가 스펜로우 씨란 말인가요? ”

그녀는 스펜로우 씨에게 호감을 가지고 있었다. 여위고 자그마한 체구로 말이 서툰 평범한 남자이지만, 예의바른 점은 이 마을에서는 신기할 정도여서 그와 같은 신사가 이런 시골에 살고 있는 것이 이상스러울 정도이다. 사실 전에 그는 대도시에서 세련된 생활을 보냈었다. 한 번 미스 마플에게 시골로 와 있는 이유를 밝힌 일이 있다.

“시골에 살며 원예를 즐기는 것이 어렸을 때부터의 꿈이었습니다. 원래 꽃을 무척 좋아하는 성격이라서요, 아시겠지만 집 사람은 꽃집을 했었습니다. 그 사람을 처음 알게 된 것도 그 가게에서였죠. ”

담담하게 말하고 있었지만 거기서 당시의 로맨스를 엿볼 수가 있다. 꽃을 배경으로 젊었을 때의 스펜로우 부인의 귀여운 모습이 떠오른다.

그러면서도 스펜로우 씨는 꽃에 대한 지식은 거의 없다고 할 수 있었다. 씨뿌리기, 가지치기, 화단 가꾸기, 아무것도 모를 뿐더러, 1년 초와 다년초의 구별조차 못하고, 다만 한 가지 꿈이라는 것은 향긋한 냄새를 풍기며 만발한 꽃에 싸인 작은 별장을 갖는 일이었다. 사실 그는 원예의 지식을 전적으로 미스 마플에게서 배우고 있었다. 갸륵

할 정도로 열심히 질문하여 노처녀의 응답을 일일이 작은 수첩에 기입하는 것이다. 이러한 남자이므로 그 동작은 지극히 조용했다. 그리고 그 특징이 부인이 시체로 발견되었을 때의 태도에도 나타나, 마침내는 의혹의 눈이 쏠리게 된 이유가 된 것이다. 경찰은 신중히 고(故) 스펜로우 부인의 과거를 조사하고, 그 상세한 사실을 알아내어 곧 센트 메리 미드 마을 사람들이 모두 알게 되었다.

고 스펜로우 부인은 젊었을 때, 어느 큰 저택에서 잡일을 하는 하녀 노릇을 했었다. 그 일을 그만두며 같은 집에서 일하던 한 정원사와 결혼하자, 런던에서 꽃집을 내었다. 가게는 번성했으나 정원사였던 남편은 그 기쁨을 맛보기도 전에 갑자기 병으로 죽어 버렸다. 그 뒤 과부가 된 그녀가 대담할 정도로 가게를 확장하여 장사는 점점 더 번창해 갔으나, 마침내 그것을 팔아서 상당한 금액이 손에 들어오자 재혼을 했다. 그 상대가 바로 스펜로우 씨이며 그는 런던에서 빈약하나마 일단 이름이 알려진 중년의 보석상이었다. 이 보석 상점도 그 후 얼마 안되어 팔아 버린 다음 부부는 센트 메리 미드 마을에 와 자리를 잡게 된 것이다.

부인에겐 재산이 있었다. 꽃집을 판 돈을——그녀 자신의 입으로 상대방에게 구애받지 않고 설명했었지만——'성령(聖靈)이 이끄는' 대로 투자해 두었더니, 성령은 상상도 할 수 없을 정도의 적절함으로 지시를 해주는 것이었다.

투자 결과는 모두 성공하여, 개중에는 그 주가의 폭등이 세상에 센세이션을 일으킨 사실도 포함되어 있었다. 이리하여 심령술에 대한 귀의는 깊어졌지만, 그러면서도 그녀는 영매(靈媒)니 강신회(降神會)니 하는 것에 가까워지는 일은 없이 오로지 여러 가지 형식의 심호흡에 기초를 둔 인도교와 비슷한 수상쩍은 종교에 쏠릴 뿐이었다. 그러나 그것도 얼마 안 되는 기간에 있었던 일이며, 센트 메리 미드 마을로 옮겨왔을 무렵에는 국교회의 신자로 되돌아와 있었다. 목사관에는 자주 얼굴을 내밀었고 교회 예배도 빼놓은 일이 없었다. 쇼핑은 마을 상점에서만 했고, 이 지방의 사건에 흥미를 가졌으며, 마을 사람들과 브리지를 즐겼다. 평범한 나날의 연속, 그리고——갑자기——살해되었다.

군의 경찰부 장관 멜치트 대령은 자기 방으로 슬랙 경감을 불렀다.

이 경감은 본디 자신만만한 남자로, 이 사건에도 확신을 가지고 있었으므로 "이것은 장관님, 남편의 짓이 틀림없습니다" 하고 대답했다.

"그렇게 생각하나?"

"틀림없고말고요. 보시면 이해해 주시겠지만, 그 사람은 마누라가 죽었다는데도 슬픈 얼굴 한 번 보이지 않았을 뿐더러 감정의 움직임도 없었습니다. 피해자가 죽었다는 것을 안 뒤에 귀가한 것이 분명합니다."

"그러나 만일 그가 범인이라면, 여전히 아내를 죽인 남자의 역할을 할 것 같은데."

"그런 사람이 아닙니다. 내심의 기쁨을 감추는 것이 고작이며, 그 사람뿐만이 아니라 어쨌든 신분이 있는 사람이고 보면 연극 같은 것은 할 수 없는 법입니다. 요령을 쓸 수 없는 거에요."

"달리 여자라도 있는 것일까?"

"현재로선 거기까지 조사가 끝나지 않았습니다만, 그 정도의 연극이라면 해치울 남자이므로 감쪽같이 숨기고 있다고 보아도 되겠죠. 내가 본 바로는 그 사람 마누라에게 권태가 온 것 같습니다. 여자가 죽으면 돈이 들어옵니다. 게다가 함께 살기는 골치 아픈 여자로 자나깨나 무슨 교니 하는 모임이 있을 뿐이며, 그 수상쩍은 종교에 종사를 하고 있었습니다. 그러니 그는 부득이 여자를 해치우고, 여생을 혼자서 여유 있게 지내려고 그런 음모를 꾸몄을 겁니다."

"과연, 그럴지도 모르겠군."

"절대로 확실한 일입니다. 세밀하게 계획을 세워, 우선 전화가 걸려 왔다고 거짓말을 하고."

멜치트 대령이 말을 가로챘다.

"전화가 걸려 온 흔적이 없나?"

"없습니다. 그 사람의 말이 거짓말이 아니라면 공중 전화에서 걸려 온 것이 되는데, 마을의 공중 전화는 두 군데, 즉 역과 우체국밖에 없습니다. 그중 우체국의 것은 조사할 필요도 없습니다. 거기서는 블레이드 부인이 누가 들어오는지를 정신차려 늘 보고 있으니까요. 역에 대해서는 일단 생각해 볼 일입니다. 2시 27분에 열차가 도착하면 한동안은 오가는 사람들로 붐비기 때문이죠. 그러나 전화를 걸어 온 것은 미스 마플이었다고 본인 자신이 말하기에 조사해 보니, 생각했던 대로 거짓말이라는 것이 판명되었습니다. 그녀의 집에서 전화를 건 사실도 없고, 미스 마플은 부인 회관에 가고 집에 없었답니다."

"남편을 누가 끌어냈는지도 모르잖겠나. 그것을 잊어서는 안돼. 스펜로우 부인을 살해하려고 노리고 있던 남자가 말이야."

"테드 제럴드라는 젊은 남자를 생각하시는 모양인데, 그 남자도 물론 조사했습니다. 그러나 우리는 거기서 움직일 수 없는 벽에 부딪쳤습니다. 그 청년에겐 동기가 없어요. 그런 짓을 해보았자 아무런 이익도 없는 것입니다."

"그러나 그는 허술히 볼 자가 아닌 것 같아. 주인집 돈을 써 버렸다던가 뭐 그런 말을 들었는데, 그런 자라면 믿을 수 없지 않겠나?"

"잘못한 일이 없다는 것은 아닙니다. 그러나 주인 앞에 나와 썼다는 것을 실토했습니다. 그것도 주인이 알아차리기 전에 말입니다."

"옥스퍼드 그룹 운동(옥스퍼드를 중심으로 세계적으로 퍼진 종교 각성 운동. 도덕 재무장 운동의 전신)의 멤버였지."

"한때는 가입하고 있었지만, 개종하자 곧 돈을 훔친 사실을 고백하고 있습니다. 단 저로서도 그 점이 요령 있게 굴었다는 것을 모르는 바 아니므로, 의심을 받고 있다는 것을 알아차리고 선수를 쳐서 개심한 점을 보였다고도 생각됩니다."

"자네는 뜻밖에도 의심이 많은 사람이군, 슬랙. 그건 그렇다 치고, 미스 마플하고는 이야기를 해보았나?"

"그 노처녀가 어떤 관계가 있습니까?"

"별로 없지만, 여러 가지 알고 있지 않을까. 만나 보는 게 좋아. 이야기해 보면 참고가 될 거야. 그녀는 나이는 먹었지만 머리가 굉장히 날카로운 사람일세."

슬랙은 화제를 바꾸었다.

"한 가지 의견을 여쭤 볼 일이 있습니다. 피해자는 최초에 하녀 노릇을 했습니다. 그것이 로버트 애버크론비 경의 저택인데, 전에 이 집에 보석 도둑이 들어와 에메랄드를 꽤 많이 훔쳐간 일이 있습니다. 그 범인이 아직 체포되지 않았는데, 당시 사건을 담당했던 것이 저였습니다. 그리고 지금 생각난 일인데, 사건이 일어난 것은 스펜로우 부인이 하녀 노릇을 하고 있을 무렵입니다. 물론 그 무렵의 그녀는 한낱 계집아이였지만, 이 사건에 관계가 있다고는 생각지 않습니까? 아시다시피 스펜로우는 작기는 했지만 보석상을 경영하고 있었죠. 훔쳐 내온 물건을 사들인 사실이 없다고는 할 수 없겠죠."

멜치트 대령은 고개를 내저었다.

"그것은 생각할 필요가 없는 일이야. 당시 그 여자는 스펜로우를 몰랐어. 그 사건이라면 나도 기억이 나네. 수사 당국의 견해로는 애버크론비 경의 아들이 끼어들었다는 거였어, 짐. 애버크론비라는 자인데, 그는 대단한 낭비가야. 빚을 산더미처럼 지고 있었지. 그런데 그 아들이 도난 사건이 일어난 직후에 그 빚을 아주 깨끗이 갚아 버렸거든. 표면상으로는 어느 여자 부호가 갚아 준 것으로 되어 있었지만, 진상은 결국 모르고 끝나 버린 거야. 웬일인지 까닭은 모르겠지만, 애버크론비 경이 사건을 취소해버렸기 때문일세. 세상에 소문이 나지 않도록 온갖 수단을 써서, 경찰의 개입도 허용치 않았었지."

슬랙 경감은 말했다.

"그 점이 의심스럽다고 생각합니다."

미스 마플은 만족스러운 표정으로 슬랙 경감을 맞아들였다. 그리고 멜치트 대령이 보냈다는 말을 듣자, 더욱 기분이 좋아졌다.

"기쁘군요, 멜치트 대령이 저를 잊지 않고 기억해 주셨군요."

"잊으실 리가 있습니까. 센트 메리 미드에서 일어난 사건에서 당신이 관심 없는 일이라면 조사할 만한 가치도 없다고까지 말씀하신걸요."

"좋은 분이군요. 하지만 이번 사건에 대해서는 전 아무것도 몰라요. 네, 그 살인 사건을 말하고 있는 거에요."

"어떤 소문이 퍼지고 있는가는 알고 계시겠지요."

"그것은 알고 있지요. 하지만 그런 소문이 수사에 도움이 된다고는 생각지 않아요. 건드려 볼수록 헛수고만 할 뿐이라고요."

슬랙 경감은 연방 노처녀의 비위를 맞춰 가며 말했다.

"오늘 찾아뵌 것은 공식적인 방문이 아니라 말하자면 의견을 듣고

자 온 것입니다."

"당신의 마음은 이런 것이겠죠. 마을 사람들이 어떤 소문을 퍼뜨리고 있나, 그리고 그 소문은 어디까지가 사실인가?"

"그렇습니다."

"이야기해 드리죠. 마을에선 그 사건에 대한 이야기로 자자해요. 그 중에서도 의견이 둘로 나뉘어 있어요. 한 파는 남편이 범인이라는 설을 취하는 사람들. 어쨌든 살인 사건이고 보면, 남편이나 아내인 그 배우자가 의심받는 것이 보통이지만, 그것은 당신도 아시겠죠?"

경감은 조심스럽게 대답했다.

"그렇게 되지요."

"이런 좁은 고장이고 보면 아무 일이 없을 때도, 사람 사는 일이 화제가 되기 마련이죠. 그래서 그 가정에 대한 일인데, 지갑의 끈은 부인이 쥐고 있다는 소문이에요. 아니, 그건 근래에 와서 시작된 일이 아니에요. 내 귀에까지 들어왔을 정도인데요, 뭐. 그렇기 때문에 이번과 같은 사건이 일어나면 부인이 죽어서 기뻐할 사람은 스펜로우 씨라고 생각하게 되는 거죠. 그러나 이런 못마땅한 사회이고 보면 가장 무자비한 다른 사실이었다는 경우도 꽤 많은 법이니까요."

"분명히 스펜로우 씨는 돈이 궁했습니다."

"그렇다면 그 불길한 소문도 까닭이 없는 것은 아니겠군요. 부인의 목을 죄어 죽여 놓고 뒷문으로 살짝 빠져나와 밭을 가로질러 내 집으로 찾아온다, 전화가 왔었다고 말하고는 집에 없다면 할 수 없는 일이라고 체념한 듯한 얼굴 표정으로 돌아간다, 그리고 집을 비운 그 사이에 부인이 살해된 것을 발견했다고 보고한다. 그러면 결국 범죄를 부랑자나 도둑의 소행으로 보이려는 계획이군요."

경감은 고개를 끄덕이며 말했다.

"경제상의 이유로 최근 부부 사이에 금이 갔다면?"

그러나 미스 마플이 말을 가로막았다.

"그런데 그런 눈치는 없던데요."

"어떻게 압니까?"

"부부 싸움을 한 번이라도 하면 그 날 중으로 온 마을에 소문이 퍼지거든요! 하녀인 글래디스 브렌트가 퍼뜨리고 다니니까요."

경감은 자신이 없는 듯한 표정으로 말했다.

"하녀는 모르고 있었는지도 모릅니다."

미스 마플은 그 말에 딱하다는 듯한 미소를 지어 보였다.

"다음으로 또 한 가지는, 테드 제럴드를 범인으로 보는 설이지요. 그 사람, 아주 멋있는 호인이거든요. 멋있는 남자란 걸맞는 영향력을 갖는 것이지요. 지금 그 사람은 목사관에 들어가 목사가 되기 위한 수습 과정을 밟고 있어요. 계급은 밑에서부터 두 번째라는데, 아주 인기가 있어요. 그 사람이 있기 때문에 처녀들이 다 교회에 나간답니다. 아침만이 아니라 저녁 예배에도요! 그게 글쎄, 중년 부인들은 교구의 봉사일에 열을 올리게 되어 슬리퍼를 만든다, 스카프를 만든다 하거든요. 그것도 다 제럴드라는 목사 수습생이 있기 때문이죠. 젊은 남자들에게는 오히려 성가신 이야기가 될지도 모르지만요.

아니, 내가 지금 무슨 이야기를 하고 있었지? 그렇지, 그 젊은 남자, 테드 제럴드 범인설이었죠. 그래서 지금까지도 스펜로우 부인에 대해 이러쿵저러쿵 소문이 있었던 거에요. 제럴드와 자주 만난다는 소문 말이에요. 스펜로우 부인 자신이 나에게 변명한 바에 의하면, 그 사람은 옥스퍼드 그룹의 멤버로 둘이 만나는 것도 종교 운동의 타협을 하기 위해서이지 뭐 다른 생각은 조금도 없다고요.

완전히 진지한 일이라더군요. 그것은 나도 믿고 있어요. 스펜로우 부인은 봉사 사업에 아주 열정적이었거든요."

미스 마플은 한숨 돌리더니 계속해서 말했다.

"그리고 내가 본 바로는, 그 이상의 것이 있다고 생각할 만한 일은 한 가지도 없었어요. 하지만 아시다시피 세상 사람들은——스펜로 우 부인은 그 젊은 남자가 좋아져서 열중한 나머지 많은 돈까지도 빌려 주고 있다는 소문이에요. 그러나 사건 당일, 제럴드는 기차를 타고 나가 이 마을에는 없었던 것으로 되어 있어요. 정거장에 모습을 보였고, 2시 27분의 하행 열차에 탄 것을 본 목격자도 엄연히 있어요. 그러나 일단 기차를 탄 다음 그대로 차량 저쪽으로 내려, 대피선을 건너, 울짱을 넘고, 생울타리가 있는 곳으로 돌아가면 정거장 입구에는 얼굴을 보이지 않고도 마을로 되돌아올 수 있죠. 그런 뒤로는 아무에게도 들키지 않고 스펜로우네 집으로 갈 수 있을 테니까, 그래서 그 부인이 그런 옷차림으로 죽었다고 해석하고 있는 거에요."

"그런 옷차림이라니요?"

"그 여자는 속옷 차림이었거든요, 드레스가 아니라." 미스 마플은 얼굴을 붉혔다. "그것만으로도 아하, 하고 억측을 하는 사람이 많아 요."

"당신도 그렇게 생각하십니까?"

"설마요! 완전히 자연스러운 일이라고 생각하고 있어요."

"자연스러운 옷차림이라고 생각하신다고요?"

"그 경우에는 그래요." 미스 마플의 표정은 냉정했다.

슬랙 경감은 말했다.

"그 이야기는 남편에게 불리하게도 해석되는군요. 또 하나의 동기, 질투의 이유라고 볼 수 있겠지요."

"그것도 틀린 말이에요. 스펜로우 씨가 질투 같은 것을 느낄 줄 아세요? 그런 일을 알아차릴 만한 사람이 아니에요. 부인이 핀 쿠션 (바늘겨레)에 무엇을 써 놓고 집을 나갔다면, 그제야 비로소 알아차릴 그런 사람이란 말예요."

슬랙 경감은 그를 노려보는 노처녀의 날카로운 눈에 머리를 돌릴 수밖에 없었다. 그녀의 이야기가 그가 모르는 사실을 풍기고 있는 것만은 분명했다.

그리고 지금, 그녀는 강한 말투로 말하는 것이었다.

"경감님, 뭔가 단서를 잡으셨나요? 현장을 보셨어요?"

"최근의 범인들은 지문이나 담뱃재 같은 것을 남기지 않아서요."

"하지만 내가 보기엔, 이것은 옛날 식의 범죄 같은데요."

슬랙 경감은 날카로운 눈으로 노처녀를 보았다.

"그렇게 말씀하신다면?"

"포크 순경에게 물으시면 참고가 될 만한 사실을 잡을 수 있다고 생각합니다. 범행 현장으로 제일 먼저 달려간 것은 그 사람이라니까요."

스펜로우 씨는 접의자에 앉아 있었다. 당혹한 표정이었지만, 가늘고 다부진 목소리로 말했다.

"어떤 정세로 돌아가고 있는지, 나도 겨우 짐작이 갑니다. 나의 청력은 그 전만 못하지만, 그래도 분명히 알아들었습니다. 마을의 한 아이가 나의 뒤에서 외치고 있었어요. '야아, 왔다, 왔어. 크리펜 (연달아 아내를 죽인 살인귀) 같은 놈이.' 그 한 마디에 나는 머리에 콱 박히는 것이 있었습니다. 아이들은 아내를 죽인 것은 나라고 생각하고 있는 겁니다."

미스 마플은 시든 장미꽃을 따며 말했다.

"분명히 그 아이는 그것을 당신에게 전하려고 했던 거에요."

"그러나 어째서 아이들 머리 속에 그런 생각이 들어가 있을까요?"

미스 마플은 헛기침을 했다.

"부모들이 하는 말을 들었기 때문이겠죠."

"그럼……그럼, 어른들도 그렇게 보고 있는 겁니까?"

"센트 메리 미드에 사는 사람은 거의 다요."

"하지만 부인, 어째서 그들에게 그런 생각이 떠올랐을까요? 나는 정말이지, 아내를 사랑하고 있었습니다. 유감스럽게도 아내는 내가 원하는 만큼 전원 생활을 좋아하지 않았지만, 어떤 부부간이라도 모든 일을 다 협조할 수 있는 것은 아닙니다. 하지만 내가 아내의 죽음을 슬퍼하고 있는 것만은 변함이 없습니다. 그것은 맹세할 수 있는 일입니다."

"그렇겠죠. 그러나 말이 나온 김에 분명히 말하지만, 당신의 모습으로 보아서는 그다지 슬퍼하시는 것 같지 않아요."

스펜로우 씨는 그 여윈 몸을 쭉 펴며 말했다.

"부인, 몇 년 전의 일입니다만, 나는 어느 중국 철인(哲人)의 전기를 읽은 일이 있습니다. 이 철인은 사랑하는 아내를 잃었습니다. 그러나 그 후로도 그는 전과 조금도 다름없는 태도를 보였고, 마을 사람들은 그것을 보고 그의 굳건한 마음에 감탄했다고 쓰여 있었습니다. 당신은 이해해 주시겠지요?"

미스 마플은 고개를 끄덕이며 말했다.

"우리 백부님 가운데에 헨리라는 분이 있는데요. 이분이 이상할 정도로 자제심이 강한 분이었어요. 그의 목표는 '절대로 감정을 나타내지 말라'는 것이었는데, 그 백부님도 역시 꽃을 매우 좋아하셨어요."

그러자 스펜로우 씨는 갑자기 열띤 어조로 말했다.

"나는 전부터 한 가지 안을 가지고 있었습니다. 집 서쪽에 선반을 매어 달고, 그곳에 핑크빛 장미나 등나무를 올려보자는 거였죠. 저 덩굴풀도 좋습니다. 자그마한 흰 꽃이 피는 뭐라고 했죠, 이름을 잊어버렸습니다만."

3살 가량의 친척아이에게 말하는 투로 미스 마플은 말했다.

"그거라면 좋은 카탈로그가 있어요. 사진이든——뭣하면 빌려드릴 테니 한번 보시면 어때요? 그 동안에 전 마을까지 볼일을 보러갔 다 오겠어요."

스펜로우 씨는 카탈로그를 받아들자 싱글싱글 웃으며 뜰로 나갔다. 미스 마플은 2층 방으로 뛰어올라가 재빨리 드레스를 갈색 종이에 싸 가지고 집을 나섰다.

그녀가 부지런히 간 곳은 우체국인데, 그곳의 2층 방을 바느질을 하는 미스 폴리트가 빌려쓰고 있는 것이다.

미스 마플은 우체국의 문을 열었으나, 곧 2층으로 올라가려고는 하 지 않았다. 마침 2시 반이었다. 1분이 지나자 매치 베남으로 가는 버 스가 우체국 앞에 섰다. 이것은 센트 메리 미드에서의 매일의 행사 중 하나였다. 버스가 선 것을 알자 국장 부인은 작은 짐꾸러미를 몇 개 끌어안고 문 밖으로 뛰어나갔다. 우편물 외에 그녀의 가게에서 파 는 물건도 섞여 있었다. 이곳은 우편 사무를 보는 한편 아이들을 상 대로 과자, 장난감, 값이 싼 책 등을 파는 가게도 하고 있었다.

그리하여 불과 4분 가량이 지나는 동안에 우체국 안에는 미스 마플 혼자 남게 되었다.

국장 부인이 되돌아온 것을 보고 미스 마플은 2층으로 올라갔다. 미스 폴리트에게 회색 크레이프(바탕을 오글오글하게 짠 감)의 헌 드레스를 뜯어서 새로 만들어 달라고 찾아왔다면서, 되도록 유행을 따라 달라고 부탁했다. 미스 폴리트는 될 수 있는 대로 그렇게 해보겠다고 약속했다.

멜치트 대령은 미스 마플이 찾아왔다는 말을 듣고 적이 놀랐다. 노처녀는 뭐라고 변명을 해 가며 장관실로 들어갔다.

"이렇게 찾아와서 미안합니다. 바쁘실 줄은 알고 있습니다만, 늘 친절히 해주시기에 그냥 찾아왔습니다. 슬랙 경감에게 말하기보다 당신을 직접 만나 뵙는 게 좋을 것 같았기 때문입니다. 그 이유는 경감님에게 이야기하여 포크 순경에게 누를 끼치게 되면 딱하게 되겠기에 이렇게 찾아왔습니다. 엄밀히 말해 포크는 그 때 아무 데도 손을 대지 않았거든요."

멜치트 대령은 점점 더 놀라며 말했다.

"포크요? 그는 분명 센트 메리 미드의 순경 아닙니까? 그 포크가 무슨 잘못이라도 했습니까?"

"그 사람은 핀을 주워 제복의 가슴에 꽂고 있었습니다. 우연히 그 때 저의 눈에 띄었습니다만, 스펜로우 부인의 집에서 주운 것이 분명합니다."

"옳거니, 옳거니. 그러나 그 핀이 어떻다는 겁니까? 분명히 그 사람은 스펜로우 부인의 시체 옆에서 핀을 주웠습니다. 실은 어제 이곳에 왔을 때도 거기에 대해 슬랙 경감에게 말하고 갔어요. 그러나 당신이 꾸짖어도 뭐라 할 말은 없습니다. 아무 데고 손을 대면 안 된다는 것이 규칙이니까요. 다만 그것은 어디서나 볼 수 있는 보통 핀, 누구나가 쓰고 있는 물건이므로……."

"아닙니다, 멜치트 대령님. 그것이 그렇지 않아요. 남자의 눈에는 흔한 핀으로 보일지도 모르겠습니다만, 그것은 특수한 종류의 핀이에요. 아주 작고, 한 개 단위가 아니라 한 상자 단위로 팔고 있는 물건이에요. 그것을 파는 곳은 대개 바느질 집이라고 보아도 되지 않을까요."

멜치트 대령은 그녀를 응시했다. 이해한 기미가 대령의 얼굴에 약간 떠올라 있었다. 미스 마플은 몇 번이고 고개를 끄덕여 보이며 열심히 말을 계속했다.

"나는 알 수 있어요. 그 여자는 속옷을 입고 있었어요. 새 드레스의 가봉을 할 작정이었으므로 그런 차림으로 객실로 나온 겁니다. 미스 폴리트는 치수를 잰다고 그녀의 목에 줄자를 감았죠. 그리고는 꽉 죄어서 잡아당겼을 뿐이에요, 아주 간단한 일입니다. 그 뒤의 일은 말할 필요도 없는 일이죠. 밖으로 나가 문을 닫고는 이제막 온 것 같은 얼굴로 노크를 한다…… 그것을 누가 보아주기만하면 되는 거에요. 그러나 그 편 덕분에 이미 집 안에 들어갔다 나온 일이 밝혀진 셈입니다."

"그럼, 스펜로우를 전화로 불러낸 것도 미스 폴리트의 짓이라고 할수 있군요?"

"그렇죠. 2시 30분에 우체국에서 전화를 건 거에요. 버스가 도착했을 때라 우체국 안에 아무도 없었을 거에요."

멜치트 대령이 말했다.

"그러나 왜 그랬지요? 그 여자가 왜 그런 짓을 했을까요? 동기가 없으면 살인을 하지 않는 법입니다."

"멜치트 대령님, 그런데 들리는 소문에 의하면, 이 범죄의 원인은 상당히 지난 날로 거슬러 올라가야 할 것 같아요. 그건 그렇다 치고 생각나는 일이 있어요. 저에게 사촌 두 명이 있었어요. 앤토니와 고든이라고 하는——그런데 앤토니는 하는 일이 모두 순조로운데 고든은 정반대로 경마의 말을 사들이면 다리를 다치고, 가지고 있는 주식은 값이 떨어지고 하여 결국엔 재산을 다 날려버렸습니다. 내가 보기엔 그 두 여자도 그와 똑같은 형태로, 그 사건에서 손을 잡고 있었던 것으로 보입니다."

"그 사건이라니요?"

"절도 사건이죠. 꽤 오래된 일이지만, 어느 저택에서 값비싼 에메랄드를 도둑맞았습니다. 지금 생각하면 그 범죄에는 저택의 잔심부름꾼과 하녀가 관계된 듯한 데가 있어요. 왜냐고요? 하녀는 그 뒤 정원사와 결혼하여 꽃집을 열었어요. 그만한 자금이 어디서 생겼는지 의문이겠죠. 그에 대한 대답은 이렇게 할 수 있지요. 그 자금은 그녀의 몫——홈친 것의 몫입니다. 그것이 가장 타당한 해석이 아닐까요? 꽃집은 그 뒤 순조롭게 되어 돈이 돈을 낳고, 한편 저금도 늘고요. 또 한 사람의 잔심부름꾼 쪽은 불행의 연속이었을 거에요. 마지막에는 시골의 바느질집 여자로까지 몰락해버린 거에요. 그런데 이 두 여자는 또 대면을 하게 되었죠. 아마 처음에는 그저 별일 없이 지냈겠지만, 거기에 테드 제럴드라는 젊은 목사 수습생이 등장한 것입니다. 스펜로우 부인은 오래 전부터 양심의 가책에 괴로워했으므로 그 도피구를 종교에서 구하여 신앙에 아주 열심이었는데, 그런 그녀에게 젊은 목사 수습생이 용기를 내어 죄를 고백하라고 권한 거에요. 그녀도 끝내는 마음이 그렇게 돌아갔으므로, 미스 폴리트가 당황했죠. 옛날에 범한 죄로 이제 새삼 교도소에 보내어져서는 큰일이다, 그런 어리석은 짓을 하게 놓아두어도 될까 하고, 이 문제에 제동을 걸기로 결심을 했던 겁니다. 나는 알고 있지만, 그 여자는 마음이 뒤틀린 여자예요. 사람이 좋기만 한 스펜로우 씨가 그녀의 죄를 떠맡아 교수형을 받는다 해도 얼굴빛 하나 바꾸지 않고 있으리라고 믿어요."

멜치트 대령은 생각에 잠겨 있더니 말했다.

"당신의 추리는 기록을 찾아보고 확인할 수 있습니다. 폴리트라는 여자가 애버크론비 저택의 잔심부름꾼 노릇을 했었다는 사실을 말입니다. 그리고 그것이 판명되었다 한들……. "

미스 마플은 대령을 안심시키듯이 말했다.

"범행을 자백시키기만 하면 되는 일이라면 문제없이 할 수 있어요. 증거를 대고 추궁하면 곧 항복해 버릴 그런 여자입니다. 그래서 전 어제 가봉을 한다는 핑계로 그 여자의 방에까지 가서 줄자를 가지고 왔어요. 그것이 없어졌다는 사실과, 그것이 경찰 손에 들어가 있다는 것을 안다면——네, 무지한 여자의 일인데요, 뭐. 그것만으로도 자기 범죄는 입증되었다고 생각할 거예요. "

그리고 상대방을 격려하듯 미소를 띠었다.

"걱정하실 것 없어요. 제가 맡아서 하죠. "

그녀의 목소리는, 대령이 소년 시절 육군 사관 학교의 입학 시험을 보았을 때 무척 좋아했던 백모(伯母)가 너라면 틀림없이 합격한다고 말해 주었던 때와 똑같은 투였다.

The Case of the perfect Maid

나무랄 데 없는 하녀

"저어, 마님, 상관없으시다면 좀 말씀드릴 게 있는데요."

그 부탁은 생각해 보면 좀 이상했다. 미스 마플의 하녀 에드너는 이미 그때 그녀의 주인과 이야기를 하고 있었기 때문이다. 그러나 그 말투로 보아 미스 마플은 뭔가 알아차리고 그 자리에서 대답했다.

"아, 좋아요, 에드너, 문을 닫고 들어와요. 무슨 이야긴데?"

이르는 대로 문을 닫고 에드너는 방으로 들어왔지만, 앞치마 끝을 접으며 한두 번 숨을 삼키는 듯한 모습을 보였다.

미스 마플은 재촉을 했다.

"뭐냐, 에드너?"

"네, 마님, 저의 사촌 글래디스의 일입니다."

"아니," 미스 마플의 마음은 최악의 결과를 상상했다——이런 경우에 누구나가 마음 속에 그리는 결론인 것이다.

"그 아이가 뭐 잘못이라도 저질렀니?"

에드너는 당황하여 주인의 걱정을 부인했다.

"아니에요, 마님. 그런 일이 아니에요. 글래디스는, 글래디스는 그런 애가 아니에요. 다만 심한 충격으로 흥분하고 있는 거에요. 또 있을 곳을 잃었어요."

"저런, 딱해라. 그 아이는 아마 올드 홀의 미스 스키너, 스키너 자매 집에서 일하고 있었지?"

"네, 마님. 그렇습니다. 그래서 글래디스는 정신이 혼동되어 흥분하고 있어요."

"하지만 글래디스는 전에도 여러 차례 일자리를 옮겼었지?"

"네, 마님. 그 아이는 일자리를 옮기는 것이 버릇이라, 영 자리를 잡지 못해요. 아시겠어요? 하지만 언제나 그 아이가 싫다고 하며 나온 거에요."

"그러면 이번에는 주인 쪽에서 그만두라고 했단 말이군." 미스 마플은 점잖은 얼굴로 말했다.

"그래요, 마님. 그래서 글래디스는 굉장히 흥분하고 있어요."

미스 마플은 다소 놀라는 눈빛이었다. 그녀가 지니고 있는 글래디스의 기억은 외출하는 날 에드너를 찾아와 부엌에서 차를 마시고 가는 것을 보았을 정도이지만, 잘 웃고 건강해 보이는 처녀로서 의외로 침착하고 착실한 성격을 지닌 것으로 보았는데 흥분하고 있다니, 이상한 일이었다.

에드너는 말을 계속했다.

"그게 말입니다, 마님. 이렇게 된 이유가……미스 스키너가 보았다는 것이……"

요점을 잡을 수 없는 이야기였지만 미스 마플은 화도 내지 않고 물었다.

"그게 뭐야? 미스 스키너가 보았다는 것이?"

이번에는 에드너도 그 뉴스를 순서있게 말했다.

"마님, 글래디스에게는 대단한 충격이었어요. 미스 에밀리의 브로치가 하나 없어져 소동이 일어난 거에요. 물론 누구나 그런 일이 일어나는 것은 싫은 법이죠. 뭐랄까요, 누구나 다 흥분할 거에요. 그래서 글래디스도 사방을 샅샅이 찾아보았어요. 결국 나타나지 않았으므로 미스 래비니어가 경찰에 간다고 했답니다. 그랬더니 그것이 나왔대요. 화장대 서랍 안쪽에 있더래요. 글래디스는 정말 다행이라고 생각했답니다.

그러자 다음 날, 접시를 하나 깼다는군요. 미스 래비니어는 또 법석을 떨며 곧 글래디스에게 한 달 내로 나가라고 했답니다. 그래서 글래디스는 이것은 접시 때문이 아니라는 것을 알았대요. 미스 래비니어는 그것을 구실로 삼고 있을 뿐이지 진짜 이유는 브로치에 있구나, 일단 훔쳤으나 경찰에 알린다고 하니까 도로 갖다 놓은 것으로 알고 있다는 것을 깨닫게 된 것이죠. 그러나 글래디스는 그런 나쁜 짓을 할 아이가 아니에요. 절대로 그런 짓은 안합니다. 거기에 뭔가 수상한 점이 있어, 억울하게 죄를 뒤집어 쓴 것이라고 생각됩니다. 아시겠지만 처녀로선 중대한 문제에요, 마님. ”

미스 마플은 고개를 끄덕였다. 글래디스는 말괄량이에 고집쟁이였으므로 그다지 호감이 가지는 않았지만 정직하다는 것만은 확실했다. 이 사건이 그녀를 흥분시켰으리라는 것도 이해할 수 있었다.

에드너는 걱정스러운 목소리로 말했다.

“그래서 마님께 부탁하면 해결해 주시지 않을까 하는 생각이 들었습니다. 글래디스는 지금 몹시 동요하고 있어요. ”

“쓸데없는 걱정은 하지 말라고 그래라. ” 미스 마플은 시원스럽게 말했다. “그 아이가 브로치를 훔치지 않았다면——물론 나는 그런 짓을 할 아이가 아니라는 것을 믿고 있어——흥분하거나 할 필요가 없다고 해라. ”

“하지만 곧 세상에 소문이 날 거에요. ”

에드너가 걱정스러운 듯이 말하므로 미스 마플은 달래듯이 말했다.

"내가 오늘 오후에라도 찾아가서 스키너 자매에게 말해 보지."

"어머, 고맙습니다, 마님." 에드너는 말했다.

올드 홀은 빅토리아 왕조 식의 큰 건물로 나무와 풀밭으로 둘러싸여 있었다. 현상태 그대로는 세를 들 사람도 없고 팔 수도 없다고 보았으므로, 투기심이 강한 어떤 남자가 이것을 네 칸으로 나누어 중앙 난방 장치를 설비하고 뜰은 거주자들이 공동으로 사용하게 했다. 이 시도는 만족할 만한 데가 있었다. 돈 많고 색다른 노부인이 심부름하는 아이를 데리고 1호실에 세들었다.

노부인은 새를 몹시 좋아했으므로 매일 새를 불러모아 먹이를 주는 일을 즐거움으로 삼고 있었다. 2호실을 빌린 사람은 퇴역한 인도 판사 부부였고, 3호실은 갓 결혼한 아주 젊은 부부였다. 그리고 4호실은 두 달 전에 스키너라는 두 여자가 차지했다. 이들 세든 네 집은 서로 공통점이 없었으므로 거의 교제하는 일이 없었다. 관리인은 그것을 아주 다행한 일이라고 말하고 있었다. 그가 걱정하고 있던 일은 세든 집끼리 어설픈 우정이 생기면 그것이 언젠가는 다투게 되는 원인이 되고, 나아가서는 관리인에 대한 불평을 야기시키는 근원이 된다는 것이었다.

미스 마플은 그 사람들과 깊은 교제가 있었던 것은 아니지만, 어쨌든 안면은 있었다. 스키너 자매 중 언니인 미스 래비니어는 여자이면서도 어느 상점에서 상급 사원이라 할 만한 지위를 차지하고 있었다. 동생 미스 에밀리는 몸이 약해서 계속 병을 앓았기 때문에 대부분의 시간을 침대에서 지내고 있었다. 그러나 센트 메리 미드에 퍼진 사람들의 소문에 의하면, 병이라고는 하지만 그 대부분은 상상하는 데서 오는 것이라고 했다. 그러나 미스 래비니어만은 동생의 허약한 몸을 진심으로 동정하여 고통과 외로움을 견디는 그녀를 위해 헌신적인 노력을 했고, 자진해서 심부름을 하고 물건을 사기 위해 마을까지 몇 번이고 왔다갔다하며 동생이 갑자기 이상해졌다고 떠들어대는 것이었다.

그러나 센트 메리 미드 사람들의 의견으로는, 만일 미스 에밀리가 언니 래비니어가 떠들어대는 것의 반 만큼만 아파도 벌써 옛날에 헤이독 의사의 진찰을 받았으리라는 것이었다. 그러기를 권하면 점잖은 체하며 눈을 내리감고, 내 병은 그렇게 단순한 것이 아니라고 작은 목소리로 말하는 것이다. 그 병은 런던에서도 손꼽히는 전문의들도 두 손을 든 것이라 상당한 천재적인 신인이 나타나 혁명적인 치료를 해주지 않는 한 어쩔 수 없는 것이다, 지금의 그녀는 그것을 기다리고 있으며, 그런 치료법으로 건강한 몸으로 돌아가기를 바라고 있다, 시골의 개업의들에게 보여 봤자 이 증상을 모를거라는 것이었다.

"그래서 내 의견은" 사양하지 않는 면에서 남에게 뒤지지 않는 미스 헤트넬은 말했다. "그 선생을 부르지 않는 것이 그녀의 약은 점이에요. 헤이독 선생이라면 노골적으로 말할 거에요. 대단한 병이 아니니 일어나요, 떠들 것 없어요, 라고 말이에요! 실은 그렇게 하는 것이 그녀에게 가장 좋은 일일 텐데."

그러나 그러한 솔직한 진단을 내려 줄 의사도 없는 채, 미스 에밀리는 소파에 누워서 귀중한 병에 둘러싸여 요리해주는 음식은 거의 다 거부하고 구하기 힘든 재료로 만든 것만을 요구하며 살고 있었다.

미스 마플이 현관에 들어서자, 글래디스가 문을 열어주었다. 상상했던 것보다 침울한 표정을 짓고 있다. 미스 래비니어는 거실에서 일어나 미스 마플을 맞았다. 거실로 쓰고 있는 그 방은 새롭게 다시 꾸미기 전의 객실의 일부이며 현재 그것은 거실, 식당, 객실, 욕실, 하녀의 방 등으로 칸막이 되어 있었다.

래비니어 스키너는 키가 크고 여위어 뼈가 앙상한 쉰 살 가량의 여자였다. 목소리가 메마르고 말투는 꽤 무뚝뚝했다.

"잘 오셨습니다." 그녀는 말했다. "에밀리는 엎드려서——오늘 기분이 좋지 않은 모양이에요, 만나주신다면 그 애도 기운이 좀 날 텐데, 가끔 아무도 만나고 싶지 않다고 말할 때가 있어요, 가엾게도, 그 아인 정말 참을성 있게 견디고 있어요."

미스 마플은 상냥하게 받아넘겼다. 센트 메리 미드에서는 하녀 문제가 주요한 화제의 하나였으므로, 대화를 그 방향으로 이끌기는 어려운 일이 아니었다. 성격이 좋은 아이인 글래디스 홈즈가 그만 둔다는 소문을 들었다고 미스 마플은 말을 꺼냈다.

미스 래비니어는 고개를 끄덕였다.

"다음 수요일에 나갑니다. 아시리라 생각합니다만, 접시를 깼어요, 그건 다시 구할 수도 없는 물건이에요."

미스 마플은 한숨을 쉬고 지금은 참아야 할 일이 많은 시대이므로, 이런 시골에서는 하녀를 구하는 일도 보통 일이 아니라고 말했다. 미스 스키너는 정말 글래디스를 내보내도 괜찮다고 생각하는 것일까?

"하녀를 구하는 일이 얼마나 힘든 일인가쯤은 나도 알고 있습니다." 미스 래비니어는 솔직히 인정하며 말했다. "도브로 씨 댁에서는 아직도 올 사람이 없어 고생을 하고 있어요, 하지만 이상할 건 없어요, 싸움만 하고, 밤새도록 재즈를 틀어대고, 식사 시간마저도 정해져 있지 않고서야, 그 젊은 부인은 집안 일을 아무것도 몰라요, 그 주인되는 분을 동정해요! 그리고 래긴 씨네도 하녀가 나가버렸어요, 물론 판사의 인도인적인 성질이며, 초타 하쓰리를——그분 스스로는 그렇게 부르고 있어요——그 초타 하쓰리를 아침 6시에 가지고 오라고 하지를 않나, 부인은 부인대로 늘 신경질을 부리고 있으니 하녀가 붙어 있지 못한다는 것이 이상할 건 없지요, 카마이클 부인 댁의 자

넷은 잘 붙어 있어요. 하지만 내가 보기엔 그 자넷처럼 불쾌한 여자
는 없는 것 같아요. 할머니를 완전히 바보 취급하거든요."

"그건 그렇다하고, 댁에서는 글래디스의 일을 다시 한 번 생각해
볼 의사가 없나요? 그 아이는 좋은 아이에요. 나는 그 아이의 가
족을 알고 있는데 모두 너무 정직하고 나무랄 데 없는 사람들이에
요."

미스 래비니어는 고개를 내저으며 "저대로의 이유가 있어요" 하고
힘을 주어 말했다.

미스 마플은 못마땅한 듯 말했다.

"브로치가 없어져서 그렇죠, 알고 있어요."

"어마, 누가 그런 말을 했죠? 본인이 말했겠죠. 사실을 말하자면
그 아이가 훔쳤다는 데 나는 확신을 가지고 있어요. 무서우니까 나중
에 다시 제자리에 갖다 놓았어요. 뚜렷한 증거가 없이는 그런 말을
할 수가 없다고 생각하기 때문에 말하지 않을 뿐이죠." 그녀는 거기
서 화제를 바꾸었다. "그보다 에밀리를 만나보아 주시지 않으시겠어
요, 미스 마플? 아마 기뻐할 거에요."

미스 마플은 순순히 미스 래비니어의 뒤를 따라 갔다. 래비니어가
문을 노크하고, 들어오라는 말이 떨어지자 방문객을 안으로 안내했
다. 그곳은 집 중에서도 가장 좋은 방으로, 블라인드를 반쯤 내렸으
므로 대부분의 광선을 막고 있었다. 미스 에밀리는 침대에 누워 있었
는데, 어두컴컴한 세계와 그녀 자신의 막연한 고민을 즐기고 있는 것
이 분명했다.

희미한 빛이 그녀를 여위고 불안한 모습으로 보이게 했다. 잿빛이
감도는 노란 머리가 정신없이 헝크러져 있어 새둥지를 연상케 했다.
그것도 자존심이 강한 새라면 자랑하지 않으리라고 생각될 정도였다.
방 안에는 오 드 콜로뉴와 곰팡이가 슨 비스킷, 그리고 캠퍼(장뇌)

냄새가 풍기고 있었다. 에밀리 스키너는 눈을 조금 뜨고서 가늘고 나약한 목소리로 오늘은 기분이 좋지 않은 날이라고 설명했다.

"병에 가장 나쁜 것은" 미스 에밀리는 음울한 목소리로 말했다. "내가 얼마나 주위 사람들의 부담이 되고 있는가를 아는 일이에요. 래비니어는 정말 잘해줘요. 그렇죠, 래비? 시중만 들게 하여 미안하게 생각하지만, 내 물주머니 좀, 여느 때처럼 해줄 수 없을까. 너무 가득 차도 지금의 나로서는 무겁고, 그렇다고 너무 적으면 곧 식어버려서!"

"아, 그렇지, 내가 잘못했군. 이리 줘, 좀 비우고 올게."

"그렇게 해줄 수 있다면 차라리 물을 갈아주었으면 좋겠어. 그리고 러스크 비스킷이 동이 났던데. 아냐, 괜찮아, 없어도 돼. 맛있는 차와 레몬 한 조각이면 돼. 아니, 레몬도 없어? 레몬 없이는 나는 차를 마실 수 없어, 오늘 아침의 우유도 좀 상한 것 같았어. 그래서 난 차에 우유를 넣고 싶은 생각이 없었어. 하지만 괜찮아, 차 같은 건 마시지 않아도 참을 수 있어. 다만 기운이 없을 뿐이지. 굴이 영양가가 높다는 말을 들었는데, 좀 먹어볼까? 아냐, 그만두겠어. 이젠 늦었고, 이 시간에는 구하기도 힘이 들 테니까. 나내일까지 절식할 테야."

래비니어는 마을까지 자전거를 타고 가야 한다는 말을 중얼대며 방에서 나갔다.

그런 뒤 미스 에밀리는 손님에게 힘없는 미소를 보이고, 더 이상 아무에게도 폐를 끼치고 싶지 않다고 말했다.

그날 밤 미스 마플은 에드너에게 내 사명은 실패로 끝난 것 같다고 말했다.

그러나 그녀는 글래디스가 도둑이라는 소문이 온 마을에 퍼져 있는 것을 알고, 그 일에 더 마음 아파하고 있었다.

우체국에서 미스 웨저비가 그녀를 잡았다.

"이봐요, 제인. 저 집에서 글래디스에게 건네 준 인물 증명서에는 일을 열심히 하고, 착실하고 의지가 굳다고 씌어 있을 뿐, 정직한 가에 대해선 전혀 아무 말도 없는 것 같아요. 이것은 나에게 아주 중대한 일이라고 생각해요! 브로치에 대해 이러쿵저러쿵하는 말을 들었어요. 그것이 문제가 된 모양이죠. 하지만 이런 시절에 하녀를 내보내다니, 웬만큼 중대한 일이 아니고서야 그렇게 하겠어요. 이제 그 사람들 하녀 구하기가 얼마나 힘든가를 알게 될 거에요. 계집애들도 올드 홀이란 말만 들어도 거절한다고요. 지금까지도 그 아이가 외출날에 집에 가는 것도 신경을 썼을 정도니까요. 두고 봐요. 스키너네 집에선 사람을 못 구해서 그 지겨운 우울증이 있는 동생이 일하지 않으면 안되게 될 테니까!"

그랬던 만큼 스키너 집 자매가 소개소에서 어느 모로 보나 완벽하고 모범적인 하녀를 새로 고용했다는 말을 듣고 온 동네 사람들이 얼마나 분해했는지는 말할 나위도 없다.

"그 아이, 3년 동안 일한 증명서를 가지고 있고, 일도 썩 잘 한대요. 자기 스스로가 이 고장에서 일하기를 원하고 왔다는군요. 게다가 월급도 글래디스보다 적어도 괜찮다고 그러지 뭐에요. 우린 정말 운이 좋았다고 생각해요."

이것은 미스 마플 자신이 생선 가게 앞에서 미스 래비니어가 하는 말을 들은 것이며, 나중에 미스 마플은 이렇게 말했다.

"이야기를 너무 잘해서 정말인 것 같지도 않았어요."

그래서 센트 메리 미드의 세론은, 그 소위 모범적인 하녀는 마지막 순간에 가서 취소하고 결국은 마을에 나타나지 않을 것이라는 결론이 나고 말았다.

그러나 이 예언은 실현되지 않았다. 마을 사람들은 이름이 메어리 히긴즈라는 가정의 보물이 리드의 택시로 마을을 달려 올드 홀로 향하는 것을 보게 되었다. 역량이 있고 품위 있으며, 옷차림 또한 단정했다.

그리고 미스 마플이 올드 홀을 방문한 것은, 교회의 바자를 위해 새로 노점을 여는 일에 대해서 말하려고 간 것이었다. 문을 연 것은 메어리 히긴즈였는데, 보기에 하녀로서는 보기에 좀 아까운 듯한 얼굴이었다. 나이는 마흔 살쯤 되어 보였고 아름다운 검은 머리에 장밋빛 볼을 지녔으며, 살집이 좋은 몸을 얌전하게 검은 옷으로 감싸고 새하얀 앞치마와 모자를 쓰고 있었다.

그녀는——나중에 미스 마플이 나무랄 데 없는 예스러운 하녀라고 평한 것처럼——품위 있게 작은 목소리로 적절한 인사를 했다. 아데노이드(편도선 비대증)가 있고 시골티가 그대로 드러나는 글래디스의 걸걸한 목소리와는 천지 차이가 났다.

미스 래비니어는 여느 때와 달리 미스 마플의 방문을 싫어하는 듯한 모습을 보이지 않았다. 동생의 시중을 드는 것만으로도 힘에 겨우므로 유감스럽지만 노점만은 맡아 할 수 없다고 거절했지만, 그 대신 상당한 액수의 기부금을 내겠다고 말한데다 펜닭이와 아기용 양말을 제공해 주겠다고 약속했다.

미스 마플이 그녀의 호기로움을 칭찬하자 그녀는 말했다.

"이것도 다 메어리에 대한 감사함을 나타낸 거에요. 전 하녀를 내보낸 일은 정말 잘한 일이라고 생각하고 있어요. 메어리는 말할 나위 없는 하녀에요. 요리를 잘하고, 시중드는 일도 나무랄 데 없으며 이 집도 그 여자 덕분에 구석구석까지 깨끗하게 되었어요. 매트리스도 매일 일광 소독을 해 줘요. 그리고 에밀리에게 특별히 잘해 준답니다."

미스 마플은 서둘러 에밀리의 용태를 물었다.

"그게 글쎄 가엾게도 요즈음, 아주 컨디션이 좋지 않아요. 자기로서는 어쩔 수 없는 일이겠지만, 가끔 꾀까다로운 말을 하여 우리를 난처하게 하고 있어요. 뭐가 먹고 싶다고 하여 그것을 만들어주면, 이제 먹고 싶지 않다고 하는 거에요. 그러면서도 반시간만 지나면 또 먹고 싶다고 하는데, 아까 만든 것은 맛이 없어졌으니 또 만들어야 하는 형편이랍니다. 정말이지 아주 시간이 걸리는 일이에요. 하지만 고맙게도 메어리가 조금도 싫어하는 눈치를 보이지 않아요. 병자를 많이 다루어 보았기 때문에 그 기분을 이해해 주는 거죠. 정말 고마운 일이에요."

"그래요." 미스 마플은 말했다. "다행이군요."

"정말이에요. 기도 덕분에 성모님이 메어리를 보내주셨나 보다고 고마워하고 있어요."

"하지만 나로서는" 미스 마플이 말했다. "너무 칭찬만 하니까 사실 같지가 않군요. 내가, 그러니까 내가 당신이라면 조금쯤 조심을 할 텐데요."

래비니어 스키너는 이 말의 참뜻이 어디에 있는지를 모르는 모양이었다.

"네, 물론! 난 그 여자를 위해서라면 할 수 있는 데까지는 해줄 작정이에요. 만일 나가게 되면 어떻게 해야 할지 걱정이에요."

"그 준비가 갖추어질 때까지는 나가는 일이 없을 거에요."

미스 마플은 그렇게 말하고 여주인의 얼굴을 세게 노려보았다.

미스 래비니어는 말했다.

"집에 병자만 없다면 그런 걱정은 하지 않겠는데. 댁의 에드너는 어떻지요?"

"그 아이는 잘 해줘요. 댁의 메어리하고는 다르기 때문에 만점이라고는 할 수 없지만. 하지만 나는 에드너에 대한 일이라면 모든 것을 알고 있죠. 이 마을의 아이니까요."

그렇게 말하고 노처녀는 다시 한 번 미스 래비니어를 쳐다보았다. 그리고 살짝 한숨을 쉬고 화제를 바꿨다. 미스 에밀리를 만나 보고 가고 싶다고 말한 것이다.

"오늘은 안될 거에요." 래비니어는 고개를 내저으며 말했다. "가엾은 에밀리는 손님을 만날 만한 상태가 아니니까요."

미스 마플은 동정을 표하며 간다는 인사를 했다.

거실을 나와 홀에 발을 들여놓는 순간, 병자의 초조한 목소리가 들렸다.

"이 습포는 더 이상 마를 수 없을 정도로 말라 버렸어. 앨러튼 선생은 축축하게 해야 한다고 특별히 신신당부를 하셨는데. 어서 치워 줘요. 그리고 차와 삶은 달걀이 먹고 싶어. 달걀은 3분만 삶아야 해요. 잘 기억해 둬요. 그리고 미스 래비니어를 불러 줘요."

충실한 메어리가 침실에서 나와 래비니어에게 말했다.

"미스 에밀리가 부르셔요."

그리고 미스 마플이 코트 입는 것을 거들어 준 다음 친절하게 우산을 내어주고 문을 열어 주었다.

미스 마플은 우산을 받으려다 떨어뜨렸으므로, 그것을 주우려다 이번에는 또 핸드백을 떨어뜨렸다. 백은 열린 채 떨어졌다. 하녀는 공손히 잡동사니 같은 물건들을 주워주었다. 얼굴 수건, 면회 예정을 적은 수첩, 구식 가죽 지갑, 실링 화(貨) 두 닢, 동화(銅貨) 세 닢, 그리고 페퍼민트 과자 한 개 등이었다.

미스 마플은 좀 멋적은 듯이 마지막 물건을 받았다.

"어마, 이것은 클레멘트 씨네 집의 아기 것이 틀림없어. 그 아이가 먹고 있던 것을 본 기억이 있으니까. 이 핸드백을 만지고 장난하다 속으로 집어넣은 모양이군. 이거 아주 끈적거리는데."

"떼어 드릴까요, 부인?"

"부탁해요, 친절하군요, 당신은."

메어리는 몸을 굽혀 마지막으로 남아 있던 작은 손거울을 주워 그녀에게 주었다. 미스 마플은 과장된 목소리로 소리쳤다.

"아유, 다행이군, 깨어지지 않아서!"

그녀는 그 뒤 곧 그곳을 떠났다. 메어리는 문이 있는 곳에서 설탕 과자 덩어리를 손에 들고 무표정한 얼굴로 서 있었다.

그 뒤 열흘 동안 센트 메리 미드 사람들은 미스 래비니어와 미스 에밀리에게서 그 보물의 훌륭함을 자랑하는 이야기를 참고 들어야만 했다.

11일째 되는 날, 날이 새자 마을 전체가 큰 스릴을 맛보게 되었다. 그 모범적인 하녀 메어리가 모습을 감췄다! 침대에서 잔 흔적도 없었고, 현관문이 조금 열려 있었다. 그녀는 밤에 소리도 없이 나가 버린 것이다.

그리고 모습을 감춘 것은 메어리 뿐이 아니었다! 미스 래비니어의 물건에서 브로치 2개, 반지 5개, 미스 에밀리에게서는 반지 3개, 펜던트와 팔찌 1개씩, 그리고 브로치 4개가 다 함께 사라져 버렸던 것이다.

이것은 파국의 시초였다.

도브로 집안의 젊은 부인은 지금까지 잠근 일이 없는 서랍에서 다이어몬드를, 그리고 또 결혼식 선물로 받은 값비싼 모피류 몇 가지를 도둑맞았다. 판사 부부도 또 보석류와 상당한 돈을 도둑맞았다. 그 중에서도 가장 큰 피해자는 카마이클 부인이었다. 부인은 값비싼 보석류 뿐 아니라, 막대한 액수의 돈도 수중에 가지고 있었는데, 그것이 몽땅 없어져 버린 것이다. 그날 밤 자넷은 외출날이라서 외출을 했고, 여주인은 늘 하던대로 어둑어둑한 정원에 나가 빵부스러기를 뿌리며 새들을 모아들이고 있었던 것이다. 그 모범적인 하녀 메어리가 네 집의 열쇠를 다 준비해 가지고 있었다는 것은 명백한 일이었다!

솔직히 말해서 센트 메리 미드 마을 전체에 짓궂은 기쁨이 퍼졌다. 미스 래비니어는 그 정도로 그녀의 새로운 하녀를 자랑하고 있었던 것이다.

"뭐야, 보통 도둑이 아니잖아."

이어서 흥미 있는 사실이 판명되었다.

메어리가 홀연히 사라졌을 뿐 아니라, 그녀를 소개하고 그 신원을 보증한 소개소 그 자체도 몹시 놀랐다. 취직을 하려고 나무랄 데 없는 신원증명서를 제출한 메어리 히긴즈라는 여자는 모든 점에서 가공의 존재임을 알았기 때문이다.

그런 이름을 가진 여자가 있기는 하나, 진짜 사제의 여동생이 부리고 있는 진짜 하녀의 이름으로서 공교롭게도 진짜 메어리 히긴즈는 콘월의 어느 한 곳에서 아주 평화롭게 살고 있었던 것이다.

"하나에서 열까지 다 아주 훌륭한 솜씨군."

슬랙 경감은 분해하면서도 그렇게 인정할 수 밖에 없었다.

"그 여자는 동료와 손을 잡고 일을 하고 있을 겁니다. 약 1년 전의 일인데, 이와 똑같은 수법의 사건이 노섬벌랜드에서 있었습니다. 그러나 이 매치 베남에선 그 쪽 경찰 이상으로 멋지게 해보이겠습니다."

슬랙 경감은 언제나 자신만만한 남자였다. 그럼에도 불구하고 몇 주일이 지났으나 메어리 히긴즈는 자유의 몸을 계속 뽐내고 있을 뿐이었다. 슬랙 경감은 그 노력을 두 배로 했으나 결국은 그의 명성에 오점을 찍는 일로 그쳤다.

미스 래비니어는 눈물로 지새우고 있었다. 미스 에밀리도 흥분한 나머지 용태가 안 좋아져 마침내 헤이독 의사를 부르러 갔을 정도였다.

마을 사람들은 너나 할 것 없이 모두가 병이다, 병이다, 하고 떠들어 대던 미스 에밀리의 말이 과연 진실이었던가에 흥미를 가지고 있었으므로 의사의 진단 결과를 몹시 듣고 싶어 했다.

그렇다고 해서 의사를 붙잡고 질문할 수는 없었다. 그러나 약국의 조수 노릇을 하고 있는 미크가 플레이스 리들리 부인네 집 하녀 클라라와 함께 외출했을 때의 이야기에서 만족할 만한 정보를 얻었다.

미크가 살짝 한 말로는, 헤이독 의사가 적은 처방에는 마타리과 쥐오줌풀에서 채취한 진정제의 조제를 지시했다는데, 그것은 군대에서 꾀병으로 군무를 게을리하는 병사에게 복용시키는 약이라는 것이었다! 결국 그것으로 미스 에밀리의 용태 문제에는 종지부가 찍히고, 이런 경우의 환자를 취급하는 솜씨가 훌륭한 헤이독 의사가 칭찬의 대상이 되는 데서 일단락지어졌다.

그리고 얼마 안되어서 마을 사람들은 미스 에밀리의 선언을 듣게 되었다. 그녀는 전에 받고 있던 의학적 조처의 우수함을 생각하고, 그 건강 상태로 보아 그 이상한 병 증세에 밝은 런던 전문의의 지시를 받는 편이 현명하다고 말한 것이다. 그녀의 말에 의하면, 그렇게 하는 것이 래비니어를 위해서도 좋을 것이라고 했다.

이리하여 그 집은 전세를 주기로 했다.

그리고 또 며칠이 지나 미스 마플이 헐떡이며 좀 당황한 모습으로, 매치 베남 경찰서로 슬랙 경감을 찾아갔다.

슬랙 경감은 미스 마플을 싫어했다.

그러나 이 노처녀를 이 군의 경찰부 장관 멜치트 대령이 좋아한다는 것을 알고 있었으므로, 마지못해 맞아들였다.

"아, 미스 마플, 무슨 볼 일이 있으신가요?"

"제가 온건," 미스 마플이 말했다. "대지급으로 행동을 개시해 줘야 할 필요성이 생겼어요."

"일이 산더미처럼 쌓여 있지만, 다름 아닌 당신의 일이니까 약간의 시간쯤은 낼 작정입니다."

"그런데 말이에요." 미스 마플은 지껄이기 시작했다. "알아 줘야 할 일을 제대로 이야기할 수 있을지 의문이에요. 정말이지 자기 일을 설명하기란 무척 어려운 일이군요. 알아주시겠는지? 아니, 당신은 알아 줄 것 같지도 않아요. 어쨌든 현대식 교육을 받아 본 일이 없는——이를테면 여자 가정교사는 영국 왕의 즉위 연대 같은 브르아 박사의 책이 있는 일반 교양을 가르치든지——아니면 밀의 전염병의 세 종류인 오갈 병, 노균병, 그리고 세 번째는 뭐더라⋯⋯분명히 흑수병이었죠?"

"흑수병 이야기를 하러 오셨습니까?"

슬랙 경감은 되묻고 나서 얼굴을 붉혔다.

"아니에요. 설마 그런 일로 찾아 올 리가 있어요. 그것은 예를 든 것뿐이에요. 바늘의 제작법이니 뭐니 하고 가르치는 범위가 넓을 뿐 전혀 요령이 없고, 중요한 점은 전혀 가르치지 않는단 말이에요. 그런데 내가 할 이야기란, 미스 스키너의 하녀였던 글래디스의 일이에요."

"메어리 히긴즈 말이군요." 슬랙 경감이 말했다.

"그것은 두 번째 일이고, 내가 말하는 것은 글래디스 홈즈, 좀 건방지고 제멋대로 구는 점이 있긴 하지만 정직한 것만은 틀림없는 아이에요. 이것은 미리 인정해 주어야 할 필요성이 있는 중요한 점이에요."

"제가 아는 바로는, 그 처녀에게는 혐의를 두지 않는 것 같던데요."

"그러믄요, 의심을 받을 만한 이유가 없답니다. 하지만 그렇기 때문에 오히려 나쁜 결과가 된 거에요. 왜냐하면 세상 사람은 이것저것 별 생각을 다 하니까요. 아무래도 설명을 잘할 수가 없군요. 내가 설명이 서툴다는 것은 알고 있었지만, 이처럼 말을 제대로 못하다니 난처한 일인데요. 내가 말하고 싶은 것은 메어리 히긴즈를 찾아내는 일이 가장 중요한 일이라는 거에요."

"분명히 그렇습니다." 슬랙 경감은 말했다. "그래, 그 일에 대해 좋은 생각이라도 있으십니까?"

그는 미스 마플의 생각이 정곡을 뚫어 도움이 된 일이 많았던 사실이 생각났던 것이다.

"그래요, 사실 나에게 생각이 있어요." 미스 마플은 대답했다. "거기에 대해 미리 물어 보고 싶은 것은 그 여자의 지문인데, 발견되었나요?"

"그것이!" 슬랙 경감은 한숨을 쉬며 말했다. "그 여자는 아주 빈틈이 없어서, 모든 일을 고무장갑이나 하녀용 장갑을 끼고 했던 모양입니다. 더구나 조심성이 많아 자기 침실과 개수대에 있던 것도 다 깨끗이 닦아 놓았어요. 그 집에서는 지문이라곤 하나도 발견할 수 없었습니다!"

"그 여자의 지문이 있으면 도움이 될까요?"

"되고말고요, 부인. 본청에 조회해 보면 기록이 되어 있을 겁니다. 아무래도 초범은 아닐 테니까요"

미스 마플은 밝은 얼굴로 고개를 끄덕였다. 그리고 핸드백을 열고 널빤지로 만든 작은 종이 상자를 꺼냈다. 속에 들어 있는 것은 솜으로 싼 작은 손거울이었다.

"이 핸드백 속의 물건에" 미스 마플이 말했다. "그 하녀의 지문이 묻어 있습니다. 뚜렷이 묻어 있을 거에요. 왜냐하면 아주 끈적거리는 물건을 만진 뒤 이것을 만졌으니까요."

슬랙 경감은 눈을 크게 떴다.

"당신은 일부러 그 여자의 지문을 받아 놓은 겁니까?"

"물론이지요."

"그때 이미 그 여자를 의심하고 계셨던가요?"

"그 여자가 그처럼 이상적인 하녀라는 말을 듣고 정말 그런 일이 있을 수 있을까, 하고 의심을 했어요. 그러므로 그 자리에서 미스 래비니어에게 조심하라고 암시를 했었죠. 그러나 그 여자는 알아차리는 것 같지도 않았어요! 이것 보세요, 경감님, 이상적인 하녀라니, 조금 믿을 수 없는 게 사실이 아니겠어요? 누구에게나 결점이 있는 법이에요. 그것이 가장 빨리 나타나는 것이 집안 일이지요."

"옳거니." 슬랙 경감은 평정을 되찾고 말했다. "분명히 그 의견은 참고가 되었습니다. 곧 이것을 본청으로 보내어 조사해 달라고 하겠습니다."

그는 말을 끊었다. 미스 마플이 고개를 조금 갸웃하며 뜻 있는 눈으로 경감을 쳐다보았기 때문이다.

"그보다 이 고장을 좀 더 샅샅이 조사해 봤으면 하는데요."

"무슨 뜻이지요, 미스 마플?"

"설명하기는 어려운 일입니다만, 다시 한번 조사하여 색다른 일에 부딪치게 되면 당신도 깨닫는 바가 있을 거예요. 색다른 일이란 대개 약간의, 극히 사소한 점에 있는 법이지요. 나는 그것을 벌써 오래 전부터 알아차리고 있었어요. 즉 글래디스와 브로치에 대한 일이라는 뜻이죠. 그 아이는 아주 정직하여 브로치 같은 것을 훔치는 그런 아이가 아니란 말이에요. 그렇다면 왜 그 아이에게 혐의를 두었을까요? 미스 스키너는 바보가 아닙니다. 바보가 아니란 말예요! 그러면서도 요새처럼 하녀를 구하기 힘든 시절에 어째서 쓸

만한 하녀를 쫓아내려 했는지 몰라요. 색다르다는 것은 그거에요. 그래서 나는 이상하다고 생각했어요. 상당히 이상한 일이라고 생각한 거죠. 그리고 또 한 가지 색다른 것을 알고 있었어요! 그것은 미스 에밀리의 우울증이에요. 그 여자는 의사라는 명칭이 붙은 사람은 누구를 막론하고 부르려 하지 않았어요. 우울증 환자란 의사를 좋아할 텐데, 미스 에밀리만은 진찰을 받으려 하지 않았어요!"

"무슨 말씀을 하려는 겁니까, 미스 마플?"

"내가 말하고 싶은 것은 미스 래비니어와 미스 에밀리는 아주 색다른 사람들이란 말이죠. 미스 에밀리는 대부분의 시간을 어두컴컴한 방 안에서 지내고 있었어요. 그 여자의 머리가 가발이 아니라면 내 손에 장을 지져 보이겠어요! 내가 말하고 싶은 것은 이런 뜻이에요. 바싹 마른 몸에 파리한 얼굴과 회색 머리를 지니고, 슬픈 목소리를 내고 있는 여성과, 검은 머리와 장밋빛 볼을 지닌 살집이 좋은 여자가 동일 인물이었다 하더라도 별로 이상하지 않다는 말이에요. 내가 아는 바로는 미스 에밀리와 메어리 히긴즈가 함께 있는 것을 본 사람은 한 사람도 없어요!

네 집의 열쇠 본을 뜨는 일과 다른 집의 모습을 살피는 데 충분한 시간을 들인 다음 시골 처녀를 쫓아 낸 거에요. 어느 날 밤 미스 에밀리는 부지런히 시골길을 걸어가 다음날 메어리 히긴즈가 되어 정거장에 도착한 거에요. 그리고 그 여자들이 노리고 있던 시기가 오자 메어리 히긴즈는 사라지고 그녀를 뒤쫓는 소동이 벌어진 셈이죠. 어디서 그 여자를 찾아 낼 수 있는지 일러 드리죠, 경감님. 미스 에밀리 스키너의 소파 위에요! 내 말이 믿어지지 않으면 그 여자의 지문을 조사해 보면 될 거에요! 그것으로 나의 이야기가 옳다는 것을 알 수 있을 거에요! 빈틈 없는 2인조 도둑, 그것이 스키너 자매였어요. 물론 더 교활한 악한들과 연락을 취하고 있다는 것은 틀림없는 일이지만, 이번만은 도망치지 못할 거에요!
그러나 나에게는 더 중요한 목적이 있어요. 그런 나쁜 여자들 때문
에 우리 마을의 처녀 이력서에 브로치를 훔치고 쫓겨났다는 오점이
찍힌 것을 밝혀 주고 싶어요! 글래디스 홈즈는 해님 같은 정직한
처녀예요. 그것을 모든 사람에게 알려주고 싶어요! 나머지 일은
잘 부탁하겠어요."

슬랙 경감은 작은 목소리로 속삭였다.

"저 할머니의 이야기가 어디까지 사실일까."

경찰부 장관 멜치트 대령은 슬랙 경감의 솜씨를 칭찬했다. 그리고
미스 마플은 글래디스를 불러 에드너와 함께 차를 마시며, 이번에 좋
은 일자리가 생기면 침착하게 마음잡고 일하라고 신신당부를 하는 것
이었다.

The Case of the Caretaker

관리인 노파

"어떻습니까?" 헤이독 의사가 환자에게 말했다. "오늘의 기분은?"

미스 마플은 베개 위에서 힘없는 미소를 지어 보였다.

"네, 덕분에." 일단은 회복을 인정했다. "하지만 기분이 우울해져 이럴 바에는 이대로 죽는 편이 더 낫지 않겠나 하는 생각이 들어요. 아무도 나 같은 늙은이는 상대해 주는 사람이 없으니까요."

헤이독 의사는 여느 때나 다름없이 솔직한 어조로 말했다.

"그것이 바로 인플루엔자의 회복기에 오는 전형적인 증세입니다. 현재 당신에게 가장 필요한 것은 기분 전환입니다. 말하자면 정신적인 강장제라는 거지요."

미스 마플은 한숨을 쉬고 고개를 내저었다.

"마침" 헤이독 의사는 말을 계속했다. "그 약을 가지고 왔습니다!"

그는 큰 봉투를 침대 위에 놓았다.

"당신에게는 무엇보다도 좋은 물건이지요. 일종의 수수께끼 풀이까 당신의 전문 분야이지요."

"수수께끼요?"

미스 마플은 관심을 보였다.

"내 나름대로 작가다운 궁리를 해 보았습니다." 의사는 얼굴을 조금 붉혔다. "소설처럼 써보았지요. '그는 말했다' '아가씨는 생각했다' '그녀는 말했다'라는 식으로요. 단 이야기 내용은 현실적으로 일어난 일입니다."

"거기서 어느 점이 수수께끼인가요?"

헤이독 의사는 싱글싱글 웃으며 말했다.

"이 사건을 당신이 어떻게 해석하실지 그 점을 여쭤보고 싶었습니다. 여느 때처럼 예리한 두뇌를 보고 싶습니다."

마지막 화살을 하나 쏘아놓고 의사는 나가버렸다.

미스 마플은 원고를 집어 들고 읽기 시작했다.

"신부(新婦)는 어디 있죠?" 미스 하몬이 밝은 목소리로 물었다.

해리 랙스턴이 해외에서 젊고 미인이며 더구나 돈 많은 신부를 데리고 온다는 말을 듣고 온 동네가 떠들썩했다. 전에는 마을에서 주체스러워하던 해리이긴 했지만, 행운을 잡아가지고 귀향한다고 하니 마을 사람들은 대체적으로 관대했다. 특히 주체스러운 망나니였다고는 하나, 모든 사람에게 귀여움을 받는 것만은 사실이었다. 이를테면 공기총으로 아무 집이나 유리창을 깨는 나쁜 버릇이 있었는데, 일을 저지른 뒤에는 곧 굽신굽신 절을 하고 사과하므로 유리창 주인도 화를 내던 목소리가 쑥 들어가는 일이 많았다. 어쨌든 유리창을 깬다, 과수원에 들어간다, 금지된 토끼 사냥을 하는 등 이런 짓을 계속하다마침내 빚에 쪼들리다가 담뱃집 딸과 골치아픈 문제을 일으켰다. 그일은 어떻게 무사히 수습되었으나 그대신 아프리카로 쫓겨나게 되었다. 그러나 본디 그는 애교가 있었으므로 중년의 독신 부인들이 대표가 된 마을의 의견은 대체적으로 호의적이었다. 그녀들은 작은 소리로 속삭이는 것이었다. "저 도락자도 이제야 자리를 잡을 것 같군요!"

그리고 지금 방탕한 아들이 귀국한다. 그것도 영락된 몸이 아니라 개선 장군처럼 돌아오는 것이다. 우리의 해리 랙스턴은 출세한 것이다! 마음을 굳게 먹고 열심히 일하다 보니 앵글로 프렌치 계통의 젊은 부인을 만나 구혼에 성공했다. 그리고 그 여자가 놀라울 만한 자산가의 후계자 처녀였던 것이다.

해리가 마음만 먹었으면 런던에 저택을 마련할 수도 있었고 당시의 유행을 따라 수렵지에 장원을 구입할 수도 있었지만, 그는 구태여 고향마을에서 살 길을 택한 것이다. 그리고 몹시 로맨틱한 이야기이지만 소년시절을 보냈던 집을 사들였고 그와 아울러 근처에 있는 다 낡은 큰 저택을 입수했다.

이 큰 저택은 '킹즈딘 저택'이란 이름으로 불리고 있었는데, 70년 가까이나 사는 사람이 없었으므로 사방이 허물어져 지금은 보잘 것 없는 모습이었다. 어떻게 가까스로 비바람을 피할 수 있는 한구석에서 관리인 노인 부부가 살고 있었지만, 어쨌든 너무 넓기 때문에 기분 나쁜 건물이며, 무성하게 자란 풀과 나무들이 뒤덮고 있었으므로 무서운 마귀가 사는 집을 연상하게 했다.

그가 자란 집은 어느 미망인의 소유물로 화려함을 피한 밝은 느낌의 건물이었다. 이것을 해리의 아버지 랙스턴 소령이 여러 해에 걸쳐 세들어 살고 있었으므로 으레 이웃집인 킹즈딘 저택은 어렸을 때부터 해리의 놀이터였다. 그는 그 안을 구석구석까지 다 알고 있었으므로 황폐한 이 저택도 그를 잡고 놓지 않는 결과가 된 것이다.

랙스턴 소령이 몇 년 전에 사망하자 그것으로 마을과 해리와의 인연은 끊어진 것이라고 누구나가 생각하고 있었다. 그런데 해리가 신부와 함께 귀국하자 우선 찾아간 곳은 이 추억의 고장이었다. 킹즈딘 저택의 허물어져 가던 건물은 모두 철거되고 수많은 인부들이 땅을 고르고 있었는데, 놀라울 정도로 짧은 기일 안에——부는 종종 기적을 나타내는 것으로——햇빛을 받아 반짝이는 나무 사이로 백악의 신관이 모습을 나타내었다.

이어서 정원사들이 떼를 지어 들어왔고 그리고 가구집의 운반차가 줄을 지었다. 마침내 건물의 설비가 갖추어지자 하인들이 도착하고, 마지막으로 현관 앞에 선 고급차에서 내려온 것은 해리 랙스턴 내외였다.

마을 사람들은 구름같이 몰려왔다. 이 지역에서 사교계의 리더로 자인하고 있는 플래이스 부인은 마을에서 가장 넓다고 자랑하던 그녀의 집에서 신부 환영 파티를 열기로 했다.

그것은 근래 보기드문 대대적인 파티로, 몇몇 부인들은 일부러 드레스를 맞춰 입을 정도였다. 신부가 어떤 여자인지 빨리 얼굴을 보고 싶다고 너나할 것 없이 모두 흥분했고, 옛날 이야기가 현실이 되었다고 수군대었다.

햇볕에 탄 얼굴로 원기 왕성한 미스 하몬이 붐비는 인파를 헤치고 객실로 들어오더니 다짜고짜로 "신부는 어디 있죠?" 하고 물었다. 여위고 자그마한 몸집에 꾀까다롭기로 유명한 미스 브렌트가 서둘러 대답했다.

"저렇게 매력적인 사람은 처음 봐. 품위있고 얌전하고 게다가 아직도 젊어요. 그 여자를 보고 부러워하지 않는다면 이상한 사람일거야. 갖추어지지 않은 것이 없는 걸, 뭐. 재능, 재산, 신분 등 그 모든 것이 다 최상이야! 해리는 정신없이 사랑하고 있고!"

"물론이지." 미스 하몬은 말했다. "결혼한 지 얼마 안되었잖아요!"

미스 브렌트는 그 뜻을 헤아리기라도 하는 것처럼 가느다란 코를 바르르 떨었다.

"어마, 옛날하고 달라요. 당신, 정말 그런 일을 생각하고 있나요?"

"해리가 어떤 남자인지 알고 있으니까요."

"그건……옛날의 해리가 아니에요. 지금도 같은지 어떤지는 몰라도……."

"남자란 결국 변하지 않는 거에요. 바람둥이는 몇 살이 되어도 바람둥이지요. 그렇지 않아요?"

"아니, 그렇다면 불쌍한 여자가 또 한 사람 생긴 셈이군." 미스 브렌트는 오히려 신바람이 났다. "그럴 거에요. 분명히 그 여자는 머지 않아 고생하게 될 거에요. 아주 일찌감치 경고해 두는 게 좋지 않을까요? 전에 있던 이야기를 들으면 그 여자도 조심을 하겠죠. 알리지 않는 것이 오히려 불친절한 일이 될지도 몰라요. 얼마 안 가 틀림없이 성가신 일이 생길 거에요. 특히 이 마을에서 약국이라면 그 가게 한 집 밖에 더 있어요?"

전에 문제가 되었던 담뱃집 딸은 약국의 에디와 결혼했던 것이다.

"이제 랙스턴 부인이 매치 베남 거리로 물건을 사러 가게 되겠죠. 그러면 내버려 둬도 저절로 귀에 들어가게 될 거에요."

"그러기 전에 해리 랙스턴이 제 입으로 지껄이지 않을까요?"

두 사람은 숨은 뜻이 있는 듯한 시선을 주고 받았다.

"어쨌든 저 여자에게는" 미스 하몬이 마지막으로 말했다. "알려 주는 편이 친절할 것 같군요."

"정말 골치 아픈 사람들이군요!" 클라리스 베인은 화가 난 나머지 백부인 헤이독 의사를 상대로 분노를 터뜨렸다. "최고로 싫은 자

174 쥐덫

들이에요."

의사는 놀라 조카의 얼굴을 쳐다보았다.

그녀는 키가 큰 브루넷 미인으로 마음씨는 부드러우나 감정적인 데가 있었다. 그 큰 갈색 눈이 분노로 인해 번득이고 있다.

"모두들 이러쿵저러쿵 수군대고 있어요!"

"해리 랙스턴에 대해서 말이냐?"

"그래요. 그 사람과 담뱃집 딸의 이야기를."

"그래!" 의사는 어깨를 으쓱했다. "그 정도의 사건이라면 대부분의 청년들이 일으키는 일인데."

"그래요, 물론 그렇죠. 그리고 다 끝난 일이 아니에요? 왜 이제 와서 떠들어대는지 모르겠어요. 몇 년 전의 일인데……. 사람을 잡아먹는 귀신이 모여들어 시체를 찾고 있는 것 같아요!"

"네가 화를 내는 것도 무리는 아니다만, 이 고장은 화제가 너무 없어. 그래서 과거의 스캔들에 매달리기 일쑤지. 그렇다 하더라도 네가 왜 그렇게 흥분을 하니?"

클라리스 베인은 얼굴을 붉히고 입술을 깨물며 갑자기 억제하는 듯한 목소리로 말했다. "그 두 사람, 아주 행복해 보여서요. 네, 랙스턴 부부 말이에요. 젊고 서로 사랑하며 모처럼 행복한데, 뒤에서 수군거리고 빈정대고 그렇게 심술궂은 방법으로 못살게 굴 필요는 없잖아요. 나는 그것을 미워하는 거에요."

"옳거니, 잘 알겠어."

그러나 클라리스는 말을 계속했다.

"해리가 나에게 말했어요. 오랫동안의 희망이었던 킹즈딘 저택의 재건을 마치고 지금은 그 행복에 흥분하여 스릴을 느낄 정도래요. 그 이야기를 하는 해리는 마치 어린애 같았어요. 그리고 그 신부 ——그 여자는 태어난 뒤로 무슨 일이고 원하는 대로 안된 일이 없었을 게 아니에요? 백부님도 만나셨죠? 그렇죠, 보셨죠?"

의사는 곧 대답하지 않았다. 이 루이즈 랙스턴이라는 여자는 다른 사람들의 눈에는 선망의 대상인지도 모르지만, 말하자면 어리광을 부리며 자란 부잣집 외동딸일 뿐이다. 의사는 몇 년 전에 유행한 노래가 생각났다. '불쌍한 것은 부잣집 딸'

아름답게 말아올린 아마빛 머리가 다소 뻣뻣해 보이며, 파랗고 큰 눈이 우수를 띠고 있다. 화사하고 자그마한 그 모습에 어울리는 섬세한 아름다움. 그 루이즈는 기운이 없었다. 인사말이 오래 계속되었으므로 지친 것일까. 이제 그만 보내 주었으면……. 해리가 말해 주기를 바라며 슬쩍 곁눈으로 보았으나, 당당한 체구를 자랑하는 이 청년은 이런 지리한 파티도 마음에 들었던지 아직 기운이 펄펄 넘쳐 흐르고 있다.

'불쌍한 것은 부잣집 딸――'

"이젠 살았어요!" 그녀는 마음이 놓여 한숨을 쉬어가며 말했다.

해리는 돌아서서 유쾌한 듯이 아내를 바라보았다. 두 사람은 가까스로 파티에서 벗어나 집으로 돌아가고 있는 것이다.

"굉장한 파티였죠." 그녀가 말했다.

해리는 웃었다.

"그랬어. 칙사 대접이지. 하지만 신경 쓸 필요는 없어. 반드시 한 번은 있는 것이니까. 나이 먹은 여자들, 내가 어렸을 때 어떤 녀석이었던지를 알고 있기 때문에 당신을 관찰하지 않고는 못 배겼던 거야. 그 소원을 풀어 주지 않으면 실망한 나머지 어떤 욕을 하는지도 모르니까."

루이즈는 눈살을 찌푸리며 말했다.

"앞으로도 많은 사람을 만나야 하겠군요?"

"그렇진 않아. 한 번쯤은 명함을 가지고 인사를 하러 오겠지만 그냥 인사만 받아 주면 끝나는 거야. 그런 다음 당신은 친구도 사귀고, 하고 싶은 대로 하면 돼."

루이즈는 잠시 뒤에 말했다.

"친구로 사귈 만한 재미있는 사람이 이 고장에도 있겠죠?"

"물론 있고말고. 이 마을에도 돈 많은 사람들의 사교계가 있어요. 좀 촌스러울지는 모르지만 그래도 다들 원예라든가 개나 말 같은 데 흥미를 가지고 있으므로, 아마 재미있게 사귈 수 있을 거야. 승마를 하고 즐기면 되잖아. 당신 마음에 들만한 말을 한 필 잉글랜드에서 구해다 놓았으니까. 당신이 한 번 보구려. 아름다운 말인데다 조련도 잘 되어 있어 결점이 없을 뿐더러 기운이 왕성한 놈이야."

차는 속도를 늦추어 킹즈딘 저택의 문으로 향하는 커브를 돌았다. 그 순간 해리는 핸들을 꺾으며 큰소리로 외쳤다. 길 한 가운데로 괴상한 것이 튀어나왔으므로 하마터면 사고가 날 뻔했다. 그것은 그곳에 버티고 선 채 차 뒤에서 주먹을 휘두르며 뭐라고 소리치고 있었다. 루이즈는 남편의 팔을 붙잡았다.

"저 할머니 누구죠?"

해리도 눈살을 찌푸리며 말했다.

"마거트로이드라는 사람인데, 저 할멈과 할멈의 남편이 킹즈딘 저택의 관리인이었지. 그럭저럭 30년 가까이 살고 있었어."

"왜 당신을 향해 주먹을 휘둘렀죠?"

해리의 얼굴이 빨개졌다.

"저 여자는 옛 저택이 철거되었으므로 나를 원망하고 있어. 쫓겨나게 됐기 때문이야. 남편은 2년 전에 죽었어. 소문으로는 저 할멈, 그 뒤로 좀 머리가 이상해진 모양이야."

"그럼, 저 사람 실직당했군요? 먹고 살 수 없는 게 아니에요?"

루이즈의 생각은 막연하여 어딘가 멜로드라마적인 데가 있었다. 부유 계급의 생각은 어쨌든 현실의 모습을 잃기 쉬운 것이다.

해리는 기분이 나빠졌다.

"그럴 리야 없지! 당신은 무슨 말을 하는 거야, 퇴직금도 다 주었는데. 그것도 전례에 없을 정도로 많은 액수야. 새 집을 짓고 살아갈 수 있을 만한 돈을 주었단 말이야."

루이즈는 점점 이상하다는 듯이 말했다.

"그러면 왜 저런 짓을 하죠?"

해리는 얼굴을 찡그렸다. 굵은 눈썹이 한데 붙었다.

"저 여자의 마음까지 내가 어떻게 알아! 정신이 돈 모양이지, 뭐. 저 할멈, 그 옛 저택을 무척 좋아했던 거야."

"그렇게 낡아 빠진 집을요?"

"물론 낡았지, 덜컹대고 비가 새고. 산다는 것 자체가 위험했어. 그러나 저 여자로선 소중히 해야 할 무엇이 있었던 모양이지. 오랫동안 살고 있었으니까. 어쨌든 저 사람은 제 정신이 아니야!"

루이즈는 당황하는 표정으로 말했다.

"우리를 저주하고 있었던 것 같아요, 어떻게 해줬으면 좋겠어요."

루이즈에겐 모처럼의 새 집도, 실성한 노파의 미움으로 화를 입을 것만 같았다. 외출을 하려고 차를 타도, 말을 타고 나가려 해도, 또는 개를 몇 마리 데리고 산책을 나갈 때도 노파는 반드시 문 앞에서 기다리고 있었다. 백발의 머리에 찌그러진 모자를 쓰고 길 위에 웅크리고 있다가는 중얼중얼 저주의 말을 퍼붓는 것이었다.

루이즈의 눈에도 해리의 생각대로 노파가 실성한 것으로 보여졌다. 저택 안까지 들어오는 것도 아니고 그녀를 협박하는 일도 없으며 하물며 거친 행동을 보이는 일도 없었지만, 언제나 반드시 문 밖에서 웅크리고 있다. 그렇다고 해서 경찰에 호소해 본들 다루어 처리해 줄 만한 일도 아니다. 한편 해리 랙스턴은 직접 나서서 쫓는 일을 싫어했다. 그렇게 하면 오히려 마을 사람들의 동정이 노파에게 쏠리는 결과를 가져온다는 것이었다. 게다가 해리는 루이즈 정도로 이 문제를 중대시하고 있지 않은 탓도 있었다.

"신경쓸 것 없어. 그 여자도 머지않아 그 짓에 싫증을 느끼게 될 거야. 뭐, 시험 삼아 해보는 것뿐일 거야."

"그렇지 않아요, 해리. 그 여자는 정말로 우리를 미워하고 있는 거에요. 나는 그것을 느낄 수 있어요. 우리가 불행해지기를 빌고 있는 거에요."

"그 할멈은 요사스런 할멈처럼 보이지만, 그냥 보통 사람이야. 지나치게 생각하지 않는 것이 좋아."

루이즈는 아무 말도 하지 않았다. 마을로 옮겨 왔을 당시는 마음이 들떠 있었으나 차차 마음이 가라앉자 이상할 정도로 외로움이 몸에 스며들어 어찌할 바를 몰랐다. 본디 그녀는 런던과 리베라에서만 살았으므로 영국의 전원 생활에는 예비 지식도 없었고 취미도 없었다. 원예라 해도 꽃을 꺾는 일 외에는 아무 경험이 없었다. 개를 돌봐주는 일 하나도 제대로 못했다. 얼굴을 대하게 되는 이웃사람을 사귀는 일은 몹시 지리한 느낌이 들었다. 승마만을 유일한 즐거움으로 삼아 때로는 해리와 함께 말을 탔고 그가 장원의 일로 바쁠 때는 그녀 혼자 탔다. 숲 속이나 계곡의 오솔길에서 해리가 사 온 말의 경쾌한 보조를 즐기고 있었는데, 이 밤색 털의 승마 프린스 헐마저도——아니, 신경질적인 젊은 말이었기 때문인지 여주인을 등에 태우고 갈 때 기분 나쁜 노파의 모습을 보게 되면 코를 킁킁거리며 꽁무니를 빼는 것이었다.

어느 날 루이즈는 대담한 행동을 취했다. 걸어서 마거트로이드 노파의 곁을 모르는 척하고 지나쳐 갔다. 그리고 갑자기 돌아서서 노파와 정면으로 맞섰다. 숨을 헐떡이며 물었다.

"이게 무슨 짓이에요? 무슨 이유가 있어서 그래요? 무엇이 필요한 거에요?"

노파는 눈을 깜빡이며 루이즈를 보았다. 마구 흐트러진 머리에 볕에 꺼멓게 탄 보기에도 교활해 보이는 얼굴. 집시 여자라는 것을 한눈에 알 수 있었다. 눈꼽이 덕지덕지 낀 눈을 요리조리 굴리고 있었으므로 이 여자는 술을 마신 게 아닌가, 하는 생각이 들었다.

노파는 처량한 목소리이긴 하나 위협하는 듯한 어조로 말했다.

"내가 무얼 바라고 있는 것 같소? 뻔한 일 아니오! 나의 손에서 빼앗아 건 거야, 킹즈딘 저택을. 거기서 나를 쫓아 낸 것이 대체 누구지? 나는 거기서 40년이나 있었어. 처녀 때부터 줄곧 살아왔다구, 그런 나를 쫓아 내다니 악마의 짓이야! 너하고 그 녀석에게 같은 생각을 갖게 해줘야지!"

"하지만 새 집을 사 줬지 않아요? 그리고……."

그러나 노파가 갑자기 팔을 내밀었으므로 루이즈는 비명을 질렀다.

"그런 게 무슨 소용이야? 내가 필요한 것은 나 자신의 집, 처녀 때부터 정들었던 나 자신의 난로야. 아무리 훌륭한 새 집을 지었어도 너와 그 남자에게 신통한 일이 있을 것 같으냐? 언젠가는 검은 슬픔에 잠기게 될 거야. 검은 슬픔과 죽음과 나의 저주! 그 아름다운 얼굴을 썩게 해주마."

루이즈는 그 자리에서 도망치며 조금이라도 빨리 이 고장을 떠날 것! 집을 팔고 멀리 떠나리라고 생각했다.

그때는 이 고장을 떠나기만 하면 간단히 해결할 수 있다고 생각했다. 그러나 해리가 고개를 세게 흔들므로 그녀는 오히려 아연했다.

그는 큰 소리로 말했다.

"이 고장을 떠나? 집을 팔고! 그런 미치광이 할멈이 위협한다고 그래? 당신도 그 할멈처럼 머리가 돈 것 아냐?"

"그렇지 않아요. 하지만 그 여자가, 그 여자가 무서워서! 뭔가 불행한 일이 일어날 것 같아요."

해리 랙스턴은 불쾌하게 말했다.

"마거트로이드 할멈의 일은 나한테 맡겨 둬요. 내 곧 처치해 버릴 테니까!"

클라리스 베인과 젊은 랙스턴 부인 사이에 우정이 생겼다. 나이가 동갑인데다, 성격과 취미는 달랐지만 클라리스가 옆에 있어 주면 루이즈의 기분이 차분히 가라앉았다. 클라라스라는 처녀는 아주 꺽달진 성격이며, 부인 자신도 그 점에는 자신이 있었다. 그래서 루이즈는 마거트로이드 노파에게서 협박을 받고 있는 이야기를 털어놓았다. 그러나 클라리스는 웃으며 귀찮기야 하겠지만 두려워할 만한 문제는 아니라면서, 대꾸하려고도 하지 않았다.

"걱정하는 것이 이상할 정도에요. 성가신 거야 알고 있지만."

"하지만 클라리스, 굉장히 무서워요. 심장이 터질 것만 같아요."

"괜찮아요, 걱정하지 않아도. 그런 일에 겁을 먹는 당신이 오히려 이상한 것 같군요. 이제 머지않아 그쪽에서 지쳐 버릴 거에요."

그러나 루이즈는 잠자코 있었다.

클라리스가 "또 다른 무슨 일이 있나요?" 하고 물어도 한동안 망설이고 있더니, 마침내 둑이 터지듯 막 지껄여댔다.

"난 본디 이 고장이 싫어요. 이런 마을에 살고 싶지 않아요. 숲이고 집이고 모든 것이 다 싫어요. 밤에는 너무 조용해서 무섭고요. 올빼미가 기분 나쁜 소리로 울고! 아니에요, 그것뿐이 아니에요. 사람들도 다 싫어요!"

"사람요? 사람이라면?"

"마을 사람 말이에요! 모두들 흘금흘금 쳐다보고는 뒤에서 수군거릴 뿐."

클라리스는 날카롭게 물었다.

"그래, 어떤 소문을 퍼뜨리고 있어요?"

"모르겠어요, 확실히 듣지를 않았으니까요. 하지만 기분이 상하는 것만은 사실이에요. 당신도 어울려 보면 알 거에요. 믿을 수 있는 사람은 한 사람도 없어요. 한 사람도."

그러나 클라리스는 타일렀다.

"그 사람들에 대한 일은 잊어버려요. 할 일 없는 사람들이라 남의 이야기를 하는 거에요. 소문으로 떠도는 이야기는 거의가 터무니없는 이야기에요."

"나는 이런 곳으로 오지 말 것 그랬어요. 해리가 너무도 칭찬을 하기에……."

그녀의 목소리는 작게 되어 사라져 버렸다.

클라리스는 생각했다. 이 여자는 그토록 해리를 사랑하고 있구나, 하고——갑자기 그녀는 말했다.

"이제 그만 가볼 시간이에요."

"차로 데려다 줄께요. 또 와요."

클라리스는 고개를 끄덕였다. 루이즈는 새로 생긴 친구가 찾아와서 아주 기분이 좋아졌다. 그녀의 마음이 밝아진 것을 본 해리도 기뻐하며 앞으로도 종종 클라리스를 집으로 초대하라고 권했다.

어느 날, 해리가 말했다.

"루이즈, 당신에게 좋은 소식을 가지고 왔어."

"뭔데요?"

"마거트로이드의 일이 정리되었어. 그 할멈의 아들이 하나 있는데,

미국에 살고 있대. 그래서 그 아들에게로 보내기로 했어. 뱃삯을 대어 주기로 했지."

"잘 됐군요, 해리. 그러면 나도 킹즈딘이 좋아질 거예요."

"그렇게 해줘, 세상에서 이렇게 좋은 곳은 또 없을 거야!"

그러나 루이즈는 바르르 떨었다. 미신이라고 해도 좋은 그 공포심을 그렇게 쉽게 쫓아낼 수는 없었던 것이다.

센트 메리 미드의 부인들은 이 어여쁜 새색시에게 신랑의 과거를 폭로해 주려는 심술궂은 마음이 요동을 치고 있었지만, 해리 랙스턴의 적절한 행동이 그 같은 장난을 못하게 막고 있었다.

어느 날 미스 하몬과 클라리스 베인이 우연히 에디의 약국 앞에서 만나게 되었다. 한 사람은 방충제를, 또 한 사람은 붕산을 사러 왔는데 거기에 랙스턴 내외가 들어왔다.

부인들이 인사를 나누고 있는 동안 해리는 카운터를 향해 칫솔을 달라고 말하고 있었는데, 이야기하는 도중에 큰 소리로 외쳤다.

"야, 누군가 했더니 베라 아냐! 여기서 만날 줄은 몰랐군."

에디의 부인은 가게가 바쁜 것을 알고 안쪽 거실에서 막 나오는 참이었다. 생긋 웃으며 새하얀 이를 드러내 보였다. 살이 너무 쪄서 얼굴의 선이 어느 정도 기품을 잃었지만 브루넷의 살결과 큰 갈색 눈은 아직도 처녀 시절의 아름다움을 지니고 있었다.

"맞아요, 베라예요, 해리 씨" 하고 아주 따뜻하게 "오래간만이군요, 몇 년 만이죠?"

해리는 아내를 돌아다보며 말했다.

"베라는 나의 옛 애인이야. 한때는 내가 굉장히 열중했었던 일이 있지, 안 그래요, 베라?"

"옳은 말씀이에요." 에디의 부인은 대답했다.

루이즈도 웃었다.

"우리 주인은 옛 친구였던 여러분들을 만날 수 있게 되어 아주 기뻐하고 있어요."

에디의 부인이 말했다. "해리, 우리는 당신을 잊어버린 일이 없어요. 행복해서 다행이에요. 옛날 이야기 같은 결혼을 하여 다 쓰러져 가던 킹즈딘 저택도 새로 세우시고."

"부인도 건강해서 다행입니다."

해리가 이렇게 말하자, 에디의 부인도 미소를 지었다. 덕분에 건강하게 살고 있다고 말하고 그 다음에는 칫솔로 이야기를 옮겼다.

클라리스는 미스 하몬의 낙심한 표정을 보자 속으로 좋아서 소리를 질렀다. 해리, 잘해줬어요! 이것으로 남의 이야기하기 좋아하는 사람들의 입을 막을 수 있게 된 셈이에요.

헤이독 의사가 갑자기 조카에게 말했다.

"마거트로이드 노파가 킹즈딘 저택의 주변을 서성거리고 있다가 새 색시를 보면 주먹을 휘두르며 위협을 한다는데, 그게 사실이냐? 뜻 없는 농담이긴 하겠지만."

"농담이 아니라 정말 위협을 하고 있는 거에요. 가엾게도 루이즈는 몹시 겁을 먹고 있어요."

"걱정하지 말라고 전해 줘라. 마거트로이드 부부는 관리인 노릇을 하고 있었을 당시부터 그 낡은 저택에 대해 불평을 했었지. 이런 곳에 있고 싶은 생각은 없지만, 남편 마거트로이드가 주정꾼이라 이렇다 할 일자리가 나서질 않아서 할 수 없이 살고 있을 뿐이라는 이야기였어."

"루이즈에게 전하겠어요. 하지만 그 여자가 백부님의 이야기를 믿을지 모르겠군요. 그 할멈이 정말로 원한을 품고 저주의 말을 퍼붓는다나 봐요."

"이상하군. 그 여자는 해리가 어렸을 때 몹시 귀여워했었는데."

"하지만 해결이 났어요. 그 사람들은 그 노파를 미국으로 쫓아 보내기로 했대요. 여비는 해리가 미리 지급해 줬대요."

그런 일이 있은 지 사흘 뒤에 루이즈가 말등에서 떨어져 죽었다.

빵집 배달차가 가까이 서 있었으므로 그 차에 타고 있던 두 남자가 사고의 증인이 되었다. 증언에 의하면, 루이즈가 말을 타고 문 밖으로 나섰을 때 그 노파가 튀어나왔는데, 길가에 버티고 서서 루이즈를 향해 손을 흔들고 고함을 쳤다. 그것을 본 말이 갑자기 뛰어올라 미친듯이 질주했다. 그 순간 루이즈 랙스턴은 머리를 아래로 하여 땅 위로 내동댕이쳐진 것이다.

당황한 빵집 배달부 두 사람은, 한 사람이 의식을 잃고 있는 여자를 지키고 한 사람은 저택 안으로 달려들어가 이 급보를 전했다.

해리 랙스턴은 유령처럼 새파랗게 질린 얼굴로 달려나왔다. 배달차의 문을 열고 루이즈를 실은 다음 저택으로 데리고 들어갔으나, 그녀는 끝내 의식을 되찾지 못하고 의사가 도착하기 전에 숨을 거두었다.

헤이독 의사의 수기는 거기서 끝나 있었다.

다음 날 헤이독 의사가 내진을 하니, 미스 마플의 볼에는 발그레 핏기가 돌고 동작도 완전히 생기를 되찾았다.

"어떻게 되었습니까?" 의사는 말했다. "판결은?"

미스 마플이 되물었다.

"무슨 사건이지요, 헤이독 선생님?"

"그것을 제 입으로 말해야 합니까?"

"관리인 노파의 기괴한 행동에 대한 사건이군요? 무엇 때문에 노파는 그런 이상한 짓을 했는가? 사람은 누구나가 정든 집에서 쫓겨나는 일은 싫은 법이지만, 그것은 본디 노파의 집도 아니고 사실상 그녀는 그곳에 사는 일에 대해 불평을 하고 군소리를 해왔으니,

그렇다면 그 행동을 수상쩍다고 할 수 밖에 없죠. 그런데 노파는 그 뒤에 어떻게 되었나요?"

"리버풀로 도망쳤습니다. 루이즈의 사고사로 무서워졌던 거지요. 지금쯤은 그 항구에서 미국행 배편을 기다리고 있겠지요."

"만사가 그 여자에게 좋게 되었군요." 미스 마플이 말했다. "그래요, 틀림없이 그럴 거에요. 그 관리인 노파가 한 행동의 비밀 사건, 간단히 해결될 수 있을 거에요. 요컨대 매수죠."

"그것이 당신의 해결입니까?"

"네, 그 노파의 행동이 부자연스러운 것으로 보아 연극을 하고 있었다고 보는 것이 타당하겠죠. 즉 누군가에게 매수당하고 있었던 거에요."

"그러면 당신은 그 사람이 누군지도 알고 있습니까?"

"알고 있다고 봅니다. 그것도 또 돈 때문에. 그런데 이것은 내가 전부터 알고 있는 일이지만, 남자분들이 좋아하는 타입은 생전 변하는 일이 없잖아요?"

"점점 무슨 소린지 모르겠습니다."

"그럴 리 없어요. 지금 말한 것을 종합해 보면 올바른 결론이 나올 거에요. 전에 해리 랙스턴은 베라 에디를 좋아했죠. 브루넷에다 명랑하고 밝은 타입, 당신의 조카 클라리스도 같은 타입이죠. 그런데 불쌍한 신부만은 전혀 다른 타입이었어요. 금발에 조용하면서도 끈기 있는 아름다운 여자였지만, 그의 마음에는 들지 않았어요. 그러고 보면 그의 결혼은 재산을 노리고 한 것으로 보아도 되지 않겠어요? 그녀를 죽인 것은 그 돈 때문이에요!"

"네? 죽였다고 했지요?"

"해리는 여자들에게는 매력적이었지만 인간적으로는 아무런 지조도 없는 남자였어요. 새색시의 재산이 손아귀에 들어오면 당신의 조카와 결혼할 작정이었을 거에요. 에디의 부인과 친하게 이야기했다고는 하지만, 지금도 그 여자에게 미련이 남아 있다고는 볼 수 없어요. 당신의 클라리스와 함께 어울리기 위한 위장이에요. 하지만 당사자에게는 좋아하는 것처럼 보여서 뜻대로 조정을 하고 있었다고도 생각할 수 있죠."

"어떤 방법으로 죽였을까요?"

미스 마플은 한동안 파란 눈으로 멍하니 천장을 쳐다보고 있더니 말했다.

"타이밍을 잘 맞추고 있잖아요. 빵집 배달원을 증인으로 세울 수 있도록 해 놓고, 그 두 배달원은 노파의 동작을 보고 있었기 때문에 말이 날뛰게 된 것은 노파의 탓이라고 생각해버린 거에요. 하지만 내가 본 바로는, 그 진상은 어렸을 때 공기총의 명수였던 해리가 공기총으로 말이 문 밖으로 나간 것을 겨누었을 거에요. 그러니까 말이 날뛰어 랙스턴 부인이 떨어진 거죠."

그녀는 잠시 말을 멈추고 눈살을 찡그렸다.

"말에서 떨어지기만 해도 죽는 수가 있기는 하지만 해리는 거기에 확신을 가질 수 없었죠. 아무래도 그 사람의 계획은 신중하여, 빈틈없이 생각하는 머리가 있는 것 같아요. 에디네 집은 약방이에요. 그 부인이 남편 몰래 해리의 편의를 보아 어떻게 손을 써 줬다고 봐요. 그렇지 않다면 지금의 해리가 그녀와 만날 필요가 없을 것 아니에요? 틀림없이 그 남자는 뭔가 강력한 약품을 숨겨 두었다가 부인에게 먹였을 거에요. 부인이 말에서 떨어져 심하게 다쳐서 의식도 회복 못한 채 죽어버리면 아무리 의사라도 의심하지 않고 끝나버릴 거에요. 상처가 없어도 충격으로 죽었다고 생각할 테고요."

헤이독 의사가 고개를 끄덕이는 것을 보고 미스 마플은 물었다.

"그러나 당신은 의심하지 않았나요? 그건 어떻게 된 건가요?"

헤이독 의사는 대답했다.

"나의 머리가 좋았던 것은 아닙니다. 살인자는 자신의 범죄 능력에 지나친 자신을 갖게 되면 어쨌든 경계심을 잃게 마련이라고 하는데, 나의 의심도 그 케케묵은 사실에서 생긴 것이지요. 그날 나는 불행한 남편에게 위안의 말을 했습니다. 정말 가엾다는 생각이 들었기 때문이지요. 그도 또한 나의 말에 응하듯 긴 의자 위에 몸을 던지고 불행한 남편의 역할을 해보았습니다. 그때예요, 그의 주머니에서 피하 주사기가 떨어진 것은!

그는 당황해서 집어넣었지만, 놀란 듯한 모습이 눈에 띄었습니다. 그래서 나는 생각해 봤지요. 해리 랙스턴은 약을 쓸 필요가 없는 건강한 몸이었습니다. 그런 그가 무엇 때문에 피하 주사기를 가지고 있었나? 그래서 나는 검시를 할 때 몇 가지 가능성을 확인해 봤지요. 그랬더니 예상대로 시체에서 스트로판투스(협죽도과에 속하는 덩굴식물의 씨에서 채취하는 유해배당체(有害配糖體), 강심제에 쓰임)가 발견되었습니다. 거기까지 알면 나머지는 간단합니다. 랙스턴의 소지품 속에서 스트로판투스를 발견하고 베라 에디를 심문하여 실토를 하게 하면 되는 거지요. 그녀는 경찰의 추궁에 못 이겨 해리에게 약품을 준 일을 인정했습니다. 그리고 끝으로 마거트로이드 노파인데, 그녀 역시 해리 랙스턴의 부탁을 받고 저주의 일막을 벌였었다는 것을 고백했습니다."

"그래, 클라리스는 그 충격을 극복했나요?"

"네, 그 애도 한 때는 그 남자에게 끌린 모양이었으나 다행스럽게도 걱정할 만한 건 아니었습니다."

그리고 의사는 수기를 집어들었다.

"당신에게 만점을 드리겠습니다, 미스 마플. 그리고 나도 당신의 치료에서 만점을 받아야겠습니다. 당신은 완쾌되었어요."

The Third-Floor Flat
4층 방

"큰일났네!" 패트가 말했다.

그녀는 눈살을 찌푸리고 이브닝 가방이라고 부르는 비단 가방을 휘 젓고 있었다. 청년 두 사람, 그리고 젊은 여자 한 사람이 걱정스러운 듯이 그 모습을 지켜보고 있었다. 네 사람은 패트리시아 가넷의 방 앞에 서 있었는데 문이 열리지 않았던 것이다.

"안돼." 패트가 되뇌었다. "역시 들어있지 않아. 어떻게 하면 좋 지?"

"열쇠를 잃었으니 이제 어쩌지?" 지미 포크너가 중얼거렸다.

그는 키가 작으나 어깨가 딱 벌어지고 사람 좋아보이는, 파란 눈을 가진 청년이었다.

패트는 화를 발끈 내며 그가 있는 쪽으로 돌아섰다.

"지미, 농담을 하고 있을 때가 아니야, 심각한 일이야."

곁에서 도노반 베일리가 말했다.

"이봐, 패트, 다시 한번 잘 찾아봐. 그 속에 들어 있어야 하잖아."

마음이 내키지 않는 투였지만 목소리는 밝았고, 그것이 가무잡잡한 살갗의 늘씬한 그의 모습에 잘 어울렸다.

또 한 사람의 여성, 밀드레드 호프도 말참견을 했다.

"그래, 네가 분명히 가지고 나온 것이라면."

"가지고 나온 거야 분명하지." 패트는 말했다. "틀림없이 너희들 중 누구한테 준 것 같은데" 하고 남자를 나무라는 듯한 어조로 "도노반에게 가지고 있으라고 부탁했을 거야."

그러나 그렇게 쉽게 책임을 전가할 수는 없었다. 도노반은 단호히 부정했고, 지미가 그것을 뒷받침했다.

"나는 봤단 말이야, 네가 가방 속에 넣는 것을."

"그렇다면 너희들 둘 중에서 누구 하나의 책임이야. 내가 가방을 떨어뜨리고, 너희들이 그것을 주웠을 때, 열쇠는 잊어버리고 줍지 않은 거야. 난 가방을 한 두 번쯤 떨어뜨린 걸."

"한 두 번이라고?" 도노반이 소리쳤다. "농담하지마, 너는 적어도 열 번은 떨어뜨렸어. 뿐만 아니라 늘 잊어버리고는 그냥 오지."

지미도 합세했다.

"그럼, 그만큼 떨어뜨리고도 속에 든 것이 다 없어지지 않는 것이 오히려 이상할 정도야."

"이제 그만 해 둬. 문제는 어떻게 해야 방에 들어갈 수 있나 하는 것 아냐." 밀드레드가 말했다.

그녀는 분명히 머리가 좋아 늘 이야기의 요점을 빼놓는 일이 없다. 그러나 경솔하고 늘 문제만 일으키는 패트만큼 매력이 없었다.

네 사람 모두 굳게 닫힌 문을 멍하니 바라볼 뿐이었다.

"포터에게 부탁해 보면 어떨까?" 지미 포크너가 말했다. "여벌의 열쇠가 뭔가 있을지도 모르니까."

패트가 고개를 내저었다. 열쇠는 두 개가 있을 뿐인데, 한 개는 집 안 벽에 걸려 있고 또 한 개는 아까부터 공격의 대상이 된 가방 속에 있다. 아니, 있어야 할 것이다.

"이 방이 1층이라면," 패트는 울상이 되었다. "창문을 부수고 들어 갈 수 있을 텐데. 도노반, 너 좀도둑 흉내 좀 내보지 않겠어?"

도노반은 조심스런 말투로 그 요구를 거절했다.

"분명히 4층이고 보면 보통 일이 아니야." 지미도 말했다.

도노반이 말했다.

"비상 계단은 없나?"

"그런 것 없어."

"있을 텐데." 지미도 함께 말했다.

"4층이나 되는 건물에는 비상사다리를 설치하는 것이 규칙이야."

"규칙이 있어도 설치하지 않았으면 어쩔 수 없는 거지, 뭐. 어떻게 해야 방에 들어갈 수 있지?"

"그것 없나, 그거?" 도노반이 말을 이었다. "상인이 고기와 양배추 같은 것을 실어올리는 것 말이야."

"아, 서비스 리프트." 패트가 말했다. "있긴 있어. 하지만 바구니 정도 밖에 실을 수 없어. 앗! 잠깐만, 있어. 석탄 리프트가! 그거라면 어떨까?"

"그거야!" 도노반도 소리쳤다. "좋은 생각인걸."

밀드레드가 기를 꺾는 듯한 말을 했다.

"그것도 출구가 닫혀 있잖아? 안으로 고리가 잠겨 패트의 부엌에서 나올 수가 없을 거야."

그러나 그 걱정은 그 자리에서 부정되었다.

"그런 일이 있을 것 같아?"

도노반이 말하자, 지미도 마찬가지로 동의했다.

"패트의 부엌에 한해서는 고리를 잠갔을 리가 없어."

"그래." 패트도 말했다. "그런 것 같군, 기억이 없어. 오늘 아침

휴지통을 내놓았었는데 그리고 나서 아마 열어 놓은 채로 내버려 두었을 거야. 그 뒤로는 줄곧 그 근처에 간 일도 없으니까."

"좋아." 도노반이 말했다. "그것이 오늘 밤 구원의 신이 될 것 같군. 그러나 패트, 너는 그 칠칠치 못한 버릇을 고치지 못하는 한 매일 밤 도둑에게——그것도 어쩌면 강도일지도 모르지——들어오십쇼, 하는 거나 마찬가지야."

패트는 그런 설교에는 귀도 기울이지 않았다.

"자, 빨리!" 하고 외치더니 앞장서서 네 개의 계단을 뛰어내렸다. 다른 사람들도 그 뒤를 따랐다.

패트의 안내로 유모차가 가득 찬 어두운 곳을 지나 건물 중심으로 향하는 문을 빠져 나간 다음, 바로 오른쪽인 리프트가 있는 곳으로 구부러졌다. 리프트에는 쓰레기를 넣는 깡통이 들어 있었다. 도노반이 그것을 치우고 살짝 그 자리에 타 보였다. 그는 콧등에 주름을 잡았다.

"좀 냄새가 나는 걸." 그는 말했다. "그러나 이제부터 어떻게 한다? 이 모험을 나 혼자서 강행하느냐, 아니면 누구든 같이 갈 생각이 없나?"

"나도 가자."

지미가 그렇게 말하고 도노반 옆에 탔다.

"둘이 같이 타도 괜찮을까?"

지미는 겁을 먹었다.

"여기에는 1톤의 석탄을 실어. 네가 그만큼 무겁지는 않겠지."

패트가 말했지만, 그녀의 도량형에 대한 지식은 극히 빈약한 편이다.

"어쨌든 떨어지느냐, 떨어지지 않느냐는 금방 알 수 있을 거야."

로프를 끌어당기며 도노반은 밝은 얼굴로 말했다.

그리고 두 사람은 삐걱삐걱 소리를 내며 시야에서 사라져 버렸다.

"굉장한 소리가 나는군." 어둠 속을 올라가며 지미가 말했다. "다른 방 사람들이 어떻게 생각할까?"

"유령이나 강도라고 생각하겠지, 뭐." 도노반이 대답했다. "어쨌든 로프를 당기는 일도 대단한 중노동인데! 이 프라이어즈 맨션의 포터는 생각했던 것보다 일을 많이 하는 셈이야. 이봐, 지미, 계단은 세고 있겠지?"

"앗, 야단났군! 잊어 버렸어."

"내 그럴 줄 알았어. 그러나 나도 역시 깜빡 잊어버리고 있었군. 지금 지나친 데가 3층일 테니까 이번이 목적지야."

"하지만 도착해보니" 지미가 걱정스러운 듯이 말했다. "패트란 놈, 문을 걸어 놓았더라고, 뭐, 그렇게 되는 것 아냐?"

그러나 이 걱정은 들어맞지 않았다. 목조문은 건드리기만 해도 열려, 두 사람은 마치 먹물을 부은 듯한 패트의 부엌 어둠 속으로 들어갔다.

"이런 밤일을 할 때는 손전등을 가지고 와야 하는 건데." 도노반이 말했다. "뻔하지, 패트의 일이니까. 바닥에는 물건이 정신없이 널려 있을 거야. 전등 스위치를 찾을 때까지는 사기 그릇을 다 밟아 깨겠는데. 지미, 내가 전등을 켤 때까지 거기서 움직이면 안돼."

그는 손으로 더듬더듬 조심을 해 가며 걸어나가다가 "젠장!" 하고 소리를 질렀다. 부엌 테이블 모서리에 갈빗대라도 부딪친 모양이다. 스위치는 어떻게 찾은 모양인데, 거기서 또 "젠장!" 하고 고함을 질렀다.

"아니, 왜 그래?" 지미가 물었다.

"전기가 안 들어와. 전구가 끊어진 모양이야. 잠깐만 기다려봐. 거실의 전등을 켜고 올게."

거실의 문은 복도를 지난 바로 앞에 있었다.

지미의 귀에 도노반이 문으로 나가는 소리가 들리더니 이어서 또 그 억누르는 듯한, 젠장 소리가 들렸다.

지미 자신도 조심스럽게 부엌을 지나갔다.

"왜 그래?"

"그걸 모르겠어. 어느 방이고 밤이 되면 마술이 걸리는 모양이지. 완전히 상태가 달라졌어. 의자고 테이블이고 전혀 다른 장소에 있어. 아야! 또 당했군!"

그러나 지미의 손이 우연히 스위치에 닿았으므로, 그것을 눌렀다. 다음 순간 두 청년은 깜짝 놀라 말없이 얼굴을 마주 보았다.

방은 패트의 거실이 아니었다. 층을 잘못 안 것이다.

그 방은 패트 방보다 10배나 더 많은 가구들로 꽉 차 있었다. 그렇기 때문에 도노반은 의자와 테이블에 부딪쳐 연방 비명을 지를 수 밖에 없었던 것이다. 방 복판에 빨간 색 테이블보를 친 둥근 탁자가 놓여 있고, 창문에는 꽃이 놓여 있다. 하지만 어떤 인물이 이 방에 살고 있는지, 젊은 두 사람에게는 짐작도 가지 않았다. 공포 속에 두 사람은 잠자코 둥근 탁자를 쳐다보았다. 그 위에는 작은 편지 다발이 있었다. 도노반이 그 중 하나를 집어 들었다.

"어네스틴 그랜트 부인……"이라고 읽고 그는 숨을 삼켰다. "이런 실수가 있나, 그 여자에게 들리지 않았을까?"

"들리지 않았다면 오히려 그게 기적이야." 지미가 말했다. "자네가 악을 쓰던 소리, 가구를 걷어차던 소리, 보통인 줄 아나? 자, 어서 빨리 도망가세."

두 사람은 서둘러 스위치를 돌리고 이번에는 발끝걸음으로 리프트로 돌아갔다. 별탈없이 리프트로 들어가자 지미는 자기도 모르게 한숨을 쉬었다. "나는 본디 잠꾸러기 여자를 좋아하는데." 지미가 만족스러운 듯이 말했다. "어네스틴 그랜트 부인은 아무래도 그 장점을 감추고 있는 모양이야."

"왜 층을 잘못 알았는지 지금 알았어." 도노반이 말했다. "우리가 올라온 것이 지하실에서였다는 것을 깜빡 잊어 버렸던 거야."

그가 로프를 당기자 리프트는 올라오기 시작했다.

"이번에야 말로 문제없어."

"그러기를 바라는 바야." 지미가 먹물을 부은 듯한 어둠 속으로 다시 발을 내디뎠다. "이보다 더한 충격에는 이쪽 신경이 못견뎌."

그러나 더 이상의 부담을 신경에 주는 일없이 끝났다. 스위치를 켜자 조명이 패트의 부엌을 비춰주었다. 서둘러 앞문을 열고 밖에서 기다리다 지쳐 있는 두 처녀를 들어오게 했다.

"꽤 시간이 걸리는군." 패트가 뿌루퉁해 보이며 말했다. "밀드레드와 난 여기서 몇 년은 기다린 것 같애."

"약간의 모험을 했어." 도노반이 설명했다. "하마터면 악질 범인으로 경찰에 연행될 뻔했어."

패트는 거실로 가 전등 스위치를 틀고, 끌어 안고 있던 종이 꾸러미를 소파 위에 던졌다. 그리고 도노반의 모험담을 아주 재미있게 들었다.

"그 여자에게 잡히지 않아 다행이었어. 틀림없이 그 여자는 심술궂은 구두쇠 할멈일 거야. 오늘 아침에 그 여자에게서 편지가 왔어 ──언젠가 나를 만나고 싶대나──뭔가 불만이 있는 모양이야. 아마 내 피아노 때문일 거야. 머리 위에서 피아노 소리 나는 것이 싫으면 이런 아파트에 살지 않으면 될 것 아냐. 어마, 도노반, 손을 다쳤잖아. 피투성이야. 씻고 왔으면 좋겠네."

도노반이 놀라서 손을 보더니 방을 나갔다. 이윽고 지미를 부르는 그의 목소리가 들려왔다.

"아니, 왜 그래? " 지미가 물었다. "대단한 상처는 아니겠지? "

"상처가 전혀 없어. "

그렇게 말하는 도노반의 목소리에 이상한 데가 있었으므로 지미는 놀라 그의 얼굴을 쳐다보았다. 도노반은 씻은 두 손을 내밀었다. 과연 거기에는 아무 상처가 없었다.

"이상하군. " 지미는 눈살을 찌푸리며 말했다. "피투성이인데 어디서 묻었을까? "

거기까지 말하자 그는 갑자기 생각이 났다. 머리가 예민한 친구도 또한 이미 알고 있음이 분명했다.

"그거야! " 지미는 말했다. "아까 그 방에서 묻은 거야. "

그리고 일단은 입을 다물고 그 말이 내포하는 무서운 가능성을 생각한 뒤 다시 말했다.

"그것이 피라고, 자네, 확신을 갖나? 페인트가 아니었을까? "

도노반은 고개를 저었다.

"사람의 피가 분명해"

그는 이렇게 말하고 몸을 부르르 떨었다. 그리고 두 사람은 얼굴을 마주 보았다. 두 사람이 같은 생각을 하고 있는 것이 분명하며, 먼저 입을 연 것은 지미였다.

"어때, " 그는 머뭇머뭇 말했다. "우리 다시 한번 내려가서 거길 들여다 보지 않을테야? 무슨 일이 일어났는지. "

"그들에겐 아무 말도 안하는 게 좋아. 패트는 앞치마를 입고 오믈렛을 만들 테니까, 우리가 어디에 갔는지 의심하기 시작할 때쯤엔 돌아올 수 있을 거야. "

"그럼, 가보자. " 도노반이 말했다. "역시 우린 확인해 둘 의무가 있어. 아무 일도 없으리라고 생각하지만. "

그러나 그 말투는 자신이 없어 보였다. 두 사람은 리프트를 타고 아래층으로 내려갔다. 이번에는 어렵지 않게 부엌을 빠져나가 거실 전등에 불을 켰다.

"분명히 이 방이었을 텐데." 도노반이 말했다. "내 손에 그것이 묻은 것은, 부엌에선 아무것도 만지지 않았으니까."

그는 주위를 둘러 보았다. 지미도 같이 둘러보았으나, 둘 다 눈살을 찌푸렸다. 모든 것이 잘 정돈되어 있고, 흔히 볼 수 있는 방이었다. 폭력이니 유혈이니 하는 것을 떠올리기에는 너무도 거리가 먼 방이었다.

갑자기 지미가 몹시 놀라며 친구의 팔을 잡았다.

"저거야."

도노반은 그 손가락이 가리키는 곳을 따라가다가 이번에는 그가 소리를 질렀다. 두툼하니 골이 지게 짠 커튼 밑에서 발이 벌어진 에나멜 구두를 신은 여자의 발이 나와 있었다.

지미가 커튼 옆으로 다가가 눈을 꼭 감고 커튼을 걷었다. 창문이 튀어나온 곳에 여자의 몸이 웅크리고 있고 바로 곁에 끈적끈적한 검은 피가 괴어 있었다. 죽은 것이 확실했다. 지미가 안아 일으키려고 했으나 도노반이 말했다.

"쓸데없는 짓 하지마. 경찰이 올 때까지 만지면 안돼."

"경찰? 아, 그렇지! 그러나 도노반. 큰일났군. 이 여자는 대체 누굴까? 어네스틴 그랜트 부인일까?"

"그런 것 같군. 이 방에 누가 있다고 보기에는 너무 조용해."

"우린 이제 어떻게 해야 하지?" 지미가 말했다. "달려나가 순경을 잡든가 패트의 방에서 전화를 걸든가 둘 중 하나야."

"전화를 거는 것이 좋겠군. 이 번에는 앞문으로 나가자. 밤새도록 그 역겨운 냄새가 나는 리프트로 오르내릴 수는 없으니까."

지미도 그 말에 동의했다. 그러나 두 사람이 문을 나서려고 할 때 그는 주저했다.

"이봐, 도노반, 우리 둘 중 누구 하나가 여기 남아서 경찰이 올 때까지 이 여자를 지켜야 하지 않을까."

"분명히 자네 말이 옳아. 자네가 남아 있으면 내가 윗방에 가서 전화를 걸고 올게."

그는 계단을 뛰어 올라가 위층 방 앞에서 벨을 울렸다. 패트가 문을 열었다. 앞치마를 두른 채로 얼굴이 상기되어 있는 모습은 패트일지라도 아주 멋져 보였다.

패트는 놀라서 눈을 크게 떴다.

"난 누구라고? 아니, 왜 그래, 도노반? 무슨 일이 있었어. 걱정스러운 얼굴을 하고?"

그는 그녀의 두 손을 잡고 말했다.

"아무 것도 아니야, 패트. 다만 아랫방에서 불길한 것을 보았어. 여자가……죽어 있어."

"어마." 그녀는 숨을 몰아쉬었다. "끔찍해라. 발작이라도 일으켰나?"

"그렇지 않아. 그게……저……살해된 것 같아."

"어마! 도노반!"

"아주 무참하게 살해된 것 같아."

그녀의 손은 그의 손 안에 잡혀 있었으나, 지금은 오히려 그녀쪽에서 매달려 있다고 해도 과언이 아니다. 귀여운 패트——도노반은 그녀를 얼마나 사랑하고 있는가. 그러나 그녀는 대체 그를 사랑해주고 있는지? 때로는 그렇게 생각될 때도 있고, 또 때로는 그녀가 사랑하고 있는 사람은 지미 포크너가 아닌가, 하고 생각될 때도 있었다. 갑자기 아래층에서 이른 대로 시체를 지키기 위해 남아 있는 지미 생각이 나 죄의식이 솟아올랐다.

"패트, 경찰에 전화로 알려야해."

"당신 말이 옳아요." 그의 등 뒤에서 말하는 소리가 들렸다. "그리고 경찰관이 도착하기를 기다리는 동안, 나도 조금은 일을 거들 수 있을 겁니다."

두 사람은 아까부터 방문 앞에 서 있었던 셈인데, 지금에서야 계단층계참 쪽을 올려다 보았다. 두 사람이 있는 곳에서 조금 떨어진 계단 위에 서 있는 사람 그림자가 아래로 내려와 시야 안으로 들어왔다.

두 사람의 눈앞에 뻣뻣한 수염을 기르고 계란형의 작은 머리를 가진 남자가 서 있었다. 번쩍이는 실내복 차림에 수를 놓은 슬리퍼를 신고 있다. 그는 패트리시아에게 정중하게 머리를 숙였다.

"마드모아젤!" 그가 말했다. "아시리라 믿습니다만, 나는 이 윗방에 세들고 있는 자입니다. 나는 본디 높은 곳에 살기를 좋아하는 성질이라서요——공기도 좋고——게다가 런던 시를 한눈에 내려다 볼 수 있지요. 방을 빌리는 데는 오코나라는 이름을 씁니다만, 사실 나는 아일랜드 사람이 아닙니다. 나에게는 또 하나의 이름이 있습니다. 주제넘게 내가 힘이 되고자 하는 것은 그런 이유 때문인데, 보십시오, 이런 이름입니다."

그리고 남자는 화사한 손짓으로 명함을 꺼내어 패트에게 주었다. 그녀가 그것을 읽었다.

"어마! 에르퀼 포아로 씨." 그녀는 숨을 삼켰다. "저 유명한 포아로 씨? 명탐정인? 그래, 정말 손을 빌려 주시겠어요?"

"그럴 작정으로 내려왔습니다, 마드모아젤. 실은 오늘밤 좀 더 일찍부터 도와드리려고 했답니다."

패트는 이상하다는 표정을 지었다.

"당신네들이 어떻게 해야 방에 들어갈 수 있느냐고 의논하고 있는

것을 들었습니다. 나는 열쇠의 조작에 아주 능숙하기 때문에 당신
네들을 위해 열어드릴 수가 있었습니다. 그러나 그 말꺼내기를 주
저했습니다. 그것은 당신네들에게 수상한 사람이라고 의심받을 우
려가 있어서."

패트가 웃었다.

"그랬었습니다." 포아로는 도노반에게 말했다. "방에 들어가서 경
찰에 전화를 하시지요, 나는 아래층 방에 가 보겠으니."

패트도 함께 계단을 내려갔다. 거기서 지미가 시체를 지키고 있었
으므로 패트가 포아로의 일을 설명했다. 지미는 그와 도노반의 모험
을 포아로에게 설명해 주었다. 사립 탐정은 열심히 귀를 기울이고 있
더니 말했다.

"리프트 입구의 문에 고리가 걸려 있지 않았단 말이지요, 그래서
당신네들은 부엌으로 들어갔는데, 전등은 켜지지 않았고."

그는 지껄이며 발을 부엌 쪽으로 향하고 손가락으로 스위치를 눌렀
다.

"Tiens! Voilá ecqui est curieux! (아니! 이거 기묘한 일인데
요!)" 전등이 환하게 켜졌으므로 그는 말했다. "이건 전혀 고장이
아닙니다. 이것은 즉."

그는 손가락을 들어 침묵을 명령하고 귀를 기울였다. 정적을 깨고
드르렁거리는 소리가 들려 왔다. 틀림없이 사람의 코고는 소리다.

"오라!" 포아로는 말했다. "La chambre de domestique(하녀
방)."

그는 발자국 소리를 죽이고 부엌을 가로질러 문으로 연결되어 있는
식당으로 다가갔다. 문을 열고 전등 스위치를 눌렀다. 그곳은 이 아
파트를 지은 이가 사람이 자도록 설계한 모양이지만 사실은 개장과
비슷한 방이었다. 침대가 방의 대부분을 차지하고 있었다. 그 위에는

장밋빛 볼의 처녀가 입을 크게 벌리고 조용히 숨소리를 내고 있었다.

포아로는 전등불을 끄고 곧 물러났다.

"한동안은 일어날 것 같지 않군. 경찰이 도착할 때까지 자도록 내버려 둡시다."

그가 거실로 돌아가자 도노반도 가담했다.

"경찰은 곧 온답니다." 숨을 헐떡이며 말했다. "아무것도 만지지 말랬어요."

포아로는 고개를 끄덕였다.

"만지지 않습니다. 관찰할 뿐이지요."

그는 그 방으로 들어갔다. 이미 밀드레드와 도노반도 함께 내려왔으므로 젊은 네 남녀가 문 앞에 선 채 숨을 죽이고 흥미 있는 눈으로 포아로의 움직임을 지켜보고 있었다.

"나로서 이해할 수 없는 것은," 도노반이 말참견을 했다. "창문 옆으로 다가선 일도 없는데, 왜 손에 피가 묻었느냐 하는 점입니다."

"그 대답은 명백합니다. 테이블보가 무슨 색깔이지요? 빨갛지요? 즉 당신은 그 테이블을 손으로 짚은 겁니다."

"맞아요. 분명히 저는 손으로 짚었습니다. 그래서……." 말을 하다 말고 입을 다물었다.

포아로는 고개를 끄덕였다. 그리고 테이블 위로 몸을 굽히고 손으로 빨간 테이블보 위의 거무스름한 반점을 가리켰다.

"범행현장은 여깁니다" 하고 정중한 어조로 말했다. "죽인 뒤 시체를 옮긴 거죠."

그리고 다시 몸을 일으키더니 방 안을 천천히 둘러 보았다. 돌아다니지도 않고 무엇을 만지는 것도 아니었지만 그 모습을 지켜보고 있는 네 사람에게는 좋지 않은 냄새를 풍기고 있는 그 방 안의 모든 것이 그의 날카로운 관찰안 앞에 그 비밀을 드러내 놓고 있는 것으로 느껴졌다. 에르큘 포아로는 만족스러운 듯이 고개를 끄덕이고 조그맣게 한숨을 쉬더니 "과연, 그렇군" 하고 중얼거렸다.

"무엇을 알았습니까?" 도노반이 호기심에 못 이겨 물었다.

"당신들도 느낀 일이겠지만, 이 방 안에는 가구가 지나치게 꽉 차 있어요."

도노반은 분한 듯이 쓴웃음을 지었다.

"네, 나는 마구 부딪쳤어요. 당연한 일이지만, 패트의 방과는 전혀 상태가 다르게 모든 것이 다른 위치에 놓여 있었으니 짐작이 안 간 것도 당연한 일이죠."

"아니, 모든 것이 다는 아닙니다." 포아로가 말했다.

도노반은 이상하다는 듯 포아로를 보았다.

"그것은 이런 뜻입니다." 포아로는 변명하듯 덧붙여 말했다. "붙박이로 되어 있는 것은 위치가 다르지 않습니다. 이 건물의 한 구석에는 문, 창, 난로 그런 것들이 층의 상하를 막론하고 다 같은 위치에 있어……."

"그런 것도 세밀하게 조사해야 할 일인가요?" 밀드레드가 물었다.

그녀는 아까부터 가벼운 비난의 눈초리로 포아로의 모습을 바라보고 있었다.

"이런 문제에 대해 말할 때는 언제나 절대적으로 정확하게 말해야 합니다. 이것은 뭐라고 할까요, 나의 취미이기도 하지만."

그때 계단에 발자국 소리가 나고 세 명의 남자가 들어왔다. 순경을 거느린 경감과 경찰의(警察醫)였다.

경감은 포아로를 보자 경의를 표해 인사를 한 다음 다른 사람들 쪽을 보고 입을 열었다.

"한 사람 한 사람에게 이야기를 듣겠습니다만, 그러기에 앞서……."

포아로가 가로막고 나섰다.

"그럼, 이렇게 하면 어떻습니까? 우리는 다 위층방으로 물러가, 이 아가씨에게는 지금까지 하던 일을 계속하게 하면——우리들에게 오믈렛을 대접해 주겠다고 합니다. 오믈렛은 특별히 내가 좋아하는 것이지요. 경감님은 이 방안을 조사하신 다음 위층 우리가 있는 곳으로 올라오셔서 질문을 해주시기로 말입니다. 그러면 어떻겠습니까?"

이야기는 그렇게 결정되어 포아로는 그들과 함께 위층으로 올라갔다.

"포아로 씨!" 패트가 말했다. "당신은 정말 멋진 분이에요. 당신에겐 최상의 오믈렛을 대접해 드리겠어요. 오믈렛 만드는 일만은 자신이 있어요."

"그거 참, 잘됐군요. 나는 옛날에 아주 아름다운 영국인 젊은 부인을 사랑한 일이 있었는데, 그 여자가 아가씨와 똑같았지요. 그런데 슬프게도 그 여자는 요리를 못 만들었어요. 세상은 모든 것이 다 그렇답니다."

그의 목소리에는 약간의 슬픔이 담겨 있었다. 지미 포크너가 이상하다는 표정으로 바라보고 있었다.

그러나 방으로 들어가자 포아로는 밝은 태도로 돌아가 모두를 즐겁게 해주려고 애썼다. 아래층의 잔인한 비극 따위는 완전히 잊어버린 것 같았다.

오믈렛을 다 먹고 나서 저마다 그 요리 솜씨를 칭찬하고 있는데 래이스 경감의 발자국 소리가 들려왔다. 순경은 아래층 방에 남아 있고, 경찰의는 함께 왔다.

"여, 포아로 씨." 그는 말했다. "아주 간단한 사건이군요. 당신이 나설 만한 일이 아닌 것 같습니다. 그러나 범인을 체포하기까지는 좀 시간이 걸릴 것 같습니다. 일단 어떤 경과로 시체를 발견하셨는지 그것부터 물어보기로 하지요."

도노반과 지미가 번갈아 그날 밤의 일을 들려 주었다. 경감은 나무라듯 패트를 돌아다보며 말했다.

"안되겠군, 아가씨. 리프트 출입문에 고리를 걸지 않다니 큰 실수요. 조심하지 않으면 위험합니다."

"다시는 안 그러겠어요." 패트가 떨면서 말했다. "정말이에요. 누가 들어와 아래층 방 여자처럼 살해할지도 모를 테니까요."

"그래요! 하기야 거기서는 침입 경로가 다르긴 했지만." 경감이 말했다.

그러자 포아로가 말했다.

"그런데⋯⋯당신에게 조사 상황을 좀 들을 수 있겠지요?"

"글쎄요, 이야기를 해도 괜찮을지. 아니, 다른 사람 아닌 당신이니까 말씀드리지요, 포아로 씨."

"그럼, précisément(분명히)" 포아로는 말했다. "이 젊은 사람들은 다 입이 무거울 겁니다."

"아무래도 신문 기자들이 금방 냄새를 맡겠지만," 경감은 말했다. "이 사건엔 비밀스러운 게 없습니다. 살해된 사람은 틀림없이 그랜트 부인입니다. 그것은 포터를 불러 확인했습니다. 서른 댓 가량의 부인이에요. 테이블 앞에 앉아 있는 것을 자동소총으로 쏘았는데, 아마 이 여자와 마주 앉아 있던 자의 짓일 겁니다. 앞으로 쓰러졌으므로 테이블 위에 핏자국이 묻은 겁니다."

밀드레드가 옆에서 말했다.

"그렇다면 누가 총소리를 들었을 텐데요."

"권총에 소음 장치를 해 놓았어요. 그래서 소리는 들리지 않았지요. 말이 나온 김에 말입니다만 우리가 피해자의 하녀에게 주인이 살해되었다는 이야기를 하니까 비명을 질렀는데 그 소리가 들렸습니까? 들리지 않았지요? 그렇다면 다른 소리도 들리지 않았을 겁니다."

포아로가 질문했다.

"그 하녀가 뭐라 않던가요?"

"오늘 밤이 그 여자의 외출날입니다. 자기 열쇠를 가지고 있었으므로 10시 쯤에 돌아왔는데 너무 조용하길래 주인이 잠자리에 든 줄 알았답니다."

"그래서 거실을 들여다보지 않았군요."

"들여다보긴 했답니다. 저녁에 배달된 우편물을 가지고 들어갔는데, 별로 이상한 점을 보지 못했던 거죠. 그 점, 포크너 씨나 베일리 씨와 마찬가지였지요. 범인은 시체를 커튼 뒤에 아주 교묘하게 숨겨 놓았더군요."

"참으로 색다른 짓을 한 거지요. 그렇게 생각지 않습니까, 경감님?"

포아로의 목소리는 아주 조용했지만, 경감이 당황하여 얼굴을 들 정도의 효력을 지니고 있었다.

"도망치기에 필요한 시간 동안은 범행을 발견당하고 싶지 않았던 겁니다."

"반드시, 반드시 그럴 겁니다. 그 다음을 계속해 주십시오."

"그녀가 외출한 것은 5시입니다. 경찰의가 추정한 사망 시간은 대강입니다만, 너댓 시간 전으로 되어 있습니다. 그렇지요, 의사 선생?"

말수가 적은 경찰의는 긍정을 나타내는데 힘껏 고개를 끄덕여 보였을 뿐이다.

"지금은 12시 15분 전이니까 범행 시간은 상당히 확정적인 곳까지 좁힐 수 있을 것 같습니다." 경감은 구겨진 종이 한 장을 꺼내어 "이 것이 피해자의 드레스 주머니에 들어 있었습니다. 만져도 상관없습니다. 지문은 묻어 있지 않으니까요."

포아로가 구김살을 펴서 보니, 거기에는 작은 활자로 이름의 머리 글자와 몇 가지 말이 인쇄되어 있었다.

오늘 밤, 7시 반에 만나러 감——J.

포아로는 그것을 돌려주며 말했다.

"남겨 두고 가기에는 지나치게 위험한 쪽지군요."

"그는 피해자가 그것을 주머니 속에 넣어 둔 줄 몰랐던 겁니다." 경감이 대답했다.

"아마 그 여자가 찢어 버렸으려니 했겠지요. 그러나 그가 상당히 조심스러운 남자라는 증거도 있습니다. 그녀를 쏜 권총이 시체 밑 에서 발견되었는데 여기서도 역시 지문을 찾아낼 수 없습니다. 비 단 수건으로 구석구석 닦아놓았어요."

"어떻게 비단 수건으로 닦았다는 것을 아십니까?" 포아로가 물었 다.

"발견되었으니까요." 경감은 의기양양하게 대답했다. "끝으로 커 튼을 닫았을 때 잘못하여 떨어뜨리고 몰랐던 거지요."

경감은 커다랗고 흰 비단 손수건을 건네주었다. 고급품이었다. 경 감이 손가락으로 가리키는 바람에 포아로가 주의를 하게 되었지만, 그럴 필요까지도 없이 그 가운데 부분에 붙어있는 마크가 보였다. 뚜 렷이 나타나 있어 누구나 다 읽을 수 있었다. 포아로는 소리를 내어 읽었다.

"존 프레이저."

"그겁니다." 경감은 말했다. "존 프레이저——머리 글자는 J F가 되죠. 이름을 알게 되었으니 죽은 여자의 신원을 조사해보면 관계자가 분명해지고, 곧 잡힐 겁니다."

"어떨까요?" 포아로가 말했다. "아니, Mon cher(보십시오). 아무래도 나로선 그렇게 간단히 붙잡힐 것 같지 않은데요. 꽤 별난 남자니까요. 용의주도한 데가 있습니다. 손수건에는 이름을 써 넣었다, 범행에 쓴 권총의 지문은 닦아낸다, 그러면서도 깜박 잊어버리고 중요한 손수건을 떨어뜨리고 관련성을 갖게 될지도 모를 편지를 찾지도 않고 내버려 둡니까? 아니에요, 아주 색다른 남자입니다."

"당황하고 있었던 겁니다."

"그럴 수도 있죠." 포아로는 말했다. 분명히 있을 수 있는 일입니다. 그러나 그가 이 아파트로 들어온 것은 아무에게도 들키지 않았지요?"

"그 시간에는 사람 출입이 잦았습니다. 이처럼 큰 건물이니까요. 그런데 당신들은……." 경감은 네 사람을 돌아다 보며 말했다. "3층에서 나가는 남자를 못보았나요?"

패트는 고개를 내저었다.

"우리는 더 일찍 외출했기 때문에……7시쯤이었어요."

"알았습니다."

경감이 일어섰다. 포아로는 문 앞까지 따라가서 말했다.

"잠깐 부탁이 있습니다. 아래층 방을 제가 좀 살펴볼 수 없을까요?"

"그렇게 하십시오, 포아로 씨. 본청이 얼마나 당신을 인정하고 있는지 나도 모르는 바 아니니까요. 열쇠를 드리죠. 두 개 가지고 있습니다. 지금은 아무도 없을 겁니다. 하녀는 친척집으로 도망쳐 버렸습니다. 무서워서 혼자는 있을 수 없는 모양이죠."

"이거 참, 고맙습니다."

포아로는 이렇게 말하고 생각에 잠기며 방으로 돌아왔다.

"지금 한 설명에 만족하시지 않는 것 같군요, 포아로 씨?"

지미가 말했다.

"그렇소, 만족할 수 없는 점이 있어요."

도노반이 호기심 있는 듯 포아로를 쳐다보았다.

"뭡니까, 그게? 어디가 마음에 안 드십니까?"

포아로는 대답하지 않았다. 잠시 동안 말없이 눈살을 찌푸리고 생각하고 있더니 갑자기 초조한 듯 어깨를 움직이며 말했다.

"마드모아젤, 당신은 쉬는 것이 좋을 겁니다. 요리를 만드느라고 애를 썼으니까요."

패트는 소리를 내어 웃었다.

"요리라고요? 오믈렛 밖에 더 만들었어요? 만찬을 준비한 것도 아니고, 도노반과 지미가 찾아와 우리에게 나가자고 해서 소호의 레스토랑까지 갔다 오는 길이에요."

"그 다음은 물론 영화관에 가고?"

"네, 그래요. '캐롤라인의 갈색 눈동자'였어요."

"오! 그것은 푸른 눈동자였어야 해요. 마드모아젤처럼 푸른 눈동자." 포아로가 말했다.

그는 과장된 몸짓을 해보인 다음 다시 한번 패트와 밀드레드에게 "잘 주무십시오"라는 말을 했다. 밀드레드는 이렇게 무서운 밤에 혼자 있을 수 없다는 패트의 특청으로 그 방에서 자기로 되어 있었다.

청년 두 사람은 포아로와 함께 나갔다. 문이 닫히고 계단의 층계참에서 포아로에게 작별 인사를 하려고 하자, 그는 두 사람이 입을 열기 전에 말했다.

"당신들은 아까 내가 만족할 수 없다고 한 말을 들었죠. Eh biem (그런데), 그게 사실입니다. 나는 만족하지 않아요. 이제부터 좀 조사해 볼까 하는데, 상관없다면 함께 가지 않겠습니까?"

이 제안에 둘은 기꺼이 찬성했다. 포아로가 선두에 서서 아래층 방으로 가 경감이 준 열쇠를 꽂았다. 안에 들어가자 청년들이 예상했던 것과는 반대로 포아로는 거실에는 가려고 하지 않았다. 그는 곧장 부엌으로 갔다. 개수대의 우묵한 곳에 큰 철제 쓰레기통이 놓여 있었다. 포아로는 그 뚜껑을 열고 몸을 굽혀 테리어 개처럼 무서운 기세로 뒤지기 시작했다. 지미와 도노반 두 사람은 놀라며 그 모습을 지켜보고 있었다.

갑자기 그는 승리를 거둔 듯한 고함을 질렀다. 그의 손에는 뚜껑이 닫힌 작은 병이 쥐어져 있었다.

"Voilà(여기 있어요)." 그는 말했다. "찾고 있던 것을 찾아냈어요." 그는 살짝 그 냄새를 맡았다. "아니! enrhumé(감기)라도 들었나, 골치가 아프긴 했지만."

도노반이 그의 손에서 병을 받아 대신 냄새를 맡아보았으나, 역시 냄새는 나지 않았다. 그래서 마개를 빼고 병을 코에다 갖다 댔다. 포아로가 말렸으나 이미 늦었다.

그는 그 순간 나무토막처럼 힘없이 쓰러졌다. 포아로가 뛰어나와 바닥에 머리를 부딪치기 전에 가까스로 끌어안았다.

"바보같이!" 포아로가 소리쳤다. "생각이 없군. 덮어놓고 마개를 빼다니! 이 사람, 내가 이것을 얼마나 조심해서 취급하는가 보지 않았소. 무슈 포크너, 안 그래요? 브랜디를 좀 가지고 오겠소? 아까 보니까 거실에 병이 있더군요."

지미는 당황하여 뛰어나갔다. 돌아와 보니 도노반이 일어나 앉아

이제 괜찮다고 말했다. 포아로가 독극물로 의심되는 물건의 냄새를 맡을 때는 상당히 조심해야 한다고 설교를 하고 있는 중이었다.

"나는 돌아가는 편이 좋을 것 같군요. 아직도 다리가 후들거려요."

"그러시오." 포아로가 말했다. "돌아가는 게 좋겠어요. 무슈 포크너가 나와 동무하여 줄 테니까요. 나도 곧 갈 겁니다."

그는 도노반을 보내려고 문이 있는 곳까지 가더니 다시 밖으로 나가 계단 층계참에서 한동안 이야기를 하고 있었다. 그리고 포아로가 다시 방으로 돌아와 보니 지미가 거실에 서서 이상한 눈으로 주위를 둘러보고 있었다.

"포아로 씨, 다음에는 무슨 일을 하실 거지요?"

"이제 없어요. 사건은 해결되었습니다."

"네?"

"모든 것이 끝났습니다, 지금요."

지미는 물끄러미 포아로를 쳐다보았다.

"지금 발견한 작은 병에서요?"

"그렇습니다. 그 작은 병에서."

지미는 고개를 흔들었다.

"나는 전혀 모르겠습니다. 이유가 있어서 존 프레이저를 범인으로 하는 증거에 만족을 안하시는지는 알았지만 그런데 존 프레이저란 누굽니까?"

"글쎄, 누굴까요." 포아로는 조용히 되뇌었다. "어떤 자인가……글쎄, 우선 생각할 수 없다고 봅니다."

"점점 알 수 없군요."

"그것은 범인의 이름이 아닙니다. 그러므로 그 이름은 용의주도하게 손수건에 꿰매어 넣은 이름에 지나지 않습니다."

"그리고 그 편지는?"

"그게 인쇄되어 있었던 것을 몰랐습니까? 왜 그런 짓을 했는가 하면, 필적은 어쨌든 발각되기 쉽고 타자기로 친 편지도 사람들이 생각하기보다 훨씬 간단히 발목을 잡습니다. 그러나 진짜 존 프레이저가 그 편지를 썼다면 이 두 가지 점은 그에게는 아무래도 괜찮은 일이었을 겁니다! 그 편지는 일부러 쓴 편지로써 우리가 발견할 수 있도록 피해자의 주머니에 넣어 둔 겁니다. 즉 존 프레이저라는 사람은 실존 인물이 아닙니다."

지미는 이상하다는 듯이 포아로를 보았다.

포아로는 말을 계속했다. "그래서, 나는 최초에 눈을 끈 점으로 되돌아가 보기로 했습니다. 당신도 내가 한 말을 기억하고 있겠지요. 실내의 비품 중 어떤 것은 어느 방이나 같은 위치에 있다는 겁니다. 나는 세 가지 예를 들었지요. 거기에다 네 번째 것도 들 수 있습니다, 전등 스위치요."

지미는 아직도 이해할 수가 없는지 상대방의 얼굴을 보고 있었으나 포아로는 개의치 않고 말을 계속했다.

"당신 친구 도노반은 창문 가까이에는 가지 않았어요. 그 사람의 손에 피가 묻은 건 손으로 테이블 위를 짚었기 때문입니다! 그러나 나는 곧 자신에게 물어보았죠. 왜 그는 테이블을 손으로 짚었을까? 그 어두운 방 안에서 무엇을 더듬었나? 지금도 말했듯이 전등 스위치는 어디나 같은 위치, 그러니까 문 옆에 있습니다. 그렇다면 그는 이 방에 들어와 왜 곧 스위치를 찾아 불을 켜려고 하지 않았을까요? 그것이 보통 누구나 하는 법입니다. 그의 말에 의하면 부엌에서 전등을 켜려고 했으나 켜지지 않았다고 했는데, 내가 켜 보니까 스위치는 고장이 나지 않았었지요. 그러면 그때 그로선 전등을 켜고 싶지 않은 일이 있었던 게 아닐까요? 그때 전등만 켜졌으면 당신네 둘이 남의 집으로 잘못 들어왔다는 것을 그 자리에서 알았을 겁니다. 그리고 이 방까지 들어오지도 않았을 거고요."

"무슨 말을 하려고 그러시지요, 포아로 씨? 나로선 이해할 수 없는 일인데, 무슨 말이 하고 싶은 겁니까?"

"내가 말하고 싶은 것은, 이겁니다."

포아로는 열쇠를 내보였다.

"이 방의 것입니까?"

"아니오, 윗층 방 열쇠입니다. 마드모아젤 패트리시아의 열쇠. 무슈 도노반 베일리가 초저녁에 그녀의 가방에서 빼낸 것입니다."

"아니, 왜, 왜 그런 짓을?"

"Parbleu(그렇죠)! 그래서 그는 원하는 위치를 잡을 수 있었습니다. 누구의 의심도 사지 않고 이 방에 들어 올 수 있는 구실을 만든 셈이죠. 밤이 깊어지기 전에는 리프트의 문에 고리가 걸려 있지 않다는데 확신을 가지고 있었던 겁니다."

"당신은 이 열쇠를 어디서 찾아냈습니까?"

포아로의 얼굴에 미소가 번졌다.

"지금 막 찾아냈습니다. 과연 찾아 본 곳에 들어 있더군요. 무슈 도노반의 주머니 속입니다. 아셨지요? 그 작은 병을 찾아낸 체한 것은 계략이었어요. 그래서 무슈 도노반은 보기 좋게 걸려든 거죠. 그리고 내가 예상했던 대로 병마개를 빼고 냄새를 맡았죠. 아주 강력한 마취약 에틸 클로라이드를 넣어 두었거든요. 그 약으로 내가 필요했던 무의식의 시간을 이용할 수 있었습니다. 그 사이에 나는 있다고 예상했던 두 가지 물건을 그의 주머니에서 빼어 놓았던 거죠. 하나가 이 열쇠고, 나머지 하나는……."

그는 일단 말을 끊었다가 곧 다시 계속했다.

"시체를 커튼 뒤로 숨긴 이유에 나는 의문을 가졌습니다. 경감은 그것을 시간을 벌기 위한 짓이라고 설명했지만, 거기에는 뭔가 그 이상의 것이 있을 겁니다. 그런데 나는 생각나는 것이 있었어요, 우편물입니다. 야간 배달은 대개 9시 반쯤에 있죠. 가령 범행 시간에 범인이 목표로 했던 것을 발견 못해서 다음 배달로 배달되었다면 범인은 어떻게 하리라고 생각합니까? 말할 나위도 없이 범인은 다시 한 번 현장으로 돌아가야 합니다. 그러나 그 전에 하녀가 돌아와 시체를 발견하는 일이 있어서는 곤란하며 방에 경찰의 손이 닿기라도 한다면 큰일입니다. 그래서 그는 시체를 커튼 뒤에 숨긴 것이죠. 그래서 하녀는 아무 의심도 않고 여느 때나 다름없이 편지를 테이블 위에 놓았던 겁니다."

"편지요?"

"네, 편집니다." 포아로는 주머니 속에서 무엇을 꺼내더니 "이것이 무슈 도노반이 의식불명이 되었을 때 그의 주머니 속에서 꺼낸 두 번째 물건입니다" 하고 말했다.

포아로는 거기서 어네스틴 그랜트 부인이라고 타자기로 찍은 봉투의 겉글씨를 가리켰다.

"그러나 무슈 포크너, 이 편지 내용을 읽기 전에 물어 볼 일이 있습니다. 당신은 마드모아젤 패트리시아를 사랑하고 있나요? 아니면 사랑하지 않는가요?"

"나는 패트를 죽도록 사랑합니다. 그러나 그 희망이 이루어지리라고는 한번도 생각한 일이 없습니다."

"당신은 그 여자가 사랑하고 있는 것이 무슈 도노반이라고 생각했었군요. 그 여자가 처음에 그를 좋아했던 것만은 분명하겠죠. 그러나 그것은 처음뿐이고 더 이상 진행된 것은 아닙니다. 그 여자에게 그것을 잊어버리게 하는 데는 당신의 힘이 필요합니다. 그 여자의 고민에 대해 힘이 되어……."

"그 여자의 고민이라고요?" 지미는 날카로운 목소리로 말했다.

"그래요, 고민이죠. 우리는 이 사건에 그 여자의 이름이 나지 않도록 최선을 다할 작정이지만 완전히 들추지 않는다는 것은 불가능하다고 볼 수 밖에 없습니다. 어쨌든 이 범죄의 동기는 그 여자이니까요."

포아로는 손에 든 편지를 뜯었다. 안에 든 것은 변호사 사무실에서 온 것으로 내용은 간단했다.

보내신 서류는 서식이 완비된 것으로, 결혼 수속이 외국에서 이루어졌다 해도 혼인 사실이 무효가 될 수는 없습니다.

포아로는 동봉한 서류를 펴보았다. 그것은 도노반 베일리와 어네스틴 그랜트가 8년 전에 결혼한 사실을 증명하는 증명서였다.

"아니, 이건!" 지미는 소리쳤다. "패트가 그 여자에게서 만나자는 편지를 받았었다고 하더니, 이런 중요한 볼일인 줄이야 꿈에도 생각지 않았겠지."

포아로는 고개를 끄덕였다.

"무슈 도노반은 그것을 알았어요. 그리고 오늘 밤 위층 방에 가기 전에 아내를 찾아갔던 거죠. 하필이면 이 불행한 부인이 라이벌이 살고 있는 아파트로 이사를 오다니, 상당히 아이러니컬한 일입니다. 도노반은 그 여자를 냉혹하게도 살해했습니다. 그리고 모두 함께 오늘 밤을 놀고 지낸 거죠. 그의 아내는 변호사에게 결혼증명서를 보내어 그 회답을 기다리고 있다고 그에게 말했을 겁니다. 물론 그는 그 변설(辯舌)로 그들의 결혼에는 불비한 점이 있으므로 무효라고 아내를 설득하려고 했던 거지요."

"그래도 그는 오늘 밤, 아주 기분이 좋아 보였는데……포아로 씨, 당신은 설마 그를 놓친 것은 아니겠지요?" 지미는 몸을 부르르 떨며 말했다.

"도망칠 수 없습니다." 포아로는 엄숙한 어조로 말했다. "두려워 할 건 없어요."

"내가 무엇보다도 걱정이 되는 것은 패트의 마음입니다." 지미가 말했다. "그 여자는 그를 정말로 사랑하고 있으니까요."

"거기에 당신의 역할이 있는 겁니다." 포아로는 상냥하게 말했다. "그 여자의 마음을 당신한테로 끌어당겨 지금까지의 일을 잊어버리게 하는 거지요. 그것은 그다지 어려운 일이 아닐 것 같은데요."

The Adventure of Johnnie Wavrely
조니 웨이버리의 모험

"어머니의 마음을 이해해 주시리라고 생각합니다."

아마 이 말이 적어도 여섯 번은 웨이버리 부인 입에서 되뇌어졌을 것이다. 그녀는 애원하듯이 포아로를 쳐다보았다. 비탄에 잠긴 어머니에게 늘 동정적인 나의 친구는 마음을 가라앉혀 주려고 연방 손을 흔들며 말했다.

"압니다, 압니다, 완전히 이해하고말고요. 당신의 포아로를 믿어주십시오."

"경찰은……."

웨이버리 씨가 말을 하려고 하자 부인은 손으로 뿌리치듯 하며 말했다.

"경찰은 이제 진저리가 나요. 그 사람들을 믿었기 때문에 이런 꼴을 당한 거에요. 포아로 씨는 지금까지 몇 차례나 공을 세우셨습니다. 그러므로 내가 의지할 수 있는 분은 이 한 분뿐이라고 생각합니다. 어머니의 마음은……."

포아로는 당황하여 다시 한 번 화사한 몸짓으로 같은 말을 되뇌이고 다짐을 했다. 웨이버리 부인의 한탄이 진실된 것임에는 틀림없지만 그 다부진, 말하자면 엄격하다 할 수 있을 정도로 엄숙해 보이는 부인의 입에서 그 말을 들으니 묘한 느낌을 받았다. 뒷날 그녀가 버밍엄의 저명한 철강업자의 딸이란 말을 듣고 과연 그랬었구나, 하는 생각이 들었다. 그녀의 아버지라는 사람은 한낱 종업원으로부터 시작하여 고생을 이겨내고 노력한 끝에 현재의 지위를 이룩한 인물로, 웨이버리 부인이 그 성격을 아버지에게서 물려받았음은 말할 나위도 없는 일이었다.

남편 웨이버리 씨는 몸집이 크고 혈색이 좋으며, 밝은 표정의 사나이로 가랑이를 딱 벌리고 버티고 서 있는 모습은 전형적인 지방의 대지주라 할 수 있었다.

"포아로 씨, 이 사건에 대해서는 이미 상세히 알고 있겠지요?"

분명히 그것은 쓸데없는 질문이었다. 요 며칠 동안 신문 지상에는 조니 웨이버리 어린이의 유괴 사건을 센세이셔널한 문자로 써내고 있었다. 영국에서도 손꼽히는 오래된 집안인 서리 주(州) 웨이버리 코트의 대지주, 마커스 웨이버리 씨의 후계자인 올해 3살 난 어린아이가 유괴되었다니 떠들어대는 것도 당연한 일이었다.

"사건의 줄거리는 물론 알고 있습니다. 그러나 웨이버리 씨, 일단 경과를 처음부터 들었으면 합니다. 그것도 되도록 상세하게요."

"사건의 발단이라면 약 열흘 전에 익명의 편지가 날아들어 온 데서부터 시작이겠지요. 괘씸한 내용의 편지로 뻔뻔스럽게도 나에게 2만 5천 파운드라는 큰 돈을 요구한 겁니다. 2만 5천 파운드에요, 포아로 씨! 지급하지 않으면 조니를 유괴하겠다고 협박하더군요. 물론 그대로 쓰레기통에 집어 던졌죠. 쓸데없는 장난이라고 생각했으니까요. 그런데 그런지 닷새 뒤에 또 두 번째 편지가 날아왔습니다. 그 편지엔 '돈을 내지 않는다면 오는 29일에 조니를 유괴하겠다'라고 날짜까지 지적해 왔어요. 그것이 27일의 일이었으며, 집사 람은 굉장히 걱정을 했으나 나는 진지하게 받아들일 생각도 없었지 요. 우리가 살고 있는 나라는 대영제국인데, 아이를 유괴하여 몸값을 빼앗아가다니, 있을 수도 없는 일이라고 생각했으니까요. "

"분명히 평상시에 흔히 일어나는 일은 아닙니다. " 포아로는 말했 다. "그런 다음 어떻게 되었습니까? "

"집사람이 걱정을 하고 떠들어대므로 어리석은 일이라고 생각은 했 지만, 스코틀랜드 야드에 해결을 의뢰했습니다. 그들도 또한 진지 하게 받아들이지 않았던 모양이며 나처럼 악질적인 장난으로 생각 했던 듯합니다. 그런데 28일이 되자 세 번째 편지가 왔지요. '아직 도 지급치 않는군. 그럼, 내일 29일 정오 12시에 조니를 맡기로 하 겠소. 돌려 주기를 원할 경우는 5만 파운드를 제공하시오. ' 나는 다시 스코틀랜드 야드로 차를 달렸습니다. 과연 그들도 놀랐는지, 미친 자의 짓이겠지만 행동으로 옮길 가능성도 있다고 보고, 경찰 로서 취할 수 있는 모든 조치를 강구하겠다고 약속하며 그날로 맥 닐 경감이 많은 부하를 이끌고 웨이버리까지 출장오기로 되었지요.

나는 안심하고 집으로 돌아오긴 했지만 계엄 상태에 놓인 기분으 로 하인들에게 명령을 내렸습니다. 신원을 알 수 없는 자는 누구를 막론하고 집으로 들이지 마라, 동시에 하인들도 집 밖에 나가는 일 은 허용할 수 없다고 말했지요. 그날 밤은 특별한 일 없이 지냈으 나, 아침이 되자 아내가 기분이 나쁘다고 하더군요. 그 용태에 놀 라 곧 디거즈 의사를 데리러 갔더니 진찰을 마친 의사가 이상한 표 정으로 우물거리고 있는 거에요. 그러나 무슨 말을 하려는 것인지 나는 곧 짐작이 갔소. 증상으로 보아, 아내는 분명히 독을 마셨던 겁니다. 생명의 위험은 없었지만 회복기까지 하루 내지 이틀은 요 한다는 진단이었죠. 그 뒤 내 방으로 돌아가니 더욱 놀라운 일이

기다리고 있었습니다. 나의 베개에 종이쪽지를 핀으로 꽂아 놓았지 뭡니까! 거기에는 다른 협박 편지에서와 같은 필적으로 '정오 12 시'라는 간단한 글귀가 적혀 있었소.

포아로 씨, 내가 격분한 것을 상상할 수 있겠죠. 공범자가 집 안에 있는 거요. 하인 중에! 곧 하인들을 전원 다 불러들여 몹시 꾸짖어 보았으나 입을 열기는커녕 동료 중에 수상한 자가 있다고 고하는 자도 없더군요. 다만 아내의 말상대가 되어 주고 있는 미스 콜린즈가 그날 아침 일찍 조니의 유모가 차고에서 나가는 것을 보았다고 하더군요. 그래서 그 여자를 족치니, 조니를 어떤 하녀에게 맡기고 친구를 만나러 갔었다고 고백을 했소. 친구란 남자를 말하는 것으로 분명히 기괴한 행동이라 할 수 있죠. 내 베개에 종이쪽지를 핀으로 꽂아 놓은 일은 부정했지만, 그것도 어디까지가 진실인지 알 게 뭡니까. 그러나 조니의 유모마저 음모단의 한 사람이라면 더 이상 위험한 일은 없습니다. 어쨌든 하인 중에 갱이 한 사람 있다는 것은 분명한 일이므로 화가 치민 나는 유모와 그밖의 사람을 포함하여 하인 전원을 해고시켰지요. 한 시간 이내에 짐을 꾸려 가지고 이 집을 나가라고 명령한 겁니다."

웨이버리 씨는 그때의 분노가 되살아나는지, 혈색 좋은 얼굴이 더 빨개졌다.

"그것은 좀 경솔했군요, 웨이버리 씨." 포아로는 말했다. "아마도 당신은 그렇게 함으로써 적의 손아귀에 뛰어든 셈일 겁니다."

웨이버리 씨는 그를 쳐다보았다.

"거기까지는 모르겠지만 어쨌든 나는 급히 짐을 꾸리게 하여 모두 쫓아낼 생각이었소. 그날 밤 런던 알선소에 전보를 쳐 새 하인들을 보내 달라고 의뢰했으며, 그 동안 집 안에 남아 있던 사람은 다 믿을 수 있는 사람뿐으로——아내의 비서 미스 콜린즈와 집사 트레드웰——집사는 내가 어렸을 때부터 충실히 일해 온 사람이지요."

"그리고 미스 콜린즈는 얼마 동안이나 집에 있었습니까?"

웨이버리 부인이 대답했다.

"1년밖에 안돼요. 하지만 그 동안에 나의 비서였고 이야기 상대였으며 더 말할 수 없이 좋은 사람이라는 것을 알게 되었어요. 집안 일을 보살피는 일도 아주 유능하고요."

"유모는요?"

"그 여자는 6개월 됐죠. 추천서는 더 말할 수 없이 좋았었지만, 실은 내 마음에는 과히 들지 않았어요. 그러나 조니가 매우 따랐으므로……."

"그러나 지금 한 이야기를 들어 보면 사건이 발생했을 때는 이미 그만둔 뒤가 아닙니까? 그럼 웨이버리 씨, 이야기를 계속해 주실까요."

"10시 30분쯤에 맥닐 경감이 도착했습니다. 그 시간에는 이미 하인을 모조리 내보낸 뒤였고 경감도 그 처사에는 만족을 표해 주었어요. 나중에 경감은 집 둘레의 요소요소에 많은 부하를 배치하고 집 가까이 오는 자를 지키게 했으며, 그 편지가 장난편지가 아니라면 반드시 기괴한 협박자를 잡아 보이겠다고 자신있게 말했지요.

나는 조니를 내 곁에서 떼어놓지 않고 경감과 셋이서 회의실이라고 부르는 방에 들어가 있었습니다. 문은 경감 손으로 잠그고요. 거기에는 대형 벽시계가 추를 흔들고 있었고 그 바늘은 조금씩 12시 쪽으로 다가가고 있었소. 그것을 본 나의 신경이 고양이처럼 흥분했었다는 것을 고백합니다. 이윽고 시계가 부르릉거리는 소리를 내며 12시를 쳤어요. 나는 나도 모르게 조니를 꽉 끌어안았죠. 하늘에서 떨어질 때의 기분이랄까, 시계가 마지막 한 번을 다 치자마자 문 밖에서 무슨 소동이 일어났는지——외치는 소리, 뛰어돌아다니는 소리, 경감이 서둘러 창문을 여니 순경이 뛰어들어왔어요.

'붙잡았습니다, 경감님.' 순경은 숨이 차 헐떡이며 소리쳤어요. '그 자식, 나무 사이를 헤치고 들어왔어요. 수상한 도구를 여러 가지 몸에 지니고 있습니다.'

나도 곧 테라스로 뛰어나갔소. 보니 순경 둘이서 초라한 옷차림을 한 인상이 고약한 남자를 붙잡고 있는 중이더군요. 순경 한 사람이 남자 손에서 다 풀어져 가는 종이꾸러미를 빼앗아 나에게 주었는데, 안에는 탈지면 다발과 클로로포름 병이 들어 있었지요. 나의 피는 또다시 끓어올랐어요. 여기에도 또 나에게 보내는 편지가 달려 있었습니다. 뜯어보니 이렇게 씌어 있었지요. '지급이 늦어졌다. 이제는 몸값이 5만 파운드, 그 쪽에서 수배를 해도 아무 소용 없다. 경고한 대로 29일 정오 12시에 당신 아들을 맡았다.'

나는 큰 소리로 웃었습니다. 안도감에서 나온 웃음이었지요. 그러나 그와 동시에 엔진 소리와 함께 고함 소리가 들려서 돌아다보니 남쪽 문 수위실 쪽을 향해 무서운 속력으로 달려가는 차가 있었어요. 차체가 나직한 회색으로 칠한 대형차이고 운전을 하고 있는 남자가 큰 소리를 지르고 있었는데, 내가 깜짝 놀란 것은 그 남자 때문이 아니라 그곳에서 조니의 아마 빛 머리를 보았기 때문이었습니다. 나는 그 자리에서 공포의 나락으로 떨어져 버렸습니다. 나의 사랑하는 자식이 그 자와 나란히 그 차 안에 앉아 있지 뭡니까!

경감도 저주의 말을 퍼부었죠.

'아드님은 여기 있었을 텐데.' 그는 소리치며 뒤돌아 보았죠. 나, 트레드웰, 미스 콜린즈, 모두가 그곳에 있었지만 조니만이 보이지 않았어요. 경감은 당황하여 '웨이버리 씨, 마지막으로 아드님을 보신 것은?'하고 묻더군요.

생각해 보면 순경이 부르는 바람에 경감과 함께 뛰어나갔을 때

나는 조니의 일을 잊어 버렸던 겁니다.

이어서 들려 온 소리에 우리는 모두 놀랐습니다. 마을 교회 시계가 12시를 알려 왔기 때문이지요. 경감은 으악, 소리를 지르며 주머니 속에서 시계를 꺼냈어요. 그때가 꼭 12시더군요. 우리는 모두 회의실로 달려가 보았으나 그곳 시계는 10분이 지나 있었습니다. 누군가가 일부러 빨리 가게 해 놓은 거지요. 그러나 저 시계는 정확하며 아직 한 번도 틀린 적이 없던 시계란 말입니다.”

웨이버리 씨는 말을 맺었다. 포아로는 히죽이 웃는, 이성을 잃은 아버지가 자기도 모르게 일그러뜨린 매트의 위치를 바로잡으며 말했다.

“흥미 있는 사건이군요. 수수께끼에 싸여 있는 만큼 매력도 충분히 있습니다” 하고 조용히 말했다. “기꺼이 수사를 해보겠습니다. 어쨌든 계획을 아주 멋지게 세웠군요.”

웨이버리 부인은 그 말을 듣고 있다가 그에게 비난의 눈초리를 돌리며 “그런 말씀을 하시다니, 우리 아이는……” 하고 울음을 터뜨렸다.

포아로는 당황하여 안색을 바꾸어 진지함과 동정심을 나타냈다.

“아닙니다. 부인, 걱정하실 것 없습니다. 아드님은 절대로 무사합니다. 내가 하는 말에 거짓은 없을 테니 안심하셔도 됩니다. 아드님의 몸을 다치거나 잘못되는 일이 없도록 악한들은 최대한 조심을 할 겁니다. 그들에게는 아드님이 말하자면 황금 달걀을 낳는 칠면조, 아니 타조이지요.”

“하지만 포아로 씨, 이렇게 된 이상 몸값을 지급할 수밖에 다른 방법이 없지 않겠어요? 어미된 마음은…….”

“아, 웨이버리 씨.”

포아로는 서둘러 부인의 말을 다른 쪽으로 돌리기 위해 대지주를 쳐다보고 말했다.

"이야기를 중단케 해서 죄송합니다. 그 다음을 계속해 주실까요."

"그 뒷이야기는 신문을 보았으니 아실 겁니다." 웨이버리 씨는 계속했다. "맥닐 경감은 곧 전화통으로 달려가 차의 생김새와 그 사나이의 인상을 각 방면에 알렸지요. 처음에는 모든 일이 순조롭게 진행되고 있는 것 같이 보였습니다. 한 남자가 운전하는, 어린애를 태운 차가 몇 개의 마을을 지나 런던으로 향하고 있다는 것을 알았기 때문이죠. 우연히 어느 지점에서 그런 줄도 모르고 경관이 그 차를 보고 서라고 소리쳤다는군요. 차 안에 있던 아이가 울어대며 같이 탄 남자를 무서워하고 있는 것을 보았기 때문입니다. 맥닐 경감의 입에서, 차를 잡았으며 그 남자는 어린이와 함께 유치되어 있다는 말을 듣고 나는 마음이 놓이는 동시에 나도 모르게 비틀비틀 현기증을 느꼈을 정도였습니다. 그런데 그 뒤의 경위는 물론 알고 있으리라 생각합니다만, 어린아이는 조니가 아니고 그 남자도 다만 아이를 좋아하는 자동차광에 불과하며 우리 사건하고는 아무 관계도 없다는 것이 밝혀졌습니다. 그 사람은 우리가 있는 곳에서 15마일 가량 떨어진 이덴즈웰이란 마을에서 길거리에 놀고 있는 아이를 보자 태워 보고 싶어 태웠을 뿐이며, 지나친 자부심을 가진 경찰관의 큰 실패로 단서는 다 잃고 말았소. 잘못 본 차의 뒤를 쫓지 않았다면 지금쯤은 조니를 찾았을 겁니다."

"마음을 가라앉히십시오. 경찰관은 용감하고 지력이 뛰어난 사람들입니다. 이 실패도 무리한 일은 아닙니다. 계획이 좀 지나치게 교활했던 겁니다. 뜰에서 체포한 남자를 다그쳤어도 무의미하게 끝났을 겁니다. 분명히 그는 편지와 종이꾸러미를 웨이버리 저택에 전하라는 명령을 받았을 뿐 부탁한 남자의 이름도 몰랐을 겁니다. 10실링 지폐를 주고, 정확히 12시 10분 전에 전하게 되면 다시 10실링을 사례금으로 주겠다고 약속했다고 우겨댄다는 말을 들었습니다. 뜰을 지나 집 가까이 가 옆문을 두드리라고 그랬다면서……."

웨이버리 부인이 강한 어조로 막고 나섰다.

"그런 작자가 지껄이는 말을 믿을 수 있겠어요! 모두 거짓말덩어리에요."

포아로도 생각에 잠겼다.

"분명히 근거가 확실치 않은 변명입니다. 그러나 아직도 경찰은 그 반증을 들지 못했습니다. 게다가 그가 집 안에 그와 비슷한 사람이 있다고 주장했다지요?"

"말도 안 되는 소리지만, 트레드웰의 얼굴을 보고 종이꾸러미를 준 것은 이 사람이라고 그랬지요. '저 사람이 수염을 깎으면 그 사람이 됩니다'라고요. 그 많은 사람 중에 트레드웰을 붙잡고 말이오! 그는 나의 영지 안에서 태어나 우리 집안에서 자란 사람입니다."

지방 귀족의 분격에 포아로는 잠깐 미소를 보이고 나서 말했다.

"그러나 당신 자신도 이 유괴 사건의 공범자가 집 안에 있다고 의심하셨습니다."

"그것은 그렇소만, 트레드웰이라고는 볼 수 없어요."

포아로는 갑자기 부인을 돌아다보고 물었다.

"부인께서도 같은 의견입니까?"

"부랑자에게 편지와 종이꾸러미를 준 것이 트레드웰이라니 그렇게 생각할 수는 없어요. 가령 누군가 건네 준 사람이 있었다 하더라도, 그 사람이라고 볼 수는 없어요. 부랑자의 말로는 그것을 받은 것이 10시라고 했는데, 그 시간에 트레드웰은 주인과 함께 끽연실에 있었어요."

"차를 탄 남자의 얼굴을 보셨습니까? 어딘가 트레드웰과 비슷한 데는?"

"거리가 꽤 떨어져 있었으므로, 얼굴을 볼 수는 없었어요."

"트레드웰에게 형이나 동생은 없습니까?"

"형제는 몇 명 있었는데 다 죽어 버렸어요. 마지막 한 사람은 싸움터에서 전사했죠."

"나는 웨이버리 저택의 구조를 잘 모릅니다만 차가 남쪽 수위실을 향해 달려갔다고 하셨는데, 그밖에는 출입구가 없습니까?"

"있지요. 동문이라고 부르고 있는 문인데, 이 문은 집 안 뒤쪽에 있어요."

"차가 집 안에까지 들어왔는데 아무도 몰랐다는 것은 이상하군요."

"뜰 안에 작은 교회당이 있기 때문에 통행을 자유롭게 할 수 있게 해 놓았으므로, 마을 사람들이 지나가는 일도 적지 않습니다. 그 남자는 적당한 장소에 차를 세워 두었다가 소동이 일어나 모든 사람의 주의가 그곳으로 쏠리고 있는 동안 집 안으로 차를 몰고 들어왔을 거요."

포아로는 생각에 잠겼다.

"미리 집 안에 숨어 있었지 않았다면요. 몸을 숨기고 있을 만한 장소가 있었던 것은 아닐까요?"

"미리 집 안을 완전히 수사하지 않은 것만은 사실이지만, 그것은 그럴 필요가 없다고 생각되었기 때문입니다. 그 말을 듣고 보니 어딘가에 숨어 있었다고도 생각되는군요. 그러나 그러려면 누군가 안내를 하는 사람이 있었을 텐데."

"그 점은 나중에 생각하기로 하지요. 문제를 하나씩 조직적으로 검토하는 일이 중요합니다. 집 안에 특수한 은신처는 없습니까? 웨이버리 저택은 오래된 건물이기 때문에 '사제의 은신처'라 할 수 있는 곳이 있을 것 같은데요."

"있어요! 분명히 사제의 은신처가 있어요. 홀의 벽에 붙인 널빤지를 하나 밀어내면 그 속에 은신처가 있지요."

"회의실에서 가까운 곳입니까?"

"그 문 바로 밖이오."

"거깁니다!"

"그러나 그 소재는 나하고 아내 말고는 아무도 모를 텐데……."

"트레드웰은?"

"글쎄요, 그는 듣고 있었는지도 모르지만."

"미스 콜린즈는요?"

"이야기한 일도 없어요."

포아로는 한동안 생각한 다음 말했다.

"다음에는 웨이버리 저택을 보여주셔야겠습니다. 오후에는 도착할 수 있겠는데, 형편이 어떠신지요?"

"제발 부탁하겠어요, 포아로 씨!" 웨이버리 부인이 외쳤다. "그것도 되도록 빨리요. 이것을 다시 한 번 읽어 보세요."

그녀는 적이 보낸 최후의 협박장을 포아로의 손에 건네 주었다. 그날 아침 웨이버리 저택에 이 편지가 왔으므로 부인은 급히 서둘러 포아로를 만나러 오게 된 것이었다. 몸 값의 지급 방법을 교묘하고 적절하게 지시했으며, 만일 위반할 경우에는 어린아이의 생명은 없는 것으로 각오하라는 협박 글귀로 끝을 맺고 있다. 큰돈을 아끼는 마음이 모성애와 싸워 후자가 결국 승리를 거둔 셈이다.

웨이버리 씨는 이미 자리에서 일어서 있었지만, 포아로는 부인을 붙잡고 말했다.

"부인, 상관없으시다면 솔직하게 말씀해 주십시오. 주인께서는 집사 트레드웰을 믿고 계신 모양인데, 부인도 그 점에 대해 같은 의견입니까?"

"수상하다고 생각한 일은 없지만, 다만 저는 오래 전부터 그 사람에게 호감을 갖고 있지 않아요."

"또 한 가지, 유모의 주소를 아십니까?"

"해머스미드의 네더올 거리 149번지. 하지만 설마 그 여자가……."

"아닙니다. 의심하고 있는 것은 아닙니다. 다만, 이 작은 회색 뇌세포를 작용시키면, 때로는 네, 때로는 말입니다만 어떤 생각이 떠오르는 일이 있어서요."

웨이버리 부부가 가 버리고 문이 닫히고 나자 포아로는 내가 있는 곳으로 돌아왔다.

"부인쪽은 집사를 전부터 싫어한다고 하는데, 그것이 흥미 있는 점이라고 생각되지 않나, 헤이스팅즈?"

그의 말에 넘어갈 내가 아니다. 포아로라는 남자는 가끔 그럴 듯하게 속이고 나오므로 조심하는 도리밖에 없었다. 그의 말에는 언제나 어딘가에 함정이 숨겨져 있다.

간단한 여행을 위한 준비가 끝나자 나와 포아로는 네더올 거리를 향해 출발했다. 마침 재수 좋게 미스 제시 위저즈를 그 집에서 잡을 수가 있었다. 35살이 되는 아주 야무져 보이는 여자로 사람 좋아 보이는 얼굴 모습이었다. 이 여자가 그런 나쁜 일에 가담하고 있다니, 적어도 나로선 그렇게 믿을 수가 없었다. 쫓겨난 일에 대단한 불만을 터뜨리고 있었지만 그녀 자신에게 잘못이 있었다는 점도 솔직히 인정하고 있었다. 어느 실내 장식가와 약혼한 사이라 그가 가끔 웨이버리 저택 근처에 왔으므로 만나러 나갔던 것이다. 사정은 극히 자연스럽다고 생각되었던 만큼 포아로의 태도를 이해할 수 없었다. 질문은 중요성이 없는 것뿐이며, 주로 웨이버리 저택에서의 그녀의 일상 생활에 관한 일이었다. 솔직히 말해 나는 지루했으므로 포아로가 작별 인사를 하는 소리를 듣고서야 마음이 놓였다.

"유괴 범죄는 일로서는 간단해."

그는 그렇게 말하며 해머스미드에서 택시를 불러 타고 워털루 역으로 가자고 이른 다음 말을 계속했다.

"그 아이는, 요 3년 동안에 유괴하고자 했으면 언제든지 할 수 있었을 거야."

"그렇다고 해서 해결에 도움이 되는 것도 아니잖나." 나는 쌀쌀맞게 대답했다.

"그러나 정반대야. 아주 도움이 돼. 아주 큰 도움이 된단 말이야! 어, 헤이스팅즈, 넥타이 핀을 꽂으려면 정확하게 넥타이 중심에 꽂는 걸세. 자네 것은 내가 보기에 16분의 1인치는 오른쪽으로 밀려 있어."

웨이버리 저택은 보기에도 오래 된 건축물로, 최근 고상한 취미를 살려 용의주도하게 다시 새롭게 꾸민 모양이었다. 웨이버리 씨는 우리를 위해 회의실을 비롯해 테라스며 그밖에 사건에 관계된 장소를 차례차례로 보여주었다. 그리고 끝으로 포아로의 요구로 벽의 스프링을 누르니 널빤지가 하나 밀리고 좁은 통로가 뚫렸다. 그 안이 '사제의 은신처'로 되어 있었다.

"보다시피" 웨이버리 씨는 말했다. "안에는 아무것도 없어요."

작은 방으로 가구 하나 놓여 있지 않고 마룻바닥에는 발자국도 없었다. 포아로 옆으로 가보니 허리를 굽히고 방구석을 열심히 들여다보고 있었다.

"뭐, 발견된 것이 있나?"

거기에는 네 개의 발자국이 겹쳐 묻어 있었다.

"개로군!" 나는 외쳤다.

"아주 작은 개일세, 헤이스팅즈."

"포메라니아 종이야"

"포메라니아 종보다 더 작아."

"그럼, 그리폰 포인터인가." 나는 의심스러운 듯 말했다.

"그리폰보다 더 작아. 켄네르 클럽에도 알려져 있지 않은 종류야."

나는 그를 보았다. 포아로의 얼굴은 흥분과 만족으로 빛나고 있었다.

"이것으로 됐어." 그는 작은 목소리로 말했다. "나의 생각이 잘못되지 않았다는 데 확신이 섰어. 그럼 헤이스팅즈, 저쪽으로 가보세."

홀로 나와 널빤지를 먼저 자리로 밀어 놓았을 때 복도 끝의 문이 열리고 젊은 부인이 모습을 보였다. 웨이버리 부인이 소개를 하여 말했다.

"미스 콜린즈에요."

미스 콜린즈는 30살 가량 되어 보였고, 기운차고 동작도 활발했다. 금발이긴 하나 어두운 빛깔이며 코안경을 쓰고 있었다.

포아로의 요구로 방을 하나 비우게 한 다음 그 방에서 그녀에게 하인들에 대한 일을 상세하게 질문했다. 트레드웰에 대해서는 특별히 다그쳐 물으니, 미스 콜린즈도 역시 그 집사를 싫어한다고 털어놓았다.

"그 사람은 지나치게 으스대요." 그녀는 설명했다.

그 다음의 질문은 28일 밤, 웨이버리 부인이 먹은 식사에 대한 문제로 옮겨졌다. 미스 콜린즈의 말로는 그녀도 역시 위층 자기 방에서 같은 음식을 먹었으나 특별히 불쾌감을 느낀 일이 없었다는 것이었다. 그녀가 가 버리자 나는 포아로를 쿡쿡 찌르며 속삭였다.

"개는 어떻게 되었나?"

"아참, 개 문제가 있었지!"

그는 큰소리로 웃으며 미스 콜린즈의 등에 대고 소리를 질렀다.

"이 집에서는 개를 기르고 있지 않습니까, 마드모아젤?"

"바깥 개장에 리트바가 두 마리 있어요."

"아니, 내가 말하는 것은 좀 더 작은 개로 애완견 말인데요."

"그런 건 없어요. 어떤 종류의 것도."

포아로는 그녀를 보냈다. 그리고 벨을 누르며 나에게 말했다.

"저 여자는 거짓말을 하고 있어. 무리도 아니야. 나도 저 여자의 처지에 놓이면 같은 짓을 하겠지. 자, 다음은 집사일세."

과연 트레드웰은 거드름을 피우는 남자였다. 질문에 대한 답변을 침착한 태도로 말하고 있었다. 그 내용도 본 줄거리에서는 웨이버리 씨의 말과 조금도 다름이 없었고 '사제의 은신처'의 비밀도 알고 있다고 대답했다.

마지막까지 점잖은 태도를 잃지 않고 트레드웰이 방에서 나가자 포아로는 장난기 어린 눈을 나에게로 돌리며 말했다.

"저 사람을 자네는 어떻게 생각하나, 헤이스팅즈?"

"나보다 자네는 어떻게 보고 있나?" 나는 되물었다.

"매우 조심스러워졌군. 그러나 자네의 의견이 자극해 주지 않으면 이 회색 뇌세포는 기능을 발휘하려고 하지 않는단 말이야. 아니, 자네를 놀리려고 그러는 건 아닐세! 오히려 함께 추리하자는 뜻이야. 이 사건에서 특히 풀기 힘든 점은 어디라고 생각하나?"

"나를 괴롭히고 있는 문제가 하나 있네. 아이를 빼앗아 간 남자가 왜 남문으로 나갔느냐 하는 점이야. 동문을 사용하면 아무에게도 들키지 않았을 텐데."

"좋은 점에 착안했군, 헤이스팅즈, 훌륭한 착안이야. 같은 점을 지적할까. 왜 웨이버리 집안에서는 사전에 경고를 받았느냐 하는 문제일세. 느닷없이 유괴하여 몸값을 요구할 수도 있었을 것 아닌가."

"가능하면 행동으로 옮기지 않고 돈을 내게 하려고 했던 모양이지."

"협박만 해서 돈을 끌어낼 수 있다고 생각한 것은 너무 안이한 생각이 아닐까?"

"그들의 목표는 12시에 주의를 집중시키는 일이었어. 부랑자가 체포된 데 대해 아우성을 치는 동안 은신처에서 나와 살짝 아이를 끌고 도망친 거야."

"그것 또한 단순한 문제를 복잡하게 보고 있는 사실의 하나일세. 날짜와 시간을 지정하고 주의를 다른 곳으로 집중케 하는 에두른 방법을 취하기보다 때를 기다렸다가 유모가 아이를 데리고 외출하는 기회를 노리는 편이 훨씬 일을 하기 쉬웠을 텐데."

"그것도 그렇군." 나도 일단은 고개를 끄덕여 보였다.

"사실상 여기서는 고의적인 희극이 벌어지고 있었어. 이 문제를 다른 각도에서 보면 모든 증거가 집 안에 공범자가 존재한다는 것을 나타내고 있네. 첫째로 웨이버리 부인에게 먹인 수수께끼의 독극물일세. 둘째론 베개에 핀으로 꽂아 놓았던 종이쪽지, 셋째로 시계를 10분이나 빨리 가게 해 둔 일인데, 어느 것이고 다 내부 사람이 아니고는 할 수 없는 일이지. 그리고 자네는 그 눈으로 보고도 눈치를 못 챈 모양인데, 여기에 덧붙일 사실이 한 가지 있네. '사제의 은신처'에 먼지가 없었던 일이야. 거기는 비로 깨끗이 쓸어 놓았었네. 사건 당시 집 안에는 네 명의 남녀가 있었네. 물론 유모는 제외해도 무방해. 그 여자에겐 지금 말한 세 가지 동작을 할 수 있는 가능성이 있었다 하더라도 '사제의 은신처'를 청소할 수는 없었을 테니까 말이야. 그러니까 웨이버리 부부와 집사 트레드웰, 그리고 미스 콜린즈의 네 사람이 용의자가 되지. 우선 먼저 미스 콜린즈부터 검토해 보면, 그녀는 젊은 인텔리 여성으로 이 집에 근무한 지

불과 1년. 물론 그것만으로 결론을 내리기에는 지식이 빈약하다고 할 수 있지만, 혐의를 둘 만한 일은 없다고 할 수 있지 않겠나."

"그러나 개에 대해서 거짓말을 했어. 그것은 자네도 지적한 일이야." 나는 그의 기억을 불러일으키려고 했다.

"아, 개에 대한 문제 말인가." 포아로는 그의 독특한 미소를 지었다. "그건 그렇다치고 트레드웰을 검토하기로 하세. 그 사람에게는 수상한 점이 여러 가지 있어. 하나는 체포된 부랑자가 마을에서 종이 꾸러미를 준 사람이 트레드웰이라고 주장한 일이야."

"그 시간의 알리바이는 입증되고 있네."

"그러나 그는 웨이버리 부인의 음식에 독을 넣을 수도 있고, 베개에 편지를 핀으로 꽂고, 시계를 더 가게 하고, '사제의 은신처'를 청소할 수도 있었어. 그러나 한편으로는 웨이버리 집안의 하인으로 태어나 거기서 자란 사람이기도 하지. 주인집 아들을 유괴하는 음모에 가담하리라고는 생각할 수도 없는 일이지. 그러면 씨가 먹혀 들어가지 않아!"

"옳거니, 그래서?"

"아무리 그것이 부자연스럽게 보이더라도 우리의 고찰은 논리적으로 추구해 나가야해. 여기서 간단히 웨이버리 부인에 대해 알아보기로 하세. 그 여자는 자산가의 딸로, 이 집안의 재산은 사실상 부인의 것이지. 망해 가는 영지를 지금 이 정도로까지 부흥시킨 것도 부인의 재산의 힘일 거야. 그 부인이 유괴 사건을 일으켜 본들 무슨 필요가 있겠나. 그녀 자신의 돈을 받는 게 되고 말 텐데. 그러나 그녀의 남편이고 보면 처지가 아주 달라지지. 돈 많은 부인을 거느리고는 있지만 그 자신의 돈이 많은 것과는 다르지. 잠깐 보았지만, 부인은 돈에 대한 일에는 상당히 까다롭게 구는 성질 같아. 웬만한 이유가 없고서는 지출을 선뜻 승인하는 것 같지 않더군. 더구나 저 웨이버리 씨는 자네도 보아 알았겠지만, 두드러진 도락자야."

"그런 말이 어디 있나. 있을 수 없는 일이야."

내가 내뱉듯이 말하자 포아로는 말을 이었다.

"없으란 법도 없지. 하인들을 모조리 해고한 게 누군가? 웨이버리 씨가 아닌가. 그 사람이라면 협박장도 쓸 수 있고 아내에게 독을 먹일 수도 있지. 시계 바늘도 돌릴 수 있고, 충실한 부하 트레드웰을 위해 완전한 알리바이를 만들 수도 있네. 트레드웰은 부인을 좋아하지 않았어. 그는 주인에게 헌신적으로 몸을 바쳐 그의 명령이라면 무슨 일이건 군말 없이 따랐지. 이 사건에는 세 사람의 힘이 작용하고 있어. 웨이버리, 트레드웰, 웨이버리의 친구. 아무 관계없는 아이를 태우고 회색차를 달리고 있던 남자를 이렇다 할 조사도 없이 석방한 것은 수사 당국의 큰 실수였네. 그가 바로 제3의 남자였었는데, 가까운 마을에서 아마 빛 머리의 아이를 주워 태우고 자동차로 동문으로 들어가 문제의 시간에 남쪽 경비실 앞으로 달려가 버린 거야. 손을 휘젓고 소리를 지르면서 말이야. 그런데도 그 인상과 자동차 번호를 아무도 잘 보아두지 않은 걸세. 아이의 얼굴을 보지 않은 것도 물론이고, 그리고 그는 런던을 향해 차를 달려 가짜 발자국을 만들어 낸 거야. 한편 트레드웰의 역할은 신사로 둔갑을 하여 부랑자에게 종이꾸러미와 협박장을 전해주는 일이지. 수염을 달았으므로 알아보리라고는 생각지 않았으나, 만일의 경우를 생각하고 주인이 알리바이를 제공하기로 한 거야. 그리고 웨이버리 씨의 일은, 밖에서 소동이 벌어지고 경감이 뛰어나가면 급히 아들을 '사제의 은신처'에 숨기는 일이었지. 그날 늦게야 경감은 런던으로 돌아가고 미스 콜린즈도 외출을 했어. 그제야 아들을 자기 차에 태워 어딘가 안전한 장소로 아주 쉽게 옮긴 것일세."

"그러나 그 개와 미스 콜린즈가 거짓말을 한 문제는?"

"그것 말인가? 그건 농담이야. 그녀에게 이 집에 애완견은 없느냐고 묻자 없다는 대답이었네. 그러나 있었어. 아이의 방에 말이야! 알지, 웨이버리 씨는 그 장난감을 '사제의 은신처'에 넣어두었던 걸세. 조니가 조용히 놀고 있도록 하기 위해서 말이야."

웨이버리 씨가 들어왔다.

"포아로 씨, 뭐 발견한 것이 있습니까? 아이를 데리고 간 곳이 어딘지 말이오?"

포아로는 상대방의 손에 종이쪽지를 한 장 건네 주며 말했다.

"그 장소는 여깁니다."

"그냥 백지가 아니오?"

"당신이 거기에 써 넣어 주기를 기다리고 있는 겁니다."

"뭐, 뭐라는 거요?"

웨이버리 씨의 안색이 변했다.

"나는 모든 것을 다 알고 있습니다. 아들을 데리고 올 때까지 24시간의 여유를 드리지요. 데리고 오는 이유는 적당히 설명하십시오. 당신만한 재치가 있다면 그것을 설명하는 일은 그다지 힘든 일은 아닐 겁니다. 그렇게 하지 않으면 모든 일이 있는 그대로 부인 귀에 들어가게 됩니다."

웨이버리 씨는 의자에 깊숙이 파묻혀 두 손으로 얼굴을 가렸다.

"조니는 여기서 10마일 가량 떨어진 곳에 사는 나의 유모에게 맡겨 놓았소. 유모가 돌봐주어 무사히 지내고 있을 거요."

"그 점도 나는 틀림없는 일이라고 믿고 있습니다. 당신도 본심은 좋은 아버지겠지요. 그러니까 마지막 기회를 드리는 겁니다."

"스캔들은……."

"그렇지요. 오래된 가문으로서의 당신 집안의 명예가 스캔들의 대

상이 되지 않도록 부탁하겠습니다. 그럼 웨이버리 씨, 우리는 이만
가 보겠습니다. 아참! 그렇지, 말이 나온 김에 한 마디만 충고를
하겠습니다. 청소는 구석구석까지 깨끗이 해야 합니다."

Four and Twenty Blackbirds

스물네 마리의 검은 티티새

에르퀼 포아로는 친구인 헨리 보닝턴과 체르시의 킹즈 거리에 있는
요리점 개런트 엔데바에서 식사를 하고 있었다.

보닝턴 씨는 개런트 엔데바의 단골이었으며, 그 여유 있는 분위기
와 '복잡하게 꾸미지 않은' '산뜻한' '영국식'의 요리를 좋아하고 있었
다. 게다가 또 화가인 오거스터스 존이 늘 차지하고 있던 같은 테이
블에서 함께 식사를 하는 상대방에게 "이 가게를 유명한 화가들이 얼
마나 단골로 삼고 있는지 단골 손님 명부를 보면 알 겁니다" 하고 일
러 주는 일을 좋아하기도 했다. 보닝턴 씨 자신은 거의 예술하고는
인연이 먼 성격이었지만 타인의 예술 활동을 자기 것인 양 자랑하는
버릇이 있었다.

게다가 웨이트레스인 몰리의 서비스가 그를 기쁘게 해줬다. 그녀는
보닝턴 씨를 오래 된 옛 친지처럼 대해 주었다. 그녀는 본디 손님이
좋아하는 요리를 일일이 기억하고 있는 것이 자랑거리였다.

"어서 오세요." 몰리는 그들 남자 손님 둘을 구석 테이블로 안내하
고 말했다. "마침 좋은 날에 오셨습니다. 밤을 넣은 칠면조가 있어

요, 손님께서 좋아하시는 요리지요, 그리고 고급품인 스틸튼 치즈가 들어 있어요, 먼저 수프로 하시겠습니까, 아니면 생선으로 하실까요."

보닝턴 씨는 신중하게 고려했다. 그리고 역시 메뉴를 손에 들고 생각하고 있는 포아로에게 경고하듯 말했다.

"당신네 나라식으로 복잡한 요리는 없어요, 잔손이 가는 영국식의 요리가 있을 뿐이오."

"아닙니다." 에르큘 포아로는 손을 흔들었다. "그것으로 됐어요, 무조건 맡기겠어요."

"그러면, 에또……아아, 이것은."

보닝턴 씨는 다시 주어진 과제를 신중히 검토하기 시작했다.

요리와 와인의 종류가 정해지자 몰리는 서둘러 사라졌다. 보닝턴 씨는 한숨을 쉬고 의자등에 기대어 냅킨을 펴며 "좋은 아가씨군, 저 아인!" 하고 칭찬했다. "저래도 전에는 아주 멋진 미인이었죠, 화가들이 다투어 모델로 쓰고 싶어했어요, 요리에 대해서도 상세히 알고 ——이것이 의외로 큰 문제입니다. 대부분의 여자는 요리에 대해서 무관심한 법이지요, 좋아하는 남자와 식사를 하러 가도 어떤 요리를 먹느냐에 대해서는 신경을 쓰지 않을뿐더러, 거의가 다 처음 눈에 띄는 것을 주문하고 만단 말이오."

에르큘 포아로는 고개를 끄덕이며 "C'est terrible (무서운 일이군요)" 하고 말했다.

"남자에겐 그런 일이 없지요, 다행히도." 보닝턴 씨는 만족스러운 듯이 말했다.

"그래요, 남자는 문제 없습니까?"

에르큘 포아로의 눈이 번뜩였다.

"아니, 젊은 사람들은 별도에요, 한창인 이들은! 요즘의 젊은이들은 너나 할 것 없이 다 배짱도 없으며 스태미너도 없지요. 나는 그들을 상대도 하지 않고 있어요. 그러나 그들은 그들대로," 하고 편견이 없다는 점을 보이고 나서 덧붙였다. "우리 같은 노인은 벌써 쓸모없는 존재라는 거에요. 하기야 그 설이 의외로 올바른 설일지도 모르지만! 그러나 그들의 설은 극단적이라 인간이 60살을 넘으면 살아 있을 권리가 없는 것 같은 말을 하는 겁니다! 그들이 행하고 말하는 것을 보고 있으면 머지않아 나이 많은 친척들을 저 세상에 보낼 작정이 아닌가 하는 생각이 든다니까요."

"아니, 실제로야 그런 일을 하겠습니까." 에르퀼 포아로도 고개를 끄덕이며 말했다.

"당신은 참 좋은 분이오, 포아로 씨. 경찰일만 하지 않는다면 만점이라고 할 수 있으련만."

에르퀼 포아로는 미소를 지으며 "그럼에도 불구하고 60살이 넘는 사람의 사고로 인한 사망 일람표를 작성해 보면 당신은 아마 흥미를 갖게 될 겁니다. 호기심을 일으키게 하는 것은 청부(請負)이지요." 하고 말했다.

"당신에게는 한 가지 결점이 있어요. 그건 말입니다, 스스로 자진해서 범죄를 찾아내려는 일이지요."

"아, 죄송합니다." 포아로는 말했다. "당신네들 영국인의 말에 있는 것이지만 '장소도 생각지 않고 전문적인 이야기를' 지나치게 했습니다. 그럼, 그 쪽 이야기를 들어 보기로 하지요. 요즈음 경기는 어떻습니까?"

"엉망입니다!" 보닝턴 씨는 말했다. "어제 오늘의 시세로는 이런 것인지도 모르겠지만 너무 지나친 사회 정세요. 정부는 그럴 듯한 이야기만 해서 세상의 혼란을 감추고 있어요. 말하자면 맛이 좋은 소스로 그 밑에 있는 맛없는 생선의 맛을 속이고 있는 거나 다름없는 짓이죠! 나는 싫습니다. 복잡한 맛의 소스 같은 것을 치지 않은 진짜 넙치라면 먹지만 말이오."

마침 그때 그가 원하는 것을 몰리가 가지고 왔다. 그는 기뻐하여 소리를 지르며 말했다.

"아가씨는 분명히 내가 좋아하는 것을 알고 있군."

"물론이죠. 늘 오시니까요. 그걸 모른다면 어떻게 된 거겠죠."

그러자 에르큘 포아로가 말했다.

"그러면 누구나가 늘 같은 요리를 주문한단 말인가! 때로는 바꿔 보고 싶어지는 일이 없을까?"

"남자분들은 바꾸지 않습니다. 부인의 경우는 변화를 좋아하지만 남자분들은 늘 같은 것을 잡수십니다."

"아까도 말했죠." 보닝턴은 불쾌하게 말했다. "여자는 본디 요리에 무관심한 법이오."

그는 레스토랑 내부를 둘러보았다.

"세상은 재미있는 거요. 저 구석에 턱수염을 기른 이상한 모습의 노인이 있지요. 몰리의 이야기로는 화요일과 목요일 밤은 반드시 이 가게에 나타나는 모양입니다. 그럭저럭 10년 가까이 되었다는 말을 들었어요. 말하자면 이 가게의 표적과 같은 것이죠. 그런데 저 노인의 이름이라든가, 살고 있는 장소라든가, 또 어떤 직업을 가지고 있는가라는 문제는 아무도 몰라요. 생각하면 이상한 이야기가 아닙니까."

몰리가 칠면조를 가지고 오자 그는 말했다.

"여전히 저 노인은 개근 실력을 발휘하고 있군."

"그래요. 화요일과 목요일이 오시는 날로 정해져 있어요. 지난 주일만은 월요일에 오셨지만, 그때는 정말 놀랐어요! 나는 내가 날을 잘못 알아, 오늘이 화요일인가 하는 생각을 했을 정도였어요.

하지만 다음날 밤에도 여느 때와 마찬가지로 오셨기 때문에……
아, 그 월요일은 임시였구나 했어요."

"흥미 있는 습관으로부터의 일탈인가?" 포아로는 중얼거렸다.
"이유를 알고 싶은 생각이 드는군."

"그래요. 아마 저 노인에게 근심거리가 있었던 게 아닐까요?"

"왜 그렇게 생각하지? 그런 눈치가 보이던가?"

"아뇨, 표정은 전과 다름없었어요. 보시다시피 저렇게 조용히 식사를 하고 계셨어요. 오셨을 때와 돌아가실 때 인사를 했을 뿐 입은 거의 열지 않았어요. 다만 달랐던 것은 주문한 요리였어요."

"주문?"

"손님들은 웃으실지 모르지만" 몰리는 얼굴을 붉혔다. "어르신네들이 10년 가까이나 다니시게 되면 우리도 무엇을 좋아하시는지 알게 됩니다. 그분은 콩팥 푸딩이나 검은 딸기는 한번도 잡수신 일이 없고, 진한 수프는 잡수실 생각도 안 합니다. 그런데 그 월요일 밤에 한해, 진한 토마토 수프와 비프스테이크와 콩팥 푸딩, 거기다 검은 딸기가 든 타트까지 주문하셨습니다! 그것도 아주 예사롭게 무엇을 주문할까 하고 생각도 안 하는 것처럼!"

"그거 재미있군." 에르퀼 포아로는 말했다. "점점 재미있는데!"

몰리는 만족스러운 얼굴로 일어섰다.

"여, 포아로 씨. 당신의 추리를 좀 들을 수 있겠죠? 그 맺고 끊는 듯한 추리를." 헨리 보닝턴은 싱글싱글 웃으며 말했다.

"아닙니다. 이야기는 당신이 먼저 해주셨으면 합니다."

"나에게 윗슨 역을 맡으란 말인가요? 그것도 좋겠지요. 해봅시다. 그 노인은 의사의 진단을 받고 식사를 바꾸려고 했겠지요?"

"진한 토마토 수프, 스테이크, 콩팥 푸딩, 검은 딸기가 든 타트로 말입니까? 어느 의사건 그런 말은 하지 않으리라고 생각됩니다."

"그것은 잘못 생각이오. 의사란 무슨 명령이라도 하는 법이지요."

"당신이 생각해 낸 해석은 그것뿐입니까?"

헨리 보닝턴은 대답했다.

"아니, 진지하게 생각할 경우 해석은 한 가지 밖에 없어요. 나의 미지의 친구는 뭔가 심한 감정의 변화에 사로잡혀 있었다, 마음이 동요하고 있었으므로 문자대로 무엇을 주문하고 무엇을 먹고 있는지 몰랐었다."

그러더니 그는 잠깐 입을 다물었다가 말을 계속했다.

"그러면 당신은 금방 말할 겁니다. 그럼, 그 노인이 무엇을 생각하고 있었는지 알 수 있느냐고 말이오. 당신 자신은 그가 살인 방법을 생각하고 있었다고 말하고 싶겠지요."

보닝턴 씨는 자신의 그 말에 소리를 내어 웃었다.

에르큘 포아로는 웃지 않았다.

그 자신의 이야기에 의하면, 뒷날 그는 그 순간 심각하게 마음 아파하고 있었다면서, 일어날 수 있는 사태를 당연히 눈치챘어야 할 것이라고 유감의 말을 연달아 하는 것이었다.

그의 친구들은 거기까지 생각하는 것은 너무도 공상적인 데 불과하다고 하지만.

그리고 3주일 가량 지나서 에르큘 포아로와 보닝턴은 다시 얼굴을 마주 대했다. 장소는 지하철 안이었다.

두 사람은 바로 옆에 있는 가죽 손잡이에 매어달려 흔들리며 고개를 끄덕였다. 피카딜리 광장까지 오자 떼를 지어 내리는 손님들이 있었으므로 두 사람은 제일 앞자리에서 빈자리를 찾아낼 수 있었다. 그곳은 사람들이 왕래하는 곳에서 떨어져 있어 조용한 장소였다.

"여기라면 됐소." 보닝턴 씨는 말했다. "사람들이란 제멋대로 구는 존재들이에요. 안으로 좀 들어가라고 해도 들어갈 생각도 않는다니까!"

에르큘 포아로는 어깨를 흔들며 말했다.

"당신이라면 어떻게 하시겠습니까? 사람의 일생은 불안정한 것이니까요."

"정말입니다. 오늘은 무사해도 내일은 어떻게 될지 모르지요."

보닝턴 씨의 표정이 어두워졌다.

"그러니까 생각이 나는데, 그 개런트 엔데바에서 만난 노인을 기억하십니까? 그 노인이 저 세상에 가지 않았나 하는 생각이 들어요. 요일주일 동안 모습이 보이지 않아서요. 몰리도 그것을 몹시 걱정하고 있지요."

에르큘 포아로는 눈을 번쩍이며 다시 고쳐 앉았다.

"정말입니까?" 그는 말했다. "그게 정말입니까?"

보닝턴 씨는 이야기를 계속했다.

"그때 내가 그 노인이 의사의 진단을 받은 결과 식사의 내용을 정한 것 같다고 그랬었죠? 식사에 대한 점은 물론 농담에 지나지 않지만, 의사의 진단을 받은 일은 사실로 봐도 되지 않을까요? 그래서 그는 뭔가 충격을 받을 만한 일을 선고받았고, 그러기에 메뉴도 보지 않았고 자기가 무엇을 주문해야 할지도 몰랐던 것입니다. 그 충격이 오히려 마이너스가 되어, 수명을 단축시켰다고 생각하는 것도 부자연스럽지는 않겠지요. 의사가 환자에게 말을 할 때는 좀 더 신경을 써야 할 거에요."

"아닙니다. 의사는 그 점에 신경을 쓰고 있을 겁니다." 에르큘 포아로는 말했다.

"아참, 나는 여기서 내려야 해요." 보닝턴 씨는 이렇게 말했다. "그럼 또 봅시다. 그러나 그 노인에 대한 일은 신경 쓸 필요 없어요.

어떤 사람인가 하고 생각할 만한 상대는 아니니까. 하물며 이름이야.
아니, 세상에는 여러 가지 색다른 일이 있으니까요！ ”

그는 당황하여 차에서 내렸다.

에르퀼 포아로는 눈살을 찌푸리고 생각에 잠겼다. 그러나 그로서는
세상이 그다지 색다른 것으로 생각되지 않았다.

집에 돌아가자 충실한 집사 조지에게 어떤 일을 명했다.

에르퀼 포아로는 이름을 죽 써넣은 명단을 손가락으로 짚으며 훑어
보고 있다. 그것은 킹즈 거리 지역의 사망자 명단이었다.

포아로의 손가락이 멎었다.

“헨리 가스코인. 69살이라…… 이 사람부터 우선 조사하기로 할
까. ”

그날 늦게 에르퀼 포아로는 킹즈 거리에 있는 매컨드루 의사의 진
료실에 있었다. 매컨드루는 큰 키에 붉은 머리의 스코틀랜드 인으로,
지적인 얼굴을 지닌 사람이었다.

“가스코인？ ” 그는 말했다. “아, 그 사람이군요. 좀 색다른 노인이
었어요. 다 부서져가는 집에서 혼자 살고 있었지요. 그 지역의 헌 집
은 다 철거되고 근대적인 아파트가 신축되기로 되어 있었는데 그 노
인 하나가 끝까지 버티고 있었습니다. 나는 진찰한 일은 없지만 가끔
봐서 어떤 인물인지 알고 있었습니다. 그런데 제일 먼저 소문을 낸
것은 우유집 사람들이었습니다. 우유병이 밖에 놓인 채 있었으므로
결국은 이웃 사람들이 경찰에 알리게 된 거지요. 그리하여 문을 부수
고 들어가 그를 발견한 것입니다. 계단에서 떨어져서 목뼈가 부러져
죽어 있었습니다. 너덜너덜한 끈이 달린 낡아빠진 실내복을 입고 있
었는데 거기에 발이 걸렸던 것 같아요. ”

“알았습니다. ” 에르퀼 포아로는 말했다. “아주 간단한 사고군요. ”

“그렇습니다. ”

"친척은 있었나요?"

"조카가 한 명 있습니다. 한 달에 한 번은 꼭 만나러 오는 것 같더군요. 램지라는 이름을 가졌죠. 조지 램지. 그도 역시 의사이며, 주소는 윔블던입니다."

"노인의 죽음을 보고 그는 무척 놀랐겠군요."

"이성을 잃었을 정도냐고 물으시는 건가요? 그는 물론 노인에게 애정을 갖고 있기는 했지만, 평상시 그다지 왕래한 것도 아니니까."

"당신이 가스코인 씨의 검시를 하신 것은 죽은 지 얼마나 지나서였던가요?"

"아!" 매컨드루 의사는 말했다. "그것은 공식적으로 발표되었지만, 죽은 지 48시간보다는 빠르지 않고 72시간은 지나지 않았을 때입니다. 6일 아침에 발견됐습니다. 실제로는 이 시간이 꽤 단축되었죠. 실내복 주머니에 편지가 들어 있었는데, 그것은 3일에 써서 그날 오후 윔블던에서 부친 것이므로 대강 밤 9시 20분쯤에 배달되었을 것입니다. 그래서 사망 시간을 3일 밤 9시 20분 후로 추정할 수 있었으며 그것은 또한 위의 내용물 소화상태하고도 일치됩니다. 그는 죽기 2시간 전에 식사를 했어요. 내가 검시를 한 것은 6일 오전 중이었는데, 시체의 상태는 죽은 지 60시간이 지났다고 분명히 말할 수 있었습니다. 즉 3일 밤 10시 무렵이 사망 시간이라 할 수 있는 거죠."

"과연, 아주 명확한 판정이라 할 수 있군요. 그래, 그 사람을 마지막으로 본 것은?"

"사망한 날 저녁 7시쯤——3일, 목요일이 됩니다만——킹즈 거리에 모습을 보였습니다. 7시 반에는 개런트 엔데바 요리점에서 식사를 했지요. 목요일에 거기서 식사를 하는 것이 그의 습관이었던 것 같습니다. 그 자신은 화가로 자인하고 있었으니까요. 화가로서는 완전히 실패한 사람이지만요."

"그 밖에 친척은 없습니까? 그 조카 말고는?"

"쌍둥이 형이 있었습니다. 그것이 이상하게도, 두 사람은 벌써 몇 년 동안 왕래가 없는 상태였어요. 헨리는 젊었을 때 화가 지망생이었지만 성공치 못하고 말았습니다. 형 앤토니 가스코인도 같은 지망을 하고 있었던 모양인데, 그는 아주 돈 많은 여자와 결혼했으므로 그림은 단념하고 말았습니다. 그 일이 있자 형제는 늘 싸움을 했었죠. 아마 앤토니가 결혼한 뒤로는 둘이 만나지도 않은 모양입니다. 그런데 여기서 이상한 일은 둘이 같은 날에 죽은 거에요. 형은 3일 오후 1시에 죽었습니다. 쌍둥이가 같은 날에 서로 다른 고장에서 죽었다는 경우를 한 번 들은 일이 있습니다만! 아마 우연의 일치겠지만, 이상한 일입니다."

"앤토니 부인은 살아 있습니까?"

"아니오, 몇 년 전에 죽었습니다."

"앤토니 가스코인의 주소는?"

"킹스턴 힐에 집을 가지고 있었습니다. 램지 의사에게 들은 바에 의하면, 세상과는 전혀 담을 쌓고 있었던 모양입니다."

에르큘 포아로는 생각에 잠기며 고개를 끄덕였다.

매컨드루 의사는 날카롭게 그를 쳐다보고 갑자기 질문했다.

"뭔가 생각하시는 일이 있군요, 포아로 씨? 나는 당신의 질문에 대답했습니다. 당신이 지니고 있던 증명서를 보았으므로 의사로서의 의무를 이행한 것입니다. 그러나 무엇 때문에 하는 조사인지 나로선 알 수 없습니다."

포아로는 천천히 말했다.

"이 죽음을 당신은 아주 단순한 사고라고 하셨습니다. 내가 생각하고 있는 것도 역시 단순한 일입니다."

매컨드루 의사는 의아한 표정을 지어 보였다.

"살인이군요! 그 근거가 있으십니까?"

"아니오, 그냥 추측입니다." 포아로는 대답했다.

그러나 상대방은 주장했다.

"그럴 리는 없습니다. 무엇이 반드시 있긴……"

포아로는 잠자코 있었다.

매컨드루는 계속해서 말했다.

"당신이 의심하고 계신 것이 조카 램지라면 나는 이 자리에서 말씀드리겠습니다. 그것은 전적으로 잘못 본 것이며, 램지는 그날 밤 8시 반에서 12시까지 윔블던에서 브리지를 했어요. 이것은 검시심(檢屍審)에서 밝혀진 사실입니다."

포아로는 중얼대듯 말했다.

"물론 확인은 했겠죠, 경찰은 신중하니까요."

의사는 말했다.

"당신은 아마 그 사람에게 불리한 사실을 아시고 있는 모양이지요?"

"당신에게서 이야기를 듣기 전까지는 그런 인물이 있다는 것조차 몰랐습니다."

"그렇다면 누군가 다른 사람에게 혐의를 두고 있는 겁니까?"

"아니오, 그런 건 아닙니다. 즉 인간이라는 동물은 일정한 습관을 가지고 있는데, 그것은 상당히 중대한 뜻을 지닙니다. 그런데 죽은 가스코인 씨는 이 길을 벗어났던 것 같습니다. 이 일은 분명히 생각할 가치가 있는 일로……"

"무슨 말인지 모르겠군요?"

에르퀼 포아로는 중얼거리듯이 말했다.

"귀찮은 것은 맛없는 생선에 소스를 너무 많이 친 일로……"

"네? 무슨 이야기지요."

에르큘 포아로는 미소를 지으며 말했다.

"이런 말만 지껄이고 있다가는 정신 병원에 끌려가겠군요. 그러나 나는 뭐 정신 이상이 된 것은 아닙니다. 사회 질서가 유지되고 있는 것을 좋아하는 남자가 거기에서 벗어난 사실을 만났기 때문에 골치를 앓고 있다고 생각해 주십시오. 여러 가지로 귀찮게 굴어서 죄송합니다."

에르큘 포아로가 미소를 짓고 일어서자 의사도 일어서며 말했다.

"솔직히 말해 나는 헨리 가스코인의 사인에 대해 조금도 의혹을 가지고 있지 않습니다. 나는 그가 잘못하여 떨어진 것으로 보고 있습니다만 당신은 그것을 누가 밀어떨어뜨린 것으로 생각하고 계십니다. 이렇게 되면 결론은 나오지 않습니다."

에르큘 포아로는 한숨을 쉬고 말했다.

"그렇습니다. 이것은 상당한 솜씨입니다. 누가 했는지는 모르지만 산뜻한 솜씨라고 할 수 있습니다."

"그러면 당신은 끝까지……?"

에르큘 포아로는 두 손을 벌려 보였다.

"나는 본디 고집이 센 사람이지만, 더구나 이 사건에서는 약간의 의견을 가지고 있습니다. 현재로서는 그것을 뒷받침할 만한 것을 갖추고 있지 않지만. 그런데 매컨드루 씨, 헨리 가스코인은 틀니였습니까?"

"아니오, 자기 이였으며 그것도 아주 튼튼했습니다. 그 나이에 비해서는 훌륭한 것이었습니다."

"손질을 잘했던 모양이지요──희고, 잘 닦아서?"

"네, 그것은 나도 특별히 알아볼 수 있었습니다. 나이를 먹으면 어떤 이든지 누래집니다. 그런데 그 사람의 이는 완전한 상태였습니다. ”

“전혀 변색하지 않았던가요 ? ”

“네, 담배를 피우지 않았냐고 물으신다면 그로 인한 변색도 없었습니다. ”

“그렇게 분명히 물은 것은 아닙니다. 단서가 될만한 것은 무엇이건 여쭤보려고 생각했었던 것 뿐입니다. 이런 조사에서는 아무리 먼 표적이라도 노릴 필요가 있으니까요. 아니, 아마 이것은 맞지 않겠지요. 그럼, 실례합니다. 매컨드루 씨, 친절하게 해 주신데 대해 정말 감사 드립니다. ”

그는 의사와 악수를 나누고 나가 버렸다.

“자, 이제는 먼 표적을 쏘러 갈까. ”

개런트 엔데바에서 그는 전날 보닝턴과 함께 식사를 한 테이블 앞에 앉았다. 종업원 아가씨는 몰리가 아니었다. 그 아가씨의 말로는, 몰리는 휴가를 받았다는 것이었다.

마침 7시라 손님도 붐비지 않았으므로 아가씨를 상대로 가스코인 노인에 대한 이야기를 하기에 편했다.

“네. ” 그녀는 말했다. “그 노인은 상당히 오랫동안 찾아오셨습니다. 그러나 우리들 중에는 아무도 그 사람의 이름을 아는 사람이 없었어요. 신문에 검시심에 대한 일이 실리고 그 사람의 사진이 나와 있었습니다. 그것을 보고 ‘이거 그 노인 아냐 ? ’ 하고 내가 몰리에게 말했습니다. 우리 사이에선 ‘노인’으로만 통하고 있었으니까요. ”

“죽던 날 밤에 여기서 식사를 하고 간 모양이던데 ? ”

“그래요, 3일 목요일이었습니다. 그분은 목요일에는 어김없이 찾아왔었으니까요. 화요일과 목요일이면 시계처럼 정확히요. ”

“그때 무엇을 먹었는지 기억하고 있나 ? ”

“글쎄요, 생각해 볼께요. 아참, 그래요. 닭고기가 든 카레 수프였

어요, 틀림없어요, 그리고 비프 푸딩, 아니면 양고기였나⋯⋯아니
에요, 푸딩이 분명해요, 그리고 검은 딸기와 사과가 든 파이에 치
즈였어요, 그것을 먹고 집으로 돌아가 그날 밤 계단에서 굴러떨어
진 모양이에요, 가운의 끈이 너덜너덜해서 그것이 발에 걸렸대죠.
그래요, 그분이 입고 다니던 옷은 정말 너무했었으니까요, 유행이
지난 옷을 칠칠치 못하게 입고 다녔는데, 그것도 아주 낡아빠진 옷
이었죠. 그런데 그 사람에겐 어딘가 모르게 위대해 보이는 데가 있
었어요, 이 가게에는 재미있는 손님이 많이 찾아오신답니다. ”

그녀는 가 버렸다.

에르큘 포아로는 넙치회에 포크를 대었다. 그의 눈은 녹색으로 빛
나고 있다.

“이상하군. ” 그는 혼자서 중얼거렸다. “아무리 빈틈없는 사람이라
도 세밀한 일이 되고 보면 결함이 있어. ”

그러나 아직은 보닝턴을 상대로 의견을 나눌 시기는 아니었다.

에르큘 포아로는 어느 유력자의 소개장을 가지고 있었으므로, 관할
지역의 검시관을 힘 안들이고 만날 수 있었다.

“좀 색다른 사람이었습니다. 그 죽은 가스코인은 남과 사귀기를 싫
어했던 별난 노인이었는데 어째서 또 그의 죽음이 당신네들의 주의를
끌게 되었단 말입니까? ” 그는 호기심에 찬 눈으로 방문객을 쳐다보
았다.

에르큘 포아로는 신중히 말을 골라가며 했다.

“그 일과 관련된 일을 조사해야 할 사정이 생겼기 때문입니다. ”

“그래, 내가 도와드릴 일은? ”

“법정에 제출된 증거물을 반환하느냐 그대로 보존하느냐는 당신의
권한으로 적당히 생각해서 처리할 수 있었겠지요, 그런데 헨리 가

스코인의 실내복 주머니 속에서 편지가 나왔던 모양인데. ”

“그렇습니다. ”

“조카인 조지 램지 의사가 보낸 편지였지요 ? ”

“그렇습니다. 편지는 검시실에 제출하여 사망 시간 결정에 도움이 되었습니다. ”

“의사의 증인으로 확증된 것이겠지요 ? ”

“그렇습니다. ”

“지금 좀 볼 수 있을까요 ? ”

에르퀼 포아로는 걱정스러운 듯이 상대방의 대답을 기다리고 있었다. 그리고 편지를 보관하고 있다는 말을 듣자, 이젠 마음이 놓였다는 표정을 지으며 한숨을 쉬었다.

검시관이 편지를 가지고 왔으므로 포아로는 자세히 들여다 보았다. 철필형 만년필로 꽤 읽기 힘든 글씨체로 씌어 있었는데 그 내용은 다음과 같았다.

헨리 백부님.

앤토니 백부님에 대해 부탁하신 문제가 기대에 어긋난 데 대해 보고 드립니다. 과거의 일은 물에 씻어버리고 전처럼 만나시려는 백부님의 의향을 전했습니다만 아무런 열의를 표하지 않을 뿐더러 대답도 듣지 못했습니다. 상당히 용태가 나쁜 것 같았으며, 하시는 말씀이 요령이 없는 것은 물론 아마 머지않아 저 세상에 가실 것 같습니다. 이미 백부님에 대한 일도 기억하지 못하시는 것 같았습니다.

아무런 보람도 없었던 것을 사과드립니다만, 저로서는 최선을 다했으니 그를 이해해 주십시오.

백부님이 사랑해 주시는 조카 조지 램지

편지의 날짜는 11월 3일로 되어 있었다. 포아로는 봉투의 소인을 보았다. 오후 4시 30분으로 되어 있었다.

그는 중얼거리듯 말했다.

"대단히 분명한 증거군요."

다음 목적지는 킹스턴 힐이었다.

좀 힘은 들었지만 끝까지 상냥하게 굴었더니 결국 고(故) 앤토니 가스코인의 요리사 겸 가정부였던 애일리어 힐과 면담하게 되었다.

힐 부인은 처음에 의심스러운 눈으로 입을 굳게 닫고 있었으나, 기묘한 모습의 외국인이 매력적인 태도로 수다를 떠는 사이에 스르르 마음이 풀려버렸다.

그리고 일단 마음이 풀리고 보니, 포아로가 지금까지 다루었던 다른 여자들이나 다름없이, 그녀는 진심으로 동정을 표하며 듣고 있던 사람에게 속에 들었던 불평을 털어 놓기 시작했다.

14년이란 오랜 세월 동안 가스코인 집안의 살림을 도맡아 해왔는데, 그것은 결코 쉬운 일이 아니었다. 그녀가 참아 온 그 무거운 짐은 대부분의 여자라면 손을 들어 버릴 그런 정도였다. 누구에게 물어보나 알 수 있는 일이지만 별나다고 해도 그 사람처럼 별난 사람은 없을 것이다. 금전에 대해 좁쌀스럽게 구는 것은 말할 것도 없고 대단한 부자이기 때문에 돈에 대한 애착은 병적이라 할 수 있었을 것이다. 그러나 힐 부인은 충실하게 일을 하며 그의 가혹한 취급을 참고 견디어왔다. 그랬기 때문에 당연히 어느 정도의 유산을 받으려니 했는데 어이없게도 전혀 아무것도 없는 것이다! 오래된 유언장이 있었는데, 거기에는 전재산을 아내에게 남기고 아내가 먼저 세상을 떠날 때에는 동생 헨리에게 주겠다고 씌어 있었으나 그것은 몇 년 전에 작성된 것이라 공평한 것으로는 볼 수 없다!

에르큘 포아로는 그녀의 이야기를, 그녀의 기대가 이루어지지 않은 불평으로부터 떼어놓아 보기로 했다. 그것은 어떤 뜻으로는 부당한 조치라고 볼 수도 있었다! 힐 부인이 상처를 입고 기막혀 한 것도 무리한 일이라곤 할 수 없지만, 가스코인 씨가 말할 수 없이 인색했다는 것은 세상이 다 아는 사실이었다. 단 하나 밖에 없는 동생이 도와달라고 간청을 했을 때도 고인은 그것을 단 한 마디로 거절했다는 것이었다. 힐 부인도 그 일을 모를 리 없었다.

"램지 선생님이 오셨을 때의 일 말인가요?" 힐 부인은 되묻고 나서 다시 말했다. "그래요, 기억하고 있어요. 그것은 분명히 주인의 동생 심부름으로 오신 거에요. 뭐, 동생 분이 화해를 하고 싶어한다던가요. 네, 두 사람은 몇 년 전부터 사이가 나빴었죠."

"그렇습니다. 가스코인 씨는 분명히 거절했죠?" 포아로는 말했다.

"그래요." 힐 부인은 고개를 끄덕이며 말했다. "주인께선 이렇게 말했습니다. '뭐라고, 헨리? 헨리가 어떻게 되었다는 거야? 몇 년 동안이나 만난 일도 없고 만나고 싶지도 않아. 그 녀석은 본디 무슨 말만 하면 싸움을 걸어왔어'라는 말뿐이었어요."

이야기는 또 힐 부인 자신의 불만과 죽은 가스코인 씨 변호사의 냉혹한 태도로 되돌아갔다.

에르큘 포아로는 이야기를 중단시키지 않고 작별인사를 하려고 고심했다.

이 일이 있고 저녁 시간이 지난 무렵, 포아로는 윔블던 도셋 거리의 엘름크레스트에 있는 조지 램지의 집을 찾았다.

의사는 집에 있었다. 에르큘 포아로는 진찰실로 안내되었는데, 마침내 조지 램지가 저녁식탁에서 온 것 같은 모습으로 들어왔다.

"진찰을 하려고 온 것은 아닙니다." 에르큘 포아로는 말을 꺼냈다.

"좀 무례하다고는 생각합니다만, 무슨 일이건 당사자를 만나 그 자리에서 처리하는 것이 가장 좋다고 믿고 있기에 즉 변호사라든가, 그런 사람들의 빙둘러하는 수법이 싫어서요."

그의 말이 램지의 흥미를 돋군 것만은 확실했다. 의사는 깨끗이 면도를 한 보통 몸집의 중키의 사나이로 머리는 갈색이었으나 속눈썹은 거의 희다고 볼 수 있었으므로, 눈빛이 흐린 것이 유난히 돋보였다. 태도는 시원스러웠지만 상냥한 면이 없는 것도 아니었다.

"변호사요?" 그는 눈썹을 치켜올리며 말했다. "나도 그들은 딱 질색이에요! 아니, 당신의 이야기에 일종의 흥미를 느꼈습니다. 자, 앉으세요."

포아로는 이르는 대로 의자에 앉아 직업용 명함을 꺼내더니 의사 앞으로 내밀었다.

조지 램지의 흰 눈썹이 깜빡였다. 포아로는 비밀이야기를 하듯 몸을 앞으로 내밀고 말했다.

"실은 나의 의뢰인은 대부분 부인들이라서."

"당연하겠지요."

그렇게 말하며 조지 램지 의사는 눈을 반짝였다.

"말씀하신 대로 당연한 일입니다." 포아로는 고개를 끄덕였다. "부인들은 경찰을 믿지 않습니다. 오히려 사립 탐정의 조사를 택하게 되죠. 문제점을 세상에 알리고 싶지 않기 때문이겠죠. 요 며칠 전에도 중년 부인이 의논을 하러 찾아왔었습니다. 그 부인은 주인과의 사이가 순조롭지 못해, 상당히 오래 전의 일입니다만 싸우고 헤어졌습니다. 그 부인의 주인이 바로 당신의 백부님, 돌아가신 가스코인 씨입니다."

조지 램지의 얼굴이 붉어졌다.

"백부님이라고요? 무슨 소립니까! 백부님의 부인은 벌써 오래 전에 죽었어요."

"아니, 아니, 앤토니 가스코인 씨가 아니라 헨리 가스코인 씨입니다."

"헨리 백부님요? 그러나 그는 결혼하지 않았습니다."

"그는 결혼을 했었어요." 에르큘 포아로는 태연한 얼굴로 거짓말을 했다. "틀림없이 부인은 결혼 증명서를 가지고 있습니다."

"거짓말이오!" 조지 램지는 소리쳤다. 그의 얼굴은 자두보다 더 진한 가짓빛이었다. "그런 말은 믿을 수 없어요. 무슨 거짓말을 그렇게 합니까?"

"유감스러운 짓을 했군요. 당신의 살인은 전혀 무의미했습니다." 포아로는 말했다.

"살인요?"

램지의 목소리는 떨렸다. 흐린 빛의 눈동자가 공포로 인해 잔뜩 부풀었다.

포아로는 계속했다. "그런데 당신이 검은 딸기의 타트를 먹고 있는 것을 보았는데, 그것은 좋지않은 습관입니다. 검은 딸기는 비타민의 양이 풍부하다고 합니다만, 동시에 또 목숨을 빼앗는 경우도 있으니까요. 이번 경우도 그것이 어떤 남자의 목에 교수형 밧줄을 감는 일을 거들어 준 것 같습니다. 당신의 목에 말이오, 닥터 램지."

"당신의 과오의 출발점은 모처럼의 억측을 잘못한 데 있습니다."

에르큘 포아로는 밝은 미소를 테이블 너머에 있는 그의 친구 보닝턴 씨에게로 던지며 상세한 이야기는 앞으로 하겠다고 손을 흔들었다.

"정신적인 압박을 받고 있는 사람은 저도 모르게 평상시는 절대로 할 리 없는 행동을 취하게 되는 법이지요. 그 반사 작용은 저항이 가장 적은 곳에 나타나기 마련입니다. 무슨 일로 이성을 잃은 사나이가 잠옷 차림으로 만찬 석상에 나타나는 것은 충분히 생각해볼 문젭니다. 그러나 그 잠옷은 그 자신의 잠옷이지, 남의 잠옷일 경우는 있을 수 없습니다.

진한 수프와 콩팥 푸딩, 또는 검은 딸기를 싫어했던 사람이 어느날 밤, 그 세 가지를 다 주문했어요. 당신은 그것을 그 사람이 다른 일에 마음을 빼앗기고 있었기 때문이라고 했습니다. 그러나 나라면 이렇게 말할 겁니다. 다른 일에 마음을 빼앗기고 있는 사람은 무의식중에 늘 주문하던 요리를 주문하게 된다고 말입니다.

Eh bien(그런데), 그 밖에 어떤 해석을 내릴 수 있을까요? 나로선 이보다 더 합리적인 해석을 내릴 순 없었습니다. 그래서 나도 골치를 잃았답니다! 그 사건은 어딘가 잘못 되었어요. 이야기가 맞질 않아요! 나도 질서를 존중하는 사람으로 무슨 일이건 앞뒤가 맞지 않는 이야기는 마음에 걸립니다. 그러므로 가스코인 씨의 저녁 주문이 머리를 아프게 하여 못 견디었던 겁니다.

그런데 나는 그가 모습을 보이지 않게 된 일을 알았습니다. 그가 화요일과 목요일에 모습을 보이지 않은 것은 몇 년 동안에 전혀 없었던 일이라는 것을 알자 나는 곧 무슨 불길한 일이 일어났구나 하는 생각이 들었습니다. 그러자 나의 머리 속에는 묘한 가설이 떠올랐습니다. 나의 생각이 잘못된 것이 아니라면 그 사람은 틀림없이 죽었으리라는 생각이었죠. 그래서 나는 조사해보았습니다. 생각했던 대로 그는 죽었습니다. 더구나 아주 깨끗이, 말하자면 멋지게 죽어 있었습니다. 다시 말해 맛 없는 생선을 소스로 속인 셈이죠!

그는 7시에 킹즈 거리에 모습을 나타냈습니다. 7시 반에는 이 가게에서 식사를 했지요, 사망하기 2시간 전입니다. 모든 것이 앞뒤가 맞아요. 위에 든 내용물의 증거도 그렇고 편지의 증거도 그렇고, 너무도 소스가 많아요! 생선이 완전히 숨겨져 있지 뭡니까.

애정이 많은 조카는 편지를 썼습니다. 애정이 많은 조카는 사망 시간에 완벽한 알리바이를 가지고 있습니다. 죽은 원인은 극히 단순하고요, 계단에서 굴러떨어진 거지요, 그냥 단순한 사고사인가? 아니면 살인인가? 누구나 사고사라고 하겠지요.

애정있는 조카가 한 사람의 살아남은 친척입니다. 유산은 애정있는 조카가 상속하게 된다. 그러나 상속할 만한 재산이 있을까요? 그 백부는 세상이 다 아는 가난한 사람이었습니다.

그런데 백부에게는 형이 있었습니다. 그리고 이 형은 젊었을 때 돈 많은 여자와 결혼했죠. 킹스턴 힐에 큰 저택을 지니고 있었던 것으로 보면 돈 많은 부인이 전 재산을 남기고 갔다고 생각할 수 있습니다. 여기까지 말했으면 그 뒤는 말하지 않아도 아시겠지요? 돈 많은 아내가 재산을 앤토니에게 남긴다, 앤토니는 그것을 헨리에게 남긴다, 헨리의 유산은 조지한테로 간다……사슬은 완전히 연결되고 있습니다."

"이론으로선 아주 훌륭하군요, 당신은 그래, 그게 어떻다는 거요?" 보닝턴 씨는 말했다.

"이론만 서면, 나머지는 희망하는 증거를 입수하는 거죠, 헨리는 식사를 마친 뒤 2시간 뒤에 죽었습니다. 검시심에서는 거기에다 중점을 두고 조사한 모양인데, 그 식사가 저녁이 아니라 점심이었다면 어떻게 됩니까. 당신 자신이 조지의 처지가 되어 보는 거에요. 조지는 돈을 탐내고 있었죠. 목에서 손이 나올 정도로 말이오. 한편 앤토니 가스코인은 죽어가고 있었고, 그러나 그가 죽어도 조지에게는 아무 이익이 없어요. 그의 유산은 헨리 앞으로 가 버릴 테고 헨리 가스코인은 앞으로 몇 년 동안 더 살는지 모릅니다. 그러므로 헨리도 역시 죽어줘야 했습니다. 그것도 빠를수록 좋았지요.

그러나 그 죽음은 앤토니가 죽은 뒤라야 하며, 그리고 그 시간에 조지가 알리바이를 가져야 했습니다. 헨리가 1주일에 두 번 규칙적으로 레스토랑에서 식사를 하는 일이 조지에게 알리바이 공작을 생각해 내게 했지요. 그는 조심스러운 남자이므로 우선 테스트를 해 보았습니다. 백부로 변장하여 월요일 날 밤에 문제의 레스토랑으로 가보았지요. 그런데 그 일을 아무 지장 없이 해낼 수 있었어요. 레스토랑 사람들은 그를 백부로 보아 주었고 그는 만족했습니다. 그 다음은 다만 앤토니 백부의 임종 때가 확실해지기만을 기다리면 되었죠. 그때가 왔습니다. 11월 2일 오후 그는 백부에게 편지를 보냈습니다. 단 날짜는 3일로 해 두었지요. 3일 오후 그는 런던으로 가 백부를 방문하고 계획을 실행으로 옮겼습니다. 단 한 번 힘껏 떠밀어 백부를 계단에서 떨어뜨린 겁니다.

조지는 그 뒤, 미리 부쳤던 편지를 찾아내어 백부의 실내복 주머니 속에 쑤셔 넣었습니다. 그리고 7시 반에 턱수염과 굵은 눈썹, 그 밖의 것으로 완전히 변장을 하고 개런트 엔데바에 모습을 나타냈지요. 이것으로 헨리 가스코인 씨는 7시 반에 분명히 살아 있었던 것이 되었습니다. 그리고 공중변소로 들어가 급히 본디의 자기로 돌아가자 차를 윔블던으로 몰아 그곳에서 브리지로 하룻밤을 샌 겁니다. 완전한 알리바이가 아닙니까?"

보닝턴 씨는 그를 바라보며 말했다.

"그러나 편지의 소인은?"

"그것 말입니까? 그것은 아주 간단한 일이었습니다. 소인은 아주 지저분했습니다. 왜냐하면 11월 2일을 11월 3일로 검은 색 물감으로 다시 써넣었기 때문입니다. 그런 줄 모르고 보면 알아보지 못하는 것도 당연한 일이지요. 그리고 마지막으로 검은 티티새가 등장합니다."

"검은 티티새라고요?"

"24마리의 검은 티티새의 파이! 아니, 정확히 말하면 검은 딸기입니다만! 아시고 계시겠지만 조지는 결국 대단한 명배우는 아니었습니다. 오델로를 연기하려면 배우는 온몸을 새카맣게 칠하는 법이죠. 범죄에 성공하려면 그런 배우가 아니면 안됩니다. 그리고 백부와 같은 턱수염과 눈썹을 붙이긴 했지만 백부와 같은 음식을 먹어야 한다는 것을 깜빡 잊었던 것입니다. 그래서 그만 자신이 좋아하는 요리를 주문해버린 거에요.

검은 딸기를 먹으면 이가 까맣게 물이 듭니다. 시체의 이는 물이들지 않았어요. 그러나 그날 밤 헨리 가스코인은 개런트 엔데바 레스토랑에서 검은 딸기를 먹습니다. 그런데도 위 속에는 검은 딸기가 없었어요. 나는 오늘 아침 문의했습니다. 더구나 조지는, 참 어리석은 이야기입니다만 턱수염과 그 밖의 변장 도구를 그대로 보관해 두었던 거에요. 일단 그렇게 보고 찾으면 증거는 얼마든지 나오기 마련이지요. 나는 조지를 방문하여 위협을 해보았습니다. 그것이 마지막 일이 된 것이죠! 그는 또 검은 딸기를 먹고 있었어요. 음식에 일종의 고집 같은 것이 있는 남자더군요. 먹는 것만 생각하는. Eh bien(그런데), 그 음식에 대한 고집이 있다고 본 내 눈이 잘못이 아니었기에 그의 목을 죄일 수 있게 된 겁니다."

웨이트레스가 검은 딸기와 사과 타트를 2인분 가져왔다.

"그것은 안 먹기로 했네, 도로 가지고 가 주게." 보닝턴 씨가 말했다. "조심하는 것이 상책이겠지. 그 대신 야자 푸딩으로 참아 두기로 하지."

The Love Detectives
연애를 탐정한다

몸집이 조그마한 새터스웨이트 씨는 그날의 손님을 물끄러미 쳐다보았다. 이 두 사람 사이에 생긴 우정은 보는 이에게 묘한 인상을 주었다. 대령은 전형적인 시골 신사였고 인생에 대한 정열을 전적으로 스포츠에서 찾고 있는 인물이었다. 요 몇 주일 동안 런던에 볼일이 있었으므로 본의 아니게 도시 생활에 젖어 있다가 가까스로 해방된 데 대해 기쁨을 느끼고 있었다. 한편 새터스웨이트 씨는 타고난 세련된 도시 사람으로, 프랑스 요리를 비롯해 부인들의 의상이며 나아가 새로운 스캔들에 이르기까지 모든 일을 환히 알고 있었다. 그의 정열은 인간성의 관찰에 있고, 이 특수한 방면에서 전문가라고 할 수 있는 영역에 이르고 있었다. 말하자면 그는 인생의 한 방관자였다.

이러했기 때문에 그와 메를로즈 대령과의 사이에는 공통점이 거의 없었다. 대령은 근처의 소문에는 전혀 무관심했고, 센세이셔널한 사건에 대해서는 몸서리를 칠 정도로 질색이었다. 이 이질적인 두 사람이 친구로 사귀고 있는 것은 그들의 선대가 서로 친구였기 때문이며, 그것이 공통된 친지를 갖는 결과를 가져왔고, 그 밖에는 이른바 벼락

부자들에 대해 반발심을 갖는 점만이 비슷하다고 할 수 있었다.

시간은 7시 반이었고, 두 사람은 대령의 기분 좋은 서재에 앉아 있었다. 메를로즈 대령은 그 해 겨울에 한 사냥 이야기를 일류 사냥꾼이나 되는 양 열심히 이야기하고 있었으나, 새터스웨이트 씨의 말에 대한 지식은 지금도 지방의 부유한 집에 남아 있는 마구간을 일요일 아침에만 찾아가는 습관을 잊지 않고 있을 정도였다. 그러나 그는 몸에 익은 사교성으로 아주 끈기 있게 잘 듣고 있었다.

전화벨이 날카롭게 울려 한창 흥미 있는 메를로즈의 이야기를 중단시켰다. 그는 테이블 앞으로 다가가 수화기를 들었다.

"아, 그렇소, 메를로즈 대령이오. 무슨 일입니까?"

그의 태도는 일변하여 딱딱한 사무적인 것으로 바뀌었다. 전화를 걸어 온 사람은 치안 판사였고 스포츠맨은 아니었다.

몇 분 동안 듣고 있더니 그는 간결하게 "알았소, 커티스, 곧 가겠소." 수화기를 놓자 새터스웨이트 씨를 돌아다보았다.

"제임스 드와이튼 경의 시체가 서재에서 발견되었다는군요. 살해된 모양입니다."

"뭣이?"

새터스웨이트 씨는 놀랐다. 안색이 달라졌다고 볼 수도 있었다.

"서둘러 앨더웨이로 가봐야겠는데, 당신도 함께 가시겠소?"

그 말에 새터스웨이트 씨는 생각이 났다. 대령은 이 지역의 경찰부장관을 지내고 있는 것이다.

"나는 민간인이니까……."

그가 망설이자 대령이 말했다.

"상관없어요. 사양하지 마시오. 지금 온 전화는 커티스 경감에게서 온 건데, 그는 사람은 참 좋은데 머리가 잘 돌지 않아요. 당신이 함께 가 줬으면 하는 것은 우리가 바라는 바입니다. 이 사건이 곧

치 아픈 문제로 진전될 가능성이 있어서요."

"범인은 체포되었나요?"

"아니오." 메를로즈 대령은 딱 잘라 대답했다.

새터스웨이트 씨의 훈련된 귀는 그 짤막한 부정의 대답 속에 말하기 거북한 그 무엇이 있다는 것을 알아차렸다. 그래서 그는 드와이튼 집안에 대해 알고 있는 모든 것을 생각해내려고 애썼다.

살해된 제임스 경은 거만하고 무뚝뚝한 노인이었다. 적은 수없이 많다고 할 수도 있다. 60고개에 접어들어 머리가 회색으로 변하기는 했지만, 혈색만큼은 젊은이에 조금도 뒤지지 않았다. 상식을 벗어난 구두쇠라는 평판이 자자했다.

새터스웨이트 씨는 뒤이어 드와이튼 부인을 생각해 보았다. 그의 눈앞에 떠오르는 그녀의 모습은 아직도 젊디젊은 다갈색 머리에, 늘씬한 느낌이 드는 청초한 여인으로 항간에는 여러 가지 소문이 떠돌고 있었다. 그 여자만큼 야유와 뒷공론의 대상이 되는 여자도 많지 않을 것이다. 그래서 메를로즈 대령도 난처한 표정을 지었을 것이다. 그는 거기까지만 생각했다. 공상은 사라졌다. 5분 뒤, 새터스웨이트 씨는 메를로즈 대령의 소형 자동차 안에 주인과 나란히 앉아 있었다. 차는 밤의 어둠 속을 쏜살같이 달려 갔다.

대령은 본디 말이 없는 인물이었으므로 거의 1마일 반을 달린 다음에야 비로소 입을 열었다. 갑자기 이런 말을 했던 것이다.

"당신도 그 집안에 대해선 아시겠지요?"

"드와이튼 집안 말인가요? 물론 알고 있지요. 이 고장에 나도는 소문 중에서 '새터스웨이트 씨'의 귀에 들어오지 않는 소문이 있습니까. 경은 꼭 한 번 만나 봤지만, 부인은 가끔 만나보고 있죠."

"아름다운 부인이지요." 메를로즈가 말했다.

"굉장한 미인입니다!" 새터스웨이트 씨도 외쳤다.

"그렇게 생각하십니까?'

"순수한 르네상스 시대의 미인이죠." 새터스웨이트 씨는 그 자신의 말에 열중하고 있었다. "지난해 봄, 자선회의 마티네(낮 흥행)에서 무대 위에 섰었는데 나는 감격했어요. 현대적인 면이 전혀 없는 순수한 고전 미인이 재등장했다고 할 수 있었습니다. 그 여자의 모습을 보고 있으면 베니스의 저택이라든가 루크레치아 보르지아 같은 곳이 생각납니다."

대령이 핸들을 꺾었으므로 새터스웨이트 씨는 입을 다물었다. 그리고 다시 생각해 보고 깜짝 놀랐다. '왜 루크레치아 보르지아를 말했을까? 이런 사건이 일어났다고 하는데…….'

"드와이튼 경은 독살된 것이 아니겠지요?" 그는 물어보았다.

메를로즈는 호기심이 생겼는지 곁눈으로 그를 쳐다보았다.

"왜 그런 것을 묻습니까?"

"아니, 뭐." 새터스웨이트 씨는 얼굴을 붉혔다. "다만 그게……좀 마음에 걸려서."

"독살은 아닙니다." 메를로즈는 어두운 표정으로 말했다. "머리를 두들겨 부순 모양입니다."

"둔기로요?"

새터스웨이트 씨가 알겠다는 듯한 표정을 짓고 말하자 대령은 말했다.

"싸구려 탐정 소설 같은 말은 안하는 게 좋습니다, 새터스웨이트 씨. 경은 청동상으로 얻어맞았어요."

"그래요?" 새터스웨이트 씨는 고개를 끄덕이고 입을 다물어 버렸다.

잠시 지나자 이번에는 메를로즈가 질문을 했다.

"폴 델런거라는 남자를 압니까?"

"네, 미남으로 알려진 청년이지요."

"부인들은 그렇게 부르겠죠." 대령은 불쾌하게 말했다.

"싫어하시는 모양이군요."

"그래요, 굉장히 싫어합니다."

"그런 타입이니까 마음에 안 드시겠지요, 말은 굉장히 잘 타지만."

"잘 탄다고는 하지만 곡마단의 광대처럼 얕은 재주를 부릴 뿐이지요, 뭐."

새터스웨이트 씨는 터져나오려는 웃음을 씹어삼켰다. 메를로즈 대령은 너무도 영국인 기질에 치우쳐 있다. 새터스웨이트 씨 자신은 충분한 국제적인 시야로 이해하고 있다고 자인하고 있으므로, 대령의 섬나라 국민 특유의 좁은 도량에 오히려 유감스러움을 느끼고 있었다.

"그 청년이 이 고장에 있었던 모양이군요?"

"앨더웨이의 드와이트 저택에 머물고 있었답니다. 소문에 의하면 1주일 전에 제임스 경에게 쫓겨난 모양이지만."

"왜요?"

"부인과 가까이하다 들켰겠죠, 사실은……."

그리고 그 순간, 날카롭게 핸들을 꺾었으나 그만 충돌 사고를 일으키고 말았다.

"영국의 도로만큼 위험한 길은 없지만" 메를로즈가 말했다. "그 차도 그렇지, 경적을 울리지 않다니 괘씸하군. 내 차는 이미 공도(公道)에 나와 있었는데……그 쪽이 입은 손해가 큰 것 같군요."

그가 차에서 뛰어내리자 상대방 차에서도 남자가 한 사람 내렸다. 둘이 마주서서 무슨 이야기를 하고 있었는데, 그 말 끝이 새터스웨이트의 귀에도 들렸다.

"아, 저의 과실입니다." 상대방의 말소리가 들린다. "이 근처의 지리에 어두운데 댁의 차가 공도로 나와 있는 줄은 미처 몰랐어요."

그의 말에 대령의 불쾌함이 좀 누그러져 적당히 대꾸를 하기 시작했다. 둘이 다 파손된 상대방의 차를 바라보고 있었다. 그것은 이미 운전사가 확인하고 있었는데, 세 사람의 대화도 고도의 기술적인 것이었다.

"수리에 30분은 걸리겠지요." 상대방 남자가 말했다. "그러나 같이 있을 필요는 없습니다. 댁의 차를 망가뜨리지 않아 천만다행입니다."

대령은 뭐라고 말을 꺼냈으나 그것이 갑자기 뜻하지 않은 일로 방해가 되었다.

흥분한 새터스웨이트 씨가 새가 팔짝 뛰는 것처럼 차에서 뛰어내렸다.

그리고는 상대방 남자의 팔을 꽉 잡고 "역시 그렇군! 목소리로 알아차리긴 했지만," 흥분하여 되풀이 소리를 지르며 외쳤다. "그러나 참 묘한 우연이군. 묘한 우연이라고 할 수밖에 없어!"

"뭡니까?" 대령이 물었다.

"해리 퀸 씨에요, 메를로즈 씨. 퀸 씨에 대한 것은 여러 번 들으셨기 때문에 알고 계시겠지요."

공교롭게도 메를로즈 대령은 기억을 할 수 없었다. 그러나 요령껏 적당히 대꾸를 하자 새터스웨이트 씨는 점점 좋아하며 말했다.

"정말 오래간만입니다. 언제 보고 못 봤더라?"

"'종(鐘)과 익살꾼'의 밤에서 만난 뒤지요." 상대방은 조용히 대답했다.

"'종과 익살꾼'이라니요?"

대령이 질문하자 새터스웨이트 씨는 설명했다.

"여관 이름입니다."

"여관 이름치고는 이상하군요."

그 다음 이야기는 퀸 씨가 이어받았다.

"오래된 여관이라서요. 아시고 계시겠지만 옛날에는 영국에서도 종과 익살군이 이상하지 않았던 시대가 있었습니다."

"그랬었죠, 지당한 말씀입니다."

메를로즈는 고개를 끄덕이는 순간에 저도 모르게 눈을 깜박였다. 광선의 작용으로——한쪽 차는 전조등을, 또 한쪽은 빨간 색 미등을 켜고 있으므로——퀸 씨의 모습이 얼룩얼룩한 옷을 입은 익살꾼처럼 비쳤기 때문이다. 그러나 그것은 광선의 장난에 불과했다.

새터스웨이트 씨는 계속해서 말했다.

"차마 당신을 도로상에 내버려 둘 순 없어요. 우리 차에 같이 탈 수 있는 여유가 충분히 있습니다. 안 그렇습니까, 메를로즈 씨?"

"그것이 좋겠습니다." 대령은 그렇게 말했으나 목소리에 다소 주저함이 담겨 있었다. "그게 문제군요, 새터스웨이트, 우리는 일이 있어 가는 도중이라서."

그렇게 말하는 순간 새터스웨이트 씨의 머리에 갑자기 떠오르는 것이 있었다. 흥분한 나머지 크게 고개를 내저으며 소리쳤다.

"아닙니다! 더 좋은 수가 있습니다! 퀸 씨, 여기서 당신을 만나다니 예상도 하지 않았던 행운입니다. 네거리에서 충돌한 것은 우연한 사고라고는 볼 수 없을 것 같군요."

메를로즈 대령은 놀라서 친구를 쳐다보았다. 새터스웨이트 씨는 그의 팔을 잡았다.

"생각 안 납니까? 전에 한 번 이야기한 일이 있는데요, 우리 친구 데렉 카펠 말입니다. 그의 자살에 대해서 아무도 그 동기를 추정하지 못했었지요. 그 어려운 문제를 푼 것이 바로 퀸 씨였습니다. 수사를 담당했던 사람은 많았지만, 눈 앞에 있는 것은 오히려 몰라보는 일이 많은 법인데 저 사람만이 보기 좋게 지적했었죠. 기적이라고 말할 수 있는 인물입니다."

퀸 씨는 미소를 지었다.

"왜 이러시오, 새터스웨이트 씨. 그런 말을 하면 쥐구멍에라도 들어가고 싶어집니다. 내가 아는 바로는 그런 발견도 다 당신의 힘이었지, 내 힘은 아니었다고 봅니다."

"아닙니다. 당신이 계셨기 때문에 그런 결과가 온 것입니다." 새터스웨이트 씨는 자신을 가지고 말했다.

메를로즈 대령은 불쾌한 듯이 헛기침을 하며 말했다. "어쨌든 더 이상 시간을 낭비하고 있을 수 없습니다. 빨리 떠납시다."

그는 운전석에 앉았다. 새터스웨이트 씨가 아무리 열심히 추천하여도 알지 못하는 사람을 일에 끼어들게 하는 것은 유쾌한 일이라 할 수 없었다. 그렇다고 해서 적극적으로 반대할 만한 이유도 없다. 그보다도 지금은 한시라도 빨리 앨더웨이로 가고 싶은 마음뿐이었다.

새터스웨이트 씨는 퀸을 재촉하여 대령 옆 자리에 앉혔다. 그리고 그 자신은 퀸의 옆 자리에 앉았지만 차 안은 충분히 여유가 있었으므로 거북하지 않았다.

"그러니까 퀸 씨, 당신은 범죄에 흥미를 가지고 계시군요." 대령은 아주 상냥하게 말했다.

"아닙니다. 범죄란 말은 정확한 표현이 아닙니다."

"그래요? 그럼, 뭐라고 해야 합니까?"

퀸 씨는 미소를 지었다.

"새터스웨이트 씨에게 설명을 해 달라고 할까요. 이 사람은 아주 예리한 통찰력을 가진 관찰자니까요."

새터스웨이트 씨는 천천히 입을 열었다.

"어쩌면 잘못 보았는지도 모릅니다만, 내가 본 바로는 퀸 씨가 흥미를 느끼고 있는 것은, 애인들이라 할 수 있겠지요."

그는 끝말은 얼굴을 붉히며 말했다. 영국 사람으로선 서슴지 않고 발음할 수 없는 말이기 때문이다. 쑥스러운 듯이 말했으므로 앞뒤에 따옴표를 붙인 것 같은 효과를 냈다.

"그래요!" 대령은 놀라며 소리쳤지만 그대로 입을 다물어 버리고 말았다.

그러나 그는 속으로 생각하고 있었다.

'아무래도 이 사람, 새터스웨이트의 친구 중에서도 특별히 색다른 사람같군.'

곁눈으로 봐서는 정상적인 청년으로――살갗이 가무잡잡하긴 하지만, 외국인처럼 보이는 것도 아닌데…….

새터스웨이트 씨는 점점 더 거드름을 피는 어조로 10분 가량 이야기를 했다. 밤의 어둠 속을 달리는 차 안 캄캄한 좌석에서 말하는 그 이야기 속에는 사람을 취하게 할 만한 힘이 있었다. 인생의 방관자라는 것은 새터스웨이트에게 아무런 불명예도 아니라는 것을 증명했다. 그는 뜻대로 말을 구사할 수 있었다. 산뜻한 말솜씨로 엮어서 로라 드와이튼이 갖추고 있는 르네상스적인 미의 전형을 표현해 보였다. 그녀가 지닌 흰 팔과 빨간 머리를, 그리고 여자라면 누구나 남성적인 매력을 느끼는 가무잡잡한 폴 델런거의 외모를.

또 덧붙여서 사건의 무대가 된 앨더웨이의 상태를 이야기해 주었다. 그곳은 영국의 오래된 도시. 헨리 7세 당시의――아니, 어떤 사람은 그보다 더 옛 시대로부터 내려왔다고도 한다――순수한 영국 정취가 이곳에 남아 있다. 잘라 낸 주목(朱木), 예스러운 헛간, 물고기가 놀고 있는 연못. 이것은 전에 수도사들이 금요일을 위해 잉어를 저장해 두었던 곳이다.

제임스 경에 대해서는 불과 몇 마디로 교묘하게 그 풍모를 그려냈다. 옛 집안인데 위튼의 정당한 후예이고, 그 옛날 그의 선조가 농민들의 돈을 착취하여 궤 속에 밀봉해 두었으므로 그 뒤 귀족들이 속속 몰락해 간 살기 힘든 시대에도 앨더웨이의 영주만은 궁핍을 겪지 않아도 되었다.

그리고 새터스웨이트 씨는 말을 멈췄다. 듣는 이의 마음을 사로잡고 있다는 데 자신감을 가지고 있었으므로 당연히 받아야 할 칭찬의 말을 기다렸던 것이다. 과연 칭찬의 말이 나왔다.

"새터스웨이트 씨, 당신은 시인입니다."

"난, 난 최선을 다했을 뿐입니다." 자그마한 남자는 갑자기 겸허해졌다.

차는 이미 몇 분 전에 앨더웨이 장(莊)의 문 안으로 들어서고 있었다. 현관에 닿자, 순경이 급히 계단을 뛰어내려왔다.

"커티스 경감님께서 서재에서 기다리고 계십니다."

"알았네."

메를로즈 대령이 계단을 뛰어올라가자 나머지 두 사람도 그 뒤를 따랐다. 세 사람이 넓은 홀을 급하게 빠져나가자 초로의 집사가 걱정스러운 얼굴을 내밀었다.

메를로즈는 말을 걸었다.

"아, 마일즈, 슬픈 일이 생겼더군."

"그렇습니다. 믿을 수 없는 일입니다. 아, 누가 감히 주인께 손을 대는 그런 짓을!" 집사는 벌벌 떨며 말했다.

"아무렴, 물론이지." 메를로즈는 그의 말문을 막으며 말했다. "노인 이야기는 나중에 듣기로 하지. 잠깐만 기다리고 있게."

그는 성큼성큼 서재로 들어갔다. 거기에는 군인을 연상케 하는 큰 몸집의 경감이 있다가 공손히 인사를 했다.

"골치 아픈 사건이 일어났습니다. 현장은 그대로 보존되어 있고 일체 손대지 않았습니다. 흉기에는 지문이 전혀 없으며, 누가 했는지 상당히 머리를 쓴 자의 짓입니다."

새터스웨이트 씨는 제임스 경이 죽은 채로 큰 책상에 엎드려 있는 모습을 보자 당황해서 외면을 했다. 등 뒤에서 일격을 맞아 두개골이 깨어진 무서운 모습이었다.

흉기는 바닥에 떨어져 있었다. 2피트 가량 되어 보이는 청동상이 흉기로 쓰였으며 그 밑부분이 피에 젖어 있었다. 새터스웨이트 씨는 신기한 것이라도 보듯 허리를 굽혀 그 동상을 들여다보며 낮은 소리로 말했다.

"비너스 상이군. 비너스 상으로 맞았단 말이지!"

"창문은 다 닫혀 있었으며 안으로 잠겨 있었습니다."

경감은 그 말만 하고 일부러 숨은 뜻이 있는 듯 입을 다물었다.

"내부 사람이 한 것처럼 보이기 위해 그런지도 모르지." 장관은 대수롭지 않게 말했다. "그것은 나중에 상세히 조사하기로 하지."

피해자는 골프 옷을 입었고, 옆에 있는 큰 가죽 의자에 골프 가방이 아무렇게나 세워져 있었다.

장관의 시선이 가는 곳을 알아차리고 경감이 설명했다. "골프장에서 돌아온 것이 5시 15분이었고, 집사가 곧 차를 가져왔답니다. 피해자는 그런 뒤 벨을 울려 하인을 불러 덧신을 가져오게 했다니까, 살아 있는 것을 마지막으로 본 사람은 그 하인인 셈입니다."

메를로즈 대령은 고개를 끄덕이고 다시 한 번 시선을 책상으로 돌렸다. 장식물이 거의 다 나뒹굴고 개중에는 파손된 것도 있었다. 특히 눈에 띄는 것은 검은 에나멜을 칠한 큰 괘종시계로, 책상 가운데에 옆으로 쓰러져 있었다.

경감은 헛기침을 하고 말했다.

"이것이 우리로서는 다행스러운 일입니다만, 보시다시피 바늘이 6

시 반에서 멎어 있습니다. 범행 시간이 확실해서 수사에 아주 편리하다고 봅니다."

대령은 시계를 물끄러미 보고 있더니 "분명히 편리하겠군" 하고 말한 다음 잠깐 생각하더니 덧붙여 말했다. "그러나 너무 지나치게 편리한 것 같기도 하군. 나로선 좀 마음에 걸리는데."

그리고 대령은 다른 두 사람을 바라보았다. 특히 퀸 씨를 향해 동의를 구하고 있는 것 같았다.

"지나친 점이 있는 것 같아요. 퀸 씨는 내가 하는 말을 이해해 주실 것 같은데, 모든 일은 이렇게까지 편리한 법이 아니지요."

퀸 씨도 낮은 소리로 말했다.

"어떤 시계건 이런 식으로 쓰러지진 않을 것이라는 말씀이지요?"

메를로즈 대령은 한동안 그를 바라보고 있더니 다시 그 시선을 시계쪽으로 옮겼다. 그 시계는 지금까지 훌륭하게 장식되어 있다가 갑자기 왕좌에서 전락한 서글픔을 느끼게 했다. 대령은 그것을 정성껏 먼저 자리에 갖다 놓고 뒤이어 책상을 힘껏 두들겨 보았다. 시계는 흔들리긴 했으나 굴러떨어지진 않았다. 메를로즈는 그 동작을 되풀이했다. 그러자 시계는 한동안 흔들리고만 있더니 마지못해 쓰러지듯 반듯이 뒤로 넘어갔다.

메를로즈는 날카롭게 질문했다.

"시체가 발견된 것은 몇 시인가?"

"7시쯤입니다."

"발견한 사람은?"

"집사입니다."

"데리고 오게." 대령이 말했다. "만나 보기로 하지. 아, 그리고 드와이튼 부인은 어디에 계신가?"

"쉬고 계십니다. 하녀 이야기로는 침대에 누워계셔서 지금은 아무도 만날 수 없는 상태인 것 같습니다."

메를로즈 대령이 고개를 끄덕이자 커티스 경감은 집사를 찾으러 나갔다. 퀸 씨는 난로 속을 들여다보았다. 새터스웨이트 씨도 역시 난로에서 연기를 뿜고 있지만 꺼져가는 장작을 잠시 동안 바라보고 있었는데, 난로 밑에서 반짝이는 것이 눈에 띄었다. 허리를 굽혀 집어보니 도수가 높은 렌즈 조각이었다.

"부르셨습니까?"

그것은 집사의 목소리였는데, 아직도 불안으로 떨고 있었다. 새터스웨이트 씨는 렌즈 조각을 조끼 주머니 속에 넣고 돌아다보았다.

늙은 집사는 문 앞에 서 있었다.

"앉게나." 장관은 부드럽게 말했다. "아까부터 계속 떨고 있는 모양인데, 그것도 무리가 아닐 걸세. 심한 충격을 받았을 테니까."

"옳으신 말씀입니다."

"시간을 오래 끌지는 않겠네. 주인은 5시가 좀 지나서 돌아왔지?"

"네, 그렇습니다. 분부에 따라 이 방으로 차를 가지고 왔습니다. 잠시 뒤에 찻잔을 가지러 갔더니 제닝즈를 데리고 오라고 그러셨습니다. 제닝즈는 잔심부름을 하고 있는 사람입니다."

"몇 시쯤의 이야기인가?"

"6시 10분이 지났을 때였습니다."

"그래서?"

"제닝즈에게 말을 전했습니다. 그리고 7시가 되었기에 창문을 닫고 커튼을 치기 위해 다시 한 번 이 방에 들어오니, 글쎄."

메를로즈 대령은 급하게 그의 말을 가로막았다.

"알고 있어. 그 다음은 말하지 않아도 되네. 시체는 만지지 않았겠지? 다른 것들도 건드리지 않고."

"물론입니다. 되도록 빨리 전화를 걸어 경찰에 알렸습니다."

"그리고?"

"자넷에게——부인 시중을 드는 사람이지요——이 무서운 사실을 부인께 알리라고 일렀습니다."

"자네는 오늘 밤에 전혀 부인을 만나지 않았나?"

메를로즈 대령은 대수롭지 않은 듯 그 질문을 하고 있었지만, 새터스웨이트 씨의 날카로운 귀는 말 뒤에 불안한 기미가 숨어 있다는 것을 알아차렸다.

"말씀을 올리지는 못했습니다. 부인께선 그 사건이 있은 뒤 방에 들어간 채 나오시지 않았습니다."

"사건이 일어나기 전에는 만났단 말인가?"

질문은 점점 날카로워지고, 방에 있던 사람들은 모두 집사가 망설이는 것을 보았다.

"모습만은 뵀습니다. 계단을 내려오시는 것을."

"이 방에 들어오셨나?

새터스웨이트 씨는 숨을 삼켰다.

"그런……그런 줄로 압니다."

"그게 몇 시쯤의 일인가?"

바늘이 떨어지는 소리라도 들렸을 것이다. 새터스웨이트 씨는 그 대답에 얼마나 중대한 뜻이 포함되어 있는가를 과연 이 늙은 집사가 알고 있는지 모르겠다는 생각이 들었다.

"꼭 6시 반이었습니다."

메를로즈 대령은 숨을 깊이 들이마시고 말했다.

"알았네. 수고했어. 그만 나가서 제닝즈를 불러 주게."

제닝즈는 부름을 받고 곧 모습을 보였다. 이마가 좁고 고양이처럼 살금살금 발소리를 죽이고 걷는 남자로서, 그의 주변에는 뭔가 교활한 듯한 비밀이 감돌고 있었다.

새터스웨이트 씨는 그것을 보고 이 사람은 죄가 폭로되지 않는다는 것이 확실하다면 주인 한 사람쯤은 죽이고도 남으리라는 생각이 들었다.

그러나 메를로즈 대령의 질문에 대답하는 남자의 이야기에는 거짓이 있는 것 같지 않았다. 주인의 명령으로 무두질한 가죽 덧신을 가지고 와서 단화와 바꿔 갔다는 것이었다.

"그리고 나서 무슨 일을 했나, 제닝즈?"

"하인 방으로 되돌아갔습니다."

"이 방을 나간 것은 몇 시였나?"

"꼭 6시 15분이었다고 생각합니다."

"6시 반에는 어디에 있었지?"

"하인 방에요."

메를로즈 대령은 턱으로 제닝즈를 내보낸 다음 무엇을 물어보는 듯 커티스를 쳐다보았다. 경감은 대답했다.

"저 사람말에 거짓은 없었습니다. 조사해 봤습니다만, 6시 20분 무렵부터 7시까지 분명히 하인 방에 있었습니다."

"그러면 저 사람도 용의자는 아니란 말인가?" 대령은 좀 유감스럽다는 표정으로 말을 이었다. "게다가 저 사람에겐 동기가 없어."

두 사람은 얼굴을 마주보았다.

문을 노크하는 소리가 들렸다.

"들어오시오."

대령이 말하자 부인의 시중을 드는 하녀가 잔뜩 겁먹은 모습으로 들어왔다.

"부인께서 메를로즈 대령님이 오셨으면 뵙고 싶다고 합니다."

"좋아, 곧 만나보기로 하지. 안내해 주오."

그러자 그때 손을 내밀어 그 하녀를 옆으로 밀어낸 이가 있었다.

알고 보니 문 앞에 뜻하지 않은 사람이 나타났다. 로라 드와이튼이 마치 저승에서 온 사람처럼 서 있는 것이었다.

중세 식으로 몸에 딱 맞게 만든 짙은 감색 가운은 공단으로 만든 파티 용이었다. 갈색 머리를 복판에서 양쪽으로 갈라 귀 언저리까지 늘어뜨리고 있다. 그녀에게 가장 어울리는 스타일을 의식하고 드와이튼 부인은 머리를 자르지 않고 목 언저리까지 늘어뜨려 거기서 묶고 있었던 것이다.

그녀는 한쪽 팔로 문틀을 짚고 몸을 의지하며 다른 한쪽 손은 책을 든 채 밑으로 힘없이 떨구고 있었다. 새터스웨이트 씨의 생각을 들을 것도 없이 그 모습은 분명히 초기 이탈리아 화가의 그림 속에서 튀어나온 성모상과 똑같았다.

부인은 그 자리에 선 채 몸을 가볍게 좌우로 흔들고 있었다. 메를로즈 대령은 급히 옆으로 다가갔다.

"저, 말씀드리고 싶은 일이 있어 내려왔어요."

목소리는 낮았으나 여유가 있었다. 새터스웨이트 씨는 한동안 잊고 있던 극적인 화면을 눈앞에서 보는 듯하여 황홀경에 빠졌다.

메를로즈 대령은 팔을 뒤로 돌려 그녀를 받치며 "말씀은 저쪽 방에 가서 듣기로 하지요, 드와이튼 부인." 하고 홀을 지나 작은 대기실로 그녀를 데리고 갔다.

그곳은 방음을 하기 위해 벽을 비단으로 발랐다. 퀸 씨와 새터스웨이트 씨도 그 뒤를 따랐다. 부인은 나직한 긴 의자에 앉아 눈을 감고 머리를 낙엽 빛깔의 쿠션에 기대었다. 세 사나이는 그녀를 지켜보고 있었다. 그러자 그녀는 갑자기 눈을 뜨고 몸을 일으키며 의외로 침착한 목소리로 말했다.

"제가 죽였습니다. 내려온 것은 그 말을 하기 위해서였습니다. 제가 죽였어요!"

모두가 놀라서 한동안 입을 여는 사람이 없었다. 새터스웨이트 씨는 심장이 멎는 줄 알았다.

이윽고 메를로즈 대령이 입을 열었다.

"드와이튼 부인, 이처럼 큰 충격을 받았으니 무리한 일은 아닙니다만, 자신이 한 말의 뜻을 모르시는 것 같군요."

일이 크게 벌어지기 전에 부인은 그 말을 취소할 것인가?

"아니오, 저는 제가 하는 말의 뜻을 완전히 알고 있습니다. 그를 쏘아 죽인 것은 접니다."

방에 있던 두 사나이는 다시 한번 놀라서 소리를 질렀지만 나머지 한 사람은 아무 소리도 내지 않았다. 로라 드와이튼은 역시 몸을 앞으로 내밀며 말했다.

"제 말을 못 알아들으십니까? 저는 아래층으로 내려와 남편을 쏘았습니다. 제가 저지른 범행이라는 것을 인정합니다."

그녀의 손에 있던 책이 툭 떨어져 소리를 냈다. 책갈피 사이에 페이퍼 나이프가 꽂혀 있었기 때문이다. 손잡이에 보석이 박힌, 단검이라 부를 수 있을 만한 크기의 칼이었다. 새터스웨이트 씨가 기계적으로 주위 테이블 위에 놓았다. 그러면서 그는 생각했다. 과연 이 물건은 위험한 물건이다. 사람 하나 쯤은 충분히 죽일 수 있다.

"그러면…… 저를 어떻게 하시렵니까? 체포하여 가두게 되나요?" 로라 드와이튼의 목소리에는 초조함이 담겨 있었다.

메를로즈 대령은 난처해 하며 입을 열었다.

"부인의 발언은 대단히 중요한 일입니다. 우선 방으로 돌아가서서 우리가 준비를 마칠 때까지 기다려 주셨으면 합니다만."

부인은 고개를 끄덕이고 일어섰다. 이제는 이성을 되찾아 침착한 태도였다.

그녀가 문 쪽으로 향하는 것을 보고 퀸 씨가 말을 걸었다.

"쓰셨던 회전식 연발 권총은 어떻게 하셨습니까, 드와이트 부인?"

동요하는 빛이 그녀의 얼굴에 떠올랐다.

"그것은……그것은 바닥에 떨어진 채……아니, 창문으로 내던지고 ……아! 생각이 나지 않아요, 하지만 중요한 일은 아닐 겁니다."

"분명히 중요한 일은 아닙니다." 퀸 씨는 말했다.

그녀는 놀란 듯이 그를 바라보더니 불안한 빛이 얼굴을 스치고 지나갔다. 그러나 그 불안을 뿌리치기라도 하듯 다시 시치미를 뗀 태도로 돌아가 방을 나갔다. 새터스웨이트 씨가 뒤를 쫓았다. 문 밖으로 나가자마자 주저앉을까봐 걱정이 되었기 때문이다. 그러나 그녀는 이미 계단 중간까지 올라갔으며 지금까지 보이던 나약함은 털끝만큼도 남아 있지 않았다. 계단 아래에는 하녀가 겁먹은 얼굴로 서 있었으므로 새터스웨이트 씨는 명령하듯 말했다.

"왜 부인의 시중을 안 들지?"

"죄송합니다." 소녀는 이렇게 말하고 푸른 옷을 끌며 올라가는 부인 뒤를 따라 계단을 올라가다 말고 "저……그 사람에게는 혐의를 두지 마세요!" 하고 호소했다.

"그 사람이라니?"

"제닝즈 말이에요, 파리도 못 죽이는 사람이니까요."

"제닝즈? 물론 그에게는 아무런 혐의가 없어. 걱정하지 말고 부인 시중이나 잘 들어드려."

"고맙습니다."

이렇게 말하고 소녀는 계단을 뛰어올라갔다. 새터스웨이트 씨는 방으로 다시 돌아갔다. 메를로즈 대령이 괴로운 듯한 어조로 한창 말을 하고 있는 중이었다.

"설마 했는데, 이상하게 되어버렸군. 그러나 이 사건에는 표면에 나타난 것보다 더 큰 무엇이 뒤에 도사리고 있어요, 저렇게 나오니, 꼭 소설 속의 여주인공 같군."

새터스웨이트 씨도 동의했다.

"분명히 현실성이 없습니다. 무대를 보고 있는 것 같기도 하고요."

퀸 씨도 역시 고개를 끄덕이며 말했다.

"그렇다면 당신이 좋아하는 바가 아니오? 당신이라는 사람은 무슨 일에나 연기가 훌륭하다고 감탄하는 경향이 있으니까."

새터스웨이트 씨는 화가 치미는 듯한 얼굴로 그를 보았다.

한동안 세 사람은 입을 다물고 있었는데, 이윽고 멀리서 무슨 소리가 울려왔다.

"총소리 같군." 메를로즈 대령이 말했다. "사냥꾼이 쏜 모양이군. 아마 그 여자는 아까 저 소리를 듣고 확인하러 내려왔던 모양이오. 그랬다가 시체를 발견한 것 같은데, 자세히 조사도 해보지 않고 결론으로 비약하여……."

그때 늙은 집사의 목소리가 들렸다.

"델런거 님이……."

그는 말을 꺼내다가 방해가 된다고 생각했던지 문 앞에서 머뭇거리고 있었다.

"뭐라고?" 메를로즈가 다시 물었다. "누가 왔나?"

"델런거 님이 오셨습니다. 괜찮으시다면 하고 싶은 말씀이 있으신 모양입니다."

메를로즈 대령은 의자에 벌렁 기대어 앉아 기분이 언짢은 듯 말했다.

"들어오라고 하시오."

그리고 바로 뒤에 폴 델런거가 문 앞에 나타났다. 메를로즈 대령의 말대로 겉으로 보기만 해도 외국인으로 보이는 데가 있었다. 우아한 태도, 가무잡잡하나 균형 잡힌 용모, 눈이 좀 다가붙어 르네상스풍의 분위기를 풍기고 있다. 그와 로라 드와이튼은 그 점에서 공통된 느낌이 있었다.

"안녕하십니까, 여러분." 그는 연극조의 인사를 했다.

대령은 자연스럽게 말했다.

"무슨 일인지는 모르지만, 사건과 관계없는 일이라면 이 자리에선 삼가기를……."

그러나 델런거는 웃으며 말했다.

"그 사건의 일로 출두했습니다. 제임스 드와이튼 경을 살해한 것을 자백하기 위해."

"진심으로 말하고 있는 거요?" 메를로즈는 화가 난 얼굴로 말했다.

"진심이고말고요."

젊은 델런거는 이렇게 대답하며 그 시선을 테이블 위에 있는 물건에 고정시키고 있었다.

"어쩔 셈인지는 모르지만……."

"내가 자백하는 이유 말입니까? 후회라고 할까요, 아니, 뭐라고 하시건 상관없습니다만 어쨌든 내가 경을 찔러 죽였습니다. 그것은 틀림없는 사실입니다."

그는 테이블 위에 있는 것을 눈으로 가리키며 말을 이었다.

"흉기는 이미 찾아내신 모양인데, 아주 쓰기 알맞은 소형의 것입니다. 드와이튼 부인이 늘 책갈피에 넣어 두었으므로 나는 우연한 기회에 꺼내 두었던 겁니다."

메를로즈 대령이 그의 말을 가로막았다.

"이야기를 순서 있게 합시다. 그러니까 당신은 이것으로 제임스 경을 찔러 죽였다는 말이지요?"

대령은 페이퍼 나이프를 높이 쳐들었다.

"그렇습니다. 나는 창문으로 몰래 들어왔습니다. 경은 돌아서 있었으므로 아주 쉽게 해치울 수 있었습니다. 나갈 때도 같은 경로를 밟았습니다."

"창문으로?"

"물론 창문으로 나갔지요."

"시간은?"

델런거는 한순간 주저하다가 말했다.

"그것은……그러니까 제일 먼저 문지기와 이야기를 했는데, 그때 교회 종소리가 울렸으니까 6시 15분이 지났겠지요. 따라서 이 방에 들어온 것은 6시 반 전후가 될 겁니다."

대령은 입술에 비꼬는 웃음을 떠올렸다.

"그 6시 30분이 분명히 범행을 한 시간이었어요. 당신은 그 말을 어디서 들었는지는 모르지만, 어쨌든 이것은 색다른 사건이오."

"어째서요?"

"자백하는 사람이 너무 많아서."

델런거가 날카롭게 숨을 들이마셨다.

"누, 누가, 또 죽였다고 나선 사람이 있습니까?"

침착해지려고 애를 쓰고 있었으나, 목소리로 보아 그의 뜻대로 되지 않는 모양이었다.

"드와이튼 부인."

대령이 대답하자 델런거는 머리를 뒤로 젖히며 웃어댔다. 그러나 억지로 웃고 있다는 것을 알 수 있었다.

"드와이튼 부인은 자칫하면 히스테릭해지는 사람입니다." 그는 애써 밝은 말투로 말했다. "나라면 그녀가 하는 말에 주의를 기울이지 않을 것입니다."

"우리도 그 점은 마찬가지지만, 이 살인 사건에는 지금 한 가지 이상한 데가 있어요”

“뭡니까?”

“즉” 메를로즈는 이야기를 계속했다. “자백에서도 드와이튼 부인은 제임스 경을 쏘아 죽였다고 하고, 당신은 찔러 죽였다고 하오. 그러나 당신네들 두 사람에게 다행스럽게도, 경은 총을 맞은 것도 아니고 칼에 찔린 것도 아니오. 두개골이 부서져 죽었소!”

“그것은! 그러나 여자로서 그런 짓은⋯⋯.” 델런거는 소리쳤다.

그는 도중에 말을 끊고 입술을 깨물었다. 메를로즈는 여전히 비웃음을 띤 채 말했다.

“소설에선 가끔 봤지만, 현실적으로 겪기는 이것이 처음이오.”

“무엇이 그렇단 말입니까?”

“경솔한 젊은 남녀가 각기 자기 죄라고 우겨대는 거요. 서로 상대방이 범행을 저질렀다고 잘못 생각한 것처럼. 그래서 우리는 조사를 원점으로 되돌릴 수밖에 없소.”

곁에서 새터스웨이트 씨가 큰 소리로 말했다.

“경의 시중을 들었다던 하인, 그는 어떻습니까? 하녀에게서 그 이름을 들었을 때에는 별로 이상하다고 생각지 않았지만,” 일단 말을 끊고 생각을 정리하려고 애를 쓰며 말을 이었다. “그 하녀는 그 남자에게 혐의가 걸릴까봐 걱정하고 있었습니다. 거기에는 뭔가 동기가 있을 겁니다. 우리는 모르지만 그 아이는 알고 있는 동기가.”

메를로즈 대령도 생각을 하고 있다가, 벨을 울려 하녀를 불렀다.

“부인께 전해 다오. 다시 한 번 내려와 주십사고.”

그녀가 내려올 때까지 모두들 입을 다물고 기다리고 있었다. 부인은 들어오자마자 델런거의 모습을 보고 현기증을 느꼈는지 한쪽 손을 뻗쳐 쓰러지려던 몸을 지탱했다. 메를로즈 대령이 달려와 부축했다.

“부인, 걱정하실 것은 없습니다. 놀라지 마십시오.”

"난 이해할 수 없어요. 델런거 씨는 뭣하러 여기 오셨지요?"

델런거도 다가가서 말했다.

"로라, 왜 그런 짓을 했습니까?"

"그런 짓이라니요?"

"나는 알아요. 나를 생각해서 했겠지요. 나의 범행이라고 착각하고! 하기야 착각을 하기도 쉬운 일이지요. 그러나 자신을 희생할 것까지는 없을 텐데! 당신은 천사 같은 사람이오!"

메를로즈 대령은 헛기침을 했다. 그는 본디 이런 종류의 감동적 장면을 보게 되면 소름이 끼치는 성질이었다.

"드와이튼 부인, 부인과 델런거 씨는 다행히도 그 범행의 피의자에서는 벗어나게 됩니다. 델런거 씨도 부인처럼 자백을 하기 위해 출두했지만, 그럴 자격이 없다는 것이 판명되었습니다! 그러나 우리로서는 진상을 알 필요가 있으므로 사양 없이 질문을 하겠습니다. 집사의 이야기로는 당신이 6시 반에 서재에 들어갔다는데, 그것은 틀림없는 사실인가요?"

로라는 델런거를 보았다. 그는 고개를 끄덕이며 말했다.

"진실을 말해요, 로라. 이제 우리에게도 그것이 필요해졌어요."

그녀는 숨을 크게 내쉬고 말했다.

"그럼, 이야기하겠어요."

새터스웨이트 씨가 서둘러 의자를 가져오자 그녀는 거기 앉았다.

"제가 아래층으로 내려와 서재문을 여니."

거기서 일단 말을 끊고 숨을 삼켰다.

새터스웨이트 씨가 곁으로 다가와 기운을 돋구어 주듯 그녀의 손을 두드리며 "그래서요?" 하고 다그쳤다. "문을 열고 무엇을 보았습니까?"

"남편이 책상 위에 엎드린 채 쓰러져 있었습니다. 머리가……머리에서……피가!"

그리고 그녀는 두 손으로 얼굴을 가렸다. 메를로즈 대령도 몸을 앞으로 내밀었다.

"실례입니다만, 드와이튼 부인. 부인은 그때 델런거 씨가 총을 쏜 줄 아셨던가요?"

부인은 고개를 끄덕였다.

"용서해 줘요, 폴. 하지만 당신이 전에 말한 일이 있기에……"

델런거는 엄격한 표정을 보이며 말했다.

"분명히 말한 적이 있습니다. 개처럼 쏘아 죽이겠다고요. 잊어버리진 않았어요. 그것은 당신이 그에게서 심한 취급을 받고 있다는 것을 알게 된 날이었지요."

메를로즈 대령은 다시 그 문제로 돌아와 말했다.

"그러면 이렇게 이해해도 상관없겠군요, 드와이튼 부인. 부인은 그 뒤로 2층에 올라가 경이 사망한 사실을 아무에게도 말하지 않았단 말이지요? 아니, 그 이유까지는 물어볼 필요가 없습니다. 시체를 만지기는커녕 책상 옆에도 가지 않았다는 거지요?"

그녀는 몸을 부르르 떨었다.

"네, 난 곧 그 방에서 도망쳤어요."

"그러시겠죠. 잘 알겠습니다. 그래, 그때가 몇 시였나요? 정확하게 아십니까?"

"침실로 돌아간 것이 꼭 6시 반이었습니다."

"그럼, 6시 25분에 제임스 경이 사망했다는 말이 되는군요." 대령은 다른 사람들의 얼굴을 둘러보았다. "시계에 잔재주를 부렸다는 결론이 나오는군. 처음부터 이상하다고 눈독을 들였던 문제야. 시계 바늘을 움직이는 일만큼 간단한 일은 없겠지. 그러나 옆으로 쓰러뜨려 놓은 것이 실패였어. 그리고 보니 피의자의 범위가 집사와 제닝즈로

좁혀지는군. 노집사로는 믿어지지 않으니까…… 드와이튼 부인, 제닝즈라는 사람이 주인께 원한을 품었던 게 아닐까요?"

로라는 얼굴을 가리고 있던 손을 떼었다.

"원한이랄 건 없지만, 제임스의 말로는 오늘 아침에 그 사람을 해고시킨 모양이에요. 얼마 안 되는 액수지만, 집안 돈을 속였나봐요."

"그래요! 이제 사정을 알게 되었습니다. 추천장도 없이 목을 잘렸다면, 그것은 제닝즈의 생사 문제니까요."

"당신은 지금 시계에 대한 말을 하고 계셨는데요," 로라 드와이튼이 말했다. "그 시간을 확실히 알려면 한 가지 방법이 있습니다. 제임스는 작은 골프용 시계를 몸에 지니고 있었을 거에요. 쓰러지는 찰나에 부서지지만 않았다면."

"좋은 생각이 나셨군요." 대령은 조용히 말했다. "그러나 아마, 여보게, 커티스!"

경감은 곧 그 뜻을 알아차리고 방에서 나갔다. 1분도 되기 전에 돌아왔는데, 손바닥 위에 골프 공 모양의 은시계가 놓여 있었다. 그 시계는 골프용으로 팔고 있는 것이며, 공과 함께 주머니 속에 넣고 다니는 것이었다.

"있었습니다." 경감은 시계를 내밀며 말했다. "그러나 도움이 될는지 의문입니다. 이런 시계는 튼튼하게 만들어져 있기는 합니다만."

대령은 받아들자 곧 귓가에 갖다대어 보았다.

"서 있는 것 같군."

그는 이렇게 말하며 엄지손가락으로 눌러 뚜껑을 열었다. 속 유리가 깨어져 있었다.

"앗!" 하고 그는 소리쳤다.

시계바늘은 6시 10분을 가리키고 있었다.

"아주 좋은 포도주군요, 메를로즈 대령." 퀸 씨는 말했다.

9시를 30분이나 지나서 세 사람은 메를로즈 대령의 집에서 늦은 만찬을 막 마쳤다. 새터스웨이트 씨는 특별히 마음이 들떠 있었다.

"나는 역시 옳았어." 그는 소리내어 웃었다. "퀸 씨, 당신도 그것은 부정할 수 없을 겁니다. 오늘 밤 당신은 어리석은 두 젊은이가 서로 교수형 밧줄에 목을 디밀고자 하는 것을 구하기 위해서 나타나신 겁니다."

"내가요?" 퀸 씨는 대꾸했다. "그렇지 않아요. 내가 그런 일을 할 수 있을 것 같습니까?"

"결국 진상이 밝혀졌으니까, 당신을 귀찮게 굴지 않아도 되었지만 필요가 없었다고만도 할 수 없겠죠. 자칫하다가는 속을 뻔했어요. 나는 지금도 드와이튼 부인이 '제가 죽였습니다' 하고 말했을 때의 일을 잊을 수 없어요. 무대에서도 그처럼 극적인 장면은 본 일이 없을 정도입니다."

"그것은 나도 동감입니다."

퀸 씨가 대꾸하자 대령도 곁에서 한 마디 했다.

"소설이 아닌 현실에서 그런 장면에 부딪칠 줄은 생각지도 않았던 일이오."

이 말은 아마 그날 밤 대령의 입에서 스무 번도 더 나왔을 것이다.

"그럴까요?"

퀸 씨가 되묻자 대령은 그 얼굴을 바라보며 말했다.

"안 그럴까요? 우연히 그것이 오늘 밤에 일어났다고 생각합니다만."

새터스웨이트 씨가 중간에 끼어 들어 "그런데," 하고 의자에 기대어 포도주를 홀짝홀짝 마시며 말했다. "드와이튼 부인은 그처럼 훌륭한 연기를 해보였지만 꼭 한 가지 실패를 했어요. 남편이 권총에 맞아 죽은 것이라고 갑자기 결론을 비약한 것이 그것이며, 델런거에게도 같은 말을 할 수 있지요. 페이퍼 나이프가 테이블 위에 놓여 있다고 해서 찔러 죽인 것으로 억측을 한 것은 경솔했어요. 그 칼을 드와이튼 부인이 가지고 내려온 것은 우연에 지나지 않았으니까요."

"그럴까요?" 퀸 씨가 되풀이했다.

"그 두 사람이 제임스 경을 죽였다는 것만으로 그치고," 새터스웨이트 씨는 말을 계속했다. "구체적인 살해 방법에 대해서는 말하지 않았더라면 어떤 결과를 초래했을지 모릅니다."

"아마 그들은 결백하다고 보고 무죄 방면." 퀸 씨가 묘한 웃음을 띠고 말했다.

"사건 전체가 소설과 똑같아요."

"역시 그 아이디어는 무슨 소설에서 땄을 겁니다."

새터스웨이트 씨도 고개를 끄덕였다.

"그래요. 한 번 읽은 것은 언젠가는 다른 형태로 생각나기 마련이니까요." 퀸 씨를 쳐다보며 말했다. "물론 그 괘종시계는 처음부터 이상했어요. 괘종시계와 몸시계의 바늘을 빨리 가게 하거나 늦게 가게 하거나 하는 일은 힘든 일이 아니라는 것을 기억해 둬야 합니다."

퀸 씨는 고개를 끄덕이고 "빨리 가게 하거나," 하고 같은 말을 되뇌더니 잠시 사이를 두었다. "늦게 가게 하거나."

그 목소리는 상대방의 생각을 재촉하는 듯한 그 무엇이 있었다. 밝게 반짝이는 눈동자를 새터스웨이트 씨에게 고정시키고 있다.

"괘종시계의 바늘을 빠르게 해 놓았다는 건 확실하지요." 새터스웨이트 씨는 말했다.

"그럴까요?" 퀸 씨는 또 물었다.

그렇게 말한 그를 새터스웨이트 씨는 물끄러미 쳐다보며 말했다.

"그렇게 말씀하시는 것은 몸시계의 바늘을 뒤로 돌려 놓았다는 뜻인가요? 그러나 그렇게 되면 이치에 맞지 않습니다. 있을 수 없는 일이에요."

"있을 수 없다고만 할 수도 없습니다."

퀸 씨는 중얼거리듯이 말했다.

"그것은 이상한 일이군요. 그런 짓을 하여 유리하게 될 자가 있습니까?"

"있고말고요. 그 시간의 알리바이를 가지고 있는 자입니다."

"이게 대체 어떻게 된 거죠!" 대령이 소리쳤다. "그 시간은 델린거가 문지기와 이야기하던 시간인데."

새터스웨이트 씨도 외쳤다.

"그는 그 점을 특히 강조하고 있었어요."

그들 두 사람은 얼굴을 마주 보았다. 둘은 그때까지 단단하던 흙이 갑자기 발 밑에서 무너져 내리는 것 같은 불안한 기분에 사로잡혔다. 사건은 빙빙 돌아 전혀 예상하지 않았던 새로운 면을 보여 주었다. 그리고 그 만화경 복판에서 퀸 씨의 거무스름한 얼굴이 웃고 있었다.

"그러나 이 사건에선," 메를로즈 대령이 입을 열었다. "이 사건에선."

머리가 빨리 돌아가는 새터스웨이트 씨가 그를 대신해서 뒤를 이었다.

"전혀 정반대로 꾸며진 것만은 변함없지만 제닝즈를 함정에 빠뜨리기 위해서였다는 말인가요? 설마 그런 일이 있을 수 있습니까. 불가능한 일입니다. 그렇다면 그 두 사람이 어째서 저마다 자기가 범인이라고 주장했을까요?"

"그것은" 퀸 씨가 말했다. "언젠가는 피의자로서 지목받으리라는 것을 알고 있었기 때문입니다." 그의 목소리는 아주 조용해져 꿈을 꾸고 있는 듯한 투였다. "대령님, 대령님 자신이 어딘가 이상한 데가 있다고 그러셨지요? 그래서 그들은 생각한 거예요. 소설의 주인공과 여주인공 같은 방법을 취하자고. 그것은 물론 당신으로 하여금 그들이 범인이 아니라는 것을 믿게 하기 위해서죠.

새터스웨이트 씨도 처음부터 계속 말하고 있었지요. 무대를 보고 있는 것 같다고. 두 사람의 느낌은 정확했습니다. 그것은 현실적인 일이 아닙니다. 두 분도 그것을 느끼게 되어 분명히 입 밖에 낸 것입니다. 입 밖에 낸 말의 참뜻은 비록 몰랐다 하더라도. 요컨대 그들은 결백성을 인정받기 위해 좀 더 시치미를 뗀 이야기를 해야 했던 겁니다."

듣고 있던 두 사람은 멍하니 퀸 씨의 얼굴을 쳐다볼 뿐이었다.

"무섭게 교활하군." 새터스웨이트 씨는 중얼거렸다. "악마와 다름없는 교활함이군. 나는 전혀 다른 것을 생각하고 있었어요. 집사의 이야기로는 7시에 창문을 닫으려 그 방에 들어갔다고."

"델런거는 역시 창문으로 들어갔습니다." 퀸 씨는 설명을 계속했다. "일격으로 제임스 경을 때려죽이고 그와 그녀는 서로 도와 가며 뒷일을 꾸며 놓고."

거기까지 말한 퀸 씨는 새터스웨이트 씨를 쳐다보고 뒷이야기를 하라고 촉구했다. 그는 주저하면서도 이야기를 하기 시작했다.

"괘종시계를 부숴서 옆으로 쓰러뜨린 다음 몸시계의 바늘을 뒤로 돌려 놓고 유리를 깬 뒤 남자는 창문으로 빠져나가고 여자가 문을 잠근다——는 경과였겠지만, 꼭 한 가지 이해가 안 되는 일이 있습니다. 어째서 몸시계 유리까지 깼을까요? 바늘을 뒤로 돌려놓기만 해도 됐을 텐데."

퀸 씨는 설명했다.

"괘종시계는 누구의 눈에나 띄는 것이라, 그것을 이용해 봤댔자 대부분의 사람에게 드러나게 되기 때문이지요."

"그렇다 하더라도 몸시계 건은 그들의 지나친 생각이었소. 우리는 그런 물건이 있는 줄도 몰랐어요. 그런 것을 알게 된다는 것은 백에 하나 있는 우연이라고 할 수 밖에 없습니다."

"그럴 리야 없죠. 그 말을 꺼낸 것은 로라였다는 것을 잊어서는 안 됩니다." 퀸 씨가 말했다.

새터스웨이트 씨도 수긍이 간다는 듯 그를 바라보았다.

"그러나 알고 있다시피" 퀸 씨가 계속했다. "제닝즈처럼 주인의 시중을 드는 자가 그 시계를 모르고 있을 리가 없지요. 그런 역할을 하는 하인은 주인의 소지품에 대해서는 누구보다도 잘 알고 있는 법입니다. 가령 그 사람이 괘종시계의 바늘을 움직였다면 몸시계에도 같은 짓을 해 놓았을 겁니다. 그 두 사람은 인간성에 대한 이해심이 없는 사람이라고 할 수 있겠지요. 그 점이 새터스웨이트 씨와는 크게 다릅니다."

새터스웨이트 씨는 고개를 내저으며 "사실상 나도 엉뚱한 생각을 하고 있었어요" 하고 겸허하게 말했다. "퀸 씨가 나타나는 바람에 두 사람이 구원을 받았다고 생각하고 있었죠."

"아니, 구원해 줬습니다." 퀸 씨는 말했다. "그러나 그 두 사람이 아니라 다른 두 사람입니다. 부인의 시중을 드는 하녀를 잊으셨습니까? 짙은 감색의 비단 드레스도 입지 않았고 연극 같은 연기를 한 것은 아니지만 부인에 못지않는 아름다움을 지닌 소녀였습니다. 그녀는 제닝즈를 사랑하고 있을 겁니다. 두 분의 힘으로 그 소녀의 애인이 교수형을 벗어나게 된 것입니다."

"그러나 우리는 아직도 그 증거를 잡지 못하고 있어요." 메를로즈 대령이 무거운 어조로 말했다.

퀸 씨는 미소를 지으며 말했다.

"새터스웨이트 씨가 가지고 있습니다."

"내가?" 새터스웨이트 씨는 깜짝 놀라며 말했다.

퀸 씨는 말을 계속했다.

"당신은 몸시계가 제임스 경의 주머니 속에서 깨진 것이 아니라는 증거를 가지고 있습니다. 그 같은 물건은 윗뚜껑을 열지 않는 한 유리가 깨지는 일이 없습니다. 시험해보면 간단히 알 수 있는 일이에요. 누가 주머니 속에서 꺼내어 뚜껑을 열고 바늘을 돌려 놓은 다음 유리를 깨고 다시 뚜껑을 닫아 제자리에 넣어 둔 것입니다. 그런데 그 때 유리조각이 튄 것을 몰랐지요."

"앗, 그렇군!"

새터스웨이트 씨는 소리치며 조끼 주머니 속에 손을 집어넣었다. 그곳에 굽은 유리 조각이 들어 있었다.

이번에야 말로 그가 나설 차례였다.

"이제 그 사나이를 사형에서 구해 줄 수 있겠군." 새터스웨이트 씨는 엄숙한 어조로 말했다.

The Second Gong
두 번째 징소리

존 애슈비는 침실을 나와 문 앞 층계참에 잠깐 동안 서 있었다. 그리고 나서 다시 방으로 돌아가려고 막 몸의 방향을 돌렸는데, 마침 발 밑께에서 식사를 알리는 징 소리가 들렸다.

존은 곧 달려나갔다. 서둘렀으므로 자칫 큰 계단 입구에서 반대쪽에서 오는 청년과 부딪칠 뻔했다.

"위험합니다, 존! 그런데 왜 그렇게 허둥대고 있지요?"

"미안해요, 해리. 당신의 모습이 보이지 않았어요."

"그럴 줄 알았소." 해리 딜하우스는 한 마디로 잘라 말하고 "그러나 또 묻는 것 같지만, 왜 그렇게 서두르고 있지요?"

"징이 울렸잖아요."

"그렇지. 하지만 그것은 첫 번째 징소리가 아니오."

"아녜요, 두 번째 징소리예요."

"아냐, 첫 번째 소리요."

"두 번쨉니다."

말다툼을 하며 두 사람은 계단을 내려갔다. 홀까지 오니까 징을 다친 집사가 채를 그곳에 놓고 거드럭거리는 걸음걸이로 다가왔다.

"역시 두 번째 소리잖아요." 존은 자기 주장을 되뇌었다. "저것으로 알 수 있어요. 보세요, 저것만으로도. 시계를 보시면 알 거예요."

해리 딜하우스는 대형 벽시계를 쳐다보았다.

"과연 8시 12분이 지났군, 존. 존의 말이 옳았어요. 나의 귀에는 첫 번째 소리가 분명히 들리지 않았는데…… 이봐요, 디그비." 그는 집사에게 말을 걸었다. "지금 울린 징소리는 첫 번째 것이오, 두 번째 것이오?"

"첫 번째의 것입니다."

"하지만 디그비, 8시 12분이 지났잖소. 누가 목을 잘리는 게 아니오?"

한순간 잔잔한 미소가 집사의 얼굴에 번졌다.

"오늘 밤의 식사는 10분 늦어집니다. 주인의 분부입니다."

"그래요?" 해리 딜하우스는 소리쳤다. "놀랐는데. 아냐, 정말 놀랐어! 때로는 기적도 일어나는군. 아저씨가 어디 편찮으신가요?"

"7시 기차가 30분 가량 연착했기 때문입니다. 그리고……."

집사의 말은 중단되었다. 탕, 하는 소리가 들렸기 때문이다.

"저 소린 뭐요?" 해리가 말했다. "총소리처럼 들렸는데."

그때 왼쪽 객실에서 가무잡잡한 남자가 얼굴을 내밀었다. 나이는 서른 대여섯쯤 되었을까.

"무슨 소립니까?" 그 남자도 물었다. "총소리처럼 들렸습니다만."

집사가 그 소리에 대답하여 "백파이어겠죠. 이쪽은 길 바로 옆이라. 그리고 2층 창문이 열려 있는 수도 있으니까요." 하고 말했다.

"그런지도 모르겠군요." 그러나 존의 말투는 회의적이었다. "하지만 그렇다면 저쪽에서 들려 올 것 아녜요?" 하고 오른쪽을 가리키고 나서 "그러나 소리는 분명히 이쪽에서 들려왔어요" 하고 왼쪽을 가리켰다.

가무잡잡한 남자는 고개를 내저었다.

"아니오, 나는 그렇게 생각지 않습니다. 나는 객실에 있었습니다만, 이쪽에서 소리가 들렸습니다. 그래서 나온 거에요."

그는 징이 있는 곳과 현관 문 쪽을 턱으로 가리켰다.

"동쪽과 서쪽 그리고 남쪽이라!" 해리도 말참견을 안 할 수가 없었다. "그럼, 끝으로 내가 말하기로 하지요, 킨 씨. 나는 북쪽이라고 하겠소. 분명히 뒤쪽에서 들렸어요. 그러나 이건 또 어떻게 된 건가요?"

"어쨌든 이런 경우는 살인 사건으로 발전하기 쉽죠." 미소를 지으며 조프리 킨이 대답했다. "아, 부인이 계셨군요. 실례했습니다, 미스 애슈비."

"괜찮아요. 좀 소름이 끼치긴 했지만."

존은 대답했다. "아무렇지도 않아요. 무엇이 내 무덤 위를 걸어갔다 그말이죠(소름이 끼쳤다는 듯)."

해리도 덩달아 말했다.

"살인이라! 그럴 듯한 말을 하는군. 그러나 유감스럽게도 신음 소리도 들리지 않고 피도 흐르지 않는군요. 그런 해답은 당치도 않은 말이오."

"흥미는 없어집니다만, 당신 말이 옳은 것 같군요." 하고 상대방도 순순히 동의했다. "그렇지만 상당히 가까이서 들렸어요. 그건 그렇다 치고, 객실에서 식사를 기다리기로 할까요."

"다행이에요, 늦질 않아서." 존은 말에 힘을 주었다. "난 두 번째의 징소리로 알았기 때문에 허둥대었어요. 정신없이 계단을 뛰어내려 왔지요."

모두 웃으며 객실로 들어갔다.

리참 장원(莊園)은 영국의 오래된 집들 중에서도 특별히 유명한 것이었다. 휴버트 리참 로슈 씨는 오랜 역사를 자랑하는 명문 로슈 집안의 마지막 주인이었는데 먼 친척들이 좋지 않은 소문을 퍼뜨리고 있었다. "저 휴버트 노인, 일찌감치 진찰을 받게 해야겠어. 아주 완전히 실성한 것으로 봐도 될 것 같더군, 가엾게도"라고.

친구나 친척 간에 있을 수 있는 일이긴 하지만, 거기에는 어떤 진리가 없다고만도 할 수 없었다. 휴버트 리참 로슈는 분명 별난 사람이라고 할 수 있었다. 음악적 재능이 뛰어나긴 하지만, 비교적 제멋대로 구는 성질에다 이상하다고 할 정도로 자존심이 강했다. 그의 저택에 머무는 한 무조건 그의 의향을 따라야만 한다. 그렇지 않으면 다시는 그 집에 초대를 받지 못하게 되는 것이다.

그의 아집이 극단적인 모습으로 나타난 것 중 하나가 그의 음악이었다. 밤에는 가끔 손님을 위해 피아노를 쳤는데, 그 동안에는 누가 됐건 절대적으로 침묵을 지켜야만 했다. 작은 소리로 뭐라고 말을 하든가 옷을 스치는 소리가 들리든가, 아니 몸을 조금만 움직여도 그는 홱 돌아서서 찌푸린 얼굴로 날카로운 시선을 던졌다. 그러면 그 불운한 손님은 다시는 그 집에 초대될 기회를 잃고 마는 것이다.

또 한 가지 중요한 점은 하루의 식사 중에서 왕자라 할 수 있는 만찬의 시간을 정확하게 지켜야 한다는 것이었다. 아침 식사 시간은 그다지 까다롭게 굴지 않았으며, 형편에 따라서는 12시가 다 되어 식당에 나타나도 별 문제가 되지 않았다. 점심 식사도 마찬가지였으나, 그 대신 냉육(冷肉)과 과일 설탕조림 정도의 아주 간단한 것이었다. 그러나 만찬은 그야말로 잔치를 차린 것 같았다. 꿈과 같은 보수를 미끼로 큰 호텔에서 뽑아온 Cordon bleu(명요리사)의 손으로 준비된 향연이었다.

첫 징소리가 8시 5분이 지나서 울린다. 그리고 8시 15분에는 두 번째 징소리가 울린다. 식당 문이 양쪽으로 활짝 열리고 모여 있는 손님들에게 알린다. 그러면 손님들의 장중한 행렬이 식당으로 들어가게 되는데, 만일 두 번째 징소리에 늦어지는 분별없는 자가 있으면 그 자리에서 추방의 쓴 잔을 맛봐야 한다. 그리고 리참 장원은 이 불운한 손님에 대해 영원히 그 문을 닫아 버린다.

그러므로 존 애슈비가 걱정을 한 것이며, 오늘 밤에 한해 의식이 10분이나 늦어진다는 말을 들었을 때 해리 딜하우스가 놀란 것이다. 그는 백부와 특별히 가까운 사이는 아니었지만 리참 장원에는 가끔 머무는 형편이었으므로 이런 일이 놀라울 정도로 이상한 현상이라는 것은 충분히 이해할 수 있었다. 리참 로슈의 비서 조프리 킨도 역시 놀라운 표정을 감추지 않았다.

"이상한 일이군요." 그는 말했다. "이런 일은 나도 처음 겪는 경험입니다만, 어떻게 잘못된 게 아닙니까?"

"디그비의 말이니까 잘못된 것은 아니겠지요."

"기차가 뭐 어떻게 되었다고 그러더군요." 존 애슈비도 말참견을 했다.

"이상한 일이군." 킨이 생각에 잠기며 말했다. "역시 알아보면 알 수 있겠지만, 아무래도 이상하군요."

두 남자는 잠시 동안 존 애슈비를 쳐다본 채 아무 말이 없었다. 그녀는 매력적인 여성이었다. 파란 눈에 금발이었으며 가끔 장난스러운 눈길을 보냈다. 이번에 처음으로 리참 장에 초청을 받았는데, 그것은 해리의 추천에 의한 것이었다.

문이 열리고 로슈 가문의 양녀(養女)인 다이애나 크리브스가 들어왔다.

그녀 또한 우아한 아름다움을 지닌 고집이 세어 보이는 처녀였다.

검은 눈동자와 비꼬아 대는 말투에 요정 같은 매력마저 엿보였다. 대부분의 남자들이 한 번쯤은 그녀의 매력에 빠져들었고 그녀도 그것을 즐기고 있는 것 같았다. 남자의 마음을 후리는 따사로움과 철저한 쌀쌀함이 뒤섞인 묘한 여성이라 할 수 있었다.

"처음으로 파파를 꺾었군요." 그녀는 말했다. "적어도 요 몇 주일 동안 한 번도 없었던 일이에요, 늘 누구보다도 먼저 나타나 시계를 보면서 마치 먹이 줄 시간을 기다리고 있는 호랑이처럼 식당 근처를 돌아다니고 계셨거든요."

젊은 두 사나이는 서둘러 그녀를 맞이하러 뛰어나갔다. 그녀는 두 사람에게 그들이 황홀해 할 웃음을 지어 보이고 해리에게 팔을 내맡겼다. 조프리 킨은 한 발자국 뒤로 물러나더니 그 가무스름한 볼이 발그레하게 상기된 것 같았다.

그러나 그는 곧 정색을 했다. 바로 뒤따라 리참 로슈 부인이 들어왔기 때문이다. 그녀는 키가 큰, 살갗이 거무스름하고 머리칼과 눈이 고동색인 여성으로 초록색이 어느 정도 감도는 흰 천의 드레스를 입었고 동작은 아주 부드러웠다. 중년 남자가 부인과 함께 들어왔는데, 새부리처럼 뾰족한 코와 의지가 강해 보이는 턱을 지니고 있었으며 이름은 그레고리 버링이라 했다. 재계에선 꽤 알려진 실업가로 외가 쪽이 명문이며 요 몇 년 동안 휴버트 리참 로슈와 친하게 지내고 있었다.

꽹!

징소리가 거드름을 피우듯 울렸다. 그리고 그 소리가 사라지자마자 식당 문이 활짝 열리고 디그비가 정중한 어조로 말했다.

"식사 준비가 다 되었습니다."

그러나 그때 완벽한 예의범절을 자랑하는 디그비가 무표정해야 할 그 얼굴에 놀라운 빛을 감추지 못했다. 그가 알고 있는 바로는 로슈의 모습이 그곳에 보이지 않았던 적은 지금까지 한 번도 없었기 때문이다.

말할 나위도 없는 일이었지만, 집사와 같은 경악의 표정은 다른 모든 사람의 얼굴에도 떠올랐다. 리참 로슈 부인은 조금 얼빠진 듯한 웃음 소리를 내었다.

"놀라운 일이군요, 난 어찌 된 일인지 모르겠어요."

그 말에 누구나가 새삼 가슴이 철렁했다. 리참 장원의 전통이 무너지다니 어떻게 된 일일까? 이야기 소리가 멎었다. 불안한 마음으로 모두 기다렸다. 이윽고 문이 열렸다. 안도의 한숨이 나왔으나 이 장면을 어떻게 처리해야 좋을지 약간의 불안은 아직도 남아 있었다. 아무 말도 안 하는 것이 상책이다. 이 집주인 자신이 엄격한 규칙을 위반한 것이니까.

그러나 들어온 것은 리참 로슈 씨가 아니었다. 턱수염을 기른 북방의 해적 같은 우람한 남자를 예상하고 있었는데, 첫눈에 외국인이라는 것을 알 수 있는 극히 자그마한 남자가 얼굴을 디민 것이다. 달걀처럼 생긴 머리에 수염을 길게 기르고 나무랄 데 없는 야회복을 입고 있다.

새로 들어온 사람은 눈을 반짝이며 리참 로슈 부인 곁으로 다가갔다.

"실례했습니다, 부인. 몇 분 늦은 것 같습니다."

"아니에요, 상관없어요!" 리참 로슈 부인은 막연히 말하고 나서 "정말 괜찮아요, 성함이……" 거기까지 말하고 부인은 입을 다물었다.

"포아로라고 합니다, 부인. 에르큘 포아로."

바로 뒤에서 앗, 하고 놀라는 소리가 들렸다. 소리라기보다 헐떡이는 것 같은 여자의 외침이었다. 그는 만족감을 느낀 듯 작은 목소리로 말했다.

"제가 찾아뵙는다는 것을 모르셨던가요? N'est ce pas, madam? (안 그렇습니까, 부인?) 주인께서 말씀이 있었으리라고 생각합니다만."

"네——네, 그래요." 리참 로슈 부인은 대답을 했으나 그 태도에는 자신이 없어 보였다. "네, 분명히 이야기해 줬던 것 같아요. 나는 집안일은 전혀 모르기 때문에 손님 시중 하나 못 듭니다. 무슨 일이고 금세 잊어버려서요. 하지만 다행히도 디그비가 모든 일을 알아서 처리해 주므로."

"기차가 연착해서요." 에르쿨 포아로는 말했다. "앞열차에 사고가 있었다는 말을 들었습니다."

그러자 존이 외쳤다.

"그래서 식사가 늦어졌군요."

포아로의 시선이 재빨리 그녀에게로 향했다. 모든 것을 빠뜨리지 않고 다 봐 둬야겠다는 날카로운 시선이었다.

"그것이 그리 대단한 일입니까?"

"우리로선 생각할 수도 없는 일이에요."

존을 대신해서 리참 로슈 부인이 설명을 하기 시작했는데 곧 말을 끊고 "즉, 저……" 하고 혼란해 하며 말을 이었다. "아주 이상한 일이에요, 휴버트는 지금까지……."

포아로의 시선은 재빨리 모든 사람의 얼굴을 둘러보았다.

"리참 로슈 씨가 오시지 않았군요."

"네, 그래요. 그것이 참 이상해요."

부인이 호소하듯 조프리 킨을 쳐다보자 나머지 설명은 이 청년 비서가 떠맡았다.

"리참 로슈 씨는 아주 시간에 엄격한 분이라, 그분이 만찬에 늦는다는 것은——그렇습니다. 제가 아는 바로는 한 번도 없었던 일입니다."

외래자(外來者)의 눈에는 모든 사람이 놀라운 표정을 짓고 난처한 모습을 보이고 있는 것이 아주 이상하게 비친 모양이다.

리참 로슈 부인이 문제를 해결할 사명은 자신이 가지고 있다는 듯한 태도로 말했다.

"디그비를 불러서 어떻게 된 건가 물어보겠어요."

그리고 그녀는 곧 그 말을 실행으로 옮겼다.

집사는 즉시 나타났다.

"디그비." 리참 로슈 부인이 말했다. "주인 어른 일인데, 그분……."

말을 끝까지 못하는 것이 부인의 버릇이다. 집사도 또한 그런 것을 알고 있는지 금방 알아차린 얼굴로 대답했다.

"주인 어른께서는 8시 5분 전에 아래층으로 내려오셨습니다. 그리고 서재로 들어가시는 것 같았는데요."

"어마!" 부인은 소리치더니 잠깐 사이를 두었다. "그렇다면 징소리를 들으셨을 텐데요."

"네, 들으셨을 거에요. 징은 바로 서재 문 밖에 있으니까요."

"그렇군요, 분명히 그래요."

리참 로슈 부인의 목소리는 전보다 더 막연하게 들렸다.

"주인 어른께 식사 준비가 되었다고 알려 드리고 올까요?"

"글쎄, 그렇게 해줘요, 디그비. 그래요, 그게 좋겠군요."

집사가 나가자 리참 로슈 부인은 손님들을 보고 말했다.

"사실 저 디그비가 없으면 나는 아무것도 못한답니다."

그러자 방 안에는 침묵이 흘렀다.

마침내 디그비가 다시 방으로 들어왔다. 모범적인 집사라 하기에는 좀 지나칠 정도로 숨소리가 고르지 못했다.

"죄송합니다만 부인, 서재는 잠겨 있습니다."

에르큘 포아로가 이 자리의 지배권을 잡은 것은 바로 그때였다.

"곧 서재로 가 보는 것이 좋을 것 같군요."

그가 앞장서고 나머지 사람은 그의 뒤를 따랐다. 그가 주도권을 잡은 것은 아주 자연스럽게 보였다. 어느 결에 익살스런 모습의 손님이라는 인상은 사라지고 그 자리를 쥐고 흔드는 완전한 지도자로 바뀐 것이다.

홀로 나가자 계단 밑으로 해서 큰 시계 옆을 지나 징이 걸려 있는 움푹 들어간 벽 쪽으로 발길을 옮겼다. 그 정면이 서재의 문이었다.

닫힌 문을 처음에는 가볍게 두드렸으나 차차로 그 손에 힘을 주었다. 그러나 대답이 없었다. 그러자 그는 놀라울 정도로 재빠르게 그곳에 무릎을 꿇고 열쇠 구멍을 들여다보았다. 다시 일어선 그는 모든 사람의 얼굴을 둘러보며 말했다.

"여러분, 이 문을 부숴야겠습니다. 그것도 한시 빨리!"

그때까지도 그랬듯이 그의 권위 있는 명령에 이유를 묻는 자는 없었다. 튼튼한 체구를 타고난 사람은 조프리 킨과 그레고리 버링이었다. 그래서 이 두 사람이 포아로의 지휘아래 문을 공격하기 시작했다. 그러나 쉬운 일이 아니었다. 리참 저택의 문은 하나같이 다 튼튼했으며, 근대식의 건축에서 볼 수 있는 젤리처럼 무른 것은 없었으므로 두 사람의 공격에 완강한 저항을 보였다. 그러나 결국에는 두 사람의 연합 공격에 못 이겨 안쪽으로 쓰러지며 부서졌다.

그러나 모두가 문 앞에 선 채 조금 주저하고 있었다. 제정신을 가지고는 보기 두려운 것을 보았기 때문이다. 정면에 창문이 있었다. 그리고 그 창문 왼쪽 문과 창문 사이에 큰 책상이 놓여 있었는데, 그 옆에 책상을 향한 것이 아니라 옆을 향한 자세로 남자가 의자에 앉아 있었다. 그 몸집이 큰 인물은 의자 속에 엎어져 있었다. 모든 사람의 눈에 그 등이 보인 것은 얼굴이 창문을 향하고 있었기 때문이며, 그 자세는 모든 것을 말하고 있었다. 오른손은 힘없이 축 늘어져 있고 그 밑 융단 위에 소형 권총이 번쩍이고 있다.

포아로는 격렬한 어조로 그레고리 버링에게 말했다.

"리참 로슈 부인을 저리로 모시고 가 주시오. 그리고 나머지 두 부인도."

그레고리는 알았다는 듯이 고개를 끄덕이고 여자 주인의 팔에 손을 얹었다. 부인은 몸을 부르르 떨며 중얼거리듯이 말했다.

"권총 자살이군요, 무서운 일이에요!"

그리고 다시 한번 몸을 떨더니 버링의 부축을 받으며 그 자리를 떴다. 두 젊은 여자도 뒤를 따랐다.

포아로는 청년 두 사람을 거느리고 방 안으로 들어갔다.

시체 옆에 무릎을 꿇자 두 청년에게 가까이 오지 말라고 손을 내저었다. 총알은 머리를 뚫고 나가 왼쪽 벽에 걸려 있는 거울을 부쉈다. 책상 위에는 종이쪽지가 놓여 있는데, 떨리는 손으로 쓴 듯한 '미안하다'는 한 마디 말이 씌어 있었다.

포아로는 시선을 문 쪽으로 돌렸다.

"열쇠는 열쇠 구멍에 꽂아 놓지 않았지요? 어쩌면······."

그의 손이 죽은 사람의 주머니 속으로 들어갔다.

"아, 있어요, 내 그럴 줄 알았어. 시험해 주겠소?"

조프리 킨은 포아로에게서 열쇠를 받아 열쇠 구멍에 꽂아 보았다.

"분명히 이겁니다. 틀림없습니다."

"창문은 어떻습니까?"

해리 딜하우스가 성큼성큼 창가로 다가갔다.

"닫혀 있습니다."

"어디 볼까요?"

포아로는 재빠르게 일어서더니 창가에 선 해리와 나란히 섰다. 그 문은 높은 프랑스 식 문이었다. 포아로는 문을 열고 한동안 바깥 잔디밭을 확인하고 있더니 창문을 닫고 말했다.

"여러분, 경찰서에 전화를 걸어야 합니다. 그들이 와서 자살이 틀림없다고 확인할 때까지 아무 데도 손을 대면 안됩니다. 사망한 지 잘해야 15분 밖에 안된 것 같습니다."

"그렇습니다." 해리가 목에 얽힌 듯한 소리로 말했다. "우린 권총 소리를 들었어요."

"Comment(뭐라고요)?"

그러자 해리는 조프리 킨의 도움을 받아가며 바로 전에 있었던 일을 설명했다. 설명이 끝났을 때 버링이 나타났다.

포아로는 다시 한번 경찰에 알릴 필요가 있다는 말을 되뇌이고, 전화를 걸도록 킨을 내보내고 난 뒤 버링에게 몇 분 동안만 질문에 응해 달라고 말했다.

그리고 두 사람은 디그비를 서재 문 밖에서 망보게 하고 작은 객실로 들어갔다. 한편 해리는 부인들을 찾으러 나갔다.

"제가 보기엔 당신은 작고하신 리참 로슈 씨와 친하게 지내던 사이 같은데요"라고 포아로는 질문을 하기 시작했다. "그것이 제일 먼저 물어 보고 싶은 말입니다. 예의상으로는 우선 부인과 이야기를 해야 원칙이지만, 아직 질문에 대답해 달라고 할 단계가 아니라서요."

여기까지 말하고 일단 말을 끊었다가 다시 이었다.

"사실 나는 미묘한 입장에 놓여 있습니다만, 당신에게는 사실을 그대로 말하겠습니다. 나의 직업은 사립 탐정입니다."

버링은 미소를 지었다.

"새삼 말씀하실 필요는 없습니다. 포아로 씨, 당신 이름을 모르는 사람은 아마 없을 겁니다."

"당신은 말솜씨가 있으시군요." 포아로는 가볍게 고개를 숙였다. "그럼, 이야기를 해보기로 하지요. 나의 런던 숙소에 리참 로슈 씨의 편지가 왔습니다. 그 내용은 상당한 거액의 돈이 없어진 흔적이 있는 데 집안 사정이 있으므로 경찰은 부르고 싶지 않으니 내가 급히 와서 조사를 해줬으면 하는 내용이었습니다. 그래서 나는 요구에 따라 찾아온 것이지요. 다만 리참 로슈 씨가 바라던 만큼 빨리 올 수는 없었습니다. 왜냐하면 나에게도 여러 가지 정리해 둬야 할 일이 있었고, 게다가 리참 로슈 씨가 영국 국왕은 아니니까요. 하기야 본인은 그렇게 생각하고 있었던 모양이지만."

버링은 히죽이 웃었다.

"그는 분명히 그렇게 생각하고 있었습니다."

"그렇겠죠. 내가 받은 편지를 보면 이해할 수 있는 일입니다만, 그렇게 판단하는 것이 당연한 만큼 이상스러운 데가 있었습니다. 정신이 돌았다고까지는 할 수 없지만, 정신적인 균형을 잃은 것만은 사실일 겁니다."

"지금 보는 저 상태도 그것을 분명히 나타내고 있습니다."

"옳으신 말씀입니다. 그러나 자살이 반드시 정신의 불균형에서 오는 결과라고는 할 수 없습니다. 검시장에선 어쨌든 그런 결론을 내리지만, 그것도 결국은 남은 유족의 마음을 달래기 위해서입니다."

"분명히 휴버트는 정상적인 사람은 아니었습니다." 버링은 딱 잘라 말했다. "화를 내면 걷잡을 수 없고, 가문의 명예에 관해선 편집광이라 할 수 있을 정도였습니다. 아니, 그뿐만 아니라 여러 가지 점에서 정상적인 정신의 소유자라 할 수는 없었습니다. 그러면서도 머리는 비상한 사람이었습니다."

"그렇겠지요. 재산이 없어져 가는 것을 발견한 일만으로도 알 수 있습니다. ”

“그러나 이상합니다. 돈을 속였다고 해서 자살하는 사람이 있을까요?”

“그렇습니다. 이상한 일입니다. 그러니까 이 사건은 서둘러 해결해야 한다고 생각합니다. 집안의 사정이라고 편지에 씌어 있었습니다. Eh bien(그런데), 세상 일에 환한 당신 같은 분이라면 아시리라 믿습니다만, 그것은 충분히 자살 원인이 되니까요.”

“말하자면.”

“이런 생각은 들지 않습니까. 이 가엾은 노인은 가족 사이에 생긴 중요한 사실을 발견하고 그 일을 도저히 감당할 수 없다는 생각을 했다고 말입니다. 어떻습니까, 이 생각은? 그러나 아시다시피 나는 의무를 느끼고 있습니다. 이미 일을 의뢰 받았고, 하겠다는 승낙을 했습니다. 그때 고인이 한 말에도 경찰에 알리고 싶지 않은 집안의 사정이 문제가 되어 있었습니다. 따라서 나로서는 서둘러 행동해야 할 의무가 있습니다. 그러려면 나 자신이 진상을 알아둬야 합니다.”

“그래, 그것을 알면 어떻게 하시렵니까?”

“그때는 적당한 조치를 강구해 달라고 해야 합니다. 나로서는 최선을 다할 의무가 있으니까요.”

“그렇군요.”

버링은 고개를 끄덕이고 잠깐 동안 잠자코 담배를 피우고 나서 말했다.

“그러나 공교롭게도 나로선 당신의 희망에 따를 수는 없을 것 같습니다. 휴버트는 집안 이야기는 한 마디도 말해 주지 않기 때문에 나는 아무것도 모릅니다.”

“그렇다 하더라도, 고인의 재산에 손을 댈 기회가 있었던 인물의 이름쯤은 말씀해 주실 수 있겠지요."

"그것이 상당히 난처한 일입니다. 더구나 토지 관리인은 최근에 고용한 사람인 것 같던데."

"관리인 말입니까?"

"네, 마셜이라는 사람입니다. 마셜 대위. 아니, 사람은 좋습니다. 전쟁에서 한쪽 손을 잃었지요. 이 집에 드나들기 시작한 지 아직 1년 밖에 안되었습니다만, 휴버트는 그 사람을 좋아했습니다. 그리고 믿고 있었던 것도 사실입니다."

"부정한 짓을 한 것이 마셜 대위라면 굳이 감춰야 할 집안의 비밀이라고 볼 수는 없잖습니까."

"그, 그것은 그렇습니다."

버링의 대답에 주저하는 눈치가 있음을 포아로는 알아차렸다.

"말씀해 주시지요. 솔직히 말씀해 주십시오. 부탁입니다."

"다만 떠도는 소문인지도 몰라서."

"상관없습니다. 말씀해 주십시오."

"좋습니다. 그럼, 말하죠. 아까 객실에서 아주 매혹적인 여자를 보셨겠지요?"

"매혹적인 부인은 두 분이던데요."

"그렇죠. 한 사람은 미스 애슈비. 그녀 역시 상당한 미인입니다만 그녀는 이 집을 처음 찾아왔습니다. 해리 딜하우스가 리참 로슈 부인에게 그녀를 추천한 거죠. 그러나 내가 말하고 있는 것은 그 여자가 아니라 살갗이 거무스름하고 눈이 고동색인 다이애나 크리브스입니다."

"물론 그녀도 눈에 띄었습니다." 포아로가 말했다. "모든 남성의 눈을 끄는 여자이니까요."

"그녀가 아주 골치 아픈 여자라서." 버링은 갑자기 격렬한 어조로 말을 했다. "요 근방, 사방으로 20마일 안에 있는 남자라면 누구를 막론하고 어울려 놀러 다닌답니다. 언젠가는 누구에게 살해당하는 꼴이 될 거에요."

상대방이 강한 흥미를 느껴 얼굴을 들여다보는 것도 개의치 않고 실업가는 이마를 손수건으로 닦고 있었다.

"그래, 그 젊은 여인은?"

"리참 로슈의 양녀가 됩니다. 그와 부인 사이에 아이가 생기지 않는다는 것을 알자 몹시 실망한 나머지 다이애나 크리브스를 양딸로 데려왔습니다──먼 친척 뻘이 된다던가요. 휴버트는 그녀가 마음에 들어 몹시 귀여워했던 것 같습니다."

"그렇다면 결혼시키기를 꺼려했다는 말입니까?"

포아로는 실업가의 반응을 살펴보았다.

"착실한 상대라면 이러쿵저러쿵 말이 없었겠지만."

"그 착실한 상대란 당신을 말하는 거겠지요?"

버링은 허점을 찔려 얼굴을 붉혔다.

"나는 그런 말은 하지 않았습니다."

"Mais, non, mais, non(물론이죠)! 분명 당신은 아무 말도 하지 않았습니다. 그러나 그것이 사실이지요?"

"나는 그 여자가 좋아졌습니다. 리참 로슈는 그것을 기뻐해 주었습니다. 그의 생각에 들어맞은 셈이니까요."

"그럼, 마드모아젤 자신은?"

"아까도 말했듯이, 그녀는 악마가 둔갑한 것 같아서."

"과연 인생의 즐거움에 대하여 독자적인 생각을 가지고 계시는군요. 그런데 거기에 마셜 대위가 어떤 관계로 끼어들게 됩니까?"

"그러니까 그녀는 자주 대위를 만나고 있습니다. 이미 세상에 소문이 다 퍼져 있을 정도였습니다. 물론 두 사람 사이에 특별한 일은 없었으리라고 봅니다만. 다시 말해 그녀는 전리품의 하나로 간주하는, 다만 그뿐입니다."

포아로는 고개를 끄덕였다.

"그러나 가령 거기에 무슨 일이 있었다면 리참 로슈 씨가 신중한 고려를 했을 그 까닭을 알 만하다 이 말씀이지요?"

"아니, 이것만은 생각하셔야 합니다. 마셜에겐 공금을 썼다고 의심받을 이유는 전혀 없습니다."

"Oh, parfaitement, parfaitement! (아, 물론이죠). 아마 이것은 집안 사람 누군가 수표를 마음대로 끊었다는 뭐 그런 사건이겠지요. 그런데 딜하우스라는 그 젊은 분은 어떤 사람인가요?"

"로슈의 조카뻘이 됩니다."

"상속인이군요?"

"여동생의 자식이니까 물론 대를 이어받을 수도 있겠지요. 그 밖에 리참 로슈의 핏줄은 남아 있지 않으니까요."

"그래요?"

"그러나 이 장원이 대대로 물려 내려온 것이기는 하나 사자(嗣子)에 한해 봉토권(封土權)이 있는 것은 아니므로, 직계비속(直系卑屬)이 아니라도 상속을 못하는 것은 아닙니다. 나는 전부터 상상하고 있었죠. 부인이 생존하는 동안은 부인에게, 그 뒤는 그가 승인한 결혼을 하는 조건 아래 다이애나에게 물려주기로 할 거라고요. 따라서 그녀의 남편 되는 사람이 로슈 가문을 잇게 되는 셈이죠."

"잘 알았습니다." 에르퀼 포아로는 대답했다. "친절하게 일러 주셔서 아주 큰 도움이 되었습니다. 그런데 또 한 가지 당신에게 부탁할 일이 있습니다. 리참 로슈 부인에게 내가 말한 것을 설명해 드리고, 잠깐 동안 시간을 내주십사 하고 말씀 좀 해주셨으면 좋겠는데요."

생각했던 것보다 빨리 문이 열리고 리참 로슈 부인이 들어왔다. 그녀는 헤엄치는 듯한 걸음걸이로 의자 옆으로 다가왔다.

"버링 씨에게서 이야기를 들었어요. 물론 스캔들이 세상에 퍼지는 그런 일은 절대로 없도록 피해야만 합니다. 그러나 나로선 이렇게 되는 것도 운명인 것만 같아요. 즉 거울 이야기입니다만."

"Comment(뭐라고요), 거울이 어떻게 되었습니까?"

"저것을 보고 느꼈습니다. 저주예요! 오래된 집에는 저주가 남아 있기 마련이죠. 휴버트는 본디 별난 사람이었지만, 최근에는 그도 가 더 심해졌습니다."

"부인, 몇 가지 여쭤 볼 일이 있어서 오십사고 한 것입니다. 죄송하지만, 부인께서 돈에 불편을 느꼈던 것은 아닙니까?"

"돈요? 난 돈 같은 건 생각해 본 일도 없어요."

"부인, 세상에서 하는 말을 아십니까? 돈을 생각하지 않는 자야말로 그 필요성을 느끼고 있는 것이라고요."

그리고 그는 살짝 웃어 보였다. 그녀는 대답하려고도 하지 않았다. 그 눈은 먼 곳을 쳐다보고 있을 뿐이었다.

"이거 정말 고맙습니다, 부인." 그것으로 인터뷰는 끝났다.

그리고 포아로가 벨을 누르자 디그비가 들어왔다.

"두세 가지 대답해 줘야 할 일이 있어서." 포아로는 말했다. "사실을 말하자면 나는 죽기 전 당신 주인에게서 의뢰를 받은 사립 탐정이오."

"탐정이십니까!" 집사는 숨이 찬 듯한 소리로 말했다. "무슨 볼일로?"

"질문에 답변을 해주겠소? 우선 총소리가 들렸을 때의 일인데."

그리고 그는 집사의 설명에 귀를 기울였다.

"그러니까 그때 홀에는 당신을 포함해서 네 사람이 있었다는 건가요?"

"네. 딜하우스 님, 미스 애슈비, 그리고 킨 씨가 객실에서 나왔습니다."

"그래, 다른 사람들은?"

"다른 사람들 말입니까?"

"그렇소, 리참 로슈 부인, 미스 크리브스, 버링 씨 그 세 사람은?"

"부인과 버링 씨는 조금 뒤에 아래층으로 내려오셨습니다."

"미스 크리브스는?"

"미스 크리브스는 객실에 계신 줄 알았는데요."

포아로는 계속 몇 가지 질문을 한 다음 집사를 내보내었다. 나가는 길에 미스 크리브스를 불러달라고 부탁했다.

그녀는 곧 들어왔다. 포아로는 버링에게서 들은 지식을 바탕으로 그녀를 주의 깊게 관찰했다. 어깨에 장미를 단 흰 새틴 드레스를 입은 그녀의 모습은 과연 아름다웠다. 그녀를 물끄러미 쳐다보며 포아로는 리참 장을 찾아온 사정을 설명했다. 그녀는 뜻밖이라는 표정을 지어보였지만, 불안해 보이는 기색은 조금도 없었다. 마셜에 대한 일을 물었을 때도 특별히 관심이 있어 보이지도 않았고 막연히 고개를 끄덕이고 있을 뿐이었다. 그러나 버링에 대한 이야기가 나오자 갑자기 열띤 어조로 변했다.

"그 사람은 나쁜 사람이에요." 그녀는 날카롭게 말했다. "아빠에게도 그렇게 말했는데, 아빠는 내 말을 들으려고 하시지도 않는 거에요. 뉘우치는 일도 없이 그 사람의 사기 사업에 돈을 들이고……"

"아, 마드모아젤, 당신은 아버지가 돌아가신 일을 슬퍼하는 거겠지요?"

그녀는 포아로를 지켜보았다.

"물론이죠, 포아로 씨. 하지만 난 근대 여성이니까요. 언제까지나 울고만 있지는 않아요. 그렇다고 해서 슬프지 않은 것은 아니에요. 굉장히 슬퍼요, 아빠를 좋아했으니까요. 하지만 이렇게 된 것이 아빠를 위해선 다행스러운 일인지도 몰라요."

"이렇게 된 것이 다행?"

"네, 그래요. 그대로 있다가는 언젠가 아빠는 감금되었을 거에요. 아빠의 머리 속에는 리참 장원의 주인 리참 로슈야말로 전지전능한 인간이라는 생각이 점점 깊이 새겨지고 있었으니까요."

포아로는 지당한 말이라는 듯 고개를 끄덕였다.

"과연, 정신적 질환의 뚜렷한 징후라 할 수 있겠군요. 그런데 상관 없으시다면 그 핸드백을 좀 보여 줄 수 있을까요? 아주 훌륭한 가방이군요. 비단으로 만든 장미꽃 봉오리가 어쩌면 그렇게 멋있습니까. 꽤 많이 붙어 있군요. 아니, 내가 무엇을 물어보다 말았던가요? 아, 그렇지, 총소리였죠. 총소리를 들었습니까?"

"들었어요! 그러나 그때는 차의 백파이어이거나, 아니면 사냥꾼의 총소리가 아닌가 했을 뿐이에요."

"그때 당신은 객실에 있었지요?"

"아뇨! 난 뜰에 있었어요."

"그랬군요. 고맙습니다, 마드모아젤. 그럼, 다음으로 킨 씨를 뵈었으면 하는데요."

"조프리 말인가요? 곧 이리로 오게 하죠."

킨은 힘찬 걸음걸이로 호기심에 눈을 반짝이며 나타났다.

"당신이 이곳에 오신 이유는 버링 씨에게서 들었습니다. 도움이 될 만한 이야기는 하지 못하리라 생각합니다만, 내가 알고 있는 일이라면 무엇이건."

포아로는 그 말을 가로막았다.

"킨 씨, 여쭤 보고 싶은 것은 꼭 한 가지입니다. 아까 우리가 서재에 들어가기 전에 당신이 허리를 구부리고 주운 것이 뭐였습니까?"

"나는……" 킨은 의자에서 벌떡 일어나 보이더니 곧 다시 의자에 앉아 "말뜻을 잘 모르겠는데요" 하고 가볍게 받아 넘겼다.

"그래요? 아실 텐데요. 당신은 내 뒤에 계셨지요. 나는 친구들로부터 등에 눈이 달려 있다고 소문난 사람입니다. 당신은 분명히 뭔가 주워서 디너 자켓 오른쪽 주머니 속에 넣으셨습니다."

한동안 침묵이 흘렀다.

킨의 균형 잡힌 얼굴에 주저하는 빛이 뚜렷이 나타났다. 그러더니 결국 결심을 한 듯이 말했다.

"포아로 씨, 마음대로 생각해 주십시오."

그렇게 말하며 허리를 굽혀 주머니 속에 든 것을 꺼내 주었다. 담뱃대가 있고, 손수건이 있고, 작은 비단 장미꽃 봉오리와 금 성냥갑이 있었다.

그런 뒤 잠시 입을 다물고 있더니 킨은 말했다.

"사실을 말하자면 이 물건입니다." 성냥갑을 집어들어 보였다. "어제 저녁에 그 자리에 떨어뜨렸을 것입니다."

포아로는 말했다.

"그렇다고 생각지 않는데요."

"무슨 뜻인가요?"

"아시겠습니까? 나는 본디 규칙적인 것을 좋아하며 질서를 중히 여기는 사람이기 때문에 성냥갑이 떨어져 있었다면 나 자신이 주웠을 겁니다. 이렇게 큰 것을 못 볼 리 없으니까요. 그게 아닙니다, 더 작은 것, 아마 이런 거겠지요."

그는 비단으로 만든 작은 장미꽃 봉오리를 집어 들었다.

"미스 크리브스의 핸드백에 붙어 있던 것이죠."

한순간 침묵이 흐른 뒤 킨은 웃으며 고개를 끄덕였다.

"분명히 그겁니다. 그 여자가 어젯밤에 나에게 준 것입니다."

"그래요?"

포아로가 그렇게 말했을 때 문이 열리고 신사복 차림의 키가 큰 금발의 사나이가 성큼성큼 들어왔다.

"킨, 놀라운데요. 리참 로슈 씨가 자살했다는 말을 들었는데, 믿을 수 없는 일입니다. 도저히 믿을 수 없어요."

"소개하죠." 킨은 말했다. "이분은 에르큘 포아로 씨입니다."

키 큰 사나이는 깜짝 놀랐다.

"포아로 씨가 무슨 말을 하실 겁니다."

그리고 그는 문을 쾅 닫고 나가 버렸다.

"포아로 씨이십니까" 존 마셜은 진지한 어조였다. "만나 뵙게 되어 정말 반갑습니다. 이곳에 출장을 오시게 된 일은 나에게는 행운이라 할 수 있습니다. 리참 로슈 씨에게서는 오신다는 말을 못 들었습니다만, 나는 오래 전부터 당신을 숭배해 왔습니다."

한 팔을 잃은 청년이라는 말을 들었는데, 생각했던 것보다 젊지 않다. 관자놀이께에 희끗희끗한 게 섞여 있고, 얼굴에는 주름까지 져 있었다. 그러면서도 젊은 인상을 주는 것은 그 목소리와 동작이었다.

"경찰은……."

"그들도 와 있습니다. 나는 소식을 듣고 그들과 함께 왔습니다. 경찰은 뭐 그리 놀라지 않더군요. 그는 분명 정신이 완전히 돌았다고 할 수 있었지만, 그렇더라도……."

"그렇더라도 자살한다는 것은 뜻밖이라는 말씀이죠?"

"분명히 말해 그가 자살하리라고는 생각지도 않은 일입니다. 어쨌든 자기가 없으면 세계는 성립될 수 없다는 자부심을 가지고 있던 리참 로슈 씨였으니까요. ”

“최근에 금전상의 트러블이 있었다는 말을 들었는데요 ? ”

마셜은 고개를 끄덕였다.

“그는 투기 사업에 손을 대고 있었습니다. 버링 씨의 모험적인 계획입니다. ”

포아로는 조용히 말했다.

“나도 솔직히 말하지요, 리참 로슈 씨가 당신의 계산에 부정이 없나 하고 의심하는 눈치가 있었던 것 같은데요 ? ”

마셜은 이상할 정도로 당황한 표정을 짓고 포아로의 얼굴을 보았다. 너무도 깜짝 놀라는 모습이 포아로의 미소를 자아내게 했다.

“굉장히 놀라시는군요, 마셜 대위님. ”

“네, 놀랐습니다. 당치도 않은 말입니다. ”

“그렇습니까 ! 그럼, 질문을 바꾸기로 하지요, 그는 당신 때문에 양녀를 빼앗길 우려가 있다고 생각했던 건 아닌가요 ? ”

“아 ! 그러고 보니 당신은 나와 다이애나의 사이를 아시고 계셨군요” 하고 또 멋적은 듯이 웃었다.

“그럼, 그게 사실이었군요 ? ”

마셜은 고개를 끄덕였다.

“그러나 노인은 우리 둘 사이에 대해 아무것도 몰랐을 겁니다. 다이애나가 그것을 아버지에게 일러바치지는 않았을 테니까, 나는 그녀의 태도를 옳다고 보고 있습니다. 그 말을 들었다면 원자폭탄처럼 화를 냈을 거에요, 나는 쫓겨나고 만사는 끝장이 났을 겁니다. ”

“그래, 이야기하는 대신 어떤 방법을 생각하고 있었습니까 ? ”

“맹세합니다만, 나는 아무것도 모릅니다. 모든 것을 다 다이애나에게 맡기고 있었습니다. 만사를 잘해 나가겠다고 그녀는 자신을 가지고 있었습니다. 사실상 쫓겨날 것을 예상하고 나는 새 일자리를 찾고 있었습니다. 일자리가 나서는 대로 이곳 일을 그만둘 작정이었습니다."

"그리고 마드모아젤은 당신과 결혼할 작정이었군요? 그러나 그렇게 되면 리참 로슈 씨는 그녀에게 주는 수당을 주지 않았겠지요, 마드모아젤 다이애나는 돈을 쓰기 좋아하는 여자 같던데요."

마셜은 불쾌한 듯한 표정을 지었다.

"나는 그녀에게 그런 생활은 단념하도록 타일렀습니다."

조프리 킨이 들어와서 말했다.

"경찰관이 포아로 씨를 만나 뵙고 싶답니다."

"Merci(고맙습니다). 곧 가겠습니다."

서재에는 튼튼한 체격의 경감과 경찰의가 있었다.

"포아로 씨입니까?" 경감이 말했다. "성함은 익히 들었습니다. 나는 리브즈 경감입니다."

"이렇게 친절히 대해 주시니 송구스럽습니다." 포아로는 악수를 나누며 말했다. "그러나 이것은 내 손을 빌릴 필요도 없을 것 같습니다. 모든 것이 순조롭게 진행되고 있으니까요."

"사건은 아주 단순하단 말씀이죠?"

"그렇습니다. 문과 창문은 잠겨 있고 문 열쇠는 고인의 주머니 속에 들어 있었습니다. 요 며칠 사이에 고인의 동작에 이상한 점이 있었다고 하므로, 사건은 의심할 여지도 없습니다."

"모든 것이 다 자연스러웠다는 말인가요?"

의사만은 일단 이의가 있는 듯했다.

"그 앉은 자세로 보아 총알이 거울에 맞을 수 있는 각도가 아닌데, 자살 그 자체가 이상한 일입니다만……."

"총알은 발견되었습니까?"

"네, 여기 있습니다." 의사는 그것을 꺼냈다. "거울 밑 벽 근처에 떨어져 있었습니다. 권총은 로슈 씨 자신의 소지품으로 언제나 책상 서랍 속에 넣어 두었던 것입니다. 무슨 속사정이 있었으리라는 짐작은 갑니다만, 그건 우리가 관여할 일이 아니라서."

포아로는 고개를 끄덕였다.

시체는 이미 침실로 옮겨져 있었다. 경찰들은 돌아가고 있었다. 포아로는 현관에 서서 그들을 배웅하고 있었는데, 인기척에 돌아다보니 바로 뒤에 해리 딜하우스가 서 있었다. 포아로는 그에게 물었다.

"광선이 센 손전등을 가지고 계십니까?"

"가지고 오지요."

해리는 존 애슈비와 함께였다.

"뭣하면 함께 가시죠." 포아로는 조용한 어조로 말했다.

현관을 나가자 오른쪽으로 돌아 서재의 프랑스 문 밑에 멈춰 섰다. 뜰의 오솔길과의 사이는 6피트 가량의 잔디밭을 이루고 있었다. 포아로는 쭈그리고 앉아 손전등으로 잔디밭을 비추고 있더니 다시 일어나 고개를 내저었다.

"그렇지 않은 것 같은데. 찾을 수 없는걸."

이렇게 말을 하다 갑자기 말을 끊고 서서히 몸을 긴장시켰다. 잔디밭 양쪽이 화단을 이루고 있었는데 포아로의 주의는 오른쪽 화단으로 끌렸다. 거기에는 탱알과 달리아 꽃이 피어 있었다. 그는 손전등으로 화단의 정문을 비췄다. 부드러운 흙 위에 발자국이 뚜렷이 나 있었다.

"네 개 있군." 포아로는 중얼거렸다. "두 개는 프랑스 문을 향해 나 있고 두 개는 거기서 돌아선 자국이오."

"정원사의 발자국이 아닐까요?" 존이 말했다.

"아닙니다, 마드모아젤. 아니에요. 잘 보아요, 이 구두 발자국은 아주 작고 화사한 하이힐. 부인구두 자국이에요. 마드모아젤 다이 애나가 이야기하고 있었는데, 뜰에 나갔던 모양입니다. 즉 그녀는 당신보다 먼저 아래층에 내려갔던 겁니다. 아셨던가요, 마드모아 젤?"

존은 고개를 저었다.

"난 모르겠어요. 어쨌든 징소리가 나기에 허둥지둥 뛰어 나왔으니 까요. 그것도 첫 징소리를 조금 전에 들은 것 같았기에…… 그래 요. 그녀의 방 앞을 지나쳤을 때 문이 열려 있던 것 같기도 합니 다. 그러나 확실한 것은 말할 수 없어요. 리참 로슈 부인의 방문이 닫혀 있던 것만은 분명히 기억하고 있지만요."

"그래요?"

포아로의 그 목소리에 해리는 깜짝 놀라서 포아로의 얼굴을 올려다 보았는데, 그는 다만 눈살을 찌푸리고 생각에 잠겨 있을 뿐이었다.

문 앞에서 세 사람은 다이애나 크리브스와 만났다.

"경찰들은 가 버렸어요." 그녀는 말했다. "이제 다 끝난 거겠죠."
그리고 한숨을 푹 쉬었다.

"마드모아젤, 좀 더 할 이야기가 있는데 시간을 좀 내줄 수 있겠습 니까?"

그녀는 고개를 끄덕이고 거실로 안내했다. 포아로는 방으로 들어가 자 문을 닫았다.

"뭔가요?"

그녀는 좀 뜻밖이라는 표정을 지었다.

"간단한 질문입니다. 마드모아젤, 오늘 저녁 당신은 서재 창문 밑 에 있는 화단에 들어갔었습니까?"

"네." 그녀는 고개를 끄덕이며 말했다. "7시 무렵에 한 번요. 그리 고 만찬이 있기 바로 전에 한번."

"이해할 수 없는 일이군요."

"이해를 한다든가 안한다든가 그런 게 아니에요." 그녀는 쌀쌀맞게 말했다. "탱알 꽃을 꺾으러 갔을 뿐이에요. 식탁을 장식하기 위해서요. 늘 내가 꽃으로 장식하기로 되어 있거든요. 그것이 7시 쯤이었어요."

"그래, 그 다음에는?"

"아, 그것 말인가요? 솔직히 말하자면, 난 머릿기름이 드레스에 묻어 얼룩이 졌어요. 어깨 쪽에요. 곧 식당으로 나갈 시간이 되었으므로 드레스를 갈아입기도 뭣하기에 화단에 봉오리진 늦핀 장미가 생각났어요. 그래서 급히 달려나가 그 꽃봉오리를 따다 어깨에 핀으로 꽂았어요. 보시겠어요."

그녀는 다가와서 장미꽃 봉오리를 들어 보였다. 포아로는 분명히 그 밑에서 기름얼룩을 보았다. 그녀는 포아로 옆에 선 채로 있었다. 두 사람의 어깨가 서로 닿을 것만 같았다.

"그래, 그것이 몇 시였나요?"

"그것은 분명히 8시 10분쯤이었다고 생각해요."

"프랑스 문을 열려고 하지는 않았습니까?"

"그랬던 것 같아요. 그래요, 프랑스 문으로 들어가는 편이 훨씬 빨랐기 때문에요. 하지만 잠겨서 열리지 않았어요."

"그래요?" 포아로는 크게 숨을 들이마셨다. "다음으로 총소리가 났을 때 일인데, 당신은 그것을 어디서 들었습니까? 화단에서 들었나요?"

"아니오, 그런 뒤 이삼 분 지나서에요. 마침 옆 문으로 들어가려고 했을 때에요."

"이것이 뭔지 아십니까, 마드모아젤?"

포아로는 손바닥을 펴고 비단으로 만든 작은 장미꽃 봉오리를 내보였다. 그녀는 멍청히 바라본 뒤 말했다.

"내 핸드백의 장미꽃 봉오리 같군요, 어디 떨어져 있었나요?"

"킨 군의 주머니 속에 들어 있었습니다." 포아로는 사무적인 어조로 말했다. "이것을 그에게 주었습니까?"

"그 사람이 내가 주었다고 하던가요?"

포아로는 미소를 지었다.

"언제 주었습니까, 마드모아젤?"

"어제 저녁에요."

"그가 그렇게 대답하라고 그랬습니까?"

그러자 그녀는 화가 난 듯한 어조로 말했다.

"그게 무슨 뜻이죠?"

그러나 포아로는 대답하지 않았다. 그리고 성큼성큼 방을 나와 객실로 들어갔다. 거기에는 버링, 킨, 마셜의 얼굴이 보였다. 포아로는 곧장 그들 앞으로 걸어가 "여러분" 하고 간결하게 말했다. "서재까지 와 주십시오."

홀을 지나가며 존과 해리에게도 소리를 질렀다.

"당신들에게도 부탁하겠습니다. 누구라도 좋으니 로슈 부인을 불러 주십시오. 아, 디그비가 또 있었죠. 디그비, 질문이 있소. 간단한 것이지만 중대한 뜻이 있는 질문이오. 미스 크리브스는 만찬 전에 탱알 꽃을 꽂았던가요?"

집사는 놀라는 표정으로 대답했다.

"네, 꽂았습니다."

"틀림없지요?"

"네, 틀림없습니다."

"Trés bien(됐소). 그럼, 여러분 이리로 오십시오."

서재에서 그는 모인 사람들과 마주앉았다.

"이유가 있어 여러분을 모이라고 했습니다. 사건은 끝나고 경찰들도 돌아갔습니다. 그들의 의견은 리참 로슈 씨가 자살을 했다는 결론을 내렸고, 모든 것은 끝났습니다."

거기까지 말하자 숨을 돌리고 다시 말했다.

"그러나 나 에르퀼 포아로는 사건이 끝났다고는 생각지 않습니다."

모두 놀라며 시선을 그에게로 돌렸을 때, 문이 열리고 리참 로슈 부인이 비틀거리는 발걸음으로 들어왔다.

"부인, 지금 나는 사건은 아직 끝나지 않았다는 말을 하고 있던 참입니다. 이것은 심리학상의 문제지만, 작고하신 리참 로슈 씨는 Manie de grandeur(과대망상증)이었습니다. 왕이라 생각하고 있었습니다. 이런 사람이 자살한다고는 생각할 수 없는 일입니다. 정신이 이상해졌는지는 몰라도 자살하는 일은 없습니다. 리참 로슈 씨는 자살한 것이 아니라," 그는 한 번 말을 끊었다. "살해된 것입니다."

"살해되었다고요?" 마셜은 약간 웃었다. "문도 잠기고 창문도 잠긴 방에 혼자 있었는데."

"그래도 역시 살해되었을 것입니다." 포아로는 끝까지 주장했다.

다이애나가 날카롭게 말했다.

"그런 뒤 일어서서 문을 걸고 창문을 닫았다, 그 말이지요?"

"내가 보여드리죠."

포아로는 창가로 다가갔다. 프랑스 문의 손잡이를 돌리고 조용히 잡아당겼다.

"열렸죠. 이번에는 닫습니다. 그러나 손잡이는 돌리지 않습니다. 닫혔지만 고리쇠는 내려오지 않았어요. 그래서 이렇게 합니다!"

그리고 그가 그곳을 탁 치고 손잡이를 돌리자 고리쇠가 떨어져 내려와 제 구멍에 박혔다.

"보셨습니까?" 포아로는 조용한 어조로 말했다. "구조가 헐겁게 되어 있으므로 밖에서 간단히 조작만 해도 고리쇠가 걸립니다."

그리고 홱 돌아섰으나 그 태도에는 굳은 의지가 엿보였다.

"8시 12분이 지나 종소리가 들렸을 때 홀에는 4명의 사람이 있었습니다. 이 네 사람에게는 모두 알리바이가 있습니다. 다른 세 분은 어디에 계셨습니까? 부인부터 말씀해 주실까요, 방에 계셨다고 하셨죠? 버링 씨는? 당신도 역시 방에 계셨습니까?"

"네."

"그리고 마드모아젤은 뜰에 있었습니다. 당신은 분명히 그렇게 말했지요?"

"하지만 나……."

다이애나가 말을 꺼내려고 하자 포아로는 리참 로슈 부인 쪽으로 돌아앉았다.

"잠깐 여쭤 보겠습니다. 부인, 주인의 유산이 어떻게 처리되고 있는지 아십니까?"

"네. 휴버트는 나에게 유언장을 읽어주었습니다. 나도 알아두는 편이 좋다고 말예요. 나에게는 부동산에서 생기는 3천 파운드의 연금, 그리고 이 집이나 런던 집 중 어느 하나를 넘겨 줄 겁니다. 그이외는 모두 다이애나의 것이 됩니다. 그리고 결혼했을 경우는 그 남편이 집안의 이름을 잇는 조건이었습니다."

"그래요?"

"그런데 몇 주일 전에 조건의 일부분이 변경되었습니다."

"어떻게요?"

"다이애나에게 전재산을 남긴다는 데는 변함이 없지만 그 조건은 버링 씨와 결혼하는 것으로 결정되었습니다. 다른 남자와 결혼하면 전재산이 조카 해리 딜하우스의 것이 됩니다."

"그러나 그 조건의 변경은 불과 몇 주일 전의 일이었지요?"

포아로는 조용한 목소리로 말했다. "마드모아젤은 그것을 몰랐었는지도 모르겠군요."

그리고 그는 다그쳐 묻듯이 한 발 앞으로 나서며 말했다.

"마드모아젤 다이애나, 당신은 마셜 대위와 결혼하고 싶습니까? 아니면 킨 군과 하고 싶습니까?"

그녀는 방을 가로 건너 마셜 옆으로 다가서며 그의 남아 있는 팔에 손을 얹고 "계속해 주세요" 하고 말했다.

"마드모아젤, 당신에게 혐의를 둘 수도 있습니다. 당신은 마셜 대위를 사랑하고 있었습니다. 또 돈에 대한 애착도 많았고요. 양부가 당신과 마셜 대위의 결혼을 승낙하리라고는 생각지도 않았습니다. 그러나 그가 사망하는 날이면 전재산이 당신 것이 된다는 것은 확실하다고 할 수 있었습니다. 그래서 당신은 밖에 나가서 화단을 따라 열려 있는 프랑스 문으로 다가갔죠. 손에는 미리 그의 책상 서랍 속에서 꺼내 두었던 권총을 숨겨 가지고 있었습니다. 태연하게 이야기를 하며 피해자 옆으로 다가가 권총을 쏘고 권총을 잘 닦아서 그의 지문을 묻힌 다음 그 손 바로 옆에 떨어뜨려 놓습니다. 그리고 다시 밖으로 나가 프랑스 문을 흔들어 고리쇠를 떨어지게 해 둡니다. 그리고 집 안으로 들어간다는 경과인데 어떻습니까? 이런 행동을 취했습니까? 대답을 해 보십시오, 마드모아젤."

"그렇지 않아요!" 다이애나는 소리쳤다. "그런……그런 일을 내가 할 것 같아요?"

포아로는 그녀를 보고 미소를 지었다.

"분명히 그렇지 않습니다. 그런 일은 일어나지 않았습니다. 다만 그 가능성이 있었을 뿐입니다. 그러나 사실은 그렇지 않았다는 것을 두 가지 이유로 알 수 있습니다. 첫째 이유는 당신이 7시에 탱알 꽃을 꺾었다는 사실입니다. 그리고 둘째 이유는 이쪽 마드모아젤이 이야기 해준 일로 명백합니다. ”

그리고 그는 조용히 돌아다 보았다. 이 젊은 부인은 난처한 표정으로 포아로의 얼굴을 쳐다보고 있더니 그를 격려하듯 고개를 끄덕여 보였다.

“당신은 놀란 것 같은데, 그것은 분명합니다. 당신은 나에게 두 번째 징소리를 들은 줄 알고 허둥지둥 아래층으로 내려갔다고 했죠. 그러므로 그 전에 첫 징소리를 들은 겁니다. ”

그는 재빨리 방 안을 둘러보았다.

“그 뜻을 아시겠습니까 ? ” 그는 큰 소리로 말했다. “아, 모르시는 것 같군요. 이겁니다. 자아, 보세요 ! ”

그리고 그는 피해자가 앉아 있던 의자 옆으로 다가갔다.

“당신네들은 시체의 위치가 생각나십니까 ? 책상 앞에 똑바로 앉아 있던 것은 아닙니다. 그래요, 비스듬히 앉아 프랑스 문 쪽으로 얼굴을 돌리고 있었습니다. 자살하는 데 자유로운 자세라 할 수 있겠습니까 ? Jamais, jamais(천만의 말씀). 종이쪽지 위에 사죄의 말을 쓴다. 서랍을 열고 권총을 꺼내어 머리에 대고 방아쇠를 당긴다. 자살이라면 이렇게 될 겁니다. 다음 살인의 경우를 생각해 봅시다 ! 피해자가 책상을 향해, 범인 바로 옆에 서 있다. 이야기를 주고받고 있는 거지요. 그리고 고분고분히 말하다가 갑자기 권총을 쏘았다면 그때 총알은 어디로 날까요 ? ”

거기까지 말하고 말을 끊었다가 또 계속했다.

“머리통을 꿰뚫고 문이 열렸다면 그리로 날아가 징에 맞을 겁니다. 아 ! 이제 아시게 된 것 같군요. 그것이 첫 징소리였습니다. 들은 사람은 이 마드모아젤 뿐입니다. 그것은 즉 이분의 방이 징 바로 위에 있었기 때문입니다.

그런 다음 범인은 어떤 행동을 취했을까요 ? 문을 닫고 잠근 뒤 그 열쇠는 시체의 주머니 속에 도로 넣어 시체의 위치를 의자 안에서 비스듬히 돌려 놓고, 권총에 죽은 사람의 지문을 꽉 찍어서 바닥에 떨어뜨리고는 아주 멋진 마지막 공작으로 벽에 걸린 거울을 깨는 겁니다. 바꿔 말해 자살을 한 것처럼 꾸미는 거죠. 그런 다음 프랑스 문으로 빠져나가 창문을 흔들어 고리쇠를 떨어뜨렸죠. 물론 잔디 밭을 밟지는 않습니다. 발자국이 남기 때문이지요. 그대신 화단으로 내려갑니다. 그곳 흙은 부드럽기 때문에 손으로 만져 놓으면 발자국을 없앨 수 있기 때문입니다.

그리고 집 안으로 돌아온 것이 8시 12분 지나서였죠. 그 시간에 객실에는 그 사람 외에 아무도 없습니다. 그래서 객실 창문으로 예비 권총을 쏘고 홀로 뛰어나갑니다. 어떻습니까? 당신 행동은 이런 순서를 밟았지요, 조프리 킨 씨?"

신들린 사람처럼 범죄를 폭로하는 상대방을 바라보고 있던 비서는 그 상대방이 옆으로 다가오는 것을 보자 목에서 가르릉대는 듯한 소리를 내며 그 자리에 힘 없이 주저앉았다.

"이것은 본인이 대답한 거나 다름없는 말이지요." 포아로는 말했다. "마셜 대위, 경찰에 전화를 걸어 주시지 않겠습니까?" 그리고 그는 마룻바닥에 쓰러져 있는 사람 위에 엎드려 "아무래도 경찰이 오기까지 의식을 되찾지 못할 것 같군요" 하고 말했다.

"조프리 킨이었나요?" 다이애나가 작은 목소리로 말했다. "하지만 이 사람에게 동기가 있었을까요?"

"비서니까 기회야 얼마든지 있었겠죠. 장부를 속이고 마음대로 수표를 끊을 기회가. 그런데 어떤 이유로 리참 로슈 씨가 의심을 품게 되어 나를 부른 것입니다."

"왜 당신을 불렀을까요? 경찰에 알리지 않고."

"그 질문에는 마드모아젤 자신이 대답을 할 수 있는 게 아닙니까.

무슈는 당신과 이 청년 사이에 특별한 관계가 있다고 의심을 했을 겁니다. 당신은 마셜 대위와의 사이를 눈치채게 될 까봐 일부러 내놓고 킨 군과 놀아났었죠. 아니, 아니, 부정하실 것 없어요! 킨 군은 내가 온다는 것을 눈치채고 적절한 행동을 취했습니다. 그 계획의 중심은 범행이 8시 12분에 이루어진 것으로 보이게 하는데 있었습니다. 그 시간에는 알리바이가 있었기 때문입니다. 유일한 위험은, 총알이 집 근처에 떨어지게 되는데 회수할 만한 시간이 없었죠. 그래서 우리가 서재로 가는 도중에 줍기로 한 것입니다. 긴박한 때라 아무도 알아채지 못하리라고 마음을 놓은 것이 잘못이었습니다. 나는 그렇지 않으니까요. 무슨 일이나 놓치지 않는 내가 있었던 겁니다! 나는 그에게 질문을 해 보았습니다. 그러자 그는 잠깐 생각하고 있더니 그 자리에서 한바탕 코미디 연기를 해 보였습니다! 주운 것은 비단으로 만든 장미꽃 봉오리라고 우겨댄 거죠. 사랑하는 여성을 감싸는 청년의 역할을 해 보인 셈입니다. 아니, 정말이지 교활한 사람입니다. 만일 당신이 탱알꽃을 꺾으러 나가지 않았다면."

"모르겠어요. 꽃이 사건과 어떤 관계가 있는지?"

"모르겠습니까? 내 말을 들어 보시오. 화단에는 네 개의 발자국이 있었을 뿐입니다. 그러나 만일 당신이 꽃을 꺾었다면 더 많은 발자국이 있어야 합니다. 즉 다시 말해, 당신이 꽃을 꺾고 그 뒤로 다시 한 번 장미꽃 봉오리를 따러 가기까지 그 사이에 화단의 흙을 평평하게 매만진 사람이 있는 셈입니다. 정원사일 리는 없습니다. 7시 뒤에 일을 하는 정원사는 없을 테니까요. 그리고 보면 그것은 누군가 수상한 행동을 취한 자의 짓──즉 살인범──요컨대 범행은 총소리가 들리기 이전에 이루어진 셈이 됩니다."

해리가 말참견을 했다.

"그러나 진짜 총소리를 들은 사람이 없는 것은 어떻게 된 겁니까?"

"소음 권총입니다. 정원수가 있는 근처를 찾으면 발견할 수 있겠지요."

"위험한 일이군요?"

"무엇이 위험합니까? 너나 할 것 없이 모두 2층에서 만찬에 참석하려고 옷을 갈아입고 있었습니다. 그때야말로 절호의 찬스입니다. 총알만이 위험했지만 그것도 어떻게 속일 수 있다고 생각했던 겁니다."

포아로는 그 총알을 꺼냈다.

"내가 딜하우스 씨와 프랑스 문을 살펴 보고 있는 틈을 타 그는 이것을 거울 속으로 던져 넣었습니다."

"어마!" 다이애나는 소리치고 마셜을 돌아다보더니 "존, 결혼해 줘요. 그리고 이렇게 무서운 곳에서 나를 데리고 나가 줘요!" 하고 말했다.

버링이 헛기침을 했다.

"아, 다이애나, 고인의 유언장에 보면."

"상관없어요, 그런 건." 다이애나는 소리쳤다. "길바닥에서 그림을 그려도 살아갈 수 있어요."

"그런 일을 할 필요는 없어요." 해리가 말했다. "반을 나누어도 돼, 다이애나. 나는 혼자 독차지할 생각은 없어. 백부님은 머리가 돌았으니까."

그때 소리를 지르는 이가 있었다. 리참 로슈 부인이 일어섰다.

"포아로 씨, 거울 말인데요. 그는 그것을 일부러 깬 거군요?"

"맞습니다, 부인."

"어마!" 부인은 그를 바라보며 말했다. "거울을 깨면 불행한 일이 생기는 법이에요."

　"그러니까 조프리 킨 군에게 불행이 찾아온 겁니다." 포아로는 밝은 어조로 말했다.

연극사상 놀라운 1만회 상연 돌파한 쥐덫

애거서 크리스티는 추리소설 작가로서 세계적인 거장이지만 영국 본국에서는 무대극, 방송극에서도 손꼽히는 제1인자로 알려져 있다.

《애크로이드 살인 사건》을 비롯하여 《그리고 아무도 없었다(열 개의 인디언 인형)》, 《사악한 집》, 《목사관의 살인》 등이 상연된 일이 있는데, 1952년 11월의 《쥐덫(The Mousetrap)》이 호평을 받은 뒤로 그녀의 희곡작가로서의 명성은 압도적인 것이 되었다.

《쥐덫》은 52년에 첫 상연 이후 횟수 1만 회를 넘어, 그 기념 축하회가 열렸을 정도로 놀라운 기록을 수립했다. 《검사 측의 증인》은 53년 10월 이후 3년 동안, 오리지널 드라마인 《거미집》은 54년 12월 이후 3년 이상, 《살인 준비 완료》는 56년 9월 이후 3년 동안, 이처럼 상연되는 것마다 계속 무한하고 열광적인 환영을 받았다. 현재도 센트마틴극장에서 계속 상연을 하고 있다.

영국의 관객에게 추리극 감상의 밑바탕이 있어서인지는 모르지만 그렇다 하더라도 거의 크리스티의 원작인 각색물이 열광적 환영을 받는 것을 보면 무대 상연의 요점을 터득하고 있었기 때문일 것이다.

특히 절찬을 받은 것은 《쥐덫》이었는데, 나오는 사람 8명에 무대도 산장(山莊) 장면 한 장면 뿐이며 상연 시간은 1시간 반이다. 이것이 어떻게 수천 회의 연속 상연을 가능케 했는지 이상할 정도인데, 하나는 연기가 뛰어났기 때문이며, 다른 하나는 원작의 구성이 짜임새 있다는 점이다.

이 각본 자체는 발표되지 않았지만, 1948년에 발표된 이 책에 수록된 《쥐덫(본디 제목―세 마리의 눈먼 쥐)》이 원형(原型)이었다.

무대는 눈에 파묻혀 교통과 통신이 두절된 하숙집이다. 그곳에 살인할 목적으로 들어온 자가 있는 모양이다. 공교롭게 하숙집은 개업한 지 얼마 안되어 숙박인의 신분도 전혀 몰랐고 하숙집 주인 내외까지도 서로의 신원을 상세히 알고 있는 형편이 아니다. 나오는 사람 모두에게 이상한 점이 있어 의심스럽고 무시무시한 분위기를 생기 있게 묘사하고 있다. 서스펜스를 느끼게 하기 위한 교묘한 상황 설정과 뜻밖의 끝맺음이 효과적이며, 거기다 정애(情愛)의 장면까지 첨가하여 추리소설의 기교를 마음껏 구사하고 있다.

《특별한 장난》 이하의 4편은 미스 마플이 탐정으로서 활동하는 이야기이다. 크리스티 여사가 창조한 탐정은 이 책에도 나오는 포아로와 퀸이 있지만, 작자 자신이 포아로보다도 "미스 마플 쪽에 애착을 갖고 있다"라고 술회할 정도로 행복한 노처녀가 마플이다.

그녀의 모습과 탐정법을 보면 거의 마을 바깥으로 나가는 일이 없는데도 오랜 인생의 지혜에서 인간의 마음 구석구석까지 다 꿰뚫어보는 놀라운 통찰력으로 모든 어려운 사건을 해결해 보이는 것이다.

《특별한 장난》에서는 마플이 보물찾기를 맡는다. 의뢰자는 집 안에 있을 것이라는 말을 믿고 집 안에 있는 가재도구에서부터 시작해 뜰까지 샅샅이 뒤졌지만 도저히 알 수 없어, 결국 노처녀 마플에게 부탁한 것이다. 마플은 보물을 감춘 본인의 성격을 분석하여 힘 안들이고 찾아낸다.

《줄자 살인 사건》에서 마플은 마을의 소문을 하나도 빠뜨리지 않고 들은 다음 여성다운 섬세한 관찰력으로 승리를 거둔다.

《나무랄 데 없는 하녀》에서는 사소한 과오를 구실로 내보낸 하녀 대신 훌륭한 하녀가 찾아 온다. 전에 있던 하녀가 그 마을 사람이어서 마플은 전적으로 그 하녀를 지지했으나 그 가족을 볼 면목이 없다. 마을 아낙네들도 그 가족에게 호감을 가진 것은 아니지만, 좋은 하녀를 구한 행운에 뭐라 할 말이 없다. 그러자 큰 사건이 일어났으며 노처녀의 혜안과 적절한 조치로 당장 진상이 밝혀지고 마을 처녀의 명예를 되찾는다는 흐뭇한 결말이 난다.

《관리인 노파》에서는 마을의 옛 악동이 부자집 딸을 신부로 맞아 마을로 돌아와서 낡은 저택을 헐고 새 저택을 지어 마을의 인기를 독차지한다. 그로 인해 그 낡은 저택에서 쫓겨난 노파가 두 사람을 저주하여 신부가 노파의 위협적인 쇼크로 죽는다는 비극이 일어난다.

마플은 병중에 이 수수께끼를 풀어보라는 의사의 말을 듣는다. 그녀는 탁월한 추리력을 동원한 덕으로 기분 전환이 되어 병도 낫는다는 줄거리에 흐뭇한 따사로움이 있고, 마플 작품 중에서도 가작이라 할 수 있다.

《4층 방》에서는 낯익은 포아로가 등장한다. 열쇠를 잃어버렸기 때문에 방에 못 들어가고 리프트를 타고 올라가는 바람에 남의 방으로 들어가 시체를 발견한다는 발단과 유머러스한 필치가 재미있다. 행동의 부자유스러움을 간파하는 포아로의 회색 뇌세포 작용이 일품이다.

《조니 웨이버리의 모험》에서는 포아로의 조역을 하는 헤이스팅즈도 모습을 보이고 있다. 대지주의 아들이 유괴되는 사건인데, 가끔 날아오는 협박장과 유괴하는 멋진 솜씨에 독자들은 정신을 빼앗기고 있지만 포아로는 사정을 청취하며 부자연스러움과 모순을 그 자리에서 알아낸다.

《24마리의 검은 티티새》에서도 식사 습관을 어느 한 날만 바꿨다는 어떤 남자의 이야기를 듣고 수수께끼를 푸는 단서로 활용해 보인다.

《연애를 탐정한다》에서는 이 책에서 세 사람째의 탐정인 퀸이 모습을 보인다. 크리스티 여사는 그 밖에도 신상 상담을 직업으로 하는 파커 파인과 원앙 탐정인 토미와 탑펜스 같은 사람을 창조하고 있는데, 이 해리 퀸도 색다른 인물이다.

남의 생활에 날카로운 관심을 보이는 새터스웨이트라는 사람이 있었다. 그가 범죄 사건을 만나거나 범죄에 관련된 이야기를 들으면 뜻하지 않게 퀸과 만나게 된다. 퀸은 신비한 힘을 갖추고 있어 남들이 지금까지 생각해 오던 것을 전혀 다른 사고방식으로 제시하는 비결을 알고 있다. 어디서 와서 어디로 사라지는지, 새터스웨이트와 우연히 만나면서 수수께끼를 풀어주는 이상한 인물이다.

여기서도 사람 마음의 미묘함을 알아내어 자칭 범인의 의도를 꿰뚫어 본다.

《두번째 징소리》에서는 또 포아로의 본격적인 탐정 활동이 전개된다.

그리하여 3인 3색의 명탐정이 재주를 겨루고 있으며, 거기다 장기간을 두고 흥행한 《쥐덫》의 원작인 중편 《세 마리의 눈먼 쥐》를 수록한 이 한 권은 크리스티가 장편에서와 같이 단편에서도 뛰어난 기량을 지녔음을 유감없이 증명하고 있다.